—Begeerte—

EBEN VENTER

TAFELBERG

Tafelberg-Uitgewers,
Heerengracht 40, Kaapstad 8001
© Eben Venter 2003
Alle regte voorbehou
Omslagontwerp deur Michiel Botha
met 'n foto van Lien Botha
Geset in Janson Text
deur Nazli Jacobs
Gedruk en gebind deur Paarl Print,
Oosterlandstraat, Paarl, Suid-Afrika
Eerste uitgawe 2003

ISBN 0 624 04160 3

— I —

BILL SCHEIFFER SE TAAL IS DIE TAAL VAN SY HANDE. DAAROM het sy geweet hy praat toe hy die heel eerste keer sy hande hoog tussen haar dye inglip.

Daardie laatmiddag, kort na die oorlog van 1946, het hy mos sommer by haar slaapkamer ingestap. Darem eers geklop, maar Madelein het hom later verwag. Eintlik eers die daaropvolgende dag, en eerder in die sitkamer van die hotel waar sy loseer het. Weg van haar slaapkamer, van haar bed.

Die afwagting om Bill weer te sien, het haar laat duisel, haar vel oraloor gloeiend, haar voue deurklam.

Toe sy aan die Grahamstown Teachers' Training College begin studeer, het Madelein Baadnis reeds 'n gevorderde sertifikaat gehad van die Royal Schools of Music en 'n sertifikaat in klopdans.

"A very interesting candidate," was die kommentaar van die Royal Schools-eksaminator.

Sy het haarself oortuig dat sy "interesting" nie net na haar musikaliteit verwys nie, want sy wis sy is vlug op haar voete én met berekeninge: oor haarself en oor mans.

En tog is sy op vier-en-twintig nog 'n maagd, word sy "my lam" wanneer sy oor die telefoon met haar ma gesels. Madelein is ongedurig, byna verbaas dat die dinge haar so lank neem.

Vrydagaande ry mister Aldridge en John Boshoff spesiaal van Oos-Londen na Grahamstad om Madelein Baadnis voor haar koshuis te kom oplaai vir die *East Londen Artists' Evenings*. John bestuur, mister Aldridge in 'n wit stofjas.

Mister Aldridge draai agtertoe om met haar te gesels, net op Engels. Dit pas uitstekend by al sy ander maniertjies.

"My heart," spreek hy haar aan en sy kan die ouderlingpilletjie op sy tongpunt sien.

Reguit ente dryf John die bakelietstuurwiel met sy regterhand, sy linkerarm voor haar op die rug van die sitplek. John se hempsmou is tot net onder sy elmboog opgerol en sy besef dat sy na die hare op sy voorarm staar.

Toe John omkyk, vang hy haar oë op sy kaal arm en sy kyk nie weg nie.

"Madelein, jy gaan vanaand weer ons luisteraars voor hulle radio's kniehalter." John Boshoff gebruik 'n gladde wegrol-Afrikaans asof hy homself met sy woorde teen haar wil aanvly.

Die *Artists' Evenings* word direk op die radio uitgesaai. Madelein Baadnis se altstem dra "The Desert Song" uit die *Student Prince* só maklik en so ontroerend mooi dat John daarvan kan huil. Ook "Hör' ich das Liedchen klingen" uit die *Dichterliebe*-siklus van Schumann.

Na afloop van die aand nooi die Aldridges 'n handjie vol gaste vir drankies na hulle huis in Bunker's Hill.

Die sitkamer het 'n ander aksent as hulle huis op die plaas Rietkuil. 'n Geblomdheid, 'n oordaad van pastel en gouddraad. En vase vol krisante en olieverwe van Engelse landskappe in vergulde rame: koeie by 'n herderseun onder eikeskadu, 'n dromerige vallei agter, bolle roomwit wolke bokant hulle.

John bedien die drankies. Kristalglasies sjerrie, gin & tonic of bitter lemon cordial met water en ys. Altyd op 'n skinkbordjie.

Missus Aldridge hou op die agtergrond, 'n C to C in haar koker. Soms hoor Madelein haar hees stem iets vertel sonder 'n siel in die omtrek. Dan ontferm sy haar maar oor missus Aldridge en gaan sit op die breë armleuning van haar stoel, lig haar gepoeierde linkerpootjie op en bestudeer haar ringe een vir een.

En dadelik hervat missus Aldridge een van haar tirades. Pruimmond oor, soos sy dit stel, die "slovenliness of the natives". Madelein laat val die gepoeierde pootjie en lag hard en hoog sodat missus Aldridge vinnig opkyk.

So besef Madelein dat die Aldridges en hulle Engelse vriende haar ongekunsteldheid "amusing" vind. Haar geselskap is tegelykertyd vrysinnig en eksklusief. Sy meng sonder moeite met hulle, flirt met die mans en raak kant of wal nes dit haar pas.

Verder kom sy agter dat hulle weet van haar en John Boshoff wat op die stoep staan en vry.

John kán soen. Hy laat haar tong loskom en by hom verfyn sy wat sy by skoolseuns geleer het. Sy sal haar oorgee aan hom as hy die geringste teken sou gee, maar John Boshoff is laf. Sy hand agter haar middel is pap, daar is iets aan hom wat haar terughou.

Vermoed hy dit of dink hy maar net sy speel met sy begeerte? Want sy kan hom voel, sommer gou nadat hulle buite begin soen.

Op so 'n aand by die Aldridges ontmoet sy vir Bill Scheiffer.

Hy loop oor na haar waar sy op die armleuning van 'n stoel sit, haar sjerrieglasie halfleeg, stel homself voor en bied aan om nog iets vir haar te gaan ingooi.

"Ek het al genoeg gehad . . ." Sy maak nie klaar nie. Sy lê haar hand op haar keel en voel die bloed in 'n aar stoot.

Maar Bill Scheiffer het reeds omgedraai na die sytafel en spieël waar drankbottels en glase gerangskik is. Hy dra 'n staalblou lugmaguniform, hy is omtrent iets.

Hy kom sonder skinkbord teruggeloop na Madelein, sy hand om 'n bolglas gekrom. Hy hou dit na haar uit: brandewyn en Oros met 'n blokkie ys.

Sy is g'n fool nie. As 'n meisie uitgevat word en vir brandewyn, Oros en ys vra, dan wil sy haar kêrel laat weet sy is warm.

Bill se hand om die bol van die glas is vreeslik mooi vir haar, en hy hou dit reg voor die naat van sy geparsde broek na haar uit. Toe sy die glas aanvat, voel sy vlugtig die hitte van sy hand teen hare.

Of hy verbaas is dat sy nie oor die brandewyn teëstribbel nie? Sy weet nie regtig nie. Sy neem die glas by hom, haar ander arm uitgestrek op die antimakassar oor die rugleuning.

Ook 'n sekere manier van sit het sy op daardie aande in die sitkamer van die Aldridges. En die enigste keer dat sy daaroor selfbewus voel, is daardie eerste aand met Bill.

Kort daarna breek die Tweede Wêreldoorlog uit. Die tweede en laaste keer dat hulle mekaar sien, weer by die Aldridges, is Bill vol van stories oor sy eerste solo-vlug op 'n Tiger Moth, en van sy daaropvolgende opleiding op die Hurricanes. Hy het toe reeds vyftig operasionele vliegure op 'n Hurricane gehad.

"Maar as ek eers in Kaïro aankom, skakel hulle my van die Hurricane na die Spitfire oor. Ek gaan vir SAAF I vlieg. Ek kan nie wag nie, Madelein."

Sy energie, onthou sy, vlam tot teen haar. Nog nooit het sy die energie van 'n man so na haar toe voel stroom nie. Sonder om eers te vra, wis sy dat hy jonger is. Maar sy was al baie saam met jong mans, Bill se warmte ís sonderling.

"Kom, ek wil 'n sigaret gaan aansteek," lok hy haar na die Aldridges se sytuin. Hy kan natuurlik binne ook rook, almal het, maar sy gee niks om nie. Tot teenaan die hibiskusheining stuur hy haar, totdat sy die hibiskusblomme se rooi kelke met die stywe geel kokers kan uitmaak. Sonder om sy sigaret dood te maak, vang hy haar om haar middellyf en gryp haar vas en soen haar sodat sy hulle self dieper in die skadu intrek.

Sy onthou agterna sy hande teen haar bobeen, haar onderklere en haar boude, maar veral die hitte van sy liggaam teen hare.

Nadat sy by die Grahamstown Teachers' Training College afstudeer, doen Madelein aansoek vir 'n pos by Rosmead-laerskool waar haar ma se broer, oom Louwtjie, skoolhoof is. Rosmead is 'n gehuggie met 'n stasie wat Middelburg, Kaap bedien. En, die belangrikste van alles, Bill Scheiffer se mense boer daar in die distrik met perde en merino's.

Vir haar pa is dit 'n agterlike plekkie waar g'n man haar ooit sal vind nie. "Rosmead is jou prestasies nie werd nie," hou hy aan.

Madelein se paadjie vanaf die Rosmead-hotel, waar sy loseer, tot by die skool draai verby 'n rooibaksteenposkantoor, verander in 'n grondpaadjie, en neem haar eindelik trap-op na 'n spoorwegbrug wat haar oor die spoorlyn vat.

Sy is lank vir 'n vrou, byna vyf voet elf, en sy klim die trap met sterk kuite.

Op die middel van die brug gaan staan sy altyd om vir 'n oomblik oor die spoorlyn heen te kyk. Sy hou van daardie oomblik. Links is die Rosmead-stasiegebou met sy oorhangdak elegant afgerond deur silwer drabalke. Die gebou is van gebeitelde sandsteen, elke steen is met kalkwit pleister omraam.

Haar oog volg die spoor tot waar die lyn teen die horison wegval. Soms staan daar 'n stoomenjin en blaas, gestook en gereed om te vertrek. Die trein kan haar maklik wegvat, dink sy, en ver ook. "As dit by onderwysposte kom, kan jy kies en keur, my lam," bly haar pa vir haar sê. Maar sy weet nie waarheen sy sou wil gaan nie.

Sy het op hulle plaas in die Colesbergse distrik grootgeword. Soms het sy 'n maand lank net met haar pa en ma en haar slungel van 'n broer, Reks, en die werksmense in die huis en op die werf gepraat.

Sy het al 'n hings 'n merrie sien wildry, die hings se oë het sy gesien. Sy het al in die veld agter afgegooide ystervarkpenne aan verdwaal en vreesloos onder die kaal son gaan sit en luister of sy miere kon hoor werskaf. En sy kon nie, nie eers hulle stilte kon sy hoor nie.

Een middag ná skool kom sy op 'n verwagtende vrou onder die peperboom langs die Rosmead-hotel af. Die vrou is deur armoede verteer, sy het 'n besitting in doek toegerol by haar. In die skaduwee van die peperboom hurksit die vrou en kyk oor die veld anderkant die hotelgebou heen. Sy kyk na niks, net na die bossieveld tot by die allereinders.

Madelein loop tot by haar om te sien waarna die vrou kyk. Ook daardie niksheid vrees sy nie.

Waarom sou sy dan van Rosmead af wil weg, en waarheen?

In die klas behandel sy "Die Hondebosluis" uit *Die Natuurwêreld* van S.H. Skaife, Longmans-pers. Soveel van die kinders word met honde groot. Hulle moet leer om tussen wyfie- en mannetjieluise te onderskei sodat hulle kan hand bysit met die versorging van hulle diere.

"Daar is groot bosluise met sagte lywe, en kleiner, plat bosluise, bruin van kleur. Die groot bloues, byna 'n halfduim lank, is wyfiebosluise. Hulle lywe is opgeswel van die groot aantal eiers wat daarin is en hulle is so vet dat hulle nouliks oor die weg kan kom."

Van die dogtertjies in die klas gril terwyl sy voorlees, maar die meeste seuntjies speel klaar man. Hulle ruik anders en stowwerig as sy naby hulle kom staan, hulle spiertjies klaar besig om te vorm, en sy merk die parmantigheid in hulle grys skoolbroekies.

Sy raak opgewonde oor kosskoolseuns wat sy oor naweke sien sokker speel op die rooigrond voor die hotel. Oor hulle jouery en ontembaarheid.

En daar was die man wat sy by die hotelkroeg sien instap het. Net toe hy by die deur kom, stroop hy homself van sy baadjie, boos oor die hitte wat hom knel. Dis sy vurigheid wat haar getref het, slegs dit. Verder het hy haar nie geïnteresseer nie.

Mans raak haar. Mans is haar verlange, haar *Sehnsucht*. Sy murmel Schubert:

"Die Augen schliess' ich wieder,
Noch schlägt das Herz so warm.

Wann grünt ihr Blätter am Fenster?
Wann halt' ich mein Liebchen im Arm?"

Oë geslote en keelvel trillend het juffrou Grünow altyd die lied vir haar gesing.

Bill Scheiffer, dink sy, terwyl sy die vyf sketsies op die bord oorteken om die lewensloop van die bosluis te illustreer, gaan ek nooit weer sien nie.
Eenkeer kom daar 'n briefie van El Alamein, toe 'n tweede. Maar hy kan boggherol sê sonder om gesensor te word, laat hy haar verstaan. Hy noem haar "my love" in sy briefies.
En toe nooit weer 'n woord nie. Twee jaar, drie. Sy sal nie weer van hom hoor nie.

"Ag wat, oom Louwtjie," sug Madelein teenoor haar oom en fluister dan iets by.
Oom Louwtjie kyk na haar, neem 'n slukkie. Sy stap dikwels oor om by hom te kuier, en hou haar nie geslote nie. Oom Louwtjie verstaan sommer wat sy te fluister had.
"Nee wat, my kind, jy weet mos vegvlieëniers kom nooit terug nie. Jy het vir jou 'n man in die hoogste risikoklas gaan staan en kies."
"Gooi nog iets vir my in, oom Louwtjie."
Sy wil dié aand meer drink. Brandewyn verkies sy nou, om Bill skerp terug te bring en hom dan vinnig te vergeet.
Oom Louwtjie staan op om nog 'n dop vir haar te gaan skink. Ten minste is hy daar. En hy ontferm hom oor Jakob en Martie Baadnis se kind.
Sy moet berus, weet Madelein – sy het Bill Scheiffer immers net twee maal in haar lewe gesien – maar sy slaag nie daarin nie.
Dan weer, waarom sou sy berus? Toe sy daardie aand by die Aldridges saam met Bill deur die French doors in die sitkamer terugkom, was sy so bly John Boshoff kyk nie op van die klavier

waar hy sit en tokkel het nie. John was buitendien geswael en sy het reeds besluit Bill is hare.

Bill wou haar ook hê. Sy het dit by die hibiskusheining agtergekom. Hy het haar van hom af weggedruk, sy hande om haar skouers gevou en op haar neergekyk. Hy wou haar borste sien, haar lyf ondertoe in haar rok, haar heupe, haar kuite.

Toe al, daardie eerste keer, was hy skaamteloos. En sy het na hom gesnak, onwillig om haarself in sy teenwoordigheid te versteek. Dit was tog onmoontlik.

— 2 —

VROEG IN NOVEMBER 1942 WORD BILL SCHEIFFER UIT 1 SAAF Squadron getrek om op 'n Spitfire te leer. Hy is van die eerstes wat gekies word. Bill is knap. Toe hy sy logboek die dag in die offisierstent gaan wys, 300 vlug-ure plus op Hurricanes, weet hulle lankal van hom.

Die vroegoggende word toe reeds bruin en lastig. Hy klim 'n laaste keer uit sy Hurricane, tuur oor die woestyn heen en begin aanstap na die Spitfire wat op hom wag. Net voordat hy op die vlerk trap en homself in die kajuit lig, kyk hy nog 'n keer terug oor die landskap. En bid dat hy eerder in die koel waters van die see moet sink as dit sy lot gaan word. Want vooruit besef hy dat sy eerste vlugte in die Spitfire almal oor die woestyn gaan plaasvind, oor die sand.

Sý Spitfire. Sulke breë vlerke en 'n neus wat cheeky wip. Met net een kragtige skroef. Onder is die vegvliegtuig se maag groen soos die groen van 'n eende-eier.

Toe Bill opstyg, ervaar hy hoe hy saam met die enjin wegtrek, die enjin binne-in hom, in sy derms. Die binnekantste spiere van sy dye ruk saam en word staal, stokstyf van brute krag wat hy onder hom het. Die boys in die tente noem dit: die "erection phenomenon".

Ook mooi die duine, bly hy vir homself sê terwyl hy daar bo is. Hy maak hom naderhand wys dat dit ook 'n see is, dis maar net goud en bruin en rooi.

Bill raak die instruksies gou baas en begin hulle van buite ken. Binne minder as twee weke reken hy hy verstaan die taktiek haarfyn.

Voor elke sortie loop hy 'n draai om sy Spitfire. Daarna 'n woordjie met sy mechanic. Dis asof hy 'n versekering van die man soek: jy wat Bill Scheiffer is, sal terugkom. Daar is niks fout nie, alles is gecheck. Nie 'n enkele ding kan verkeerd loop nie.

Natuurlik is dit onmoontlik vir die werktuigkundige om hom volkome gerus te stel. "God's will, my boys, that is all that counts," spreek die kapelaan sy slotwoorde terwyl hy reeds sy *King James* toeslaan vir 'n tog na die volgende kamp.

Dit is sy sewende vlug op sy Spitfire. Hy gaan hurk ver genoeg van die ry vegvliegtuie en steek gou 'n sigaret aan, dan 'n tweede enetjie. En bid: nie om te oorleef nie, maar om nie 'n sarsie in sy gesig te voel spat nie.

Dan kom dit, daar is die bevel. Hy styg op, hoor die boys een vir een agter hom opstyg. Sy bobene wil breek, hy wil uit sy broek uit bars.

15 000 voet en hy is tussen die wolke. Die wolke is soos mure van watte. As hy eers daar is, is hy veilig.

Vergeet die Hurricane, praat hy met homself. Omdat hy minder as 'n maand gelede oorgeskakel het, is hy geneig om defensief te vlieg. Hierdie beskuldiging wil hy nie hoor as hy terugkeer na die basis nie.

Gister het een van hulle vlieëniers, 2de luitenant McRoberts, 'n bright boytjie met so 'n smiletjie, sy Spitfire verloor. Weg, in die blou water. 'n Helse verlies. Ou Mac wou homself van skaamte beskyt, al is hy bly dat hy darem nog leef.

1 Air Ambulance Unit moes McRoberts uit die water gaan oppik, hy was byna vrek van die koue. Hulle moes hom 'n dop

brandewyn injaag voor hulle kon spalk. Almal wou omtrent doodgaan toe hulle Mac sien, dit kan met enigiemand gebeur. Maar hy het dit gemaak. Toe Bill hom later die dag sien, sit hy en stew eet. Lek hy sy wonde. Lucky boy.

Die kaart van Noord-Afrika kan Bill toe-oë voor hom sien oopvou. Daar is die Nyldelta, effens suid, en op die wal van die groot Nyl lê die stad Kaïro.
    Die boys wat al in Kaïro gaan kuier het, keer terug met stories. In die lugmag se sitkamertent met sy rottangstoele en -tafeltjies hang hulle rond, party skryf huis toe, party lees. Roy Hamlyn, 'n blondekop van Skotland, sing iets van Vera Lynne saam met die klavier. En Trixie, so 'n wit brakseltjie, word sonder ophou geterg. Maar meestal verkies die boys kakpraat.
    Hy en Boy Sauer is die ene ore.
    Daar is vroue te kus en te keur in Kaïro, loop die stories in die sitkamertent. Daar is meisies ook, jy moet net weet waar. Hoertjies – dis die woord wat hulle vir die vroue en meisies gebruik, nooit anders nie. En hulle spog oor hoe jy die gouste geholpe kan raak.
    Bill Scheiffer ril van binne uit. En loer na Boy met sy seuntjiesproete: is hy ook in pyn? Boy Sauer se pa boer met merino's in die Graaff-Reinet-distrik, hy is maar agttien en 'n half, 'n jaar jonger as Bill.
    Hoe ver wes van Kaïro hulle op die kaart van Noord-Afrika is? Bill het presies uit vlugte geweet. Wes van Kaïro af het hy aangestip hoe die rotse onder hom wit raak, hoe die goue sand rondings maak, dan volg daar duine, dan die blou kus. Die eerste stad is Alexandrië. Nog verder wes lê El Alamein, en dan eers kom jy by Mersa Matruh waar hulle gestasioneer is en hulle vliegveld lê.
    Daarvandaan val die landmassa suidwaarts weg en op die kus kom mens uiteindelik Marsa Brega teë. Daarna, dan eers, kom mens by El Ageila. So ver het die Afrika-korps en die Axis-eenhede teruggetrek.

Nie dat dit enigsins die gevaar verminder nie. Trouens, dit help net mooi niks nie. Bill is gewaarsku dat 'n BF enige oomblik bokant hom kan verskyn. Die oomblik as hy sy wolkbedekking verlaat, moet hy die vyand verwag. Vinniger as wat hy kan ballas krap.

"Luister julle, my boytjies?" is hulle oor en oor gedurende briefings gevra. "As die vyandelike vlieënier bokant jou sit, moet jy oppas. Dan kan hy met jou speel nes hy wil. Jy moet blitsvinnig besluit."

Oor en oor: "Onthou die goue reël van Sailor Malan: besluit blitsig, selfs al is jou taktiek nie van die beste nie."

Sailor Malan. Bill wil bitter graag die ace pilot van die SAAF te siene kry. Daar is dinge wat hy met hom wil bespreek.

Hy vrees nie die doodsoomblik nie, al weet hy ook nie presies wat dit is waarvoor hy nie hoef te vrees nie. Wat hom vooraf angstig maak, is 'n Axis-eenheid bokant of agter hom as hy by 'n wolkemassa sou uitbars. Dan kos dit 'n sarsie, net één sarsie.

Hy verbeel hom hy kan die glas van sy kajuit hoor spat. Soms sê hy vir homself gedurende 'n sortie: Skiet my nou, *capitano*, want ek sweet klaar bloed.

Maar vir die allerlaaste oomblik, daarvoor is hy nog nie gereed nie. Hy moet eers gaan leer in Kaïro, hy moet eers man word. Daarna sal hy gereed wees om die ryk van die dode binne te gaan.

"En jy, Boy?" vra hy vir Boy Sauer oor die kwelling.

Boy sê hy's skrikkerig vir 'n skielike vrekskiet én vir daai beloftes van Kaïro, want daarin skuil 'n angel. Hulle is oor sifilis gewaarsku, dan nie? Boy sit eerder in die sitkamertent en speel skaak of met Trixie. Hy kyk na Bill en steek 'n sigaret aan om die oomblik ligter te maak.

Boy Sauer ís toe die eerste keer saam met hom Kaïro toe. Van die ander boys kom saam, maar hy en Boy skud hulle sommer gou af. Boy maak hom belowe dat hulle by mekaar sal bly, maak nie saak wat gebeur nie. En sorg dat Bill hom in die oë kyk.

"Maak nie saak wat gebeur nie, Boy."

Bill Scheiffer se baard gooi teen daardie tyd skadu en tussen die mense op straat stryk hy graag met duim en wysvinger oor sy ken.

Soos hulle hulle pad deur die strate na 'n plek met die naam van Kabaret Bardia vra, brand hy tussen sy bene vir dié dag en dié kans.

In Kabaret Bardia sien hulle vir die eerste keer 'n buikdanser en hulle vertoef, verwonderd. Hulle druk in, maar kan nie naby genoeg aan die danser kom om haar lyf mooi uit te maak nie. Naderhand merk Bill hoe die offisiertjies om hulle grootoog na die danser staar en dat daar geen ander meisies in die klub is nie, behalwe die dansers wat mekaar op die verhogie aflos.

"Kom ons loop," sê hy vir Boy. Boy kan die ganse nag daar vassteek.

Wasâ'a is die naam van die gebied waarna hulle soek. "Wasâ'a," sê hulle so ver hulle loop.

Van die straatjies word nouer en besiger. Wemelend van soldate in uniform, party in civvies, meestal mans, ook locals met sjokolade velle. Hot en haar word hulle lywe gedruk, mal, maar altyd net vorentoe. Van omdraai kan hulle maar vergeet.

Oor hulle koppe klink die geskreeu en gelag, ondertoe woel die locals met hulle vingers. Bill voel hoe sy sakke afgetas word terwyl hulle verbyskuur.

Die steeg waarin hulle beland, staan styfvol, swaar van die reuk van olie op vel, 'n reuk wat hy nie heeltemal kan identifiseer nie. By tye hou Boy sy bo-arm of sy hand vas.

"Wasâ'a," sê hulle vir mekaar.

Daar is kroeë en koffiekamers en smoke-pits onder straatvlak waar hulle hasjisj kan gaan vat. Maar Bill stel nie belang nie en Boy is vrekbang vir die goed.

Hulle druk aan. Toe begin dit bokant hulle: vensters, eintlik gate, met tralies waardeur meisies hulle gesigte en polse steek. Neusringe en armbande en ringe. Ooglede swaar met goudverf, glimmende lippe.

Dit is Wasâ'a, hulle het gearriveer, wil hy vir Boy Sauer sê, maar die branding tussen sy bene het versprei en sy tong kleef teen sy warm verhemelte. Hy is honger, tot op sy byt toe uitgehonger. En hy word daarvan stil, so stil dat hy sy hartklop kan voel. Hy is gereed.

Hulle probeer onder 'n venster kom waar 'n meisie wink. Bill dag sy wink vir hulle, maar daar is baie mans en by die deur is daar 'n samedromming. Drie, vier word ingelaat, hulle word geblokkeer. Wasâ'a het sy eie reëls, sy eie taal, en hulle moet nog leer.

Hulle probeer verder vorentoe weer by 'n deur inkom en beland in 'n soort dansklub. 'n *Sala*.

Binnekant kan Bill die soldate ruik, heeltemal anders as die olie-op-die-vel-reuk van buite. Daar is nogal heelwat Britse offisiere, 'n ander klas man as dié in Kabaret Bardia. Hier kry hy die indruk dat alles mag, en almal is sweetdronk.

Voor hulle op 'n tafel dans 'n vrou, veel meer, sy dans dwarsdeur 'n balanseertoertjie sodat die boys in die *sala* hulle asems intrek en jakkalsfluit met die uitblaas om haar aan te hits.

Die vrou het op haar kop 'n kandelaar met tien arms, tien kerse en tien vlammetjies. Sy tol in haar rok van goue brokaat, styf tot by die elmboog en waaier dan uit sodat haar polse vry fladder. Sy tol op die maat van tamboerynspelers agter haar en hou haar arms horisontaal weg van haar lyf, haar hande met die skarlaken naels na bowe gepunt.

Sy het 'n mond, Bill kan homself voel roer voor haar mond, skarlaken soos die gepunte naels.

Sy toldans met haar arms gestrek, met haar maag dans sy en lag hoog en jaag die boys om haar aan, en hulle vir haar met hulle asems, hulle jagse asems. Sy dans met die kersvlamme hoog bokant haar, die kersvlamme is in die boys se oë, in hulle whiskeyglase.

Bill kan van haar mond gek word. Hy dag hy kyk onder haar goue mou in totdat hy by die buig van haar arm kom, onder haar goue rok in tot by die knak van haar bene. Dit is weker daar, daar het die vel met die jare donker geword. Die kandelaardanser het kinders, sy dans ter wille van haar kinders by die huis.

Bill word onrustig. Hy gryp Boy langs hom: "Ons moet loop, Boy, ons is nie op die regte plek nie."

Sy het die mooiste tande, die kandelaardanser, die mooiste tande. Hy wil nog vir Boy sê met daardie mond kan sy al twee van hulle vat. Van die boys het intussen met hulle army boots op die grond en met hulle glase op die tafels begin stamp.

Dit het laat geword en Bill se oë jaag deur die *sala*. Net mans. Net sy met die kinders by die huis. En hoeveel meisies en vroue is daar nog buitekant beskikbaar, dis te sê as daar nog enigiemand oor is? Party van die vroue agter tralies wat hulle vroeër gesien het, was al ouer en blouswart onder die oë. Hulle monde te wyd, te suur. Maar toe hulle eindelik buite kom, sê hy vir Boy hy gaan nou vat wat hy kry.

Die plek het sy eie reëls; sy eie, geheime taal. Hulle moet daardeur kan breek. Hy brand, hy gaan nog uitbrand.

So 'n vuilgatjie gryp hom en Boy aan hulle hande vas. Wil jy hê, wil jy hê? vra hy met sy stink gebare.

"Laat hy ons maar vat, Boy."

Hy trek hulle deur die malende mans. Bill kan homself nie meer terughou nie, hy weet nou die tyd en plek het gekom. Deur sy uniformmou klou Boy hom papnat.

'n Deur gaan baie vinnig op 'n skrefie oop, die man stoot hulle na binne en die deur sluit agter hom.

"*Badrona*," sê hy nog, die vrou van die huis.

Die vrou wat die plek onder haar duim hou. Haar lang naels gloei purper soos die kele van irisse. Die *badrona*. Hy begin Wasâ'a se taal leer.

Die *badrona* lei hulle aan hulle polse na twee vroue. Agtertoe. Daar is 'n derde enetjie, 'n jongetjie, en Bill beduie nog, maar die *badrona* vou 'n swaar, gefraiingde val eenkant toe en laat die ouer een hom wegvat.

Bill kyk vir oulaas om na Boy Sauer. Verdwaas staan hy daar, sy wange speenpienk. Bill knipoog vir hom en wragtig, in die wegloop, knip Boy terug soos hy daar staan en wag op sy beurt.

Die vrou wat hy kry, gee roosblaar aan hom af, ook haar mond proe daarna. Haar vel is ryp, klaar gevorm en ingesmeer. Oukoper. Dadelik wil Bill ophou soen, want hy wil meer van haar hê. Hy knak en bring sy mond ondertoe, gryp haar en neem besit van haar.

Sy omring hom en snak, want die man is jonk, sy tongspier kragtig. Genoeg, sy pluk hom onder sy armholtes op, sak dan self af.

Met die punte van haar vingers en die punt van haar tong 'n donker stuk vlees in en om hom, betas sy hom. Hy beduie nee, nee, dis te gou, te gou, want sy laat hom vat-vat aan haar borste en onmiddellik stort hy, rol dan eenkant weg op die tapyt en sy laat hom agter met net haar geure, haar lusmakers oor sy ganse lyf.

Bill weet dis verby, dis verby met hom. Hy gryp haar nader en om die nek, hang met sy mond tussen haar borste en besnuif haar. Stort nogmaals. Dis die hemele wat hy binnegaan.

Maar te gou, sy is reeds besig om die val weg te trek en Boy aan sy pols binne te haal.

Bill staan net so groot soos hy nog is op en loop uit terwyl die *badrona* haar uit welvoeglikheid wegdraai toe hy homself terugsit, sy gulp vasknoop. Terug in die portaal met die silwer en oupienk omgeboorde *bolsas* is die jongetjie wat hy vroeër gesien het en wou hê, weg.

Die *badrona* druk 'n glasie warm, soet tee in sy hande terwyl hy vir Boy Sauer wag, en toe hy die koppie voor sy neus bring, ruik hy die vrou nog aan sy hand.

Minute later strompel Boy deur die val. Hy wil hom doodlag, soos 'n skoolseun, te lam van ledemaat om sy tee te vat. Toe Boy Sauer langs hom op 'n *bolsa* neerval, sien Bill die blonde haartjies by sy kroontjie staan penregop en glinster asof aan die brand.

Ligter. Bill weet hoe Boy voel, hoe lig hyself word. Hy sal nooit vir Madelein Baadnis daarvan skryf nie, maar as hy haar ooit weer te sien kry, sal sy agterkom dat hy homself vir haar voorberei het.

"Boy," sê Bill toe, "hoe voel jy nou, my boytjie?" Maar die man kan nie geantwoord kry nie. Hy het draai gegooi in die paradys en hy is terug voordat hy weet watter kant toe hy om sy as was. Boy lag.

Hulle gaan soek weer daardie hemelhol: elke keer verdwaal hulle, elke steeg nog bedompiger. Heen en weer en op en af. As hulle bo is, kom hulle nie weer onder nie; as hulle eers onder in 'n steeg is, bly hulle net daar. As hulle daardie deur maar net weer tussen al die mense kan vind, as hulle hulleself net weer in die hemel kan kry. "Asseblief tog," lag Boy.

Bill brand vir daardie jongetjie, die een met die jongbokoë. Agter die *badrona* het sy gestaan, haar na hom geflits.

"Ag Bill, jy verneuk jouself sommer, sy is maar net op die job," sê Boy Sauer vir hom.

Maar Bill het die meisies en vroue net as meisies en vroue beskou. Hy het nooit na die basis teruggekeer en hulle dan begin beledig nie.

In die lugmag se sitkamertent lê die boys rond en skryf en lees, die ou van Skotland op die klavier, maar altyd keer hulle terug na hulle "hoertjies".

Bill doen nie mee nie. Vir hom is hulle die hemel waarna hy gesoek het. Hy kan afsak of opklim in hulle, hy kan aan niks anders dink nie. Agter die jongetjie se sybloes skuil die gladheid van haar vel, haar borste. In sy hoof het sy hande klaar aan haar gevat.

Hy en Boy Sauer kry toe wragtig weer die plek en toe die deur op 'n skreef open, herken die *badrona* hulle twee en word hulle onmiddellik binnegegryp deur een van haar helpers met die koperarmbande hoog om die boarm.

Dié keer is daar nog boys binnekant, meestal in uniform. Die *badrona* beduie hulle moet platsit op haar *bolsas*. Bill wil omtrent sterwe toe hy sien hoeveel daar nog voor hom in die tou is. Maar die *badrona* kom haal hom en gee hom weer aan die ouer een oor.

Nou laat sy hom toe wat hy vra. Hy kan enigiets met haar maak, hy kan haar vir hom draai of laat buk nes hy wil. Sy het dié keer ook olie by haar en hy is verlore toe sy haar vir hom insmeer. Sy lewe is te kort vir sulke oomblikke. Sy is groot, hy voel homself soos in 'n see binne-in haar dryf. Enigiets, hy kan vra net wat hy wil.

Hy stoom toe hy uitkom en gaan trek sy uniform buite die gloed van die lamp aan. Boy is nog nie gehelp nie en hy moet eers vir hom wag. Net voordat hulle by die voordeur uitgedruk word, sien hy weer die jongetjie agterlangs staan, hy knipoog vir haar om seker te maak dat sy hom sal onthou.

Sy leun weg van die gloed van die lamp in 'n oorkantste hoek, haar regterarm druk hoog bokant haar teen die tapytbedekte muur, haar linkerheup golf na hom toe. In haar hand 'n koppie whiskey.

Daar geld 'n reël dat vroue en meisies geen drank mag gebruik nie, die koppie dien as verskansing. En al die vroue en meisies, selfs die kandelaardanser van daardie eerste besoek, moet hulleself as die *fannâna* voordoen, as die kunstenaar. Slegs onder dié vaandel mag hulle hulle beroep beoefen. Dit is die reël.

Bill trek nooit die suiwerheid van die vroue en meisies in twyfel nie. Nooit wonder hy oor die ander mans met hulle nie, oor die toue voor die gordynvalle na die verskeie bedvertrekkies, of die toue buitekant nie. Volkome oorgawe aan hom tydens daardie ewige oomblik, so lank as wat dit duur om 'n vuurhoutjie te trek, dis al wat by hom tel.

Die kuns wat die vroue en meisies bemeester om hulself oor te gee, hou nie op om Bill Scheiffer te fassineer nie. Hy moet dit weer ervaar. Wat daarvoor en daarna met hulle gebeur, skeel hom nie. Die gepunte voet, die erekte tepel, die gesperde neusvleuel;

dit is die reëls van oorgawe. Dis Bill se reëls. As hulle maar daaraan gehoorsaam is, al is dit net vir die oomblik, maak sy lewe sin.

— 3 —

OP DIE AANLOOPBAAN ANDERKANT HULLE TENTE WAG SY Spitfire. Die geleentheid om weg te breek Kaïro toe, kom nie maklik weer nie.

Hulle klim deur 5/10-wolke – wolkdigtheid word vanaf 1 tot 10 gemeet. Daar is altesaam agt van hulle. Party van die boys is nuut op die job. Bill kan dit aanvoel, in sy kajuit is sy hartklop onrustig.

Hy is omring deur mure van wolke. Volkome geborge, maar ook volkome vry om hierdie veiligheid prys te gee en uit die wolkewattekamer te breek. Vry én vry om sy dood te gaan haal, op presies dieselfde oomblik. Sy hart kan daarvan gaan staan.

Toe hy by die wolkekamer uitbreek, word sy vrees bewaarheid. Hy is oombliklik reg teen die son. Sweet- en ysdruppels op sy vel binne 'n breukdeel van 'n sekonde.

Die briefing galm deur hom, oor en oor: "Boytjies, as die vyandelike vlieënier nie met sy gat dink nie, en dis onwaarskynlik dat hy sal, is dit waar hy gaan hou: in die son. Só bly hy onsigbaar vir jou totdat hy vuur. As jy uit 'n wolkemassa reg in die son bars, is jy binne-in jou eie blindekol. Hy wag vir jou, op daardie einste plek waar jy sonblind word. Wat gaan jy doen, boytjie? Besluit blitsvinnig."

Genadiglik breek die gitswart blindheid op en Bill sien hulle: 'n stuk of vyftien BF-109's. Twee seksies van ses of agt. Hy skat hulle so 2 000 voet bokant hom en 'n halfmyl of meer agtertoe. Seker op pad om 'n vloot te gaan beskerm, want die Italianers sukkel om brandstof by hulle basisse te kry.

Dit sien hy: die 109's probeer die gaping tussen die twee seksies sluit, maar daar is een wat afdwaal. Bill gryp sy kans. Hy ruk sy Spitfire op sodat sy lyf voel of dit oopbars van die stukrag. Hy wil van lekker vrek, vrek wil hy van vrees vir dit wat in die son skuil.

Wanneer vuur die bliksem, wanneer vuur hy? Laat hy tog net eers bokant hom kom.

Hy lig sy Spitfire tot op 27 000 voet, gelyk met die vyand, die verdwaalde 109 steeds in sy korrel. Hy lig sy Spitfire verder en probeer om self in die kol van die son bokant die 109 te kom.

Toe die Italiaanse vegvlieënier sien wat Bill aanvang, doen hy 'n halwe rol en duik, 'n ou taktiek wat hulle by die Duitsers afgekyk het.

Bill se hand bewe soos hy homself moet inhou: hy sien homself kleintyd langs sy pa in die rooigras op Bakkrans lê en wag vir die tarentale om oor te kom. "Wag," beveel sy pa, en hy knyp hom in sy binneboud dat hy wil huil, "wag jou kans af totdat die tarentaal vol agter jou korrel kom."

Om te vuur is die grootste versoeking. As sy sarsie skote te vroeg kom, gee hy die vyand 'n kans.

Hy moet uithou totdat hy die merk en nommer op sy vliegtuig kan lees, praat Bill met homself. Tot dán moet sy hand huiwer, mag hy niks doen nie, praat hy met homself. Sailor Malan: wag totdat jy die wit van die vyand se oë kan sien voordat jy vuur.

Bill is van plan om die verdwaalde BF-109 van agter af aan te val en hy level uit op 18 000. Hy hang in die son. Daar. Die wit van sy oë! Hy trek los, twee twee-sekondesarsies.

Bill skree toe hy sien hoe sy koeëls die romp van die 109 penetreer. Die Italiaanse vegvlieënier probeer weer om 'n halwe rol uit te voer en links weg te val, maar Bill blits onmiddellik twee lang sarsies en sy liggaam vibreer soos hy skree toe die 109 in vlamme uitbars en in 'n dik wolk rook ontplof.

"Ek het hom, ek het hom!" Hees. Alleen in sy ekstase.

In die menasie kla hy by Boy Sauer oor boeliebief en rys dat hy uitbrand, dat sy begeertes in nagmerries ontaard het. As hulle maar net weer kans kry om na Kaïro terug te keer, anders gaan hy homself nog verteer. Hy stoot sy halfgeëte varkpan weg.

Sy kom van Ceylon en haar naam is Samia Gamâl. Die *badrona* lê sy pols in haar hand. Sy, die jongetjie, die een met die jongbokoë, mag hom dié keer weglei.

Die manier waarop sy die gordynval wegtrek, is anders as by die ouer vrou. Sy gaan met hom speel, Bill weet dit sommer.

Hy staan in vlamme terwyl sy hom uittrek. Haar vingertjies werk rats, want agter hulle wag daar nog en die *badrona* kan enige oomblik haar hande deur die gordynval steek en een, twee, drie klap.

Sy speel met hom: sy is ys, sy is die grond waarop hy kruip om maar net nog 'n lekseltjie te kry. Sy is 'n berg, en tot by haar spits mag hy kom, selfs hoër as hy kan.

Sy is kleiner as enigeen met wie hy al was, sy hou hom stywer in haar vas as wat hy nog ooit tevore ervaar het. En hy mag haar soen. Toe sê hy vir haar op Afrikaans dat hy maar nou kan doodgaan.

Maar sy lag, haar mond kwyl en maak speeksel waarmee sy hom insmeer sodat hy vir 'n oomblik alle beheer verloor en agter haar moet aanspring om haar weer onder sy hande te kry. Sy is sy bok, 'n perd. En hy word 'n dier vir haar, vir haar wil hy tot in ewigheid.

Uit, hy moet uit.

Sy laat hom darem toe om vinnig sy broek vas te knoop terwyl die volgende man reeds agter hulle staan. Toe hy die val wegtrek en omkyk, kyk ook sy oor haar blas skouerknop, en hy besef sy gaan hom nog laat sterwe.

Nog een, nog twee keer met Samia totdat sy hom wegjaag. Sy koors het haar ook aangesteek. Sy kan saam met hom verbrand.

Maar die *badrona* besef die gevaar en swaai met haar hande reg voor sy neus: Samia en hy: nié, nié. Samia klaar!

Nog 'n paar keer trek Wasâ'a hom en Boy Sauer terug, en 'n

ander meisie, glad en lenig soos 'n blinkslangetjie, draai haar om hom vas en verswelg hom. Sy word sy Samia, hy spoel sy mond met haar leem uit. Hy proe haar, hy kan sy Samia tog nog terugkry by ander.

Trixie sit op Boy Sauer se skoot voor 'n oorlogkunstenaar wat besig is om hom in die sitkamertent met olieverf op 'n doek te teken.

"Wat nou van jou Madelein, Bill?" wil Boy weet en krap die hondjie op sy pens. "Gaan julle twee trou as jy terug is?"

"As sy nog vir my wag. Madelein is 'n beeld, Boy."

"Jy bedoel: as jy dit tot by die huis maak."

"Goes without saying, Boy. Hoekom het jy in die eerste plek gevra?"

Die kunstenaar, 'n blondekop met 'n fyn gebeitelde neus, kyk op van sy doek.

"Omdat ek nie 'n beeldskone meisie en wedding bells het soos jy om na uit te sien nie." Die oorlog het Boy Sauer 'n bottertong gegee.

Bill vlie op, vleg tussen die koeksels kakpraters deur, klap die tentflappe by die ingang weg en stap 'n ent oor die sand die woestyn in.

Die aand is besig om koelerig neer te daal. Die sand onder sy sole is koud en oud, ouer as enige oumensvel wat hy hom kan voorstel, veel ouer as die vierkantige skaduwees eenkant teen die laaste oranje lig, die kruise en grafhoute van boytjies wat dit nie gehaal het nie.

Sy penis lê anders in sy broek, dis al waarvan hy so seker soos die dood kan wees. Gedurende die afgelope weke en maande het hy ferm en groter geword. Net reg. Daarvan is hy seker. En hy is trots daarop dat hy nou gereed is, ook vir die blouste blou van die Middellandse See.

As hy laag vlieg, het hy soms die gevoel hy wil sy hand laat uithang en aan die water vat. Sy verlei hom, daardie see. Is dit moontlik om 'n watergraf te vrees? Laat die see hom maar insluk, laat sy hom vat, hom heerlik koud opdrink. Weg, weg is hy. Maar dan móét dit die see wees.

Die laaste keer in Kaïro kry hy so dors dat hy Boy Sauer net so na 'n drinkplek wegsleep voordat Boy gehelp is.

"Later," beloof hy vir Boy, "ek gaan jou later weer terugbring. Kom ons maak net eers 'n dop."

Toe hulle klam en verkreukeld uit die drinkplek peul, is daar nog net een straatlig aan. 'n Man met 'n baksel brood systap hulle en stap flink aan sonder om na hulle te kyk.

Hulle loop van die lig af weg en Boy wil stop om sigaret aan te steek, maar Bill sien die grys oggend dreig om hulle toe te vou en hy jaag Boy aan. Toe hy iets hoor, kyk hy oor sy rug om.

Agtertoe, onder die bleek lig, is 'n hond besig om 'n teef te klim. Die teef gooi hom tjankend af, die hond tjank op sy beurt rou, te uitgeteer om haar weer te klim. Bill gryp Boy Sauer aan sy arm en trek hom weg.

Maar toe hulle om 'n hoek kom, loop vyf mans hulle opsetlik in hom en Boy vas. Vyf locals wat om hulle in die steeg begin maal en nie wil ophou lag nie.

Toe een se gesig naby genoeg aan syne kom, merk hy dis 'n grinnik en dat die grinnik stug raak. Die man pak hom by die nek, forseer hom grond toe en trap hom net daar vas.

In sy nagmerrie sak hy af, af Wasâ'a toe. Dit word donker en hy hoor homself sê dat dit te donker is na sy smaak, dat daar lig gemaak moet word.

Met sy kop vasgetrap teen die klipvloer van die steeg, beur hy op na die gate met die tralies en sien 'n polsgewrig daar uithang en hy gryp, gryp wind. En kyk op van die skoen na die man wat hom vastrap en maak 'n wapen op sy bors uit waarop daar geskrywe staan: *Society of Muslim Brothers*.

Die man hou 'n flessie swaelsuur in sy een hand, 'n skeerlem in sy ander hand.

"Bill Scheiffer," dreig hy, "ek gaan vanaand nog jou *fannâna* kafdraf, een vir een. Eers met dié," en hy wys na sy gulp, "dan met dié," en hy wys na die swaelsuur, "en laastens met dié," – en hy wys na die skeerlem. Nadat die man sy boodskap gegee het, lig hy sy skoen.

"Bill, jy bewe, jy gaan hier staan en siek word." Boy pluk aan hom en maak dat hy aanloop toe die mans om die hoek wegraak.

Hy kan afsak, dink hy in sy dronkmansloop, altyd dieper, na plekke waar hy net 'n onlesbare dorstigheid kan word. En nog verder, na 'n plek waar hy uiteindelik verguis kan word.

Of hy kan haar gaan haal. Op, op. Sy Samia. Hulle loop hier, hulle bestaan, hulle speeksel is warm. Dis sy keuse.

"Boy," swymel hy, "ek dink ek is vas, man."

Maar Bill kry dit nie reg om uit die steeg weg te kom nie. Veral snags bly hy daar in sy nagmerries rondkruip. Dan kom daar van hulle eie boys, en selfs hulle trap hom met hulle army boots.

Bill was nog op twee sorties uit voor hy eendag langs die aanloopbaan aftrek, en uit sy kajuit op die vlerk trap toe 'n sandvlaag oor die gelid Spitfires streep. Hy maak die fout om sy goggles op sy kop te stoot, en sand en dikolie vang hom reg in sy linkeroog.

Sy oog ontsteek, loop soggens en hy verloor van sy sig. Die ongeluk word fataal vir sy loopbaan.

Soos 'n valk kon hy voorheen sien, hy kon die wit van vyandelike vegvlieëniers se oë stiplees. Bill het die top van sy loopbaan voor hom sien ontvou. Hy sou, soos van die ander boys, terugkeer van die oorlog met ses, sewe BF-109'tjies, miskien selfs 'n swastikatjie, op die neus van sy Spitfire.

"Stuur my dan eerder terug," gaan pleit hy by hulle vlugkommandant. 'n Bloedvlek het intussen oor sy siepoog getrek, en 'n krapperigheid waarvan hy selfs in sy slaap bewus is.

"Gee eers kans, Bill. Ons hou jou nog 'n rukkie hier. Miskien klaar jou oog vinniger op as wat jy dink. Wat sê die dokter?"

Halfblind moet hy saam met die werktuigkundiges op die grond begin. Hy staan kwaad op en gaan slaap kwaad, en die vlek verdiep en sprei.

"Dink jy my immuniteit is bedonner?" wil hy by Boy Sauer weet. En Boy weet hy verwys na die gevare waarvan hulle vergeet as hulle by die vroue van Wasâ'a ingaan.

Bill wil sterf van teleurstelling. Eerder dan doodgaan. Hy frons. Die twee laaste kere in sy Spitfire was hy op die grense van sy ervaring, nee, anderkant verby.

Sy oog herstel nie en hy moet sy balsak pak.

— 4 —

TOE DIE DAKOTA OP SWARTKOPS-LUGHAWE MET SY VRAG soldate land, sommige in sakke, staan sy ma en stiefpa klaar daar.

Hulle sal nie weet wat om vir hom te sê nie. Dit was té lank, hy kom van 'n vreemde wêreld waaroor hulle nie vrae het nie.

Sy stiefpa, oom James Bennie, vat sy hand styf in syne vas. Lag met sy oë na hom toe, maar sê niks nie. Sy ma loop hom tegemoet met 'n bos jakobregoppe uit haar tuin. En woorde wat sy vir haar teruggekeerde vlieënierseun bedink het.

"In een stuk, jou asjas," skerts sy, maar sy is na aan trane. Bill onthou haar nie so nie. Nie met so 'n sagte kant nie.

Toe almal afgeklim het, bly daar 'n vader en moeder op die aanloopbaan oor met 'n swart-en-wit skipperke tussen hulle bene. Die twee staan reguit voor hulle en uitkyk totdat die moeder haar gesig met 'n betraande hand bedek.

"Armsalige goed," sê Bill, "hulle kind gaan in 'n sak afklim. Hy is gelukkig dat hy teruggestuur is, die meeste word sommer in die woestyn begrawe. Baie word glad nie gevind nie. Arme goed. Hulle moes tog al kennis gekry het. Hulle moes tog."

Hy kan nie verder na hulle angstigheid kyk nie. Die dag, sy blye aankoms, wat kan hy daaroor sê behalwe dat daar iets kort.

Die kleur van sy ma se blomme, waarskynlik vroeg voor hulle vertrek in haar tuin op Bakkrans gesny, sy stiefpa se opregtheid. Sy ma wat – vreemd, moet hy erken – haar woorde in vlae emosie verloor. Tog is dit nie genoeg nie. Dis asof sy mense met 'n vreemde taal op hulle tonge aangekom het.

Oor sy oog vra hulle hom uit, oor die woestyn. Hulle wil weet of dit maar bietjie soos die Kalahari lyk. En hoeveel van sy medevlieëniers vir hulle vaderland gesterf het.

Hy antwoord kortaf en beneuk. Sy ma dink seker dis omdat hy ontsteld is oor die twee mense sonder hoop, met die skipperke.

Wat van 'n drankie by 'n hotel om sy terugkeer te vier? probeer sy stiefpa die hoekigheid tussen hulle wegwerk.

Maar sy ma beslis dat hulle dadelik die pad terug Middelburg toe moet vat. Haar mond is verbete en sterkrooi, meer soos die ma wat hy onthou. Sy dink nie eers daaraan om hom te raadpleeg nie, al is hy 'n volwasse man van die oorlog af. Maar dit traak hom nie, hy wil net slaap.

Die eerste ruk op Bakkrans hou hy in sy stoepkamer. Aan die pyl en boog van fluitjiesriet teen die muur en die gebreide springbokvel op die leiklipvloer herken hy nog sy seunsdae. Op 'n flenter papier onder in 'n laaikas vind hy sy hoërskoolhandskrif terug, oordadige opswaaie om die letters te verbind, 'n aapstertjie waar die kleinletter "r" uitloop in sy van.

Hy lê op sy maag na die werf en luister, die kussing in sy arm gefrommel. Kalkoene, 'n melkemmer, stemme. Dan hou hy op met luister, sluit hom doelbewus weg van die bekendheid en sweetslaap regdeur die hitte van die dag.

Toe hy teen die laatmiddag sy wang lig, is dit sy ma wat by sy deur inloer.

"Boetman, jy kan mos nie jou lewe omslaap nie. Jy moenie vergeet dat jy die oorlog oorlewe het nie. As dit nie stof vir ons almal se dankbaarheid is nie."

Vanaf sy kussing hou hy haar gesig dop wat rooier kleur soos sy praat, opgewonde oor hy in een stuk terug is, dié weet hy darem. Maar Angel Bennie wag dat hy moet opstaan en met iets begin. En dié iets is nie op Bakkrans nie, dit het sy hom sommer die eerste dag oor 'n bord gebraaide eiers en spek laat verstaan.

"Jy wil tog nie soos 'n ou stertjie saam met jou stiefpa boer nie. Wat van die meisietjie met wie jy destyds in Oos-Londen so danig was? Bly sy dan nie hier naby nie? Jou lewe, Billie, jou lewe gaan verby en jy is nog bloedjonk."

Sy raak gevoelig voor die afwesigheid van sy blik, want hy hou by homself, hy luister nie eers na haar woorde nie. Sy retireer en stap saam met die kolliehond terug kombuis toe.

Op Bakkrans dra Angel Bennie die broek, en hy kan tog godsonmoontlik saam met háár boer, dis wat sy nié gesê het nie.

Hy slinger bedwelmd op en soos elke ander oggend gaan kyk hy eerste na sy oog in die spieël.

'n Maand duur dit. Later kry hy homself darem uitgeslaap en bedags vat hy die .303 en loop agter bloutarentale aan. Sy ma word byna gek as sy hom so sien. Handewringend in die vaalgeel voorskootjie wat sy nooit afhaal nie, kyk sy hom agterna. Hy het niks vir haar te sê nie.

Net met oom James Bennie gesels hy oor die oorlog. Saans, alleen op die voorstoep onder die geur van wisteria, as sy ma al gaan inkruip het. En met sy twee halfsusters wat kom kuier het.

"Dit voel snaaks om nog vir jou Billie te sê, Billie," sê Gertie, die oudste.

Toe hy hulle uitdaag om kaal saam met hom in die dam te gaan swem, gil Willemien: "Ag maar jy hou jou lekker laf, Billie."

Die oggend toe hy voor die spieël staan en die vlek op sy linkeroog lyk of dit krimp en na die traanklier terugkruip, bel hy die Rosmead-hotel.

"Wie praat nou?"

"Dis Prinses," sê die meisie.

"Sê my, Prinses, is juffrou Madelein Baadnis nog daar by julle?" Hy bel spesiaal in skooltyd sodat hy nie self met haar hoef te praat nie. Hy maak reëls soos dit hom pas.

"O ja, meneer, sy bly nog hier. Maar sy is nie nou hier nie. Sy hou mos annerkant die spoorlyn skool," kom die antwoord. "En wie sal ek sê het gebel?" vra sy soos sy gehoor het mens vra.

"Bill Scheiffer. Nou pas terug van die oorlog af. En sê my, Prinses, ken jy so 'n bietjie vir juffrou Madelein? Sou jy vir my kan sê of daar nou deesdae 'n man daar by haar vlerksleep?"

"O meneer, ek en mies Madlein kan te heerlik gesels. Meneer vra my nou sommer lekker alles en ek kan net vir meneer sê dat hier nie te veel los mans op Rosmead rondloop nie. As dit so was, het ek my ou skoene gedank."

"Prinses, jy help my nou baie. Baie dankie, jong. Laat weet asseblief vir juffrou Madelein dat ek kom kuier. Dat ek Saterdag daar by haar sal wees."

"O nee, maar dis reg, meneer. Ek sal haar sê nes sy van die skool af kom."

— 5 —

SY LAG EN LAG. MADELEIN GOOI HAAR HANDE HOOG BOKANT haar kop, en kry Prinses om die nek beet.

"Bill Scheiffer het die oorlog oorleef. Kan jy dit glo, Prinses?" En sy skop haar skoene uit en hol oor die grondpad verby die peperboom voor die hotel na haar oom Louwtjie met die nuus.

"Wragtag, Maddie, wragtag," is al wat hy uitkry.

"O, oom Louwtjie." Oom Louwtjie en haar ma, sy is so lief vir hulle. Hulle het 'n woord vir almal, 'n meelewing wat maak dat sy al hulle foute wil oorsien. En nou, dié nuus.

Die naweek is om die draai. Dis Vrydagmiddag, en Bill kom môre kuier. Madelein trek die kerspitdeken weg en vou dit in 'n rol op die voetenent van die bed om bietjie skuins te lê voordat sy haar hare was.

Om vieruur kom Prinses haar help om haar goodies vas te knyp. Haar sweeps moet nader aan mekaar gemaak word. En daar moet meer van hulle wees. Prinses het haar al vantevore met haar hare gehelp. Sy is skoonmaker en kombuishelper by die hotel waar sy opdrag gekry het om asseblief tog nie die telefoon te antwoord nie.

Bill gaan haar seker vat om Saterdagaand iets by die Grand op Middelburg te eet. Sou hy 'n kar hê? Oom Louwtjie meen die soldate kom maar kaal uit die oorlog. Maar Bill behoort haar darem te vat. Hoe het hy die aand in die tuin van die Aldridges na haar gekyk?

Sy trek haar romp, snyersbaadjie en wit kantbloes uit en sak net in onderrok en buustelyf op die bed neer om bietjie in te dommel.

Haar lesse vir die volgende week is klaar voorberei, sy het vlytig gewerk die oomblik toe sy die nuus oor Bill gekry het. In die Afrikaanse klas wil sy die kinders lief maak vir A.G. Visser. Sy het "Amakeia" uitgelê en in haar klasboek neergeskryf.

Die klop maak haar wakker.

"Madelein?"

Wat? Hier by haar kamerdeur. Hy? Dis dan nou eers Vrydag. "Wie is dit?" vra sy verslae.

"Madelein, dis Bill Scheiffer."

"Bill! Bill, gee my net . . ." Sy word lig, altyd ligter, vanaf haar kroontjie tot by die punte van haar tone. Daar kom die sensasie van spoel, dat sy sonder grypplek besig is om weg te spoel, gelate en sonder vrees.

"Bill, gee my net 'n kansie. Wag vir my in die sitkamer. Bestel solank 'n drankie."

"Madelein, hoe kan jy dit sê, ek wag al vier jaar vir jou."

En hy stap binne: die mooiste man wat sy nog ooit in haar lewe gesien het. Sy hare is met Brilliantine teruggekam. Hy dra 'n roeskleur baadjie met 'n fawn broek. En 'n hemp wit oopgeknoop oor sy baadjiekraag sodat die bruin V-tjie by die wortel van sy nek opval.

Maar in kort, vinnige vlae flits dit tog deur haar: hoe sit sy daar voor hom? En is sy dan nie eers skaam voor sy blik nie? En vinnig lig sy haar hande oor haar borste waar sy opbeur vanaf die bed en regop bly sit.

"Bill," sê sy sagter, "Bill." En kan haar oë nie van hom afhou nie.

Die suiwer krag wat hy uitstraal waar hy net binnekant haar kamerdeur staan. En die manier waarop hy sy hand uitsteek, die deur agter hom toestoot sonder om op te hou kyk na haar: die vrou voor hom in haar onderklere. En die deur wat vir ewig agter hom toegaan.

"Ek het myself nog nie eers mooigemaak nie. Prinses het gesê jy kom eers môre."

Maar hy is reeds by haar. Sy kan net raai hoe sy vir hom moet lyk.

Hy kom staan voor haar en laat gly sy hand teen haar nek af. Buk en druk sy neus in haar nek. En sy kan hom ruik, Yardley Lavender, maar ook vir hóm.

Anders as die aand langs die hibiskusheining. Sy fisieke nabyheid laat haar skerp onthou hoe hy daardie aand was. Dié keer is hy ryper teen haar. Hy het 'n man geword, dis wat haar sintuie haar sê.

"Bill," sê sy weer en probeer regop kom. Maar hy beduie vir haar om net so te bly sit en hy gaan sit langs haar, want hy kan sien dat sy oorweldig is.

Hy hou haar lank teen sy skouer vas, en draai hom toe na haar. Met sy linkerhand steeds om haar skouer gekrom, skuif hy met sy regterhand haar onderrok op, laat hy sy hand stadig by die heel warmste plek tussen haar dye ingly.

Sy spoel weg, ja, maar sy kan weer helder dink. In daardie einste hotelkamer ondervind sy vir die eerste keer die krag van sy libido. En sy wonder daaroor, al is sy jonk en 'n maagd. Wat gaan dit aan haar doen, waarheen gaan dit haar voer?

Hy is anders vir haar as ander mans. John Boshoff, ag, hy is 'n seuntjie teen Bill. Is dit omdat Bill in die oorlog was, die oorlog oorleef het?

Hy het plat naels, sy hand breed en donkerder soos die vel op sy gesig en teen sy nek. Sy hand tussen haar bene. Hy kyk na haar, sy hand praat met haar. Sy is klam om sy hand. Hy sal haar kan vat en daar is niks wat sy wil doen om dit te verhoed nie.

Prinses sou nog met haar sweeps kom help het, as beloning sou sy haar haar stel goodies leen vir Saterdagaand. Maar daar gaan niks van kom nie. Dit is nie meer nodig nie.

Bill wil haar in ieder geval hê. Nie haar keuse nie, maar syne is dit om haar onmiddellik te vat. En sy kan niks daaraan doen nie. Sy sien haarself so: oorgegee aan die onstuitbaarheid van sy drang, sy hand altyd warmer en natter, sy ander hand op haar bors, haar borste.

Daardie oerbehoefte, is dit waarmee hy haar gaan oorwin? Is dit waarmee hy haar altyd gaan oorrompel, nes hy wil? Sy bly wonder, al is sy besig om verder en verder in sy oë en onder die taal van sy hand weg te spoel.

"Die deur, asseblief, Bill," is al wat sy nog kan sê. En hy staan toe tog op om die sleutel in haar deur te gaan draai sodat Prinses nie sommer kan inwarrel nie.

Toe hy na haar omdraai, sien sy hoe sy ereksie die ligte wolstof van sy Veka-broek vorentoe stoot, en sy is bly dat hy na haar toe aangestap kom met 'n ereksie net vir haar. En sy besluit dat sy haarself aan hom met onvoorwaardelike oorgawe sal gee.

Oorgawe aan sy hand wat haar liggaam onder haar klere begin uithaal vir hom, en haar stadig op die bed neerlê: oorgawe aan sy linkerhand onder haar stuitjie, stadig, aan sy regterhand wat sy bruin penis uithaal – het hy dan kaal in die woestyn geloop? – oorgawe aan sy hand wat haar bene vir hom oopmaak, en sy wat haar bene nog wyer wil strek, 'n ferm aksie, want sy is self sterk, en oorgawe aan hom terwyl hy homself stadig in haar laat sak, eers net sy eikel tussen die lippe van haar vagina, net om haar eers oop te maak, stadig sodat sy die pyn stelselmatig kan verdra, want hy weet daar sal eerste bloed wees, en toe meer en meer oorgawe aan sy hande, toe albei agter en om haar boude sodat hy haar oplig en sy haarself nog meer vir hom kan gee sodat hy nie meer op haar afsak nie, maar haar oplig sodat sy penis regop in haar kan opstaan.

Oorgawe – maar nie onvoorwaardelik nie, lê sy later met haar rug teen hom en dink. Bill het intussen met sy gesig in die ronding van haar rug aan die slaap geraak. Dit sal nooit onvoorwaardelik kan wees nie.

Sy wil hom ken. Sy wil weet dat hy haar ken, dat sy wil met hare een word. En dat hy hierdie innigste wens vir hulle twee saam sal respekteer. Hy was mos lank genoeg 'n soldaat, hy sal tog die eis van getrouheid snap.

En toe dit skemer agter haar venster word en sy die aand in die blare van die peperboom hoor en op die huiwerkloppie sê: "Los maar, Prinses, ek sal môre met jou praat," en toe Prinses se kaalvoetstappies al met die hotelgang af minder word, en Bill soos 'n seuntjie steeds aan haar klou, kan sy skielik deur die broosheid sien.

Sy skouers, sy manlikheid, selfs nie eers sy hande kan haar meer oorrompel nie. Sy wil haar eie huiweringe en waarskuwings hoor en gehoorsaam. En opnuut, of dan vir die eerste keer, of weer, of altyd van toe af, vrees sy sy seksdrang. Die krag daarvan, en waarheen dit haar gaan neem.

— 6 —

AGT MAANDE NA DIE EINDE VAN DIE OORLOG AANGEKONDIG is, word daar 'n kennisgewing deur die Smuts-regering uitgereik dat hoewes in Vaalharts, Noord-Kaapland, aan teruggekeerde soldate beskikbaar gestel word.

"Dis 'n seëning en 'n uitkoms," kom sê sy ma agter hom terwyl hy in die badkamerspieël skeer.

Hy buig en spoel sy kakebeen af, kom orent en beskou nogmaals sy linkeroog vir enige tekens van die bloedvlek.

"Hoekom kyk jy nog steeds na jou oog, Billie? Daar kan tog nie meer fout kom nie. Jy is mos nou sterk en gesond."

Hy het die aansoekvorm vir 'n hoewe ingevul; sy ma oorstelp, hyself verlig en bly.

Oom James Bennie haak hom met 'n 1 000 pond. 'n Vermoënde man, sy stiefpa, en met 'n hart van goud. Tussen hom en sy eie kinders, Gertie en Willemien, maak sy stiefpa – so lank hy kan onthou – geen onderskeid nie.

Self kan hy darem 700 pond neersit. Daarmee kan hy 30 morg mét uitstaande verband aankoop: 'n balans wat jaarliks met sy oeste aan die staat afbetaal moet word.

Daar skiet toe net mooi 200 pond oor vir 'n two-seatertjie, 'n Chevvie, die laaste kar wat voor die oorlog gemaak is.

"So bietjie swart," sê sy ma toe hy die eerste keer op Bakkrans se werf met die kar kom spog. Maar eintlik is haar oog op die Chevvie se wiele, op die bande se breë wit ringe.

Haar seun kan vorentoe, dis al wat vir Angel Bennie saak maak. Sy eie pa, Ferdinand Scheiffer, is kort na Billie se veertiende verjaardag oorlede, maar dit het die kind nie teruggesit nie. Billie is nie onnosel nie.

"Vat vir Piet en Morris saam met jou," maak sy stiefpa verder sy hand oop. "Hulle is jonk en fluks, en het sagte geaardhede."

Die twee mans het 'n eie Afrikaans, Boesmans het die mense hulle sommer genoem. Piet en Morris ken nie 'n groter wêreld as die Middelburg-distrik nie. Die twee word eenvoudig aangesê om te gaan, maar dan gee hulle ook nie om nie.

As hulle klaar met die merino's gewerk het, het Bill maklik saam met hulle agter die kraalmuur water afgeslaan. Daarom het Piet en Morris rondvertel dat basie Billie maniere met hulle het en dat hulle graag met hom wil ver weggaan.

"Net twee weke, Madelein, langer wil ek nie, langer gaan ek ook nie. Ek gaan net om my grond te bekyk en om Piet en Morris aan die werk te sit. Net twee weke. Ek brand, Madelein," sê hy vir haar.

Sy wil dat hy dit weer vir haar sê.

Bill is met die twee vort boontoe: Piet voor, Morris agter in die dicky-seat. Hulle streel oor die sitplekke, sulke strips. Die kar maak wind soos hy die petrol trap en bultaf roep hulle: "Hittetete, basie Billie." En kyk oor hulle skouers ruit-uit en skree oor die bome plat lê en begin vlie het.

Hy geniet hulle, maar sy kop is van Madelein vol.

Duskant Kimberley waar die kameeldoring begin, trek hulle af om 'n karmenaadjie op die kole te sit. Al drie is asvaal van stof. Bill skink vir elkeen 'n sluk Commando uit sy halfjack en vertel van die diamante daar anderkant in die Kimberleygat.

Piet en Morris verras hom met hulle wysheid. Nee, reken hulle, hulle kan nie verstaan hoekom die mense so agter die blink goedjies aanhol nie, al bring dit ook hoe baie geld.

Die sterre kom pikdonker uit en hulle sing 'n wysietjie. Toe krul al drie langs die doringhoutvuur op. Die volgende oggend moet Bill die ryp van die voorruit afvee.

Selfs toe hy by die hoewe op Vaalharts aankom, in die stof uitklim en die grondjie sien waarop hy 'n lewe moet begin maak, kan hy Madelein nie agter sy ooglede wegkry nie. Hy raak selfs ongeduldig, maar belowe homself dat hy sy ongeduld sal inspan om homself te dryf.

Daar is 'n hele klomp SAAF-boys onder die hoeweboere. Op die hoewe oorkant sy Vyf-K-Agt het Hardy Schoeman en sy vrou reeds 'n geruime tyd tevore ingetrek. Hardy het guts vir die gespook, Bill kan dit sommer sien.

Op elke hoewe is daar 'n klein huisie en 'n afdak-skuurtjie so 'n ent agtertoe vir die proefhuurder gebou. Die waterkanale, dis nou te sê die hoofare, is almal klaar gegrawe, gestraat en in werking. Van die afvoerkanale na die hoewes moet daar egter nog gegrawe word.

Die boys het al die hoewes naaste aan Magogong gekry. En die goewerment het elkeen van hulle uitgereik met genoeg, soos hulle seker gereken het, vir 'n jong, kapabele man om 'n bestaan vir hom en sy gesin te kan maak: ses ongeleerde muile; een waentjie wat elkeen met sy buurman moes deel as die oes vervoer moes word (die waentjie – g'n vere, net 'n stuk yster op wiele – kan een en 'n halwe ton laai); twee melkkoeie; 'n gieter en 'n emmer; ses tuie; twee swingels; een spitgraaf en een bakgraaf; een hark en een byl; en laastens 'n eg en 'n eenskaarhandploeg.

"Die huisie, Madelein," verduidelik hy, "ek wil niks verswyg nie, sodat jy nie onnodig allerhande dinge staan en verwag nie. Daar is maar nie veel oor die plekkie te sê nie." Hy het haar na 'n week gaan bel toe hy by die kroeg op Magogong gaan dop maak het.

"Daar is oor die twintig morge op hoewe Vyf-K-Agt wat nog ontbos moet word. En op die ontboste deel lê die uitgerukte bome en vaal bosse nog net so. Gelyk grond wat water kan vashou, is daar nie. Alles hol net so weg, verstaan jy, Madelein?"

"Maar Bill, ek het darem self op 'n plaas grootgeword." Is dit die lyn of sleep sy tong?

"Jy gaan maar self moet hand uitsteek, Madelein. Selfs waar die grond al ontbos is, lê daar duiwelshake. Duwwels so groot soos 'n appelkoos met vier dodelike hake.

"As die grond nie reg vir plant is nie, kan niks aangaan nie, niks. Madelein, hoor my. Die huis is maar 'n bysaak." Hy ís getrek.

Ná 'n week kry hy en die ander boys kennis van die beampte van die staat, 'n meneer S.P.J. du Toit, dat alle oudsoldate op Magogong moet vergader. Meneer du Toit wil die manne wat reeds op die hoewes begin werskaf het en dié wat – soos Bill Scheiffer – pas aangekom het, persoonlik ontmoet.

Party staan in die skaduwee van die poskantoor se stoepie op Magogong, party onder 'n boom, maar die twee skaduwees is minder as die boys wat die dag daar vergader.

"Menere, julle het vandag as bevoorregtes hier bymekaargekom. Stof en bos mag miskien al wees wat julle raaksien, maar hierdie besproeiingskema het al 'n ver pad gekom. Daarvan is julle vandag die blye getuies." Meneer S.P.J. du Toit is van Springbok in die Noordweste en maak sj's van al sy g's.

"Toe Cecil John Rhodes so ver terug as 1886 die besproeiingskema in die vooruitsig gestel het, was hier niks nie. Nie twee bakstene opmekaar nie, behalwe nou die verspreide hutjies van die Batlapin-stam wat so laat as 1840 nog die gebied wat vandag as Vaalharts bekend staan, bewoon het. Die dorpe dra nou nog name wat van hulle ou stamhoofde se eienaarskap getuig: Taung, Pokwani en ook Magogong.

"Vandag nader die skema byna voltooiing. Vanaf 'n uitkeerdam vloei die water van die Vaal- en Hartsrivier in 'n hoofkanaal wat 375 gelling per minuut deurlaat. Daardie water word skematies oor 36 000 morge versprei deur 78 myl verdelingskanale en 336 myl gemeenskaplike vore. Manne, besef julle hoeveel water dit is, besef julle die potensiaal wat julle met so 'n waterkrag kan verwesenlik?

"Die besproeiingskema sal uiteindelik deur sowat eenduisend-twee-en-sewentig blanke nedersetters bewoon kan word. En die Batlapin is vandag as arbeiders hier beskikbaar vir julle.

"Manne, ek wil afsluit met die woorde van dominee G. de Vos, voorsitter van ons feeskomitee: 'Vaalharts – monument van ons land. Die goud van ons bodem en die glinsterstene van ons diamantvelde sal lank waardeloos wees, dan sal in die bruin aarde van die Vaalharts-vallei die siel van 'n nasie klop op pad om 'n nasie te bou.' Manne, alle heil en voorspoed en ek dank julle."

Baie en mooi woorde, hy met sy silwerdasspeld, maar Bill kyk so na die boys om hom, veral dié wat teen die son moet skeelkyk, en hy kan sien hulle dink aan die werk wat voorlê.

Party gaan dit maak, want die oorlog het hulle gebrei. Maar daar is ook dié wat grafte moes grawe vir hulle boesempelle, wat die harsings van die boytjie wat nou net langs hom gelê het, van sy eie mou moes afskraap. Hulle is nog besig met 'n worsteling en nou moet hulle in son en stof met 'n nuwe soort worsteling begin.

Daar breek 'n murmurering los toe meneer S.P.J. du Toit agter hulle in sy Buick klim en wegtrek. Die ding waaraan almal hard kou, is dat die staat hulle die twyfelagtige status van proefhuurders gee: die een wat dit nie haal nie, kry sool onder die gat.

Bill sorg dat hy mooi vir Piet en Morris wys hoe hulle die bos en boomtakke eenkant op 'n netjiese hoop moet sleep en die grond met die eg en muile gelyk moet maak sodat die water nie alles wegdonder nie.

Hulle knik. Hy gaan nie te veel verwag nie.

Vanaf Ses-K-Sewe gaan Hardy Schoeman oorloop om darem 'n ogie oor hulle te hou. Maar, anders as Bill, het Hardy nie mense om te help op sy eie hoewe nie en sy tyd om na Piet en Morris om te sien, gaan skraps wees.

Bill gee vir elkeen vyf sjielings en laat 'n sak mielierys en 'n skraapseltjie suiker en koffie agter. En daar is nog die laaste van die meel wat hulle van Bakkrans af saamgebring het. Piet en Morris sê hulle sal sommer in die veld loop en 'n strik vir kolhaas of ystervark stel.

Langer kan hy nie meer nie, nee, helletjie. Hy is reg om haar te gaan haal, om met die trein Middelburg toe te ry, die troubesigheid agter die rug te kry en dan terug met die trein: Vaalharts toe.

Die two-seatertjie los hy in die skuur langs Piet en Morris se slaapkooie op Vyf-K-Agt. Hy wil Madelein nie so kort na die bruilof met 'n ryery in 'n kar uitput nie. Hy wil eerder dat hulle in 'n kompartement op die trein terugry, 'n laaste honeymoontjie.

—7—

KORT VOOR HULLE TROUE EN LANK, TÉ LANK NÁ DAARDIE middag toe Bill by haar kamer in die Rosmead-hotel ingeloop het, kom Prinses sê daar is iemand wat by reception vir haar wag, suitcase-'n-all.

Jinks Motley, 'n kleremaker van Middelburg met een slap oog, staan en rook toe sy binnekom. Sy dra 'n groen bloes en geblomde klokromp met 'n belt van dieselfde stof as die romp, 'n breë belt wat haar middel invat.

Toe Jinks haar sien, praat hy uit die vuis: "Angel Scheiffer met so 'n daughter-in-law. Well, I hope she knows how to count her lucky stars."

Hy het Angel nog Scheiffer genoem, na Bill se regte pa, al het sy 'n jaar ná oom Ferdinand Scheiffer se dood die nuwe van, Bennie, oorgevat. Dit is sy, Angel, wat glo vir Jinks Motley na Madelein op Rosmead gestuur het.

Hulle gaan sit in die sitkamer nadat Madelein eers die gordyne oopgetrek het. By Prinses bestel sy tee vir Jinks en haarself.

Prinses het toentertyd geraai wat daardie middag met mies Madlein gebeur het. En haar ogies wat swart in haar gesig gloei, het skelm kom lag toe sy vroeg die oggend, net toe Madelein haar lesgeegoed vat en wil loop, die bedlinne aftrek.

Nie dat Madelein omgee dat Prinses weet nie. Uit haar hart het sy self vir die meisie met die klein, geel hande alles wat lekker is, gegun.

Madelein gaan oorkant Jinks sit en trek haar romp onder en om haar reg. Sedert Bill se besoek verkeer sy in 'n staat van opgewondenheid. Sy kan nie die sensasie van sy harde, hoogvol penis teen haar vergeet nie.

Jinks trek die teetafeltjie nader en plaas sy tas op die linkerhelfte sodat daar nog plek vir die teegoed oorbly. "Magtig, maar is ek dors," sê hy, steun en knip die tas oop.

Daar is 'n stuk of vyftig monsters van manspak-materiaal bo-op, met nog ander stukke lap en goed soos maatbande en sluiters en knope en voeringmateriaal onderin. Versigtig haal hy die monsters uit en plaas hulle een vir een op sy knie, stryk daaroor en hou dit dan vir Madelein uit sodat sy daarna kan kyk en dit na geskiktheid kan skat.

Toe hy weer 'n monster vir haar aangee, hou hy haar hand in syne en kyk na haar vingers en naels en skud net sy kop.

Madelein besef dat sy haar eie aantrekkingskrag, wat bevestig is in die geselskap van mans soos John Boshoff en mister Aldridge, opnuut met die verskyning van Bill as 'n krag begin gebruik het. Maar sy glo nie sy het meer van haarself gedink as wat nodig is nie. Daarvoor het Jakob en Martie Baadnis haar ook nie grootgemaak nie.

Daar het wel niks in hulle huis op Rietkuil gekort nie. Selfs gedurende die oorlogsjare kon haar ma Evening in Paris by Weddel's op Colesberg bekostig. Die donkerblou botteltjie. En haar pa het 'n two-tone '46-Plymouth bestuur. Maar mense sal nooit die Baadnisse met hulself of hulle aardse besittings hoor spog nie.

Madelein sit so met een van die stukke wolmateriaal in haar hande en opkyk na Jinks Motley oorkant haar. Die man se gesig trek breed oor die lafenis van die tee.

"Angel Scheiffer said I should ask you to choose. Sy sê jy sal weet wat jou smaak is. Jy sal mos die beste een wees om die fabric vir Billie se wedding day uit te kies. Jy weet hoe die suit aan hom sal sit. I thought that is very nice of her, very nice, your mother-in-law to be" – en hy skater – "can be a very, very nice lady." Hy tel sy koppie op en slurp.

Wat gaan nou hierso aan, dink Madelein by haarself en stryk met haar plat hand oor die materiaal nes sy Jinks sien maak het. Wat lê agter die ding? Angel wat Jinks Motley na haar toe stuur om die materiaal vir Bill se snyerspak vir die bruilofsdag uit te kies? Sý wat moet kies?

En toe weet sy skielik voor haar siel dat Angel Bennie klaar gekies het, lankal. En dat Jinks Motley net oorgestuur is om met haar te flikflooi sodat sy voel hulle sluit haar darem ook by die reëlings in.

"Vat jy maar wat sy gekies het," sê sy vir Jinks. En sy kyk hom reguit in die oog, nie die slappe nie, en sy dag hy verstik aan sy mond vol tee.

Sy kyk eenkant toe en lag. Raak daarvan bewus dat Prinses 'n entjie agter hulle teen die muur leun, kamtig om te kyk of hulle nog iets nodig het. En sy kyk weer op en glimlag vir Jinks, en toe sit hy sy koppie tee stadig neer, haal sy pakkie Springboksigarette uit sy baadjiesak en tik een op die plat kant van die pakkie, steek dit aan, kyk na haar en begin ook lag.

"Nou ja," sê hy, "then there is no further need to look at the remaining samples." En hy trek aan sy sigaret en lag aanhoudend met sy oog na haar toe, bly dat hy – nes sy – deur die hele ding kan sien.

10 Oktober 1947, die datum wat sy en Bill vir hulle troudag kies, val toe op haar ma, Martie Baadnis, se verjaardag. Toe Angel Bennie daarvan verneem, wyk haar slaap.

Ek hoor snags donkies balk, kla sy teenoor oom James Bennie. Hy paai, en skuif nader om haar te streel. Maar as sy toon per ongeluk in die bed aan haar raak, skop sy sy voet weg.

En toe Madelein se pa spesiaal oorry na die Bennies op Bakkrans om darem met sy aanstaande familie kennis maak – 'n ordentliker man as haar pa kan jy nie kry nie – storm Angel in die gang op die studeerkamer af waar haar pa en oom James Bennie wydsbeen op die twee gemakstoele sit, koeitjies en kalfies aan 't prate. Albei rook graag pyp, oom James skil droë appel by sy twak. Hulle het die wêreld se tyd, die twee.

"Oor my dooie liggaam," praat Angel Bennie, sommer giftig met die intrapslag. Haar oë toe al weggesink van die min slaap. Sy het haar voorskoot aan en haar hande wring die lap.

Later sê Madelein se pa dis nie dat hy vir Angel geskrik het nie, maar hy het in haar blik en om haar mond gesien dat sy maklik 'n onverantwoordelike ding sal aanvang. Koot, die manier waarop Angel Bennie by daardie gang afgedonder gekom het, nes 'n mansmens! Nee, hy het besef die ding het haar swaar versteur.

Angel is siedend omdat die troudag nie op háár verjaardag val nie. "Agterbaks" is die woord wat sy voor Madelein se pa gebruik en huiwer nie om naby hom te kom staan nie. Sy eis 'n verduideliking, sy proe die bitter in haar mond.

Jakob Baadnis kyk haar aan, sy aanstaande aangetroude familie, en sy vir hom. Hy is ook nie sonder jammerte vir haar nie, maar wat wil sy haar nou so oor niks gaan ontstel? Swig voor haar sal hy ook nie.

Hy wys rustig met sy pypsteel na haar: "Luister, Angel, jy het nog twee dogters, laat hulle al twee op jou verjaardag trou."

Angel vererg haar bloedig, swaai om en sorg dat sy vir die res van Jakob Baadnis se oorblyery agter in die huis versteek bly. Sy kóók daar waar sy haar skuilhou, hy kan deure hoor slaan.

"Maddie, my kind, die krag om op te staan en teë te praat, het g'n mens, man of vrou, nog ooit kwaad gedoen nie," sê hy vir Madelein. "Ander gaan jy daarmee net kwaad maak, dis waar. Maar as dit teen jou gerig word, moet jy leer om jou ook daaraan af te vee. Angel Bennie glo sy moet die wêreld volgens haar wette en willens inrig. Moedswil, as jy my vra.

"Dis maar goed jy en Bill gaan bly so ver. Die vrou kort baie aandag, as sy James net 'n kans wil gee. Oom James is 'n rustige soort mens, sal g'n vlieg kwaad aandoen nie. As sy hom maar net 'n kansie wil gee. Hulle sê Bill se eie pa het haar nie haar sin laat kry nie. En as haar vuurvretery te erg vir hom geraak het, het hy maar sy eie draaie gaan loop."

Onaangeraak tot daardie laatmiddag op haar bed in die Rosmeadhotel. En selfs mooier as toe. 'n Dieper blou, 'n dieper room, 'n dieper roos sien Bill op haar gesig toe hy haar sluier lig en haar amptelik onder die oë van familie en vriende met sy lippe vir hom vat.

Willemien en Gertie is twee van hulle strooimeisies. En, behalwe hulle, ook nog twee niggies: een van die Baadnis- en een van die Scheiffer-kant. En Madelein se broer Reks en Angel se jongste boetie en twee van Bill se SAAF-boys is almal strooijonkers. Dan is daar nog vier blommemeisies en 'n bruidjie en bruidegompie.

In Bill en ander se toesprake word sy eie pa, Ferdinand Scheiffer, onthou en paslik by die seremonie bygehaal.

Agter sy hand fluister Frans, die Bennies se buurman met die bynaam Frans Pêre: "Ek haal my hoed vir James Bennie af, nee, o wragtag."

Hy het dit aan Madelein se tante, Martie Baadnis se suster, gesê. Ant Margariet die een wat haar dae op Vaalbank met haar pluimveeboerdery omkry, want van vreugde het daar niks op haar huweliksbed gekom nie.

Ant Margariet weet presies wat Frans Pêre bedoel het, magtig, sy is nie onder 'n klip uitgebroei nie. En Middelburg is mos ook nie so ver van Colesberg af nie, mense praat mos. Sy weet wat Frans Pêre óók bedoel het, is dat Bill se pa 'n man van staal moes gewees het om dit so lank met Angel uit te hou.

Frans Pêre sit die ganse resepsie met Madelein se ant Margariet en gesels, en as hulle onderskeie wederhelftes per ongeluk albei vir 'n rukkie weg is, badkamer toe of vir 'n sigaret, is Frans Pêre styf met ant Margariet op die dansvloer te siene.

Later daardie aand toe Frans Pêre al begin lekker raak, vertel hy dìe ding aan ant Margariet, en sy weer aan Madelein: "En nie eers dít sê alles nie, want eintlik sou jy die ding só moet sê: dat Angel Ferdinand Scheiffer so lank in haar midde verduur het, dis veel nader aan die pit. Want sy het nie. En nie baie mense weet hoe sy van hom ontslae geraak het nie. Maar wie wil ook nou so staan en oopgrawe, en dit op 'n troue?"

"Hoe dan? Hoe het sy van Bill se pa ontslae geraak?" wil Madelein weet toe ant Magariet op 'n gekose tyd by die hooftafel die storie kom oorvertel.

"Ek skat seker maar met gif, my kind, so bietjie vir bietjie elke dag," sê ant Margariet.

"Glo ant Margariet dit?" Maar dié waai net haar hand eenkant toe en staan op. Madelein kyk op na waar Bill is.

Wanneer hy ook al naby haar is, maak hy seker dat hy aan haar vat. Madelein merk egter ook hoe sjarmant hy met van die ander vroue omgaan, maar anders as met haar, so sien sy dit. En reken sy weet wat sy vir haarself gevat het. Al het haar ma – toe sy die eerste keer vir Bill Scheiffer ontmoet – gesê hy is eintlik te mooi vir 'n man. Dit was op Rietkuil in die kombuis. "Hy kan moeilikheid gee, Madelein," het sy nog gesê, en met die vatlap gebuk om 'n tert uit die louoond te haal.

Madelein bly ingedagte by die hooftafel sit met 'n vierkantjie troukoek op 'n koekvurk op die bord voor haar. Sy lig 'n glasie sjampanje, laat haar tong daarin druip en kyk op toe iemand die tafel nader.

Dis Reks, toe al gekoring, wat sê toe hy sy suster se gesig só sien, so glansend, lippe halfoop, wimpers halftoe, het hy by homself gedink: "Hel, Madelein het mos 'n lig gesien. Kyk hoe lyk sy dan. Sy is vry."

Die trein vanaf Colesberg na Magogong loop laatmiddag, dwarsdeur die nag én die daaropvolgende dag totdat dit weer skemer word.

Op Colesbergstasie maak Martie Baadnis 'n skelm spasie tussen hulle vroueheupe, vat Madelein se hand en vou haar vingers om twee pond ses toe.

"Gaan eet julle twee nou lekker op die trein," fluister ma Martie vir haar en vat haar vol om die boud.

"En dag jy ook Renna, jy moet mooi na my kind kyk, jong."

"Nee dis reg, oumies Martie," groet die meisie wat van Rietkuil saam met Madelein gaan om met huis en groentetuin hand by te sit.

"My honne, my honne," sê haar ma en krap die kollie se een

swart oor. Toe loop sy na Bill en vat hom eenkant op die perron om vir hom iets te sê. Ma Martie is klaar erg oor Bill.

Bill wil toe eersteklas vir hulle gaan koop, maar Madelein hou hom teë. Renna en Ounooi ry derdeklas saam, hy moet ook nog vir hulle betaal.

Hy het nie veel as luitenant in die SAAF gekry nie. Of veel oorgehou nie. Sy het wel te wete gekom dat soldate elke maand 'n pensioen van drie pond tien van die staat gaan ontvang. Bill vertel haar min en sy wil ook nie uitvis nie. Gedurende die oorlog in die tent tussen die boys is hy gedwing om metodes van privaatheid aan te leer. Dís wat hy haar vertel terwyl hulle knieë teenmekaar op die trein sit en gesels.

Op De Aar-stasie skink sy vir hulle van haar ma se gebottelde tee, toegedraai in 'n viltkoker en nog drinkwarm. Madelein sak terug op die bank en toe kom Bill heerlik warm langs haar sit en skuif nie weer weg nie.

Die laaste perronlamp vang sy oog net toe sy die blikbekertjie vir hom hou. Sy probeer by die oog inkyk. Sy liggaam is wel styf teen hare, maar wat van hom? Is Bill Scheiffer ook by haar?

Die man verwonder haar.

Teen middagete die volgende dag trek hulle by Koffiefontein en sy kan hom met haar ma se meevallertjie na die eetsalon nooi. Bill is verlig, hy is nie 'n man vir afknyp nie.

Met die gangetjie af hou hy haar hand agter teen hom vas.

Sy kan haar toe al inprent waarheen die trein besig is om hulle te vat en hoe die huisie binnekant gaan lyk. Sy verwag nie veel nie, werklik. Bill is die man wat eerste gaan swaar kry as die rieme dun gesny moet word.

"Jy moet vir my sê wat jy regtig wil sê, Bill, wat jy meen." Maar dit lyk asof hy haar nie wil verstaan nie en hulle stap aan.

In die wa net voor die eetsalon druk hy haar hand agter teen sy boude vas. "Ek gaan elke oomblik geniet," sê hy. "Dis nie meer vir lank nie."

Sy teug behoorlik aan die beskaafdheid van die salon toe hulle instap. Die ryk bruin van die houtpilaartjies en geweltjies wat een eetruimte van die volgende afskort. Wynbottels vars in servette gevou, vleissous geurig, manstemme oor vrouestemme, sigaarrook. Bill kyk om na haar en knipoog.

Hulle deel die tafel met 'n ander paartjie. In die haak, dag Madelein. Die twee is goed geklee, hulle sou tog ook die silwereetgoed en netjiese onderbaadjies van die SAS-kelners waardeer.

As hoofgereg is daar braised ribs, of varktjops of gebakte lamsboud met kruisementsous.

Ramola Gous, die vrou oorkant hulle, beveel die ribbetjies aan. Op haar handsak op die sitplek langs haar lê 'n paar kort handskoentjies, modieus, met die vingers almal in gelid.

Bill en Ramola se man, Neels Gous, begin oor die wild in die omgewing praat. Neels nooi Bill om te kom jag, hy gaan dalk 'n plaas by Christiana rond koop. Bill bestel sommer 'n bottel Witzenberg sonder om Madelein te raadpleeg. Maar toe die braised ribs met dik sous en aartappels en blink groentes kom, vergeet sy haarself.

Bill baai elke vurk vleis eers in die sous en rol dit dan met ronde kouaksies in sy mond rond en neem so lank met elke happie dat sy naderhand die smaak daarvan in haar eie mond kan proe. Toe hy eindelik klaarmaak, vee hy sy mond tydsaam af. Die servet trek sy onderlip na benede sodat sy vir 'n oomblik sy onderste ry tande kan sien. Ramola merk skynbaar haar smoorverliefdheid en glinster na Madelein se kant toe.

Hoe laer teen Ramola se nek, hoe blasser raak sy. En die donker lipstiffie het Madelein nog nie teëgekom nie. Sy kan nie sê sy hou daarvan nie.

Maar Ramola en Neels Gous wag darem beleefd totdat hulle klaar geëet het voordat almal gebakte brandewynpoeding in dik stroop en room bestel.

"Vir wie is dit?" vra Ramola toe sy sien Madelein skraap die sous van haar oorskiet-ribbetjies af en draai hulle in 'n servet toe.

Dis vir Renna en Ounooi in derdeklas, maar die mens het mos niks daarmee uit te waaie nie. "O, maar jy is omtrent nuuskierig," is al wat Madelein sê.

"Hierso, Neels," sê Bill en hy krabbel die adres van hulle Vaalharts-hoewe op 'n sigaretboksie neer.

Ná koffie stap sy met die ribbetjies na die stert van die trein. Brandewynpoeding en lapservette en tafel-etiket uit en gedaan. Sê maar eers koebaai vir die fluweelwêreld van eetsalonne. Dis tog wat Bill bedoel het met: dis nie meer lank nie.

Wil hy dan nie? wonder Madelein. En wil sy? Sy is nog bloedjonk, sy het maar nog begin. Dit gaan haar lewe word. Hoekom sal sy dan nie wil nie?

Onder haar hande voel sy hom terwyl sy aanloop. Die trein ruk en haar skouer stamp teen die wand. Hy is ook hare, dink sy. Hy het homself ook aan haar oorgegee. Sy begeer dat sy wil met hare soos een hartslag klop. Mag hulle so word: twee mense, een klop. Hy kloppend onder haar hand, syne, maar ook hare. Sy kan hom voel.

In derdeklas lê Ounooi voor Renna met haar spits kennebak op die meisie se voete. Die passasiers is ingepak en almal kyk op toe sy inkom. Sy ruik die oop vure van hulle huise wat met hulle klere by die treinwa ingedra is.

"Kleinmies Madlein," roep Renna, vat die vleisies aan en druk dit besitlik vas teen die doek wat sy bo-oor haar rok om haar heupe dra, terwyl die oë van die ander derdeklaspassasiers daarop rus.

"Dis 'n snaakse ding, weet jy Bill," sê Madelein terug in hulle koepee, "maar ek het nie daardie Neels Gous vertrou nie." Sy draai haar om sodat hy haar rok agter kan losknoop. Sy hande raak ligweg aan haar.

"Jy ken die mense van g'n kant af nie, Madelein. As Neels die plaas in Christiana koop, en ek skat hy gaan, hy het geld, die boggher. Nee, ek weet nou nie, Madelein. Hoekom sal jy nie die man vertrou nie? Was daar nie maar 'n ding aan die broei tussen jou en Ramola nie? Het jy gesien hoe kyk sy vir jou toe jy die ribbetjies toedraai? In 'n eetsalon, Madelein? Is dit die regte ding om te doen? Maar wat wou ek sê?" Met haar vel onder sy vingerpunte verloor hy stadigaan sy woorde.

"Jy wou sê: As hy die plaas koop . . ."

"Ja, dan gaan hy my laat weet dat ek bietjie kan kom jag, het hy mos gesê. Ons gaan die vleis nodig kry."

"Bill, wat moet Renna eet as ek nie die vleis vir haar gevat het nie? En ek wou darem ook sien of Ounooi water gekry het. Sy was nog nooit op 'n trein nie."

Sy hande. Sy kan nie meer hoor wat hy sê nie. Sy verloor haar staan.

"Magogong-stasie," roep Bill uit die gangetjie na haar toe. Dis pas donker.

Madelein staan vinnig op om langs hom te gaan uitkyk. Sy vee roet wat by die venster ingewarrel het, van sy wang af. Buite maak sy 'n afdakkie uit, 'n man met 'n lantern, en die ore van 'n muil.

"Herretjie," praat sy met haarself toe Bill haar by die trap afhelp. Haar skoen trap op kaal grond, daar is geen sprake van perron nie.

Die lantern kom aangeswaai. Dis Hardy Schoeman, hulle aanstaande buurman. Hy dra 'n baadjie en die lantern lig van onder op 'n geskeerde ken.

Agtertoe het Renna en Ounooi ook afgeklouter. Die hond blaf halfhartig vir die vreemde nag, hoor dan haar mense in die ligkom van die lantern, en kom aangegalop.

Die twee trommels word afgelaai, Bill se grofseilbalsak van die SAAF, 'n leerkoffer met kruisbande, haar hoededoos. Renna stap tot waar die ligsirkel ophou en gaan staan, hand in die riem om haar opgerolde kombers.

Toe Madelein die karretjie met sy muil sien wat hulle al vier met bagasie moet laai, giggel sy verleë. 'n Verleë bruid, wat gee sy om, en soek na Bill se arm.

Hy en Hardy is besig om mooipas te laai.
"Ons het gisternag 'n babaseuntjie ryker geword," sê Hardy.
"Allawêreld, Hardy," lag Bill.
'n Stoomwolk van die lokomotief pluis oor hulle. Sy kyk langs Magogong-stasie op en af, na niks om te sien nie, net die nag: bloeiselsoet en rokerig, en wens sy kan ook teen die onbekendheid in blaf soos Ounooi.

— 8 —

BILL SCHEIFFER HET VOORLOPIG NET EEN DING IN SY KOP. Die res van hulle grond moet van kameelbome en rosyntjiebos skoon en gelyk kom sodat die hele Vyf-K-Agt benut kan word.

Madelein begryp die dringendheid, sy jaag hom selfs aan, en laat niks blyk toe sy uitvind dat die verantwoordelikheid na haar kant kom nie. Of dat die werk selfs swaarder is as sy vroeëre waarskuwing nie.

Self moet sy die eenskaarploegie agter die twee muile vasvat en ploegvoortjies trek. Soms wil die skaar nie inslaan nie: die grond is te hard.

"Pasop nou tog," waarsku Bill voordat sy die oggend inval, "ons kan nie bekostig dat die skaar breek nie."

Dit is nie dat hy haar krag teenoor die werk nie opweeg nie, sy glo hy het simpatie, dit is eerder 'n kwessie van min hande.

Agter haar volg Renna en pik die grondboontjiepitte een vir een uit haar heupsak en laat elkeen op sy plek in die voor val. Wanneer die muile steeks raak nes die skuur met hulle voertjie in sig kom, moet Renna eers voorom hardloop, die diere beskree en vorentoe rem. Die meisie het nie eers skoene nie, haar voetsole is die ene ouvel.

"Die son trek niemand voor nie," lag sy vir Madelein terwyl sy aan die muile rem en Madelein ook laat lag kry.

Renna is taai, haar pa is immers Kolyn Hoofbaard. Dis einste ouman Kolyn wat vir haar vertel het dat die Boesmanmanne in die voortyd die gemsbok voos gehardloop het. Oor die rantjies, deur die sand. Totdat die dier se horings teen die son gaan staan en hy sy oog op die lewende mens skuins agter sy blad gerig het. Die gemsbok se oog was bloed van verstomming. Die mens het hom tot by sy dood gehardloop. Toe lig hy sy kop sodat die pyl hom reguit tot in sy ewige einde sal vat. Die bok het geswig. Dit was sy eie dood wat hy voor daardie mag gewil het.

Dít, sê Kolyn, was die stoffasie van sy voormense. En daar kom sy Renna-kind ook vandaan.

Hulle ís taaier. Renna nog meer as Piet en Morris saam, dink sy. En skrik oor hoe Renna haar somtyds kan aankyk. Renna sal haar nooit laat slegsê nie, dit weet Madelein. Nie dat sy haarself onrespekvol teenoor die meisie wil bejeën nie.

Op die ploeggrond rus Madelein 'n paar oomblikke deur haar stuitjie met haar twee hande te stut. Haar ooglede val toe: twee vroue op die land onder die son. Drie mans wat worstel met die bos. 'n Hond met 'n tong, eenkant en sonder skadu.

Sy maak haar oë oop en kyk op. 'n Rooivalkie in die ylte val-val op sy prooi. Die hemel brand hulle almal nog dood.

Toe sy weer 'n draai by die einde van die akker maak, staan Bill in die hoek van haar oog.

"Maar my magtig, Madelein, dis te vlak, man. Ek het mos vir jou gewys. Gee my die donnerse ding. So," skree hy teen haar vas.

"Het ek dan nie al hoeveel keer vir jou gewys nie?" Hy versterk sy greep op die handvatsels. "Soooo, vir die honderdste maal!" – en driftig ploeg hy die voor oop.

Bill draai sy rug op haar en loop aan, hy raak weg voor haar. Vir haar verlore. Alles wat kosbaar is, sal nog tot niet gaan in hierdie dor aarde.

Sy syg in die stof neer, haar rok 'n hoepel om haar. Die son brand deur haar laphoed tot op haar kopvel. Haar hande val oop op haar skoot, die vel in die palmholte het geskeur, dit begin ooptrek. Sy spoeg op die rou lewer, probeer om die grond wat daar klou af te vrywe. Miskien het Tollie Schoeman oorkant nog salf oor, want hulle s'n is op.

Sy skud haar hande, druk hulle vinnig teen haar gesig, maar die hitte op haar wange vererger net die brand. Met haar tande byt sy haar soom vas en skeur 'n reep lap uit haar rok. As ma Martie haar so met haar klere sien maak, het sy tyd om te dink.

Met die punt van die lap tussen haar tande begin sy haar hand styf te verbind. Maak 'n knoop, draai dan die ander een ook vas. En lig haar hande teen die asvaalblou hemel. Haar oë traan van die gluur. "Here," sê sy, "Here, laat ons nie verder in u ongenade leef nie."

As Bill weer draai, sal sy opstaan. Daar is hy aan die oorkant. Wat staan hy so?

Dis Renna wat doer ver die laaste pitte in die voor plant. Sy vat en buk en laat val. En buk. Elke keer as sy buk, maak die meisie se rug 'n boog voor Bill. Dis na Renna wat Bill kyk.

Maar sy sit ver van hulle af en moet mooi kyk waarna hy staar. Sy moet seker maak dat sy nie verkeerd kyk nie.

As Bill weer by haar kom, sal sy al op wees.

"Ounooi," praat sy met die kollie, "ek kan mos. Wil ek dan nie? Ons moet mos aangaan. As die kinders eers hier is."

Die hond se spits gesig raak onduidelik voor haar. "Hy het mos gesê dit sal die eerste ruk swaar gaan. Hy het mos nooit anders gepraat nie, nè, Ounooi?"

'n Wit vlek lê oor haar wang waar die hondetong kom vee het: as Bill weer kyk, is sy lankal op. Sy moet die ploeg by hom terugvat. Hy moet weer oorkant toe waar die swaarste werk lê.

Sy staan vinnig op en kyk nie waar sy trap nie. 'n Duiwelsklou gryp haar sool en een van die hake slaat teen haar enkelknop. Sy struikel. "Renna," roep sy na die meisie ver agter Bill en die muile.

Die klou skeur los en oomblikklik is daar bloed. Die tweede keer daardie dag sak sy neer. Haar hand gryp na die grond onder haar.

"Madelein, my love, jy moet tog versigtiger wees, jong." Bill is langs haar, trek haar onder haar armholtes op en teen hom vas. Sy hande werk met haar.

Haar gesig is tussen sy hande. Nat en warm, maar dis die koelste koel wat hy vir haar kan gee. Met sy duime vee hy oor haar wange, druk hy sy hande teen haar lippe.

"Ons moet maar kyk," sê hy. "Ons sal maar moet kyk, Madelein." En sy hart is teen hare. Hy lig haar verbinde hande om in syne te wees.

Hy bedoel: hulle sal moet kyk. Sal maar elders heenkome moet vind as dit daar te sleg begin gaan, as die werklas te swaar word vir haar.

Sy skud haar kop teen sy bors. Sy klop is teen haar. Op daardie grond kan hulle staan, daar is water, daar kan hy hare word. Daar ís hy hare.

Hy laat haar versigtig vry en stap terug na sy werk.

En sy steel die oomblik om na hom te kyk: sy kop en nek en skouers teen die rooigrond, sy kop en nek teen die vaalgroen bos, sy kop teen die hemel.

"Bill," prewel sy en loop aan om weer die ploeg te vat.

Sy ploeg 'n ry op en 'n ry af, maar naaste aan die plek waar Billhulle werk, moet sy weer rus. Die son het reg bokant Bill gaan staan en sy sien hoe hy vinnig na haar opkyk voordat hy die byl by Piet aanvat.

"Sal ek vat, mies Madlein?"

"Nee, Renna."

Saans kruip hulle maar vroeg in, hulle het nie 'n draadloos om voor te sit nie en buitekant dra die muskiete hulle lewend weg. Madelein wil ook nie onnodig bensien in die Coleman opbrand nie.

In die voornag lê sy en Bill dan en gesels op die dubbelbed wat Jakob Baadnis vir hulle laat kom het. Sy rus in die kiel van sy arm, of hy met sy hoof op haar buik. Hy kan haar soms so beklou, dink sy moeg.

"Maar wat het jy dan gemaak, Bill?"

"Wanneer?"

"As jy nie op 'n sortie uit was nie."

"Ek het nie eintlik afgekry ná die ongeluk met my oog nie. Tyd vir 'n oppiepery was daar nooit nie. Maar hulle het ook seker maar geweet hulle het my as vegvlieënier verloor en toe minder omgegee. Ek het in 'n ander kategorie vir hulle geval. Laer."

"Maar jou begeerte," wil sy weet, "wat het jy daarmee gemaak?"

Hy bly stil.

Sy ook. Sy moet hom uitlos, maar sy kan nie. Wat wil sy oor hom weet, wat wil sy maak as sy weet?

"Wanneer ons nie gevlieg het nie, het die boys hulself maar besig gehou met kaartspeel of met 'n boek. Baie het gesit en brief skryf, pal, maar wat kon jy eintlik sê, boggherol. Die lugmag het ons klomp goed behandel. Ons het 'n sitkamer binne-in 'n tent gehad. Rottangstoele en glad 'n klavier en so 'n ou wit skoothondjie. Trixie. En 'n bietjie geskoppery met 'n bal buitekant op die sand, maar dit het almal gou moeg gemaak. Soms is van ons Kaïro toe."

"Wat het julle daar gaan soek?"

"Ag Madelein, ons het maar 'n bier gaan drink in die Continental Savoy, die hotel waar die offisiere geboer het, soms het ons 'n draai by die South African Officers' Club gemaak. Of sommer rondgedwaal in die straatjies. Jy moet onthou die meeste van ons was skaars twintig. Pure seuns."

Hy is te eiesinnig om te veel van homself te verklap.

Vinnig, nog voordat sy kan klaar vra, sink hy weg van haar. Die werklas op die hoewe is enorm al is hy sterk en al het hy die twee mans ekstra. Eers diep in sy slaap verslap sy armgreep om haar.

Buitekant tril die nag in die kanale. Kriek en vetpenskoringkriek. Brulpaddas en die fyner gekweel van die verspringertjies. 'n Kiewiet skielik skerp bokant die geraas van al die grondvolk.

Sy Brilliantine is op – sy het hom die potjie van die paraffienkis in die badkamer sien optel om die laaste draaisel ghries uit te vinger – en sy kuif val dikwels oor sy voorkop.

Sy kam die warmbruin hare met haar vingers weg en gly haar hand vanaf sy voorkop oor sy agterkop by sy nek en op die naat van sy rug af. Hy het nooit 'n draad by haar in die bed aan nie. Madelein het nog nooit van 'n man gehoor wat so maak nie. Sy kan van sy andersheid nie genoeg kry nie.

Oor wat hy en die boys in die strate van Kaïro gaan soek het, wil hy egter nie uitwei nie.

"Niks," sê hy trouens toe sy hom op 'n ander keer weer pols.

Bill Scheiffer sal nooit heeltemal hare word nie. Daardie gewoonte om 'n privaatheid vir homself in die holte van sy voorlyf te skep, laat hy ook nie staan nie. Soms is dit mooi vir haar. Sy begryp die wil tot privaatheid as behoud van sy eie krag. Dit is sy manlikheid, en hy sal nie toelaat dat sy hom ooit volkome peil nie.

Die skerpste kontoere wat hy haar egter laat sien en wat sy van die begin af geken het, is sy begeerte. Die gebrek aan inhibisie wanneer hy haar vir homself wil hê. Byna soos 'n kind. Soos 'n dier.

Toe die eerste tjekkie kom en Bill vir haar vertel hoeveel die staat afgetrek het vir die koring- en katoensaad, die grondboontjiepitte en die kunsmis, huil sy hom teen sy hemp nat.

"Dit gaan ons nog drie jaar vat voordat die oes begin betaal," sê hy.

"Maar Bill, ons kan mos nie so aangaan nie."

Hy druk haar naderhand weg.

— 9 —

DIE DAG VOOR DIE '48-VERKIESING HOOR BILL DAT HARDY Schoeman Pokwani toe ry.

"Hardy," begin hy – hy is erg oor Hardy – maar net toe kom Madelein aangeloop en Bill kry nie kans om sy vraag klaar te maak nie.

"Is daar iets wat ek vir julle kan saambring, Bill? Madelein?"

"Hardy, man . . ." Hy wou Hardy vra om 'n kannetjie petrol saam te bring, want hy wil tog so dêm graag op stemdag in Magogong tussen al die mense met sy Chevvie arriveer. Maar hulle het net nie, nee, maar hulle het, hulle hét genoeg. Dit gaan oor Madelein. Sy gaan hom kwalik neem as hy geld op petrol mors, veral nou met die kind wat haar stadigaan groter laat word.

"Jy weet mos ons het nooit iets nodig nie, Hardy," en Bill glimlag oor sy ou grappie. Toe draai hy om en skop teen die walletjie wat hy self om een van sy populierlote gegooi het.

Ter wille van haar. Hy kan sy eie speeksel wrang proe: hy het hom ter wille van haar verneder.

Die stemdag kom en hulle is met die muilwaentjie vort. Op pad lag en gesels hy, hy gaan hom nie verknies nie. Die stemmery gaan 'n klompie mense bymekaarbring, 'n kans om bietjie van die afknyp en die gelap te vergeet.

Madelein het haar beste aan. 'n Eenstukrok met kort moue en 'n wye klokromp met 'n beltjie van dieselfde materiaal, maar nie so styf soos hy haar dit vroeër sien invat het nie, en krale. Sy skuif teen hom aan waar hy leisels vashou en die muile aanhits.

Dis vir hom wat sy haarself so mooigemaak het. Hy merk hoe sy teen haar wange en voorkop hoogrooi geword het vandat sy die kind dra, asof sy gedurig bloos. En haar lippe is oop, dis die lippe van 'n vrou.

Bill hou vir haar een van sy sigarette uit. *Men of the World smoke Max.*

"Bill," sê sy, en steek vir hom 'n sigaret aan, "ek voel of ons iewers heengaan." En sy lag hoog en uitbundig en hy hou van haar so, sy gaan maak dat hy haar wil opja.

"Maar ons gaan mos iewers heen."

"Ja, maar ek bedoel iewers ver waar daar 'n see en roomys is."

"Ons sal nog, Madelein, eendag, jy sal sien."

Nes haar pa en ma gaan Madelein vir die Nasionale Party stem, hy vir Smuts. Syne was nooit anders as 'n Sap-huis nie, ook toe sy eie pa nog geleef het.

Sy gaan opsetlik die onderwerp vermy, want sy is nie een om hom te vertoorn nie. Met haar lipstiffie en haar sykouse wat sy by hulle Coleman in die kombuis onsigbaar sit en stop het, voel sy te goed.

Maar soos hulle nader aan Magogong kom, weet hy die saak van die politiek ontstem haar. Hy vat die leisels in sy regterhand vas en streel haar sykousbeen.

"Jy sê dan g'n woord nie, Madelein?"

D.F. Malan is die man wat die Afrikaner ná die oorlog weer op sy voete kan kry, Smuts is te saf. Hy weet mos hoe die Nasionaliste dink. Hulle glo vas dat die Sappe die lot van swartmense ten koste van die witmense wil bevorder. Het g'n benul van wat Smuts probeer doen nie. Maar sy wil nie met hom argumenteer nie.

"Jy gaan nie aan my torring voor die mense nie, Madelein," spring hy haar voor. "Ek stem vir wie ek wil en dit het niks met jou uit te waaie nie." Hy is kortaf sodat sy die lont kan vat.

"Ek kan net eenvoudig nie anders nie, Bill. Ek wil so graag dat jy saam met my stem. Sodat ons ook in hierdie saak saam loop." Sy sit haar arm om sy nek en hy streel haar hoër teen haar been.

"Ons hoef mos nie altyd saam te stem oor dinge nie."

"Jy gaan 'n fout maak, Bill. 'n Groot fout. Jy moet die man kies wat die meeste vir ons gaan doen. Ons Afrikaners het 'n nuwe bedeling bitterlik nodig. Kyk hoe kort was ons aan meel gedurende die oorlog." Onder haar hand lê die are in sy nek, sy hitte. "Smuts het nie meer sy vinger op die pols nie. Jy moet mooi hieroor dink. Bill, hou op," keer sy sy hand, "jy gaan maak dat ons laat kom."

"Moenie my verkeerd opvryf nie, Madelein, dis al wat ek sê.

Jy is soos 'n mens wat uitklim om 'n hek oop te maak, maar in plaas daarvan dat jy na die regterkant loop waar die oopmaakhaak is, mik jy links waar die skarniere sit."

"Ag, Bill, jy praat nou sommer twak," en sy skuif weg, maar hy pluk haar nader en die karretjie swaai en neuk amper van die pad af.

Hy ruk die stang in die muile se bekke en stuur hulle terug.

"En nou wil ek nie een enkele woord verder daaroor praat nie," en hy soen haar aspris op haar opgemaakte lippe.

Sy raak onrustig, opgewonde oor wat hy met haar aanvang, en vies oor haar lipstiffie wat gesmeer het.

"Stop nou, Bill, stop nou," sê sy ontstoke, "ek gaan nie verder met jou praat nie."

"Hôôô," skree hy en trek die leisels in. En sy vroetel in haar handsak na haar compact om haar gesig weer op te maak.

Daar is 'n samedromming van muile en karretjies op Magogong, 'n sedan of twee, mense wat luister na die draadloos wat opgekonnekteer en op 'n tafel voor die stoepvenster van die poskantoor neergesit is, sodat almal kan luister.

Skuins voor hulle in die straat is 'n kolletjie kinders om 'n hans seun wat sy sweethandjie oop en toe, oop en toe maak. "Daar's hy, my bull's eye," hoor hulle hom die ander tart.

"Pasop vir so 'n tierbul," skree Bill die kinders uit die pad en die een met die bull's eye hol tussen grootmensbene weg.

Bill stuur tussen losloperhonde deur en mik oorkant na die bome waar braaivleisvure boontoe brand. 'n Man op 'n riempiestoeltjie speel op 'n trekklavier.

Hy laat haar eerste afklim en gaan soek dan 'n groenigheid verder weg waar hy die muile kan halter. Toe hy na die poskantoorstoep aangestap kom in sy Harris Tweed is die wit van sy oë skerp en helder sodat die mense hom raaksien.

Sy eie oë spring rond: elke man met sy hoed, boordjie en das, elke vrouekuit in sykouse op tweeduimhakke neem hy vinnig in. Hy haal 'n vars sigaret uit, tik op die pakkie, steek een aan en begin handskud.

Die mans op die stoep is vurig, hulle wil sommer met die vuiste inlê oor hulle opinies, hulle kan van hulle eie oortuigings dronk raak, hulle gáán dronk raak. En elkeen steur hom net aan dié wat met hom saamstem. Vroue tel glad nie.

Waar is die boys? wonder hy. Moenie vir hom sê hulle sit by die huis met hulle vroue nie.

"Ag, watse kak praat julle tog," val hy sommer in tussen die mans. "Waar sou Suid-Afrika vandag gestaan het as Smuts neutraal gebly het soos wat Hertzog wou? Man, onthou julle dan nie? Hertzog wou glads die Axis-magte se aksie met Hitler teen Pole verdedig. Ons sou vandag in ons moer gewees het as dit deurgevoer is."

Bill hou elke oomblik in sy hand en gooi dit hoog op. Hy lag harder as almal en wonder skrams wat van Madelein geword het. Seker maar iewers saam met die vroue. Sy tong is los en aan die brand.

"Selfs Hertzog het nie ver genoeg vir Malan gegaan nie. En julle wil vir hóm stem. Vir Malan! Smuts is 'n wêreldman, hy het in Kaïro vir Churchill oortuig dat die Geallieerdes hulle posisie in Noord-Afrika en die Middellandse See moes behou, anders sou die Duitsers met ons weghol. Boggher julle almal, julle vergeet te gou. Julle dink net aan julle mage, julle bliksems."

"Scheiffer, ek slaan vandag nog jou bek in."

"Manne, manne, wag nou." Hardy het bygekom.

Luide stemme, wrewel wat oorkook, boys wat vir hulle land geveg het en ontnugter is oor hulle verwelkomingsgeskenk: 'n stuk stof met bosse en duwwels waarop hulle moet swoeg.

'n Stem wat Bill eers nie kan plaas nie: "Smuts kon nie eers ons mandaat oor Suidwes-Afrika behou nie. Die VVO het hom op sy knieë gedwing om met die Indiërs te onderhandel. Met die Indiërs! Hy het 'n bleddie fool van ons land gemaak."

Dis ou Boel van der Spuy, nikswerd.

"Hoor vir grootbek Van der Spuy wat nie sy voet in die oorlog gesit het nie. Boel, laat ek nou vandag vir jou 'n ding sê, jy weet minder van politiek as 'n hoender van sy eie poephol."

Van die manne moet vir Boel van der Spuy met hulle voorarms terughou. Sy vuis kom skraap aan Bill se ken. Bill gee pad, maar verseg om stil te bly. Hy onderskat die krag van die man.

"Met die vuis wil die man my wegmoer. Luister wat ek vir jou wil sê voor jy my doodbliksem, Boeletjie. En jy ook mister posmeester, want ek weet waar lê jou lojaliteite. Sê vir my, was dit Smuts of was dit nie Smuts nie wat vir Churchill oorreed het oor daardie pincer-beweging van hom?

"Kyk, laat ek nou vir julle manne mooi verduidelik, want ek weet julle het g'n idee hoe sake staan nie. Net ek en Hardy en enkele van die boys wat vandag hier is, was daar. Ons het sand gevreet terwyl julle met mae vol geel mieliemeel in julle beddens langs julle sagte vrouens gelê en in skoon onderbroeke gepis het. Smuts was die man wat vir Churchill gesê het hy moet die Duitsers uit die ooste en die weste aanval en hulle vasknyp, right? Right!"

Bill slaan met sy vuis in sy hand: "Dit was die pincer-offensief, right. As dit nie gebeur het nie, dan het julle bogghers nie vandag hier gestaan en kak praat nie, want nie een van julle sou eers hier gewees het nie. En nou loop ek."

Bill breek tussen die mans weg, baie kyk hom agterna. Hardy paai en hou van die kêrels teë. Skraal Faantjie, die posmeester, haak dapper af met dié dat Bill verbykom, maar Bill koes en sy-stap by die deur van die kroeg in.

"Smuts het ons uitverkoop. Hy het stemreg vir die Indiërs in Natal en Transvaal gegee. Hy verfoei die Afrikaners, Bill Scheiffer. Jy is stokblind, die Here straf verraaiers soos jy," bulder Faantjie agter hom aan.

Toe dit begin laat word, kom Madelein hom soek. Hy sit met 'n glas brandewyn voor hom. Net so en lékker. Dis ook nie sy eerste of sy tweede of derde nie. Net so.

Hy gryp haar, trek haar nader en soen sy Madelein wat 'n

vrou geword het. Sy brandewynasem en brandewynlyf, sy kan dit mos verduur, hy voel hoe sy klein teenaan hom word en druk sy neus in haar nek

"Bill," sê sy sag. "nie hier nie, Bill," en wil haar wegtrek.

"Drink iets saam met die boys, Madelein."

Sy skud haar kop en wikkel haarself tog los; sy voel onbetaamlik tussen al die mans in die kroeg.

Almaardeur drywe hy weg. Weg, hy kan haar in sy brandewynoë verder en verder van hom af sien deins.

"Bill," is al wat hy nog hoor.

Sy hand nog om haar pols, gevoelig, asof hy homself vashou. Hy weet hoe om haar te vat, al is hy ook gedrink. Niks kan hom in haar oë belemmer nie.

Maar Madelein loop uit.

Buite speel van die groter kinders nog blikaspaai, maar toe die kleintjies later begin kerm, pak mense op en slaan die braaivleisvure dood. Net 'n hond wat in die middel van die straat aan 'n been lê en kou, bly oor.

Van die eerste verkiesingsuitslae begin deurkom. Die Verenigde Party het tot in daardie stadium nog al die stedelike kiesafdelings gewen. Madelein gaan staan en luister en kom toe weer by die kroeg in om hom te kom haal.

"Bill, ek ry maar saam met Hardy-hulle terug."

"Madelein," singsê hy, "hoekom hou jy jouself so ver?" Hy kry haar nie teen hom gevang nie. "Jy gaan swaarsit, Madelein. Baie, baie swaarsit: julle drie saam."

Teen dagbreek skrik Madelein wakker, voel langs haar op die kooi. Daar is geen manslyf nie. Sy spring net so in haar nagkabaai op en hardloop na buite, dou onder haar voete.

Daar staan die muile met die waentjie en wag voor die hek van hulle Vyf-K-Agt. Hulle het seker maar aangeloop, die pad wat hulle ken in die maanlig gevolg, want plat op die houtvloer van die waentjie lê Bill, skeef soos hy neergesyg het.

Madelein maak die hek oop en die muile wil instap, maar sy hou hulle by die leisels sodat hulle stilstaan. In die halflig lê haar man voor haar, sy wang plat teen die harde vloer en sy arm verkeerd onder sy lyf ingevou. Sy Harris Tweed nog net so aan hom. Die lig lê grys oor sy gelaat, sy mond hang oop en hy asem uit.

Sy sien hom soos hy gaan lyk as hy oud is en skrik, tree agteruit, die hond by haar.

"Bill," sê sy saggies by haarself. Laat hy maar met sy dronkenskap op loop gaan, so erg is dit tog ook nie, het sy laat die vorige nag gedink en haar langs Ounooi op hulle bed ingewurm. Sy kan mos sien wat hy op Vyf-K-Agt vermag het, hulle grond is die eerste wat vir saai en lei reg is.

Nou is sy triestig én vol lag en begin aan 'n ding waaroor sy nie nadink nie. 'n Ding waaroor die mense van Vaalharts lank sou praat.

Sy maak die muile van die swingel los en lei hulle deur die hek. Dan maak sy die hek weer toe en span hulle opnuut in, dié keer met die swingel wat op die middelste stang van die hek rus.

Toe staan die waentjie met Bill anderkant die hek, en die muile – ingespan – diékant.

Piet en Morris kom aangeloop, in die eerste plek nie uit nuuskierigheid nie, maar om te vra of die grondboontjies weer moet natkom. Hulle weet al van wortels wat van te veel water kan verrot. Maar toe sien hulle die hele ding en begin lag, hulle tande blink.

Bill word wakker, rol homself om, sit regop en druk op die bankie om hom op te lig. Sy pakkie sigarette? Hy grawe in sy baadjiesakke. Hy kyk op en word helder.

Hy sien wat voor hom aangaan. Aanvanklik kyk hy skalks, maar toe hy weer kyk, sien hy meer: Piet en Morris se rye tande, Renna wat ook saamblink, Madelein uitdagend en die hond se tong wat by haar bek uitbengel.

"Jy dink mos met jou gat," is die eerste woorde wat by sy mond uitkom.

"Herretjie tog." Madelein tree saam met Renna terug tot voor die huis.

Bill spring af, sierlik, hy is heeltemal wakker. Sy lyf is rats en reg. Voor hom soek hy na Madelein, want hy weet sy sit agter die ding. Sy gesig verdwyn.

Met die land skree hy al vir Piet en Morris: "Span die donnerse muile uit! Vir wat staan julle so?" En sy gesig word 'n bloedrooi vuis.

"Waar is jou sin vin humor, Bill?" speel sy nog.

Sal die vrou wragtag nooit leer nie? Bill spoeg. Vanaf die traanklier begin bloed oor sy linkeroog skuif en die ou vlek spoel rooi terug oor sy kyker. Hy storm op Madelein af en gryp haar pols, maar nog voordat hy gryp, klap hy Renna dat sy teen die muur van hulle huis val en wegsteier.

"Eenkant toe," bulder hy.

"Dis nie jy nie, Bill," roep Madelein, "dis nie jy nie, Bill."

"Dit ís ek." Hy slaan met sy los vuis voor hom, hy kan haar heeltemal vermink.

"Genade tog, Bill. Genade. Ek ken jou nie," kerm sy. "Ek herken jou nie."

Daar moet nog iets van 'n erbarming in hom oor wees. Iets. Maar hy maak dat sy hom nie meer herken of verstaan nie.

Van haar eis hy, ysig, hy voel sy krag voor haar: "Wie het dit gedoen, wie wil my so verneder? Wie is dit wat my graag só wil sien?"

Sy ruk los, want sy is nie swak nie, maar hy kry haar maklik weer beet. Die ander mense kyk nie meer nie. Ounooi spring op en blaf totdat Bill haar met sy brogue in die pens skop. Die hond vlie tjankend oor die werf.

"Kerf," sê hy. 'n Woord, 'n gedagte wat hy voor haar laat opspring. Kerf.

Op daardie moment is hy besig om te draai. Wat sy van hom geken het, is besig om weg te raak. Hy is besig om te word wat in hom steek, in elke mens.

Sy vingers vroetel na sy knipmes in sy broeksak. Hy verander voor haar oë.

Madelein val voor hom neer, haar pols nog steeds in sy greep, en met haar linkerarm omarm sy sy bene: "Ek smeek jou, Bill, ek smeek jou." Op haar knieë teen sy broek. Dis nie eie aan haar nie, hulle Baadnisse is trots. "Ek dra ons kind, Bill."

Dis haar redding dié dag. Die diepte van die sakke van sy broek verhoed ook dat hy oombliklik die mes raak vat, en gee haar kans. Sy keer hom.

Agterna is hy maar te dankbaar dat sy hom nie verder laat gaan het nie. Toe daar 'n geleentheid na Kimberley kom, ry hy saam en gaan koop vir haar 'n Vulco-draadloos. Maar hy kan nie sien hoekom hy enigiets teenoor haar moet bely nie.

Angel Bennie het glo twee dae pal gehuil oor Smuts die verkiesing verloor het.

Madelein en haar matriekbroer Reks wat vir die somervakansie kom kuier, wil hulle simpel lag oor ou Angel, maar net wanneer Bill uit is.

Die Nasionale Party verower uiteindelik 97 teenoor die Verenigde Party se 65 setels. Smuts verloor selfs sy eie setel in Standerton. Die ommeswaai is verstommend.

"Farewell, a long farewell," haal die koerant Shakespeare aan oor die arme man. Agt-en-sewentig, sy gees gebroke. Die man wat in '39 versiende genoeg was om oorlog tussen die Unie en Duitsland te verklaar, sit verpletter by sy huis in Doornkloof.

Die struktuur wat deur die Verenigde Party ontwikkel is, word een vir een deur die Malan-regering uitgegooi.

"Onnosel," skree Bill en loop deur die huis op soek na haar. "Kortsigtige bliksems," gaan hy aan en ruk hom op toe hy sien Renna is by haar.

Sy het hom mooi deurgekyk: die bakleiery oor politiek is maar sy manier, en hare, om mekaar in die bed te kry. 'n Voorspel en 'n aanhitsery, niks meer nie.

Oor al die nuwe wette besin hulle dan ook nooit regtig nie. Die Verbod op Gemengde Huwelike, die Immoraliteitswet, die Groepsgebiedewet, die een na die ander word uitgevaardig. En as sy oor die pad na Hardy en Tollie loop, praat sy so bietjie met hulle daaroor en dan stem almal saam dat dit onnodig is om mense so af te baken en te reguleer. Maar eintlik traak die wette haar of Bill glad nie.

En nooit 'n woord verder van Bill oor die insident met die wa en muile nie.

O, die mense, húlle het nog baie daaroor geskinder, gesmaal en geborduur: "Kyk, Bill kom uit 'n groot Sap-huis, maar Madelein sal eerder vrek voordat sy Sap stem. Sy is 'n Nat tot onder haar naels toe. En daardie nag van die verkiesing wou sy om die dood dat haar man by haar op dieselfde bed slaap. Toe gaan sluit sy mos hulle hek dat hy nie kan inkom nie. Dis hoe die ding inmekaar gesteek het."

"Kom Reksie, kom ek gaan leer jou dopmaak," sê Bill as hy die praatjies nie meer kan verduur nie en hy en Reks ry na die kroeg op Magogong. Sy is vir al twee baie lief.

— 10 —

BILL PRAAT VAN HULLE EERSTE ENETJIE.

Die aand toe Madelein raai sy is naby, gaan haal hy die vroedvrou. Staan en kyk en haar jaagasem aanhoor, wil hy glad nie. Sy is alleen met haar pyn in die kamer, net die vrou en Renna by haar.

In die Ebenhaezersaaltjie op G-blok laat hulle die dogtertjie Marta Susan doop. "Om Ma te eer," sê Madelein. Maar hulle sê toe sommer Sanette vir haar.

Is dit haar keuse dat die kinders so gou op mekaar volg? Of is dit die gevolg van Bill se aanhoudende drif? Sy weet nie, maar die tweede een is gou daar. As hy omgee dat dit weer 'n dogtertjie is, laat hy dit nie blyk nie.

En daarom wil Madelein vir Bill iets teruggee, buitendien kan sy sy stiefma darem nie sommerso vergetelheid toe klap nie. Engela noem sy haar toe, maar stilletjies voeg sy Jean by en die kleinding word toe Engela-Jean.

Die naamgewery is belangriker vir haar as vir Bill, dit sal sy erken. Hy laat haar daarmee begaan. Frons net as sy haar wil so blatant laat geld.

Die naam van die derde kind moet Bill se oorlede vader, Ferdinand Scheiffer, gedenk. En Bill sê niks, niks, toe hy daardie dag by Taung-hospitaal opdaag en by suster Klasie hoor dis weer 'n dogter nie.

Sy word toe Fernandé gedoop, 'n naam wat vir Madelein na silwer omboorsel klink.

"Die klank van die naam is so mooi vir my," sê sy ná die doopdiens aan die posmeestersvrou. Sy en Tertia het onder die populiere voor die Ebenhaezersaaltjie lafenis gaan soek.

"Ag, mens kies mos maar vir jou kinders, maar as hulle eers groot is, is hulle vies oor hulle name," sê Tertia sommerso en gooi die opregtheid van Madelein se bedoeling weg.

Skadu's val oor die vrou se gesig en lyf en Madelein kom onder die indruk van iets anders aan haar. Hoe glad haar vel nog is, en haar middel so 'n middeltjie nog. Tertia het natuurlik nog g'n kind gedra nie, dink sy vinnig.

Die groot hael val. Wit stene, altyd harder en groter en vinniger.

Sy krimp toe die dak begin donder. Die kinders klou en hulle kleintongetjies tril van die skree. As die wind ook nog opkom, dink sy, is die laaste ruit flenters. Net Sanette staan sonder angs by die venster en uitkyk, darem met Renna se hand op haar kop.

Sy hou Bill deur die kombuisvenstertjie dop, Fernandé teen haar bors aangedruk. Toe die hael kom, begin hy nie soos Piet en Morris hardloop hy nie. Hy bly loop, kyk selfs boontoe, sy hand bak om sy oë te beskerm. Al langs die leivoor kom hy aangestap terwyl hael van sy skouers wegspat. Hy gaan staan en kyk na sy grondboontjies wat reeds in miershope bymekaar gehark is, want dis einde Februarie.

Sy hou hom dop: eers toe die storm momentum kry, begin hy draf en bokspring oor die afvoerkanaal net agter hulle huis. Toe hy by die agterdeur inkom met die haelkorrel in sy hand is die vel van sy gesig vars, sy oë ysblou. Die storm het in sy lyf gevaar.

"Kyk bietjie hierso, Madelein," lag hy. Hy probeer sy hand om 'n haelkorrel toevou om te wys hoe groot die stuk ys in sy palm is.

"Kyk hoe het die hael ons wêreld verander: deurnat en spierwit. Die oes is verpletter, maar die onkruid is ook tot niet. En al wat mens is, skuil – ook 'n keer van hulle sweet en slange verlos. Dè, Sanette," en hy hou die haelkorrel na die kind toe uit.

"Die lawaai op die sinkdakke!" Hy moet skree om hom hoorbaar te maak: "Maar minstens gaan almal hulle gekla en geskinder ook wegskrik. Die hael gee almal 'n nuwe begin."

Die man voor haar is soos glas, soos helder water. Sy kyk na hom, nat hare oor sy voorkop, hande ontspanne langs sy sye. Sy oë skitter soos 'n kind wat aangehardloop kom om van 'n eerste, vir die volwassene al vanselfsprekende, gewaarwording te vertel. Die gewaarwording het die kind vrygemaak, van nou af mag hy enigiets doen en enigiets sê. Die kind is sonder 'n sweem van skuld.

Toe lig Bill sy hand, vee die hare van sy voorkop met sy vingers na agter asof met Brilliantine. Vir 'n oomblik sien sy die moontlikheid dat sy helderheid kan verduister, dat sy suiwer sinne waan kan word.

Sy hardloop uit voorstoep toe om van hom af weg te kom, die kind nog teen haar. Op die stoep lê 'n posduif dood, die koppie is weg: 'n onheil. Sy ril, die hael het 'n ysigheid gebring.

Sy skarrel agtertoe. Hoenders hang skeef teen die ogiesdraad, die muile se ore hang bebloed, haar groentetuin is 'n pappery. Die hopies grondboontjies word plat geslaan, peule vlie deur die lug, foep! en disintegreer.

Net Bill is niks bang nie. Kyk hoe teësinnig het hy begin draf. Hulle oeste, hulle kos is op die spel, maar Bill gaan sy gang.

Hy het eenmaal met die dood gespeel en klaar gespeel. Hoe kan hy vir hael weghol? Hy is self spierwit, hard soos hael tot in sy kern. Niks kan hom keer nie. Hael smelt mettertyd. Maar Bill?

Waarvan sal hulle lewe? Haar laattamaties en haar boerpampoen, haar groenboontjies, alles is fyn en flenters. Hoe lank nog die skrapsheid?

Bill lag, hy wil harder as die slae op die sinkdak klink. Die skade is klaar gedaan. Wat verwag sy van hom? Die kind druk haar kop teen haar ma se lyf en sy begin haar soog.

Toe hou dit op.

Om die huis lyk dit na 'n begraafplaas. Wit klippers op die stoepie, die wit lê weerskant van die pad voor die huis. En laag sien sy reeds 'n eerste kraai op soek na verminktes. Die kraai vlieg sukkelend, van sy vlerkvere is weggeslaan.

Toe sy opmerk hoe hulpeloos die ry populiere hulle arms in die lug opsteek, draai sy om en roep na hom. "Bill," sê sy. Slegs sy naam. Vir haar is dit genoeg. Die vier letters kan hom volkome na haar terugbring.

Renna en die kinders loop buitentoe om na die hael te gaan kyk.

En hy neem haar teen hom, weg van die uitsig op die skade, maak die kamerdeur agter hulle toe, trek haar versigtig uit en laat sy hande koel oor haar vel speel.

Toe hulle klaar is, gou, hy was soos 'n waterval, trek sy die deken op teen die luggie wat van die haelgrond by die skreef inkom. Sy leun oor en vat aan sy hand. En dag hy gaan opstaan.

"Gaan jy nie eers vir Piet-hulle sê wat om te maak nie, Bill?"

Hy bly lê.

'n Jaar ná die hael dra sy Virginia Bunch al weer drie plomp bone in elke peul. Op die werf by Vyf-K-Agt lyk dit al hoe beter. Die ry populiere wat hy geplant het, is byna net so hoog soos dié voor die Ebenhaezersaaltjie. Teen sononder gooi hulle 'n lafenis oor die huisie. Oop stoepie voor, slaapkamer links, sitkamer regs, 'n kleiner kamertjie agter hulle s'n vir die kinders, kombuis regs en die badkamer net 'n hokkie wat aan die kombuis grens. 'n Vuurhoutjieboksie.

Maar die swaarkry tref hulle nie meer tussen die oë soos die eerste dag toe hy haar laat binnekom het nie. Sy grondboontjies gaan volgende jaar nog beter dra, die katoen kom mooi aan en Madelein sorg dat sy soos 'n slang oor haar groentetuin waak om hulle eie groente op tafel te hou. Daar is altyd petrol vir sy Chevvie en hy word die eerste man op Vaalharts wat 'n staalskuur oprig.

Teen hierdie tyd het hulle seks al 'n patroon gevorm. Sy handgebaar is 'n teken, so moet sy draai en omdraai. So hét sy gedraai en omgedraai. Die pas, die snak en die sug, alles is bekend. Hoe dan anders ná drie kinders en soveel jare saam?

Agterna lê sy langs hom en wag op die knars van sy vuurhoutjie om 'n sigaret aan te steek. Dan staan sy op.

"Hou jou maar weg van die lande, Madelein." Sy het lankal opgehou ploeë. "Ons het jou hand nie meer so broodnodig nie," voeg hy by terwyl hy haar voor die spieëlkas dophou.

Hy verstaan haar, dink hy. Sy mooi vrou. Haar welige hare wat sy in 'n rol agter haar kop saamvat. Die buig van haar arm as sy die haarknip optel, en haar hare saamrol en netjies vassteek terwyl sy haar ryk, skaam armholte na hom toe draai.

"Madelein, jy moet vry na my."

Sy vra nie wat hy daarmee bedoel nie, hang net haar rok buite teen die kasdeur op.

Hy weet sy verstaan nie wat hy vra nie. Sy moet met 'n dringendheid na hom uitreik, sy moet haarself loslaat. Want die begeerte wat sy van hom neem en blus, vlam weer op. Sy begryp nie dat hy hom nooit kan uitbrand nie. En dat hy bly hunker na haar; hy smag veral na wat sy hom kán gee, maar in gebreke bly om te gee.

En sy verlang ook na hom, dit weet hy. Ook sy is op soek na haar begeerte by hom, maar verstaan nie waarom sy nie genoeg by hom kry nie. Waarom sy nie volkome bevredig word nie. Begeerte is nie gelyk aan liefde nie.

Hy kom na haar, skuif haar rok teen haar bene op en sê haar aan om haar bene te sprei, haar arms te vlerk en wyd teen die kassie te druk.

Teen haar nek: "My love."

Hy vra of hy haar van agter kan binnegaan. Nie tussen die boude nie, sy moet hom nie verkeerd verstaan nie. Sy lippe is teen haar nek, sy hand onder haar, die ander een by sy gulp.

Sy wil sy hande teen haar koester, sy manier van vat, sy vingerpunte, die haartjies op sy voorarms.

Hoe kan sy die man keer? Sy vingers voer 'n gesprek met haar, met die sagte vel waar boude hulle eerste kurf maak. Sy wil hom gehoorsaam, uit eie vrye wil sy haar oorgee aan hom. As dit dan is hoe hy met haar seks wil hê.

Wat maak dit tog saak? dink sy. Dis in die binnekamer, wie sal weet?

Maar dit loop skeef tussen hulle. Met dié dat sy nog wydsbeen staan en huiwer het. Want sy hét gedink, voor sy haar met 'n halwe wil van hom weggedruk en uit haarself gehaal het. En omgedraai en op die bed gaan lê het.

Sy kan nie, al praat die begeerte van haar eie lyf sterk. Die posisie wat hy van haar verlang, maak dat haar kop teëpraat. Daar het die fout begin. As sy haar maar net altyd deur haar lyf laat lei.

"Dit voel te vreemd, Bill. Nee, ek wíl alles ervaar en my volkome vir jou gee. Ag, Bill, ek weet nie meer nie. Hoe kan ek vir jou verduidelik?" vra sy terwyl sy tog vir hom wag om na haar toe terug te kom.

Bill het eenkant gaan staan, 'n Max opgesteek, nie sy ereksie verloor nie.

Sy is so mooi as sy só met hom praat, so hulpeloos en broos.

Maar die breuk het reeds plaasgevind. En hy kan nie verder met haar praat nie.

Sy stut haar kop met haar arm op die kussing sodat sy na haar man lê en kyk. Dit is tog nie so erg nie, wil sy sê, maar hy kyk nie eers in haar rigting nie.

"Kom, Bill."

Hy knyp sy sigaret af sodat hy later die stompie klaar kan rook en gaan lê op haar, met sy hemp en broek, net sy gulp wat oop is. Sy soen hom hartstogtelik en probeer hom teruglei na haar, en lig sy hemp uit sy broek, gryp hom om sy rug. Daar is niks wat sy eerder wil hê as dat hy haar behoeftes, haar wil, moet begryp nie.

Hy kom na haar toe, maar sy't reeds die klip gegooi. Die skerwe lê oral. Hy verbeel hom selfs dat hy 'n skerpheid by haar ervaar, asof hulle liggame vreemd ver van mekaar is. Ruiter op 'n andermansperd, asof hulle mekaar se ritme nie meer ken nie.

Tussen hulle twee het sy gekom: met haar weiering, haar kop, haar eie wil.

Toe hy klaar gekom het – sy nie – staan hy woordeloos op en steek sy stompie aan, kyk na haar, glimlag en loop uit.

Sy dra koffie aan vir die mans wat na Bill se grondbone kom kyk het. Onder hulle is van die SAAF-boys. Hulle wil weet wat hy aanvang om die peule so vet te kry. Bill hurk en verduidelik, met sy hande plat teenmekaar vryf hy van die bone uit 'n peul.

"Jy is 'n bruikbare man, Bill Scheiffer," sê hulle vir hom toe hulle wegry.

"Dis nie wat ek hoor nie, Madelein. Hierdie manne sê mos nie wat hulle rêrig dink nie."

"Los dit nou, Bill, wat maak dit tog saak? Dè, drink jou koffie. Ek het klaar geroer."

"Waar is die boys, Madelein, wat het van die manne hier by ons geword? Hardy Schoeman en Taaisie en Steyntjie en Buks en Toy Buys, en al die ander. Weet jy, as ek hulle raakloop dan vee hulle net sweet af, oë bloedrooi."

"Bill, jou koffie."

Hy reageer nie. "Ek wil 'n bietjie hoor of hulle alles dan so gou vergeet het. Hel, boys. Hoe het die dood nie elke dag sy manne vir hom uitgesoek nie. Hoe het hulle nie geleer om saam te sukkel, saam te kak, as een van hulle 'n vegvliegtuig verloor het nie."

Sy staan op, tree terug tot in die skadu van die skuur, en bly so met sy blikbeker koffie in haar hande staan.

"Het ons dan nie almal saam, arms om mekaar se skouers, die paar goedjies van 'n vlieënier bymekaargemaak nadat hy homself nie betyds kon uitskiet nie. Het ons nie saam sakke deurgevoel vir 'n laaste skryfdingetjie aan 'n girlfriend of 'n ma sodat ons dit na die familie kon terugstuur nie: My darling Jeannie, I am writing in English because I don't know who will find this. There is no end in sight. Who can say how long this will last? I want to tell you something lovely: you were the only woman I have ever loved. I don't ask anything from you. Only that you should think of me often, and know that in my life I have done my duty, nothing but my duty. And my dearest Jeannie, stay happy, even in the misfortune of my death. And pray for my soul . . .

"Weet jy, Madelein, ek kon soms ure daarna sit en huil."

"Ag, liewe Bill," en sy sit die blikbeker neer. Sy druk sy kop teen haar vas, en Fernandé kom aangekruip om teen haar bene op te staan.

"Daar was nooit tyd vir 'n snikkery aan die front nie, Madelein. Nou staan jy langs 'n graf van een van die boys, sand in jou oë, stilte op jou tong, want die volgende oomblik is jy op 'n nagvlug uit, en môre is dit dalk jy.

"Maar wat ek nou van die boys wil weet, Madelein, is of hulle dan nie hierdie dinge gebêre het om weer daarvandaan krag te haal nie. Hardy, wil ek vir die man sê as ek hom weer sien, jy gaan tog nie toelaat dat die swaarkry op Vaalharts jou in die grond vertrap nie. Maar al waaraan die boys dink, is of daar vanaand genoeg op hulle tafels gaan wees. En aan die hitte en die muskiete en die gespook om die laaste kameelbome uit te kry. Die leiwater wat altyd eenkant toe neuk op die akkers en die ou misvormde ertappeltjies wat hulle Kaap toe stuur, drie pond tien vir 100 sakkies, en die vrouens se donnerse mielierys.

"Dis hoekom hulle grondboontjies nie soos myne lyk nie, maar ek kan dit nie oor my hart kry om hierdie dinge vir die arme bliksems te sê nie.

"En laat ek nou sommer vir jou sê, Madelein, dis die vrouens wat die boys verder vertrap. Dis nie die boys nie, maar die vrouens wat agter hulle hande praat van die danige Scheiffers wat 'n twoseatertjie het. En of daar dan nie 'n serwituut bestaan wat soldate op Vaalharts verbied om 'n kar aan te hou nie. Nou, na al die jare. Ek hoor hulle mos Sondae by die kerk. En kyk net bietjie hoeveel ekstra hande het die Scheiffers van die plaas af saamgebring. Die konterfeitsels.

"Die speletjies en die skimpe. Madelein, o, ek verlang na 'n eerlikheid. Ek weet nooit waar ek met hulle staan nie."

"Bill, ek weet nie waarvan jy praat en of jy ook na my verwys nie, maar wragtig, die vrouens hier op Vaalharts verdien nie wat jy oor hulle kwytraak nie. Nee, hemel, Bill. Hoe bedoel jy nou? Wat is dit vandag met jou?"

—11—

DAAR KOM 'N LUIDE ROEP VAN DIE PAD VOOR DIE HUIS.
"O, dit sal my vleis wees. Wag, laat ek loop," sê sy.

Saterdagoggende, voor die hitte en kwaaiste vlieë, kom lewer Poeroe vleis af. Sy skat hom heelwat ouer as hulle, 'n indrukwekkend lang man wat tot die Batlapin-stam behoort. Sy vrou is een wat met kruie dokter, weet Madelein.

"Ek het vroeg gekom na julle Vyf-K-Agt," praat hy sy mooi Afrikaans met haar. "Môre, mies," en hy trek die doek van sy kis weg sodat sy uit die snitte kan kies.

Sy groet en kyk oor haar skouer met die hoop dat Bill vandag sy neus hieruit sal hou, want hy reken mos Poeroe se vleis is onhigiënies.

Poeroe lig 'n stewige ouooi-boud van die stapel en hou dit na haar uit. Sy hande en voorarms is sterk. Hy weet teen dié tyd sy koop nie meer skaapnek soos vroeër nie, anders as die vroue wat al die snitte bekyk om tog maar op die goedkoopste te besluit.

Sy lag toe sy sien dat hy klaar namens haar gekies het. "En hoe gaan dit by jou huis, Poeroe?" en sy grawe na die geld in haar roksak. Sy gesels altyd met die man, hy het al 'n skenkel of wat vir haar saamgegee.

"Nee, daar is g'n klagtes nie, mies. My vrou gaan ook goed aan met haar medisynes. Baie mense kom koop by haar. Die kinders loop ook mooi. As ons hulle moet skool toe stuur, wil ons vir hulle almal genoeg hê: die pinafores en al die boekies, mies, alles, niks is verniet nie."

"Ja, dit is so, Poeroe. My oudste moet ook al amper skool toe." Sy neem die vars vleis uit sy hande en betrap sy oë op hare.

Sy draai die vleis met 'n klam lap toe, lê dit op die koelste plek in die kombuis neer en loop uit in haar groentetuin waar sy die kinders hoor speel. Sanette is die ma op die kaskarretjie wat Piet aanmekaar getimmer het, en Engela-Jean, Fernandé en 'n pop is haar drie kinders.

Die tamaties kort water, dink sy. Sonder nattigheid gaan hulle nie behoorlik uitswel nie.

Met die pos laat weet haar pa hy stuur vir haar 'n eie buggy.

En Neels Gous skryf te spoggerig vir woorde van sy plaas by Christiana: oor sy plaasopstal, die werf en al die wildsbokke. Daar loop glo blesbokke, koedoes, springbokke, meer as wat hy kan tel. Die jagseisoen is byna oop, Bill moet 'n paar bokkies kom plattrek, nooi hy.

"Hy het Christiana verkeerd gespel," merk Madelein op.

"O, maar jy is 'n ondankbare mens. Wil jy dan nie biltong hê nie, 'n lekker springbokboud? Nee wragtag, ek sal jou nooit verstaan nie."

Hy gaan haal dieselfde aand nog sy .303 uit die hangkas waar dit agter 'n pak klere regop staan en wag het. Hy krink die loop, laat dit tussen sy knieë hang en woel met 'n riet en 'n lappie op en af deur die loop. Hy tel die loop teen die lig op en bekyk die binneste wand. Die volgende aand doen hy presies dieselfde ding.

"Ek kry die boodskap, Bill, jy wil weg hierso."

"Om die waarheid te sê, Madelein: ek kan nie wag nie."

"Maar dis mos aanrytyd nou, wat van al die grondboontjies en lusern wat by Magogong-stasie moet kom?"

"Ons sal maar 'n plan moet maak, Madelein. 'n Boer maak 'n plan."

Toe hulle kennis kry dat haar buggy met die vragtrein aangekom het, sê Bill hy sal vir haar 'n skimmelperd by oom Rooi-Faans gaan koop.

Appel is die merrie se naam en sy kyk met sawwe oë na haar.

"Nee maar ry haar bietjie, mevroutjie, dat jy kan voel hoe sy sit," sê oom Rooi-Faans. Die ou oom is so vol vertroue, hy vergeet skoon sy plek en vat aspris aan haar boud toe hy haar in die saal help.

Bill se hand vlie op en huiwer enkele duime van die ou man se slaap. Oom Rooi-Faans koes vinnig kant toe en piets-piets verbouereerd met die karwats teen sy been.

"Ek is mos nie vandag se kind nie, Billie man," verseker hy hom, "het niks bedoel nie. Nee wat."

Sy ry 'n paar draaie op die werf en swenk in die pad op sodat Appel haar op 'n draffie kan wegdra. Sy buk en streel die merrie langs haar nek.

Toe sy weer onder die peperboom by die twee mans kom, sien sy Bill is steeds beneuk. Oom Rooi-Faans het intussen sy prys laat sak om hom bietjie van die petalje los te koop, maar Bill is nog nie tevrede nie.

Naderhand mik oom Rooi-Faans huis toe. "Kyk, smeek gaan ek jou nou ook nie. Ek het 'n ander kopertjie daar in Taung," lieg hy soos hy wegloop.

"Ag, koop maar die perd vir my, Bill."

En Bill koop teen sy sin vir Appel. Sy omhels hom, trek sy kop af totdat sy neus in haar nek land, soos hy altyd met haar maak. Hy klim op en ry die merrie vir haar huis toe.

"Gaan jag nou maar op Christiana, Bill," sê sy daardie aand vir hom. "Gaan maar jou gang. Nie ek óf die kinders, niemand op aarde, kan jou meer terughou nie."

"Sanette," sê hy die Sondagmiddag voor sy vertrek, "loop speel jy en die twee kleintjies by die skuur, toe, my doggie."

Uit 'n vaatjie wat hy van die Boland bestel het, tap hy drie sopies en vat dit vir Morris, Piet en Renna.

"Met die kinders daar, Bill? Ek is lugtig," stribbel Madelein teë.

"Renna is mos oulik met die kinders, vertrou jy dan nie jou mense nie?"

Morris tokkel op 'n blikkitaar en toe Piet die drinkgoed sien aankom, spring hy op en knak sy bene na alle kante. 'n Ou riel. Die kinders klap en kwyl.

Terwyl hy terugstap, kom die aand vaal tot rus in die lande. Bill draai die knop van hulle nuwe Vulco en trek haar neer op die bank langs hom. Lourenço Marques Radio: *Favourite hits of the week from Mozambique.*

"Daar's hy. Glen Miller. Hy het vir die RAF gevlieg. En op daardie betrokke dag wou hy om die dood nie uitgaan nie, sê die mense. Party sê hy wou nie eers regtig vlieg nie."

"Maar Bill," vat sy aan sy arm en druk haarself regop.

"Agterna is gesê dat die wolkdigtheid 10/10 was. Wragtag, die Wing Commander stuur vir Glen Miller uit." En op "wragtag" slaan hy met sy vuis in sy hand.

"Maar Bill," protesteer sy.

"En weet jy wat gebeur toe? Een van die RAF-pilots skiet self die man van "Moonlight Serenade" af. Hulle eie man, dié Glen Miller. Die onnosel bliksem. En Glen Miller wou nooit eers by 'n vliegtuig inklim nie. Ai, Madelein, kan jy dink: die verlies. Hy kon vandag nog gespeel het."

Dis so aangrypend dat hy nie anders kan as om oor die tragedie te praat nie, elke keer wanneer hy iets van Glen Miller hoor.

"Bill, maar jy hét mos al die storie vir my vertel." Sy gaan sit weer langs hom.

Hy draai na haar, spring dan op en gaan staan in die middel van die sitvertrekkie met die glasie Bolandse soetwyn in sy hand. "Saam met die dood vlie, Madelein, saam met die dood. Dit het ons almal gedoen. As jy maar geweet het hoe dit voel, sou jy jou ligsinnigheid vir jouself gehou het. Gesondheid."

"Ek het nie probeer ligsinnig wees nie, Bill. Ek het maar net gesê dat ek die storie al gehoor het. Dis maar al."

"Jy het nou jou eie ryding en jy kan maak wat jy wil. Ek gee nie om nie, true as bob, ek gee niks om nie. Maar laat ek nou vandag een ding vir jou sê, Madelein: Los my ook vir 'n slag bietjie uit."

"Ek weet nie wat dit vanaand met jou is nie, Bill. Dis seker die soetwyn wat begin praat."

"Ry maar na hartelus met jou buggy, maar gun my net my deel van die bargain. Dis al wat ek vir jou sê. Hoor jy my? En los my en my soetwyn ook maar uit."

Hy sit sy glas op een van haar ouma Driek se lappies neer. In die kamer gaan werskaf hy en stop 'n vars hemp en onderbroek, 'n pakkie koeëls, sakdoeke en los goedjies in sy SAAF-balsak.

Sy verergdheid is reeds vergete, hy is nie 'n man wat te veel dinge saamdra nie. Maar hy het besluit hy wil nóú Christiana toe ry. Hy haal die .303 uit die kas en gaan soek buite na die kinders.

Voor die skuur soen hy hulle een vir een op hulle koppe. "Mooi bly, julle outjies. Sanette, jy is die oudste, jy moet mooi na jou ma kyk."

"Maar Bill, hoekom wil jy nou in die nagdonker ry?" praat sy agter hom. "Wag maar tot môre soos jou plan was."

Hy kom vee met die agterkant van sy hand teen haar wang.
"Ek is lus om in die nag te ry."

"Ag tog, Bill," kyk sy eenkant toe, maar draai dan tog terug, druk hom teen haar vas en ontdooi in sy arms. Hy is warm, hy is altyd warm. Sy glip haar hand by die opening van sy hemp in, voel sy vel teen haar. Dis al taal wat sy verstaan.

"Toemaar wat," paai hy. "Oor 'n week is ek terug met die bokkies." En maak hom los uit haar omhelsing en loop na die Chevvie toe.

Hy wil uit. Die hoeke en kante van hulle klein bestaan op Vyf-K-Agt, die onverskillige vrouepraatjies wat alewig na hom toe aanwaai, Vaalharts bowenal, dryf hom teen die mure uit. Hy kan sy hemp daarvan skeur, sy klere afruk en bo-op die dak klouter net om asem te kry, verder te kan sien.

Van daardie rooi aarde wil hy wegkom, ontsnap. So is hy, so is die man wat Madelein vir haar uitgekies het. Dit moet sy maar weet.

"As jy tussen die wolke vlieg, is jy binne-in watte. Niemand kan jou sien nie, niks hou jou vas nie. In een oomblik is jy volkome veilig én vry om weg te breek nes jy wil," weerklink sy woorde.

Toe sy die hek agter hom toemaak, hardloop Sanette tot langs haar om hom agterna te kyk toe hy wegry.

"Bill! Pappie!" skree hulle.

'n Dwarreltjie stof sirkel soos 'n brak al agter die Chevvie aan, 'n bleekgele, 'n basterbrakding wat deur die donkerwordende laatdag opgesuig word en dan heeltemal verdwyn.

En skielik vanaf die kanale, die kiewiete. Sy en Sanette kyk gelyk op: "Botticelli, Botticelli," maak hulle die geluid na.

Madelein stap terug, en sing saggies by haarself: ". . . 'k wil terug na die vrye ruimte, waar 'n siel in woon wat verstaan." Sy kom tot stilstand: waarnatoe en na wie sal sy wegneuk as sy regtig moet? Sy skrik vir die geweld wat die woord "neuk" in hom dra. Nee, sy het haar lewe saam met Bill gekies. Maar die hunkerende woorde van die lied bly by haar. Een wat sy op 'n aand in Oos-Londen op versoek in die Aldridges se huis gesing het.

Van die skuur af kom Engela-Jean aangehardloop en toe sy haar ma sien, snip sy: "Ek by Mammie, Sanette moet wag."

Ounooi vorm die agterhoede sodat klein Fernandé aan haar rug kan vasknyp terwyl sy aangewaggel kom, maar nog voordat sy naby genoeg is, lig sy klaar haar regterhand van die hond af en steek al twee arms na haar ma toe uit.

Morris en Piet-hulle het een van die lanterns aangesteek en 'n ent voor hulle op 'n plat klip staangemaak. Rondom die klip kring 'n geel kol op die grond. Piet en Morris en Renna aan die oorkant, sy en die kinders diékant in die donker.

Toe Renna haar gewaar, staan sy op waar sy plat langs Morris en Piet gesit het en stap na die ligkol waar sy al op die rand met haar voete stamp.

Haar ritme rol oor na Morris en hy skree: "Kyk so 'n bruinkind vir my," en slaan sy kitaar al vinniger, en Renna stamp flinker om sy slag te vat.

"Kyk so 'n bruinboudjie vir my," skree Morris weer.

Vinniger en vinniger stamp sy, haar knieë teen haar ken, haar hande wikkelend aan die sterk arms. Eers voor en dan na die kante. Haar borste druk teen die lap van haar rok. En soos sy stamp en lig, stamp en lig, span die rok stywer tot dit wil skeur.

Die kinders staan betower. Op haar voorarm voel Madelein dat die kleintjie drooggemaak moet word. Sy skuif effens terug in die donkerte sodat Renna nie miskien balans verloor of 'n kind raak trap nie.

Renna spiraal nader aan die lantern. Haar knieë knak sodat sy laag dans, die lig geler op haar gesig, die twee tepels afgeëts soos sy hulle met elke stamp teen die lap laat bons.

"Mies Madlein, mies Madlein, jy't my mos vir jou getryn, mos vir jou getryn," begin Renna te sing. En toe: "Baas Billie, baas Billie, bring vir my jou broekie, baas Billie . . ."

Fernandé moet drooggemaak word, sy moet maar ingaan. Die woorde kletter uit Renna se mond:

"Mies Madleintjie mies Madleintjie
ek is klaar met jou huisie jou boontjies jou pampoentjies
mies Madleintjie
môre loop ek ver loop ek ver
baas Billie kan maar sy broekie hou
sy broekie vir hom hou."

Renna spin soos 'n tol op haar hak. Soos 'n tol vry van sy tou, om en om die geel lantern spin sy. Motte en torre woer mee, spat teen die glaskap, warrel uit die ligkring, word opnuut gelok.

Morris het tot op die rand van die kol nader geskuif en sy vingers rol oor die snare. Hy maak tande en oë vir die lig. En agtertoe klap Piet elke keer teen sy broek as Renna stamp.

Dis die soetwyn wat Bill hulle ingestop het. Sy kan sweer hy het vir hulle 'n dubbelsopie gegee. Hulle gaan koop self ook drank, sy is nie onnosel nie. Sy moet hieroor met Bill praat as hy terugkom.

'n Ongemak neem van haar besit sodat haar asemhaling kort en benoud raak. Sy moet ingaan, sy moet die kinders binnetoe neem.

"Julle het karretjies julle ry
julle het vleisies julle eet
en kyk vir baas Billie kyk vir baas Billie
hy dans met Renna voor sy music boks
jaar na jaar na jaar julle dink mos
ons is mos muile met klappe miesie Madlein,
jaar na jaar ou Piet en ou Morris slaap op die
strooi donnerse strooi vreet'ie stampmielies
vreet die semels
ons algar verpag vir 'n sikspens
'n sikspens vir 'n pond vleisies
maar kom die mannetjie van Magogong kom hy, kom hy

is die sikspens te min
virrie vleis te duur
ons vreet'ie stampmielies ennie semels
sonner 'n sousie waar's ons vleissousie?
wat maak baas Billie se grondboontjies vir ons
vir ons maak hy niks
jaar na jaar na jaar."

Renna snak na haar asem – 'n mot om haar kop – reg voor haar en haar kinders, haar gesig in hulle s'n.

Piet kom uit die nag aangeloop en sit sy hand op Renna se blink arm. Hy neem haar uit die kol lig.

"Fokkin grondboontjies," skree sy nog waar haar mond teen Piet se skouerknop geval het.

Morris hou ook op. 'n Snaar tril, en sterf.

Sy kan Renna en Piet nie meer uitmaak nie. Net die gemompel en geswets teen Piet se baadjie klink nog op. Die donkerte en die skadu van die skuur het hulle ingesluk. Dan kan sy hulle selfs nie meer hoor nie.

Madelein talm nie verder nie, sy raap die kleintjies bymekaar en stap oor die stuk gruis huis toe. Agter haar spring 'n gloed omhoog toe Morris die lantern van die klip optel om skuur toe te stap.

In die kombuis neem sy Fernandé se handjie weg wat met haar lippe speel, en sit die kind neer. Sy pomp die Coleman, steek 'n vuurhoutjie by die Dover aan, draai die lamp oop en bring die vlam by die twee manteltjies. Sy is kortasem, sy is geskok.

Renna kan mos gaan kuier as sy wil. Sy en Bill kan vir haar treingeld gee Colesberg toe dat sy weer by haar mense kan kom. Waarnatoe sal sy gaan as sy van hulle wegloop? Vir wie sal sy gaan werk? Sy moet tog werk.

"Julle moet my en die kinders nie almal los nie, hoor," prewel sy terwyl sy van die saggekookte pampoen met broodkrummels fyndruk vir die kleintjie.

Sy begin aan haar eie krag twyfel. En aan Bill.

Sy draai nog lank in die kombuis rond sonder om te weet wat sy moet doen. Op die kombuistafel lig sy die koewertuur oor die ertappelgis vir haar brood, plaas dit terug. Haar hande bewe op haar bors.
Net die twyfel bly oor. Sy het in Vaalharts kom bang word.

Sy skrik wakker. Die vroegoggend is geil met kriek en kiewiet en kabbeling in die kanale. Sy vryf oor haarself, talm, haar hande bewend oor haar lyf: sy het in die teenwoordigheid van Bill ryp geword.
Bill se vlees is goddelik. As haar vel naak teen sy naakte is, vind sy haarself in die verlorenheid. Maar hoe meer haar begeerte na hulle ewige eenwording groei, hoe meer verloor sy hom. Hy beur van haar af weg. Haar kinders sien hy, die huis met sy lae plafon en kamertjies met vier mure, dié sien hy. En daarvan vlug hy.
Goddelik én 'n vloek is sy vlees vir haar.

— 12 —

NEELS GOUS BIED HOM 'N GESPIERDE HINGS VIR DIE JAG aan, self ry hy 'n groot kastaiingbruin boerperd. Ramola maak vir hulle moerkoffie, sy het net 'n kamerjas aan. Haar los hare is swaarder en swarter as wat hy dit destyds oorkant hulle in die eetsalon kan onthou. Dit val hom op dat sy sy oë vermy.
Voor dagbreek skuil hulle al tussen die kameelbome op die rantjie. Bo hulle die bleekblou hemel, kleinvolk wat iewers tussen bos en veld begin beweeg, die perd onder sy boude en kruis, die salpeterhare van die twee ryperde, die ingesmeerde saals en die man wat hy ligweg langs hom hoor asemhaal.
Bill ervaar 'n fisieke vryheid wat hom wil laat lag. Hy wil sy asem intrek, sy ledemate een-een inspan en strek so ver hy kan, en dan die lug met mening uitblaas. Die sensasie van afwagting maak hom lighoofdig, elke sintuig is 'n fyn vlymnaaldjie.

Hulle skiet twee blesbokke, Neels s'n is 'n nekskoot waaroor hy homself kasty. Die middag, toe die bokke huis toe gesleep is en Neels reeds met die uitsny van biltong in die waenhuis begin, is daar 'n tydjie toe Bill weet dat hy en Ramola alleen in die huis is.

Hy verken die gang, hou geluidloos op die loper. Die haartjies op sy arms staan orent, en hy is te bang om asem te haal. Sy wag in die deur van die gastekamer waar hy die vorige nag geslaap het. Binnekant die kosyn gewaar hy eerste haar neusvleuels, haar ken en die vingerpunte van haar gevoude hande voor haar kruis.

Vinnig, staan-staan teen die kamerdeur wat hy sag toegestoot het, breek sy volgeloopte begeerte saam met haar oop. Hulle styg op soos warm wasem.

Sy het die geleentheid geskep, hy het dit reeds sien kom toe haar hand by sy aankoms in syne gesloer het.

Hy vertrek met die verwerkte vleis van 'n blesbok en 'n springbokrammetjie wat laat die vorige middag vars geskiet is. Sy kom sien hom nie in die vroegoggend af nie. Neels verduidelik dat sy 'n hewige hoofpyn het.

Hy dink terug aan die damp van Ramola se jong, warm liggaam toe hy terugry. Die ervaring het hom getransformeer.

Op Vyf-K-Agt staan daar 'n krat in die hoek van die kombuis toe hy binnekom. Hy fluit toe hy daarin loer en tel van die produkte op. Mary King-kosmetieke, Watkins-produkte vir huishigiëne, wasmiddels, essens vir gebak.

"Ek is nou 'n agent, Bill. Ek gaan die goed van huis tot huis verkoop. Jy kan glo nie 'n fout daarmee maak nie."

Hy vat haar om die lyf en laat los, voer 'n passie in die middel van die kombuisvloer uit, kielie Fernandé en laat haar staan.

Morris het intussen die springbokrammetjie afgeslag en kom binne om die karkas neer te lê. Die tweemans-kombuistafeltjie kan die bok van blad tot boud net dra, die vier bene en nek drup bloed op die kombuisvloer. Ounooi moet eers buitentoe.

Terwyl hy biltong uitsny, vra sy hom uit.

"Ek is moeg," lag hy. "Ek moes donker van Neels wegry om betyds op Vaalharts te kom om nog die vleis te kom bewerk. My lyf is eintlik lekkerseer van stramheid."

Sy kan nie wag om vir hom van Renna se astrante dansery te vertel nie: "Ek het 'n vreeslike brandpyn hier op die krop van my maag gehad toe jy weg is. Later skuif die brand op na my hart toe sonder dat ek weet wat dit is. Heartburn. As jy maar net hier was. Wat kan dit tog wees, Bill? Dis mos nie hoe ek is nie?"

"Wat sou dit wees, Madelein?" Hy is besig, sy hou sy skouers dop. Hy kyk nie op na haar nie. "Is dit nie dalk weer 'n kind nie?"

"Bill," fluister sy, "ek weet self nie wat dit met my is nie, maar jy moet na my luister. Ek het so angstig geword." Met sy hande kan hy die branding in haar blus, maar dít sê sy nie vir hom nie.

Bill sny. Sy mes aarsel nooit, hy sny diep en skoon sodat niks verlore gaan nie. Waar spier op spier lepellê, vind hy versigtig sy pad en maak biltonge. Bill se hande skep iets nuuts uit die spiere wat kon bokspring en laat spaander.

Madelein ken bokslag uit haar kinderdae op Rietkuil, maar sy kan nie onthou dat afgeslagte dier so soos die aand ruik nie. Die donkervleis maak oop en 'n wildheid van bloed en onverteerde gras en diereangs gee in haar kombuis af. Sy bedek haar gesig met haar hande en probeer dink aan die seëning van die oorvloed vleis. Sy sal die wildsboud kan opstop met knoffel en rosyne en inlê soos haar ma haar geleer het, en op 'n goeie Sondag sal hulle aansit en soos konings eet. En teen daardie tyd gaan Bill al weer planne bedink vir 'n volgende jagkans.

Al haar gedagtes wil sy die aand in die kombuis vir hom uitsê, maar sy het nie die moed nie. Hy is te lig na sy jag, hy. Hy het teruggekeer en kan makliker lag. Lig. Hy is so.

Toe hy klaar is en sy die tafel afgevee het vir brood en konfyt en koffie – aan vleis kan mens ná so 'n slagting nie raak nie – bid hy:

"Dankie vir die bokkie, liewe Heer,
   vir rugstring en karmenaadjie, vir vettigheidjies tussen biltonge,

vir biltonkies wat ons kan uitslag vir Reksie op kollege,
vir boklewer rooi,
vanaand lê ons maar weer in die kooi.
Amen."

"En nóú, Bill?" vra Madelein.

Maar hy lig net sy koffiebeker na Sanette wat reeds onder die gebed begin proes het, en lag.

Sy draai die Coleman in die kombuis op sy laagste sodat Bill nog kan sien om te kom lê as hy van buite af inkom.

Die vrees het in haar gegroei, lê sy en dink, en sy weet nie wat om daarmee te maak nie, want sy was nog nooit in haar lewe bang nie.

Toe Bill eindelik kom inkruip, word sy wakker.

"Bill," vra sy, "sê vir my dat ek nie bang hoef te wees nie."

"Waarvoor kan mens dan vrees, Madelein?" vra hy, sy asem oud van die dag agter hom.

"Daar is iets wat my verontrus, Bill, en ek weet nie wat dit is nie."

Hy lê stil en reguitbeen op sy kant van die bed.

"Renna het kêns geraak," vertel sy van die dansery en haar gesing. "Hoeveel soetwyn het jy vir hulle gegee, Bill? Ek dink Renna gaan kennis gee."

"Waarnatoe wil sy miskien gaan? Slaap nou, Madelein."

"Hulle het ook hulle mense, Bill. Ek dink sy wil terug Colesberg toe. Booitjie Tafel. Sy het al van hom gepraat. Sy was maar nog 'n meisie toe sy daar saam met ons weg is. Ek onthou vir Booitjie."

"Ek sal môre na alles kyk. Dit sal my verbaas as Renna trap. Ek wil eers self bietjie met haar praat. Ek gaan nie toelaat dat sy sommer hier by ons wegdros nie."

"Bill?"

"Ja?"

"Sal jy my vashou, asseblief?" En toe maak hy soos sy vra.

Teen skemer is sy op en gaan staan voor die venster om na die eerste voëls in die populiere te luister.

Sy stryk oor haar buik op die mens wat besig is om in haar te groei en wonder wat hulle die kind gaan noem as dit dié keer 'n seuntjie is. Sy tree effe terug en trek haar nagrok oor haar kop. En kom agter dat Bill wakker is, besig om na haar te kyk.

Sy hande is agter sy kop op die kussing gevou. Wakker. Sy kyk op die druppel aan sy okselhaar, sy kyk op 'n skerf lig wat in die blou van sy oë blits. Binne oomblikke sal die eerste enetjie ingeloop kom.

"Waarna kyk jy, Bill?" Haar stem breek in die vroegoggend.

"Ek kyk na jou, Madelein."

"Waarna kyk jy?"

Hy vryf oor sy neus, vou sy hande voor hom op die kombers en draai sy kop weg.

Sy kyk na sy agterkop, na die kant van sy gesig, die oop peul van sy mond, sy hande oormekaar op sy geslag onder die kombers. Hy het slaapklere begin dra.

Sy snap self die antwoord op haar vraag, en bloos. Frommel haar nagrok op, druk dit teen haar naaktheid en beweeg weg van die man op die bed.

Hy het na haar silhoeët teen die oggendlig gekyk, besef sy. Sy het haar kindertjies laat drink en haar borste het uitgesak, haar maag het hulle gedra en haar maag het uitgesak, haar boude.

Sy streel oor haar boude – van al die buk op die lande bly hulle tog nog jongmeisieboude.

"Dit kan tog nie anders nie, Madelein. Moet ek dan maak of ek jou nie raaksien soos jy nou is nie. Jy het drie kinders gebaar," praat hy teen die laken.

Hy kry self skaam, maar Bill is nie 'n man om die waarheid met 'n doek toe te draai nie.

"Wat sê jy daar, Bill?" Maar sy wag nie vir sy antwoord nie, gryp haar rok en hardloop na die badkamer.

Sy sien hom staan, regop en met sy kykers op haar gerig. Voor haar verrys hy met 'n blik wat haar deurboor. Vir die eerste keer in haar lewe kom vrees haar tegemoet, staan dit voor haar op. Sy herken hom, sy weet wie hy is.

Sy was, droog haar gesig af en smeer Pond's onder haar oë aan.

Dit moet dié keer 'n seun wees, want sy droom anders as met die dogters. Bill weet nie dat sy weer swanger is nie. Sy sal nog moet sien of hierdie mannetjie Bill Scheiffer s'n gaan word. Dié keer is dit haar besluit.

—13—

RENNA LOOP TOE NOOIT NIE. SY HET OOK 'N VROU GEWORD en Madelein behandel haar so. Op haar beurt is Renna lugtiger, maar sy bly broeiend. En as sy van die lande of die groentetuin terugkom, is sy beduiweld. Ná haar dansery daardie aand kan Renna nooit weer vertrou word nie, maar Bill hoef dit nie te weet nie. Madelein verlang na sy lyf wat snags langs haar lê, en na sy siel wat haar bly ontwyk. En sy raak nie van die vae angs ontslae nie.

In 'n poging om minder uit Bill se sak te leef, begin sy smiddae private musieklesse op 'n ou R Müller gee.

Die stof raak minder namate die landerye vermeerder, en die skaduwees van die lanings populiere langs die paaie digter groei. Daar is nog slange en paddas en koringkrieke in die kombuiskaste, maar minder. Diegene met sedans of two-seaters ry graag hulle kinders vir klavierlesse aan, party middae staan die karre rye voor Vyf-K-Agt.

As hulle almal maar genoeg kan maak uit die akkers katoen en grondbone om hulle kinders te help. Solank die kleintjies maar besef dat hulle kan wegbreek. Dat daar lande en stede ver van Vaalharts is, dat tannie Madelein Scheiffer se klawers en bladmusiek van die een of ander Pool of Rus hulle toegang tot daardie wêreld kan gee.

"Luister vir tannie Madelein, Bokkie," fluister Tollie Schoeman vir haar oudste toe Madelein by 'n huwelik die Minnelied van Brahms sing.

En: "Luister!" koer 'n ander toe sy 'n verwerking van Dirkie de Villiers op 'n resepsie sing: "Wanneer kom ons troudag, Gertjie, Gertjie? Hoe's dit dan so stil met jou? Ons is so lank verloof al, Gertjie, Gertjie; dit is tyd dat ons gaan trou."

Noudat daar 'n klavier in die huis is, sing Madelein meer dikwels, dink sy met verlange terug aan die aande saam met die Aldridges.

Sy raak vroliker en ry na Fischer se Algemene Handelaar op Pokwani, gaan bederf haarself op een en ander, koop 'n nuwe skooljurk vir Sanette wat soos 'n reier uit alles groei.

"Ek bid hardop dat dit dié keer 'n seun moet wees," sê sy vertroulik vir Tollie Schoeman en Hester van Taaisie toe hulle aanskuif vir tee.

"Hy gaan James William heet. James ter wille van die nagedagtenis van Bill se stiefpa, oom James Bennie, en William om beide Bill en sy oupa aan sy pa se kant te eer."

"Ag, dis vreeslik mooi, Madelein," sê Hester.

Hulle tafeltjie staan tussen rolle blou sis en ander roksgoed. Fischer het self die tee gaan maak, hy skeep altyd af met die teeblare.

Madelein deel 'n innigheid met Hester en Tollie. In die ou dae, soos hulle graag daarna verwys, het hulle dikwels saans saam met die mans na mekaar se huise geloop om by lamplig elkeen se aartappel-oessie te sorteer. Daar was toe net twee klasse, misvorm een en misvorm twee.

Op 'n manier verloop hulle lewens dieselfde. Huise en lewens is met mekaar gedeel, die oorlogsagtergrond van die mans het hulle leer ken. Tollie was trouens self radio-operateur gedurende die oorlog. Hulle arbeid, hulle sweet – die son wat hulle nek vang ten spyte van hoede – die stof en die skaarste aan lewensmiddele het hulle 'n eerlikheid oor hulself en teenoor mekaar gegee. Daar is niks meer om weg te steek nie.

Die drie vroue gesels oor ditjies en datjies: 'n resep, 'n slang wat onder die kooi opgekrul gevind is, meestal oor hulle kinders. Maar ook oor die mans.

Om hulle, bokant hulle hang langs die rolle sislap ook fietsbande, roltabak en goiingsak met saad. Bottels strooisuiker en bull's eyes en sweethearts staan op die toonbank, blikke Ceylontee en boepmaagflessies lavental. En die harpuis.

Maar Madelein kom agter dat die geselskap nie soos gewoonlik vlot nie. Sy kyk vloer toe waar Fischer nooit vee nie: gif en muisdrolletjies – of verbeel sy haar?

Tollie en Hester hou haar dop, sit vorentoe, vat aan hulle koppies se ore.

"Madelein, ons voel dis ons plig om tog maar vir jou te sê," blaker Tollie dit uit. "Ek en Hester praat al lank oor die ding. Jy weet daar is g'n rede dat ons geheime vir mekaar het nie."

Sy is onmiddellik op haar hoede. "Wat is dit, Tollie, waarvan praat jy?" stoot sy haar koppie vinnig eenkant toe. Kortasem. Weer die onverklaarbare vrees.

Tollie skuif verder vorentoe sodat sy in 'n fluisterstem kan praat: "Madelein, ons wil jou nie seermaak nie, maar daar is iets waarvan jy moet weet as jy dit nog nie weet nie. En ons vermoed, ag jy weet, van die mense het al begin praat. Laat óns dit dan eerder vir jou sê, sê ek vir Hester. Ons wil jou beskerm teen die skindertonge."

"Sê wat jy moet sê, Tollie." Die vrees staan teen haar op.

"Madelein, Bill verneuk jou met die posmeester se vrou, met daardie Tertia. Ag, liewe hemeltjie tog Madelein, is jy dan die enigste een wat dit nog nie agtergekom het nie? Die Goeie Vader bewaar jou." Tollie raak self uitasem.

Asvaal. Vrees kruip koud teen haar op. Madelein dink aan Appel se blink vel wanneer sy haar roskam, aan Sanette se kyk, haar ma se tertkors, niks wil help nie.

Haar bloed sypel weg. Sy sink ineen, registreer nog net hoe die twee haar onder haar oksels steun.

Daar kom flitse: sy en Bill op die boonste trap van die NG Kerk, Colesberg, sy hand rotsvas agterom haar middel op haar trourok. En later, die resepsie byna verby, ou Angel se onheil wat sy in haar oor kom saai: "Ferdinand Scheiffer se enigste seun is tot in die grond toe bederf. As jy my sou vra oor die man wat jy getrou het, maar ek weet jy sal nie, want jou kop is klip, sal ek vir sê jou dis die soort man wat Billie van kleins af was."

Hester en Tollie wat heen en weer oor haar gesig waai om die bloed terug te bring. 'n Paar handskoene, die *Diamond Field Advertiser*.

Haar oë rol en sak in hulle kasse weg. Rye fietsbande die plafon skuif diékant toe stiebeuels swaai slaan teen broodpanne 'n vlermuis vlie agter 'n mudsak mieliemeel op 'n luggie silwer stiebeuel swymel sy haar ooglede wapper die tong-en-groef van plafonplanke skuif uitmekaar en slaan kruise sonder 'n mensehand in sig sy wil uitroep kyk tog die warboel van opgespoelde goed hoe onbruikbaar opdrifsels . . .

Sy rek haar oë om van die verwarring ontslae te raak. Tot teen haar kom die posmeester se mooi vrou voor die Ebenhaezersaaltjie, totdat sy die peperment op haar asem vang. Tertia se perskewang teen haar.

"Bill," wurg sy die een woord uit.

Tollie en Hester druk haar teen hulle aan, een roep na Fischer om 'n kraffie water en vlugsout.

Die splinters, die gebuigde fietswiele, die geskeurde lap. Sy haelwit kern. Hy kan smelt, ter wille van haar moet hy smelt. Bill moet hom ontferm oor haar. Hy het haar nie die aand aangehoor toe sy van haar voorbode vertel het nie. Hy moet haar weer 'n kans gee om haarself aan hom te verduidelik.

"Huil maar saggies, Madelein," fluister Tollie, die fynhaar op haar bolip teen Madelein se oorskulp. "Ons huil saam met jou. Die hele gemeenskap staan agter jou, my dier."

"Hoe lank al?" Maar sy wuif haar hand om te wys dat sy nie 'n antwoord wil hê nie.

Die twee knik. Hester vat die botteltjie by Fischer aan, skroef dit oop en hou die kristalle voor Madelein se neusgate.

Fischer tree tot agter sy toonbank terug. 'n Klant stap binne en bestel 'n blok ys.

"Hoe lank al?" begin sy ween.

Dit is dan die vrees wat haar daardie aand alleen met die kinders op Vyf-K-Agt betrap het, haar uit genade kom waarsku het. In die oog van die voël wat met gebreekte vlerk probeer wegkom, in die oog van die ooi net voordat haar pa die slagaar sny, daar setel hy. Sy het die vrees herken, sy moes net wag om daaraan inhoud te gee.

"Ek was nooit vantevore bang nie, nooit nie. Nou is ek uitgevang, gevang."

"O, sy is sonder twyfel 'n bronstige flerrie wat hier op Vaalharts op die loer lê," sê Tollie verontwaardig. "Ek sal self met Hardy moet praat. Waarom kom hy party aande so laat by die huis."

"Hulle is glo nooit weer dieselfde ná die oorlog nie, Taaisie het dit self erken. Mens sal nooit regtig weet wat daar aangegaan het nie," sê Hester toe.

Die twee wil nie dat sy alleen met die buggy terugry nie, maar sy vervies haar oor hulle besorgdheid en stoot hulle hande van haar af weg, stokstyf oë of te nie.

Sy is reeds besig om haarself terug te vind. So maklik gaan Bill nie daarmee wegkom nie.

Sy yskoue wit kern, dink sy nog op pad. Sy ken hom tot by die afdruk van sy voetsool, sy wil en sy krag.

Sy het die boys leer ken. Hardy Schoeman, almal. Hardy het na Vaalharts gekom, sy hande in die grond gesteek en sommer gou was daar 'n eerste kind sodat hy tot rus gekom het. Ook met sy seks. Sy glo dit vas.

Maar Bill het sy hand in die grond gesteek en die warm maag van die aarde raak gevat. Hy het opgekyk na die sterre en sy bloed het begin klop. Sy sal nooit begryp waarom hy juis dié natuur in hom moet ronddra nie.

Daar val 'n paar druppels sodat die pad huis toe minder stof maak. Appel draf opgewek, die middag is groen en vol voëls.

Sy sal hom nie op sy naam noem as sy by die huis kom nie. As sy eers sy naam op haar lippe neem, het sy verloor alvorens sy nog begin het. Solank sy Bill se naam vermy, is sy in staat om hom reguit te vra, bewapen sy haarself toe sy by die hek van Vyf-K-Agt inry.

Bill is op sy knieë by die kanaal besig om 'n dooie valk uit die water te haal.

"Hulle duik agter 'n paddatjie aan en dan hou hulle nie rekening met die vlak kanaal nie. Foeitog." Hy vee sy hande aan sy broekspyp af.

Sy wil omkom van onbeholpenheid: "Sê my: is dit waar? Het jy 'n ding aan die gang met Tertia, of nie?" Sy het langs die kanaal op die grond gaan sit en verberg haar gesig in haar hande.

"Ja," hoor sy sy stem bokant haar. En nooit 'n woord verder nie.

Die aand het sy g'n eetlus nie, en sy gee Engela-Jean en Fernandé aan Sanette af sodat sy hulle met hulle kos kan help.

Sonder skaamte, geen verskoning of verduideliking nie. Sy bewonder hom byna daaroor.

Snags vou sy been skuins oor hare, nes hy altyd maak. En sy word nag ná nag oud van wakkerlê. Sy kan naderhand die sterre deur die venster tel.

"Poeroe, waar bly jou vrou?" vra sy dié Saterdagoggend vroeg oor die oop vleiskar.

"Is die mies nou siek?" Hy soek weer 'n boud vleis vir haar uit.

Haar hand op sy arm. "Los eers die vleis, Poeroe. Luister nou mooi: ek dra 'n kind, maar die kind is nie reg nie. Ek weet dit in my hart." Sy vryf oor haar lig geswolle maag. "As die kind moet kom, gaan hy my doodmaak. Jou vrou moet my help. Ek wil die kind afgee dat hy teruggaan na waar hy vandaan gekom het. Daar is nie plek vir hom hier op Vaalharts nie."

Poeroe trek die seil oor sy stukke vleis toe en kyk haar in die oë.

Dis moeilik om hom te peil. Ook die tekstuur van sy armvel onder haar hand is anders as Bill s'n. Poeroe bly lank stil en sy wag geduldig sonder om weer iets te sê.

"Ek sal jou vat. Annerkant Taung by ons kampong, jy spring oor die pad, daar is my vrou se huis. Dis ver. As die son môre kom, wag mies vir my by die hoofpad. Mies kan die geld ook bring," voeg hy by. Poeroe het besigheid in sy kop.

"Hoeveel Poeroe?"

"My vrou sê."

As voorwendsel laai sy 'n krat Watkins- en Mary King-produkte op die buggy.

Sanette staan in haar pajamatjies op die gepoleerde agterstoep en hou haar dop. Sy moet tog onthou om vir Renna te sê om die stoepwaks nie so aan te plak nie, kyk net so.

"Ek vat jou nie saam nie, Sanette. Kyk jy nou maar mooi na die twee kleintjies. Ek is voor donker terug."

"Voor donker, Mammie?"

"Ja, my doggie," en sy soen die kind wat nog warm van die slaap is.

Net ná ses die oggend wag sy by die hoofpad. Toe sy die ore van Poeroe se twee donkies sien uitsteek, ry sy hom tegemoet. Daar is rooi walle grond aan beide kante soos die afdelingsraad met muile en takbesem die pad geskraap het.

Haar somme is klaar gemaak: sy en Appel sal die pad terug vinniger aflê, Poeroe se donkies draf maar traag.

Van die witmense in Taung se hoofstraat kyk op toe sy agter Poeroe deurry, maar sy vrees hulle nie. Naby die Batlapin-kampong laat sy Poeroe aftrek en gooi eers vir hulle koffie uit haar fles in die twee blikbekers wat sy saamgebring het. Hy staan weg van haar, maar praat eenstryk deur.

"Eendag het al die grond en alles waar julle witmense nou op Vaalharts bly aan die Batlapin behoort," vertel Poeroe. "Om dit beter te sê, die grond was alles die besitting van die hoofman Taung. Die dorp waar die hospitaal is vir die mense, hy het vandag sy naam. Taung. Ouman Taung het twee seuns gehad. Vir die een wat eerste gekom het, gee hy die beste en die grootste stuk grond. Dit kry die naam Pokwani en dit beteken bokrammetjie. En die tweede seun, hulle sê hy was meer geel soos witmense, kry net alles wat oor is. Magogong, sê hy dikbek vir sy stukkietjie. Papskraapsels.

"Maar die ding is," sê Poeroe vir haar, "nou moet ek vleis verkoop op die grond waar my mense eentyd hulle eie vleis grootgemaak het."

"Dit is so, Poeroe."

Sy hoor hom, sy hoor ook wat sy vir hom kan sê: Wat van hulle eie geswoeg die afgelope jare, die duiwelshake, die koringkrieke as sy 'n kastrol uit die kas haal, die stof tussen haar tande? Maar sy spaar haar krag om weer op haar buggy te klim, haar lyf het klein en hard geword, ook haar hart het verhard. Sy word verswelg deur vrees.

Haar hart klop bokant die kind en haar besluit om die kind af te gee. Die besluit dryf haar toe sy die kampong binnery, en sy kan daarvan flou word.

Netjies gedekte hutte én verwaarlosing. Kringetjies mans met hulle hande laag voor hulle oor 'n vuur, kleintjies wat spaander en terugsluip en staar na die pienk van haar knielengte organzajas, sy groot pienk knope van bo tot onder, haar pienk serp. Daar is brakke, hoenders.

Van die grootmense kyk na haar, maar toe sy voor Poeroe se vrou se hut intrek, vergeet hulle van haar. Die hut staan eenkant en daar is 'n peulboom by die deur.

Poeroe se vrou sit klaar reg, en Madelein weet nie hoe anders sy dit dan verwag het nie. Die vrou groet haar deur albei haar hande in hare toe te vou, en beduie sy moet haar jas en rok uittrek, haar serp afhaal en langs haar op die grasmatjie kom lê. Daar brand 'n klein bensienlampie en die geur van kruie of gekookte wortel is nie onaangenaam nie. Dis die rituele ordelikheid wat haar paniekerig maak.

Sy het 'n gesprek verwag, in haar binneste gehoop die vrou gaan haar ompraat om die kind te hou. Maar die vrou kniel sonder woorde langs haar. Toe sien sy aan haar oë dat sy baie ouer as Poeroe is. 'n Siel wat smart gesien en daaroor heen gegaan het.

Die vrou se hande vee haar bene plat. Madelein begin onbedaarlik bewe. Van agter haar rug haal die vrou 'n bekertjie, en lig haar kop sodat sy die dik, bittersoet uitloopbier kan sluk. Madelein tas met haar hand na haar serp; klaarblyklik begryp die vrou, en gee dit vir haar aan sodat sy die serp oor haar oë kan lê.

Dit kriewel soos 'n muis binne-in haar, sy dink nog daaraan om vir Poeroe te sê dat sy vrou versigtig vat. Dan kom daar 'n glibberigheid los asof 'n ampule olie diep binnekant haar oopgebreek word. Oombliklik volg 'n kort, skerp pyn, die girts van 'n meslem – "My God, vergewe my," gil sy en gryp na waar sy dink die vrou se arm moet wees.

Die vrou vee die sweet met 'n lappie van haar voorkop af en plaas Madelein se bene weer bymekaar. Sy vryf oor haar bene, stadig, sodat sy in 'n staat van verhoogde, vreeslike sensasie selfs die litte van die vrou se vingers teen haar vel kan tel. Sy begin saggies ween.

Teen donkerskemer kom sy in die omgewing van die hoewes. Klam lusern en die modderwater in die kanale styg in haar neusgate op, sy kan walg van dié bekendheid: sy is nie gereed om Vyf-K-Agt binne te ry nie.

Eintlik is sy nie gereed om by Bill aan te kom nie. Miskien nog by Sanette wat te gou voor haar tyd geselskap geword het, maar Bill gaan tien teen een uitgeloop kom met 'n glas brandewyn en by die hek vir haar vra: "Op dees aarde, jy lyk of jy 'n spook gesien het?" Daarvoor sien sy nie kans nie.

Die vrou van hoewe Twee-KX-Vier is verbaas toe sy oopmaak en Madelein staan daar voor haar met 'n krat verkoopgoed. Sy lig 'n blaker met 'n kers teen Madelein se gesig en Madelein stel haarself voor.

Die vrou laat nie die kers sak nie, maar hou dit teen haar gesig. Daar is nat sleepsels van die rit op die halfoop buggy op Madelein se gesig. Haar hande om die bodem van die krat is blou.

"My liewe aarde mens, kom tog binne." En Madelein word binnegelaat tussen 'n bondel kinders in slaapklere en 'n hond. Die uitleg is identies aan hulle huis s'n, net die reuk verraai ander lywe en 'n ander manier van binneleef. Waar bekendheid haar 'n halfuur gelede siek gemaak het, bring dit nou kalmte.

Madelein gesels bedaard. Sy stel van die Mary King-produkte bekend selfs nog voordat sy en die vrou in die kombuis aankom.

Dis raadsaam om vroue eerste van die kosmetieke te vertel. Hulle is gewoonlik uitgehonger vir iets luuks. Selfs 'n enkele potjie Mary King-velroom, die meeste sal hulleself niks meer veroorloof nie, kan vreugde bring.

In die kombuis skrik Madelein toe sy die man nog aan tafel sien sit – die mense het nog nie begin eet nie. Hulle aandete is op twee borde aan weerskante van die tafel opgeskep, die kinders seker klaar gevoed.

"Danie," sê hy en staan dadelik op om 'n stoel vir Madelein aan te bied.

"Nee," skerm sy, "Nee, sit meneer maar."

"Sê maar sommer Danie, mevrou."

"Ek voel nou so sleg dat ek julle op 'n verkeerde tyd vang." Sy het die potjie Mary King in haar hand. Toe val haar blik op hulle aandete.

Melk in 'n enemmelkannetjie, aartappels en mielierys met vleisbene opgekook en 'n heuweltjie grys veldspinasie met uie gestowe. Langs elkeen se bord op die kaal tafel lê 'n dik sny brood met varkvet.

Danie van Twee-KX-Vier kan nog steeds nie die ekstras bekostig waaraan húlle al so gewoond geraak het nie. Na soveel jare eet hulle nog nes sy en Bill heel aan die begin.

Die gedagte oorval haar en sy moet haar hand voor haar mond hou: die skaars volheid van haar en Bill se eerste jare saam. Bill wat ná ete die blommetjieskoppie van die rak gaan haal en uit die kan water volskep. Sy dors wat hy só kon les.

Sy wil nie, maar gaan sit tog op die stoel: "Eet julle eers rustig voordat ek van my produkte vertel" – en begin ontroosbaar huil.

Die potjie Mary King val uit haar hand en rol teen die stoof. Sy laat haar gesig in skaamte sak in die vreemde, bekende kombuis met die kos wat sy onthou.

"Maar mevroutjie," sê die man en plaas sy hand op haar skouer.

Sy klamp sy hand vas. 'n Glas water was al wat Bill tóé nodig gehad het, sy dors kon hy in haar les. Haar lyf ruk onbeheersd.

Die vrou kniel langs Madelein en neem haar hande van haar gesig af weg en met die agterkant van haar hand vee sy Madelein se wange droog. Die vrou ruik na gister, na die moedersmelk waarmee sy soog.

"Jy moes nie so ver gekom het nie, en dit op jou eie."

"Hoekom huil die tannie, Mammie?" vra 'n stemmetjie.

"Ek moet gaan," sê Madelein en vat die glas melk aan. Die lou melk stabiliseer haar en na 'n ruk kan sy tog opkom. Danie help haar om die krat te laai.

Toe sy hulle groet, staan die vrou met haar kneukels teen haar mond, skeefkop.

Die arme, arme mense, dink Madelein. En hulle kos so yskoud op die tafel.

—14—

BY VAALHARTS-PRIMÊR SPOT DIE DOGTERS VIR SANETTE: "Jou pa het 'n girlfriend, siesa." Pienk tonge op 'n ry.

Meneer Helgaard, die skoolhoof, bel op eie inisiatief en vra of hy met Bill kan praat. Bill is kortaf oor sy versoek om 'n afspraak met hom en Madelein, maar willig tog in.

In sy skoolhoofwysheid kies meneer Helgaard skynbaar 'n plek waardeur Bill Scheiffer nie beledig sal word nie. Die reëling is om mekaar Vrydagmiddag vieruur in die kroegie op Magogong te ontmoet.

"Is Helgaard die man met die weglêkuif?" vra Bill toe hulle daar aankom.

"Net hy. Dis vreeslik drukkend, of verbeel ek my?"

Bill kyk haar stip aan. En toe weet sy hy kan sien sy is swanger, maar hy sê dit nie en sy verkies dit so.

"Mevrou Scheiffer, Madelein," begin meneer Helgaard, "ek glo tog nie dis regtig so nie. Ek bedoel, daar kan stories rondlê" – hy draai hom na Bill – "maar dit is mos nie so nie, meneer Scheiffer."

Bill sluk sy brandewyn met een teug weg: "Ja," bulder hy, "dit is so."

Meneer Helgaard spring stoel en al agtertoe, boeglam, sy ken bewe eintlik. Hy trek sy nierknyper van 'n broek nog hoër op.

"Ag, mevrou Scheiffer, dit is nie so nie, dit kan nie wees nie. Dis 'n fout, dis 'n fout," struikel hy oor sy woorde.

"My hoop het daardie middag gekwyn," beken meneer Helgaard agterna teenoor haar. "Bill Scheiffer is 'n knap kêrel. Kyk net hoe is sy hand sigbaar op die Magogong-landboutentoonstellings. Die Garden of Remembrance met die ereboog en dahlias om al die oud-soldate te gedenk, was dit dan nie sy idee nie? Ek moet sê, ek is totaal ontnugter deur die man."

Meneer Helgaard snuit sy neus met 'n breë sakdoek. "Ek kon huil die middag, weet jy, ek kon huil."

Sy sit natgesweet op hulle bed in die slaapkamer. Die venster is oop en lusernblom waai na binne. Bill kom kniel voor haar en slaan sy arms om haar heupe.

"Vergewe my, Madelein. Ek kom smeek jou om vergiffenis, asseblief, Madelein."

Sy neem sy hoof in haar hande. Dié man? Sy kan dit nie glo nie. Is dit sy dag en sy uur om na haar terug te keer? Maar dit is nie soos sy haar dit voorgestel het nie. Hy vang haar onkant. Nes daardie heel eerste aand in die trein toe hy kaalbas by haar in die kooi gespring het.

Sy kan hom teen haar vasdruk. "Maar Bill," prewel sy. En vergewe hom honderd maal honderd maal. Bill, haar Bill, hy maak haar teen haar rok nat, teen haar vet maag.

Die luggie van die lusernlande af is soel teen haar voorhoof. Sy sweet dit uit: die kind het nie afgekom nie, hy het laas nag nog teen haar gewoel en geskop. Dit kan net 'n seunskind wees wat so klou. 'n Monsterseun, vir Bill.

Griep in die middel van die somer. Bill berei 'n kom warm water met bloekomolie vir haar voor om in te asem.

Hy raak so bekommerd oor haar en die baba dat hy uit sy eie voorstel om haar met sy nuwe Plymouth Colesberg toe te vat sodat ma Martie Baadnis haar kan versorg.

Die volgende dag ry hy weer terug Vaalharts toe. Ter wille van sy boerdery en die kinders. Al drie het by Hardy en Tollie agtergebly.

Op sy lusern loop daar deesdae melkbeeste en oorkant in 'n kampie, sy stoetbul, Fanus. Bill het 'n Amerikaanse saalperd vir hom gaan uitsoek en in 'n voerkraaltjie maak hy 'n mooi klompie Persie-ooie vet. Op die werf waggel daar ganse, sulke vettes met skoon vere net soos op 'n rykmanswerf. En onder Madelein se moerbeiboom is Ounooi onder 'n kombersie rooigrond toegemaak.

Op Rietkuil dra ma Martie hoenderaftreksel vir haar aan.

"Jy moet iets inkry, my lam."
"Ek is niks honger nie, Mammie."
"Probeer jou bes, dink aan die kind."
Haar ma gaan sit oorkant haar met die skinkbord op haar skoot en hou haar dop. Son val tot op haar kopvel.
Madelein merk hoe yl die hare, hoe skeef die skouerknoppies die rok rek. En bars in trane uit.
"Maar Madelein . . ."
Later hoor sy haar ma in die gang sê: "Dis nie die Madelein wat ek ken nie."
"Hy het haar klaargemaak," kom dit van haar pa, "so 'n kattemaaier is my dogter nie werd nie."
Die stories oor Bill het die rondte gedoen. Sy kan haarself stukkend huil.

William James word net voor sonsopkoms gebore.
Dons Putter se dogter, Dina, is die suster op nagdiens. Sy gooi haar naelvyl langs haar botteltjie Cutex neer en drafstap toe sy Madelein se klokkie hoor lui.
Suster Dina is bekwaam en teen die tyd dat dokter Murray daar aankom, is die suigeling al afgespoel.
"Jy moet stadig luister na dokter Murray." Agter sy rug giggel suster Dina in Madelein se oor: "Hy is alewig vir alles laat. Sy begrafnis gaan hy nog misloop, wag maar net," en onnutsig druk sy Madelein se hand.
Die neus en die blou ogies. Bill op 'n druppel. Hy vat nie dadelik die tepel nie, maar toe sy teen die middaguur posduiwe oor die hospitaaldak hoor swiep, drink hy tog effentjies.
Bill kom weer Colesberg toe en ou Angel en oom James Bennie ry van Middelburg af oor.
Dis die eerste kleinseun.
Madelein knik toe haar skoonma inloop. Sy moet haar hoes heeltyd inhou, veral as sy die kind voed. Haar neus water al langs haar ken af en maak 'n voortjie by haar nek en oor haar borste.

"Dis glad nie die regte ding om die kind by sy ma te hou as sy so drup nie," kef Angel.

"Wag nou, Ma," keer Bill en dep die nattigheid met een van die kind se doeke. "Hoekom gaan soek Ma-hulle nie bietjie tee in die dorp nie."

Die ogies van die kind. Hy drink, maar nie lank nie dan hou hy weer op. Dan kom dit boontoe, groen goed wat hy opgooi.

Bill sien die bekkie van die tepel af wegtrek. Die melk is dun en blou. Hy vat sy kind se hand in syne en bid dat die Here Madelein se melk aan die kind moet seën.

"Hy gaan dit maak, daar is nie eers sprake van twyfel nie. Ek was nog nooit so voldaan nie," praat Bill en streel haar wang met die rugkant van sy hand.

"Jy moet jou lewe begin gelykmaak, liggaam en siel tot ruste bring noudat jou seun gekom het. Is dit moontlik vir jou, Bill? Kan jy?"

"Ons sal moet sien."

"Gaan ry nou maar 'n entjie," sê sy vir hom. "Gaan klim die koppie uit, jy het nodig om bietjie weg te breek."

Teen sononder ry hy na Coleskop. Hy bestyg die kop van agter af tot bo waar die Kakies hulle kanonne gedurende die Boereoorlog opgestel het.

Oor die velde lê die skade wat die dag se son aangerig het. Hy ken die wêreld so goed: die bossies wat geduldig op die koelte wag, op dou as daar 'n bietjie vog in die lug is.

Hy gaan sit op 'n ysterklip en skuur lig met sy handpalms oor die grofheid. Hy dink aan die gesprek met Madelein en word so benoud daarvan dat hy sy hemp teen die aandlug moet oopknoop.

Die nag trek hy die Plymouth voor Madelein se hospitaalvenster en maak homself met 'n reisdeken op die agtersitplek toe. Sodra hy kan sit, wil hy sy seun op sy nuwe ryperd, Spick, tel. Hy gaan vir hom 'n rybroekie met kamaste en 'n saaltjie laat maak.

Hy kan sy eie beeld in die gesiggie raaksien. Dis net die oë wat nog nie weet waarnatoe nie, wat hom omkrap.

Ma Martie en Bill besluit saam dat alles nie pluis is nie. Die grasgroen goed kan tog onmoontlik gesond wees. Hulle laat Dina Putter die seuntjie bring. "Het hy al bietjie opgetel?"

Dokter Murray kom langs haar bed staan: "Madelein, jy moet aantrek. James moet Bloemfontein toe." Bloeem-fôôntein toee. "Ek het besluit hy moet by 'n kinderspesialis uitkom."

Sy gooi sommer rokke sonder gordels in: James moet na die groot hospitaal toe en hy is letterlik 'n handjie vol. Alles smyt sy deurmekaar in die tas, sy gee nie om nie.

Suster Dina ry ook saam. Die kind lê in sy mandjie op die agtersitplek van die Plymouth tussen haar en Madelein. Dina vra Bill om maar eerder nie in die kar te rook nie. Die ou mensie, mens weet nooit.

William James word ondersoek en die diagnose is dat hy 'n versperring in die ingewande het.

"Ons moet maar dadelik opereer," sê die kinderarts, 'n dokter Symie Visser, "anders is hy buitendien dood."

'n Blokkasie. *Pyloric stenosis*, sy sal die mediese term nooit vergeet nie. Drie dae oud toe is hy onder die mes. Vir haar word dit oordeelsdag.

Vanaf die borsbeen tot by die bekken word hy oopgesny en dokter Visser spoor die blokkasie op. Die dermpie word gelas.

Madelein en Bill sit in die sitkamer van die hospitaal en wag. Hy hou sy sakdoek vir haar sonder dat sy vra. Sy vingers ruik na sy sigarette, hy na die brandewyn wat hy 'n rukkie tevore gaan drink het. Sy dink aan haar en haar kind en aan hom, net die drie.

"Bill," sê sy, sonder dat sy wil hê hy moet hoor.

Dokter Symie Visser kom in sy wit jas ingewaai. James moet drie weke in 'n suurstoftenk lê met 'n pypie in die neus en maag. Hy het self kleintjies, vertel dokter Visser. Die bekommernis tog altyd, die hoop wat mens vir die bloedjies oorhou. Toe hy groet, gee hy haar selfs 'n drukkie.

In die Capitol gaan kyk sy en Bill na *A Summer Place* met Troy Donahue en Sandra Dee.

In die film kom kuier Sandra Dee en haar ouers vir Troy Donahue en sy ouers. Sandra-hulle arriveer op 'n seiljag by Pine Island waar Troy se ouers 'n somervilla het. Sandra se ma is deur en deur 'n tiran en boonop neuroties oor higiëne. Terwyl hulle seiljag die eiland nader, waarsku sy klaar haar dogter om tog nie die "convenience" te gebruik sonder om eers die plank af te vee nie.

Enige aap kan na 'n rukkie agterkom dat die film oor owerspel en verbode liefde gaan. Troy se ma is skynbaar 'n ou liefde van Sandra se pa en hulle haak opnuut in die boothuis af. En op die strand druk die beachboy Troy vir Sandra teen 'n rots vas.

Madelein draai in die donker na Bill en hy glimlag vir haar.

Maar hoe langer die film draai, hoe meer herinner die karakter van Sandra se pa, die man wat in 'n nagtelike uur Troy se ma in die boothuis ontmoet, haar aan Bill. Die los kuif, die uitlokkende lag, sy skroomloosheid, sy blas vel.

"Nee wat," sê sy naderhand vir haarself.

En toe Sandra se ma haar behoudend-wulpse dogtertjie raad gee: "You've got to remember, you have to play a man like a fish," vererg Madelein haar. Sy plaas haar Coca-Cola in die vakkie voor haar terug, sukkel oor knieë tot by die paadjie en loop vinnig teen die loper op na die uitgang.

Bill bly sit soos sy verwag het; later vind hy haar op die fonteinmuurtjie by Hoffman-plein.

"Wil jy dan nie weet hoe die film geëindig het nie?"

"Dis nie vir my nodig om dit te weet nie, Bill. Dit het alles oor owerspel en verbode liefde gegaan. Wat gaan aan met jou? Kan jy nie sien ons kind veg om sy lewe nie, en dan wil jy dié soort ding onder my neus vryf?"

"Hoe kan enige liefde ooit verbode wees, Madelein?" Hy is nog meegevoer.

"Die probleem is dat daardie mense almal deur reëls vasgevang was," sê hy. "Sandra Dee se ma wou dan nie eers dat sy in daai grênd huis op die toilet sit nie. Wie kan nog met sulke stront gelewe kry? 'Must you persist in making sex itself a filthy word?'" haal hy Sandra se pa in die film aan. "Sien jy wat ek bedoel, Madelein?"

"O jy is slim verby, Bill Scheiffer. Praat jy nou van my as jy sulke twak kwytraak?"

Maar hy antwoord haar nie.

"Goed, Bill. Ek gee toe: liefde is seker undeniable soos jy daar sê, maar die verskil tussen daai klomp en ons is dat hulle dêm ongelukkig was. Hulle het dan nie eers saam in een bed geslaap nie. Wat van óns, Bill? Het ons ooit ons seks gefake soos die een man sy vrou daarvan beskuldig? Hè, Bill? Praat met my." Sy kan die man voor haar klap.

"Hoeveel moet ek nog verdra? Wat verwag jy van my, Bill? Is ek nou die plank waarvan dominee nou die dag gepreek het? Wat spykers moet kry, my lewe lank? Laat hulle maar inkap, dag ek toe nog by myself, maar laat ek tog net hou. Ek hou nie meer nie, Bill, ek hou nie meer nie."

"Sê my bietjie, Madelein, die dokter Symie Visser, hoe lank ken julle tweetjies mekaar al dat hy jou sommerso voor my vasdruk daar in die wagkamer?"

"Bill, jou lae bliksem." Sy gryp 'n gerf van sy agteroor gekamde hare en ruk sy kop agtertoe. Dan vlug sy weg van hom oor die plein.

Enkele paartjies drentel ná die film nog daar rond. Die aand is bedompig en die walms van die stad onaardig.

Haar skerpheid moes hom tog geskok het. Hy moet weet dat sy ook 'n skerp, wit kern in haar hou. Sy gaan sit op die punt van 'n bank.

Die kleintjie het gekolk en getol in haar, die natuur het verbete geveg, foeitog, die arme wesentjie. En toe vrot sy boonop van die griep op. 'n Onheilsame vog versamel, en laat haar kern ontsteek. In die baarmoeder veg die mannetjie. Die Here help die kind.

Bill loop nou wel sy natuur agterna en hy gaan dit waarskynlik weer doen, maar toe die kind tussen haar bene verskyn, is die wraak gedaan.

Sy staan op en begin terugloop. Bill sit nog net so op die muurtjie voor die fontein besig om te rook.

"En dié ou bitterbekkie," sê hy toe sy langs hom kom sit. Net dit.

En sy val, sy val, sy gly ondertoe sonder dat iemand haar handgee. Sy beswyk aan haar verwyte en kwade gedagtes, die reuke van die hut en Poeroe se vrou, die sleggedoentes. Dat sy haarself hoegenaamd sover kon kry. Hulle seun 'n offertjie.

"Gee my jou hand, Bill," fluister sy. "Vergewe my, Bill, vergewe my honderd maal honderd maal."

"Maar Madelein, daar is mos niks op aarde waaroor ek jou moet vergewe nie. Wat is dit nou met jou?"

"Bill."

En hy draai haar in sy arm toe en verlei haar tot op 'n olyfgroen vinielsofa in die sitkamer van die Cecil-hotel, tot sy styf genoeg teenaan hom sit, en bestel twee glase "brandy met Oros en twee blokkies ys elk, asseblief" – en hulle gesels soos ou vriende, soos lieflinge.

— 15 —

JAMES WORD UIT DIE HOSPITAAL ONTSLAAN MET BOUDJIES elk so groot soos die muis van Bill se duim. Hy bly skaam drink en toe hy met vaste kos begin, akkordeer slegs melkgoed met hom. 'n Skaam etertjie bly hy.

"Piet," roep sy oor die werf, "bring tog die grammofoon en dans 'n bietjie vir die kind. Asseblief tog, Piet." En Piet draai 'n ou plaat van Hendrik Susan en sy orkes en begin 'n riel te dans.

En stamp hy darem op daardie stukkie rooi aarde, sy knieskywe vlie verby sy ore. Die pure plesier. Dat Piet nog op sy dag soos 'n kind kan baljaar, maak haar byna aangedaan.

William James se oë blink soos sy pa s'n en hy klap sy hande. Terwyl hy hom vergaap, stop sy die kos in.

Die ganse koes eenkant toe, weg van die gestampery, maar waggel spoedig weer op hul webpote nader, hulle nuuskierigheid kry altyd die oorhand. James is so lief vir hulle. En so erg oor Piet.

"'n Voetjie links en 'n voetjie regs," sing sy vir die kind.

As hy weer sien, is die mannetjiesgans agter hom, knyp-knyp die oranje bek sy boudjies. En hy gil en roei met sy arms en die gans raas en baklei: uit-jou-uit, uit-jou-uit. En James spat oor die werf, helder-oranje en luserngroen, en die yswit skittering van sy blou oë. Sy en Piet verkyk hulle aan hom.

Sommige etenstye ry sy vir James en Piet met die Plymouth stasie toe om treine te kyk. Die lokomotiewe laat sy oë rek, en dan stop sy maar weer in.

So gaan dit stuk-stuk beter met die outjie. En stadigaan bemeester hy oumenswoordjies: bekertjie, swartekat, witsiggie. Hy is stadiger as die ander, o sy wis dit dadelik.

Haar laaste klavierlessie is die middag vroeër verby. Die snotgesig hol uit na waar sy ma buitekant wag voordat Madelein hom sy oefeninge kan gee. Die meeste kinders verpes die vereiste dissipline; daar is net die enkeles wat met blink oë en stywe ruggies die vonk gaan vat.

In die beginskemer kom Piet voor haar op die stoep staan. "Mies Madlein moet maar kom kyk."

"Wat is nou fout, Piet?" Maar toe hy nie antwoord nie en skeef voor haar uit na die groot skuur toe hou, voel sy hoe haar bloed wegsypel.

"Bill," fluister sy terwyl sy agter Piet aanloop.

Hoeveel keer het hy nie gesê hy aanbid die grond waarop sy loop nie: "Staan eenkant toe dat ek na jou kan kyk, Madelein."

Hy lieg nooit nie. Sy hande is hare, sy handpalms kombersies om haar borste. Sy – sy hande is vir haar soos sy teen haar vel. Bill draai sy gesig na haar en sy tande is wit en sy oë pynblou en sy glo hom met haar hart.

Haar kinders op sy skoot, sy op sy skoot. 'n Kort, sterk teug uit 'n koppie water. Hy het dit tog oor en oor vir haar gegee. Sy is heel by hom. Hy het in haar kom smelt.

Enkele treë van die skuur steek Piet vas en begin twak in 'n flenter koerantpapier rol.

"Godskreiend, mies Madelein." Daar val nog net genoeg lig op sy gesig om te sien hy beduie: sy moet maar self verder.

Sy begin loop. Bill se nuwe Plymouth staan buite geparkeer. Dou en onraad op sy dak.

Daar is hulle regs op die grondboontjiehooi, Bill nog aangetrek soos hy daarvan hou, Tertia se flanke weerskante. 'n Kuit ruk-ruk aan 'n geknakte knie. Die voet wat in die lug hang het nog skoen aan, 'n beige skoen met 'n koffiekleurtoonpunt en 'n streppie oor die voetbrug.

"Satanskind," gil sy uit volle bors, haar altstem 'n hamer wat sy na hulle gooi. Keer op keer, buite haarself.

In die skemerte gewaar sy hoe sy skouers in sy kakiehemp verstyf – sy ken hom te goed – maar hy waag dit nie om om te kyk nie.

Hooi en aarde en die malsheid van rou grondbonevlees slaan in haar neus op. Sy vlug sonder om terug te kyk, want sy het alles reeds gesien.

Sy weet hoe sy seks met haar maak en byna verlig dink sy daar is niks verder om haar te verbeel nie. Sy proe die soet smaak van gerusstelling: hoe hy met sy tong teen Tertia se tande raak en haar lippe vir hom oopgaan, dié soort besonderhede kan die vrou vir haarself hou. Sy sal haarself nie daarmee ook treiter nie, besluit Madelein.

Die sensasie van Bill se vingerpunte op haar vel kan Tertia in elk geval nie van haar wegsteel nie. En in der ewigheid sal sy nooit presies weet hoe Bill aan Madelein Scheiffer raak nie. En Tertia sal hom ook nie net vir haarself hou nie. Bill kan nooit hare word nie.

Sy keer een middag met James en Piet van die lokomotiewe af terug. Toe hulle die werf binnery, gooi die populiere reeds kolle skaduwee. Op die agterste sitplek het die seun op Piet se skoot aan die slaap geraak. Piet se kop het self agteroor teen die bekleedsel gesak, sy mond wawyd oop.

Deur die kolle skaduwee kom Bill na haar aangeloop in sy kakiebroek en -hemp. Die boonste lot knope is almal oop.

Sy kan die hitte vlak teen sy borskas raai. Sy kan haar hand op sy vel voel, op sy buik, onderkant sy naeltjie, op sy ongeduldige asemhaling. Sy hoef hom nie meer by haar te hê om die sensasie van sy liggaam te ervaar nie. Dit het 'n herinnering by haar geword selfs terwyl hy nog by haar is.

Hulle dae op Vaalharts is agter die rug. Hy hoef dit nie eers vir haar te kom sê nie.

"Madelein, dit gaan te stadig vir my. Ek boer nie verder vooruit nie, en julle nog minder. Wat kan ek nog verder hier doen? Nee wat, ek het die maksimum opbrengs uit hierdie grond gehaal. Ek hoor van die manne begin van neutbome praat.

"Maar jy ken my, Madelein. Ek kan nie langer hier vasval nie. Vaalharts het te klein vir my geword. As jy eenkeer in die lug was, loop jy nie graag mank op die aarde rond nie. Jy wil vorentoe, en vinnig ook. Jy ken my mos, Madelein."

Sy sê niks nie.

Bill herinner haar aan al die diplomas wat hy intussen by Ou Mutual verwerf het. Al die aande wanneer hy met sy boeke gesit het, terwyl sy rondgery het om wie weet waar oral te loop sing. En aan sy uitstekende uitslae, waarvan sy self weet. Hy sê hy het kennis gekry van 'n pos by Ou Mutual in Oos-Londen. 'n Proefperiode, maar hy gaan tog die aanbod aanvaar. Dit beteken hy gaan maar eers 'n rukkie daar woon. Daar is moontlikhede in die stad. Hy gaan sy loopbaan verder voer, sommer gou ook, wat. En die Transkei is net op die drumpel, die plek is besig om geweldig te ontwikkel.

Simpel goed flits deur haar kop: hulle ou paraffienyskassie se gehik in die middel van die nag – hoekom hoor sy dit nou? Bill wil seker maar bietjie by die see gaan wegbreek. Sy het haarself aspris in die waan gehou deur te dink dat sy studie as makelaar hom in dié streke sal hou.

"Jy moet maar aangaan hier op Vyf-K-Agt, Madelein. Ek los alles eers net so vir jou. Piet en Morris weet hoe al die binnegoed werk, ek het hulle ordentlik geleer. Dis net my perd wat ek vir my gaan saamvat. Ek gaan 'n plaas naby die stad huur waar hy kan loop. Ek sal vir jou 'n lorrie koop sodat jy nou nie sonder vervoer sit nie."

Sy planne is agtermekaar, en ook nie eers gisternag uitgedink nie. Elke dan en wan bons hy sy vingerpunte teen mekaar. Sy vonk kan sy sien, in sy kakiebroek sal sy boude styf saamgetrek wees. Bill is gereed om te laat vat: smôrens jag, smiddags visvang.

Kolle skaduwee bly tussen hulle lê. 'n Vals lig val oor sy gesig sodat sy oë donkerder lees as wat daardie tyd van die middag nodig is.

Sy het dit geweet, alles, en vooraf, maar haar hart wil nogtans breek.

Ná Bill se vertrek hou sy sake op Vyf-K-Agt aan die gang.

Die '49-Chevrolet-lorrie wat hy tweedehands vir haar in die hande gekry het, so 'n gryse waarin jy hoog agter die stuurwiel sit, geniet sy darem. Daar was selfs 'n laaste paar koepons oor in die *Conditioning and Lubrication Coupon Book* General Motors S.A. Ltd., Port Elizabeth.

Hy het 'n laaste kind by haar gemaak. Maar toe die dogtertjie gebore word, laat sy hom nie eers weet nie. Dit is die klein Fernandé wat haar pa opbel en van Quinta Scheiffer vertel.

Piet en Morris is in alle opsigte oorlams: op die lande flikker die lanterns laatnag soos hulle lei.

Oestyd moet sy in die middel van die nag opstaan om 'n span huurwerkers te gaan laai. Die lorrie kreun. En aan niks wil sy dink as sy so met net die twee kolle ligte voor haar in die pad die mans aanry nie. Net sy, haar lyf in 'n trui toegedraai. En gedagtes wat haar wil oorrompel. Nee, sy wil liewer aan niks dink nie.

Oor die draadloos hoor hulle een aand van die agt-en-sestig wat by Sharpeville doodgeskiet is. Dit gaan oor die passe wat die mense moet dra. Eintlik oor die Bevolkingsregistrasiewet, die wet wat die hoeksteen van apartheid vorm. Dit begryp sy toe al goed.

Maar doodeerlik, sy hoor daardie klas berigte en staan nie lank daarby stil nie. Die stryd om hulle lewens vir hulleself ordentlik te maak, dis wat haar besig hou.

Vier, vyf jaar ná Bill se vertrek probeer sy nog om met die boerdery voort te gaan. Sanette en Engela-Jean al beide op hoërskool, hulle eis nuwe rokke en mooigoed. En Fernandé se tietietjies begin al wys. Spoedig moet sy ook hoërskool toe en aangetrek word vir dit en dat, oor die hoe en waar en waarmee, dááraan dink sy eerder.

Renna eet ook lankal nie meer uit haar hand nie en Madelein wag dat sy maar self besluit om te loop. Van die huis af hoor sy dat dit nie goed gaan met haar pa, Kolyn Hoofbaard, se hart nie.

Dis maar sinkplaatpad so alleen, sy sal dit nie ontken nie. Hardy het haar soms met 'n kalf se geboorte kom help. Of saans oorgeloop, partykeer sonder Tollie, om sommer net 'n woordjie te kom praat.

As sy omdraai, het hy soms in die deur van die kombuis gestaan – hulle loop mos soms so by mekaar in. Hardy se skouers wat die deuropening volmaak, 'n man in haar huis.

Bill se plek in die bed het 'n leegte gelaat. Nee, hy is nie 'n man wat sy sommer kan vergeet nie. Sy is maar ook net mens.

"Jy weet, Madelein, dis nie 'n vrou se werk wat jy doen nie.

Ek sal nooit toelaat dat Tollie doen wat jy doen as ek wegval nie," sê Hardy een aand vir haar.

Toe pleeg sy oorleg met Bill en hulle besluit saam dat Vyf-K-Agt – vee, implemente, die lot – verkoop moet word. Sy kan seker sê dat Bill inskiklik is, want hulle kom ooreen dat die opbrengs om die helfte verdeel moet word. Behalwe dat sy vorentoe alleen na die vyf kinders moet omsien.

Die kilheid van die saketransaksie oor die foon laat haar ril, en toe sy neersit, moet sy 'n dop vir haarself gaan skink.

"Bill," sê sy nes altyd. Maar die noem van sy naam kan hom nie meer vir haar terugbring nie. Die breuk tussen hulle het 'n afgrond geword.

"Kom sit hier by my, Witsiggie," roep sy na die kat vir warmte op haar skoot. Haar ore tuit maar altyd na die dubbelbed waar James lê en slaap. Hy slaap meer as die ander toe hulle klein was en sy bly maar altyd op haar hoede dat hy homself sommerso in sy slaap gaan doodslaap.

Dis koud. Die dop wil nie werk nie.

Sy spoor mister Aldridge in die telefoonboek op en bel hom sonder versuim.

"Will I ever forget your voice, my dear," verseker hy haar oor die foon toe sy vra of hy haar nog kan onthou. Mister Aldridge sit seker knieë gevou op hulle rooi fluweeltelefoonstoeltjie, dink sy. "Most certainly I'll help you find employment. No school in its right mind should refuse a music teacher like you."

Hulle verhuising na Oos-Londen word met genadetekens vooruitgeloop, maar die nag na die verkoop van Vyf-K-Agt struikel Morris en verdrink in die hoofkanaal, en daar is niks om oor fees te vier nie.

Piet wil saamgaan om die see te sien voordat hy 'n ouman word, maar Renna raak onwennig toe sy kry waaraan sy nie gewoond is nie: 'n keuse. Met 'n tas meer as waarmee sy destyds op Magogong-stasie afgestap het, besluit sy om terug te keer na Colesberg.

Die dag toe die lorrie klaar gelaai staan – die meubels gaan per trein na Oos-Londen – gaan staan sy saam met die kinders by Ounooi se hopie onder die moerbeiboom. Die skaduwee oor hulle is diep en geurig, haar kinders se wange almal glad en rooi. Haar spoelklippies. Dis nie vir haar nodig om te huil nie; sy skud net haar kop.

Sanette kom staan styf teenaan haar en Madelein voel die kind se gedagtes aan. Sy besef maar te goed dat Madelein ook besig is om haar lewe saam met Bill op Vaalharts uit te keer. En dat dit 'n onmoontlikheid is, want haar ma se liefde vir hom kan jy mos nie bymekaar tel nie.

"Is daar ook doringbome in Oos-Londen, Mammie?"

Maar Madelein het nie krag vir woorde nie.

Sanette druk haar ma teen haar meisieskouers vas: "Hy's dit nie werd nie, Mammie. Hy's dit nie werd nie."

— 16 —

HULLE GAAN VOORLOPIG IN DIE SNYMAN'S TUIS. DIE HOTEL is pienk en die stoepe, balkonrandjies en boog by die ingang is swart. Glansverf is gebruik om die gebou teen die soutvlae van die Indiese Oseaan te beskut.

Die Snyman's is nie parallel met die kus soos die deftiger hotelle op die Orient Parade nie, maar teen 'n opdraande. Haar pa-hulle het nie graag daar gebly wanneer hulle vir wolveilings Oos-Londen toe gekom het nie.

Meneer Snyman kom hulle persoonlik in die voorportaal welkom heet. Hy ry rolstoel en dra das, maar Madelein merk die boordjie is nie proper nie en haar oë steek vas op die sweetkolle onder sy arms. Oos-Londen ís drukkend.

"Ek het gedink 'n dubbelkamer met twee ekstra enkelbedjies en 'n kot as dit kan. My kinders sal nie alleen wil slaap nie."

Miss Jillie Herts lig haarself agter die ontvangstoonbank om na die kleinstes te kyk en giggel verbouereerd 'n Engelse laggie.

"Ons was nog nooit by die see nie," tjip Engela-Jean in.

"Are you sure that will do, missus Scheiffer. What about your husband? Is he joining you?"

"Jillie, ag, sê sommer Madelein." Sy moet die mense aan haar kant kry. "My husband is not staying with us, no. En dan het ek nog 'n agterkamer vir Piet ook nodig."

"I'll do my best, Madelein," en miss Jillie Herts sein oor Madelein se rug na meneer Snyman in sy rolstoel en begin haar en elkeen van die kinders in die hotelregister aan te teken.

"Die katte is 'n kwessie. Ons kan dit nie aan ons ander gaste doen nie, asseblief tog, mevrou," keer meneer Snyman toe die draadmandjie ingedra word. Die kinders kyk verskrik na haar.

"O, dis maar net vir die eerste rukkie, meneer Snyman. Ons sal sommer gou 'n plan met hulle maak."

"Nou toe dan," sê hy en hy rol nader, neem weer haar hand in syne, deegsag soos 'n vroumens s'n, "twee weke, maar niks langer nie. En ek wil hulle asseblief tog nie in die gange sien nie."

Haar hand in die vreemde man s'n, dink sy terwyl sy die steil trap na hulle kamer op die eerste verdieping klim. Sy oë het gerieflik op sy hoogte – net daar waar die twee pante van haar somersrok oormekaar vou – gerus. Sy het onverbonde in hierdie stad geland, en dis hoe die man haar waarneem.

Jillie kom maak self die deur op hulle balkonnetjie oop en skakel die ingeboude draadlosie in die bedkassie aan. Toe al die goed boontoe gedra is, bly die portier in hulle kamerdeur staan: hande gevou oor die blink knope op sy uniform.

"I'm afraid he's waiting for his tip." Jillie trek haar skouers in haar framboos cardigantjie op en giggel.

Madelein gaan sit op die kant van die bed en krap in haar handsak na haar beursie. Sy is ongemaklik warm, ongemaklik oor meneer Snyman in sy rolstoel: dit was niks anders as aanlêery nie.

"Dè, James, gee bietjie daar vir die man," sê sy vir die seun.

Die eerste nag wil Madelein aan haar bedstyl vasklou, so onvas voel dit vir haar daar teen die bult. Agter hulle toe kamerdeur gorrel pype en 'n klammigheid kleef aan haar arms bo-op die laken.

"Mammie," fluister Sanette in die donker, "dit het nooit so in ons huis geraas nie."

"Ek weet, my kind. Ons is baie ver van Vaalharts af. Kan jy die branders hoor?"

"Ja, Mammie."

"Slaap nou maar, Sanette."

Diep in die nag hoor sy voetstappe by hulle deur verbykom. Spykerhakke en 'n swaarder voetval op die vinielloper. Sy verbeel haar die man se hand op die kaal rug van die vrou soos hulle aanstap. Hulle sitplekke by die ronde tafeltjie in die nagklub waar hulle aangesit het, pas koud. Daar is 'n skemerlampie, 'n asbak, drankies. En die kluborkes wat iets van James Last speel.

Die man draai die sleutel in hulle deurslot. Die vrou gaan hom nou vra om haar te help met die sluiter op haar rug.

"I have been pulling a few strings," laat weet mister Aldridge haar.

"Ag, mister Aldridge, ek is jou ewig dankbaar."

En sy draai van haar ingelegde Vaalharts-kwepers in sypapier toe en gaan laai dit af by die Aldridges se huis in Bunker's Hill.

"For your miesies and the boss, from Madelein," sê sy vir die vrou wat oopmaak. Sy onthou hoe vreeslik Engels dit in Oos-Londen kan wees.

Sy draai om en kan die hibiskusheining om die Aldridges se sytuin nie miskyk nie. Ongenadig flits die herinnering: Bill met sy lugmaguniform voor die glansende blare en die rooi kelke met hulle geel kokers.

Madelein kry toe 'n driedagaanstelling by Grens-hoër en 'n verdere buitemuurse pos by Voorpos-hoër op die wesoewer van die Buffelsrivier. By beide skole is sy musiekonderwyseres.

Meneer De Ruiter, die skoolhoof van Voorpos-hoër, hou 'n blou budgie in sy kantoor aan. Daar is nou regtig niks wat sy oor die man kan sê nie, dink Madelein na 'n ruk in sy teenwoordigheid.

"Mevrou Scheiffer, u kan sommer môre al inval. Ek gee vir u die aansoekvorms, vul dit solank in en handig dit aan die einde van die week weer hier by my sekretaresse in. Ek voorsien nie probleme nie. Ek bel die departement sommer vandeesweek nog."

Bleek met 'n Griekse neusbrug. En beleefd, nie 'n onafgestofte woord uit sy mond nie. Sy kan dit al in sy kantoor sien. Lêers en handleidings alfabeties gerangskik agter die glasdeure van sy boekrakke, die res in sy in- en uitvakkie gesorteer. Meneer De Ruiter gebruik Old Spice.

"Is hier 'n permanente pos beskikbaar, meneer De Ruiter?"

"Ek sou so sê, mevrou Scheiffer. Ek gaan kyk wat ek vir jou kan doen."

Die mense voor wie sy tot dusver in haar lewe moes bakhand staan, is deur die bank mans. Mister Aldridge I don't mind, dink sy. Maar die res. Sy staan op om voor meneer De Ruiter se oë weg te kom.

Teen sy kantoormuur is 'n geraamde borduurwerkie: *As die Here die huis nie bou nie, tevergeefs werk die wat daaraan bou – Psalm 127: 1.*

"Essie," kom sê meneer De Ruiter agter haar. "My vrou."

"Dis vreeslike fyn werk. Ek beny iemand die tyd om so iets te maak. U moet weet ek het vyf kinders om aan die gang te hou. Hulle maak my aande vol, ek praat nie eers van my dae nie."

Hoekom sy dit nog aan die man sê. Oorlewing, sy moet eenvoudig die pos kry.

Meneer De Ruiter kug en stryk oor sy das, kug weer en bring sy hand na sy mond. Sy gebaar is afgemete, sy naels gevyl en silwerskoon.

"Vyf kinders. Dis 'n mooi spannetjie. My vrou, Essie," weifel hy, "Essie geniet haar borduurwerk. Haar tyd is hare, ons het nie kinders nie. Essie kan nie." Hy neem agter sy lessenaar plaas en trek 'n lêer nader, maak dit oop en stryk die bladsye na weerskante plat.

Daar kom lê 'n sagtheid tussen hulle sodat Madelein haar asem intrek. Sy sterk neusbrug, dink sy.

"Ag, meneer De Ruiter, ek is vreeslik jammer. Ek het natuurlik nie kon dink –"

Hy val haar in die rede, netjies: "Mevrou Scheiffer, ek is seker u sonnige geaardheid gaan 'n bate hier op Voorpos wees. As u liefde het om af te staan, is die klaskamer die plek daarvoor. Tot môre dan, mevrou Scheiffer."

Sy tel haar handsak langs die stoelpoot op en sorg dat sy nie groet toe sy uitstap nie.

Sy stap onder die afdak langs na haar lorrie en kyk heen oor die barheid van die skoolgronde. Strelitzias is aangeplant, maar sout en wind het hulle verflenter.

Net toe sy die deur van die lorrie wil oopmaak en inklim, is daar 'n man by haar. Een van die onderwysers. Grys baadjie met breë lapelle en 'n das met tarentaalkolletjies.

"Wimpie," sê hy vinnig en lag. "Biologie en wiskunde. Ek dog sommer ek kom dag sê. Ek sien jy is nuut hier. Winderige ou skooltjie hier langs die see. Maar dit kan ook lekker wees."

'n Lat van 'n man. Benerig om sy kakebene, benerig die hande wat hy voor hom saamvou. Maar bloedjonk en 'n bright spark. Die soort wat g'n skool lank kan hou nie.

"'n Geheim: moet jou tog nie te veel aan meneer De Ruiter steur nie," praat hy vinnig in die wind waarin hulle staan. "Hy wil eintlik die pos van musiekonderwyseres vir sy vrou hou. En almal hier op Voorpos weet dit. Maar sy is beteuterd, glad nie opgewasse nie. Buitendien het hy nie die gesag daarvoor nie. Aanstellings kom alles van Cradock af. As ek jy is, gaan praat ek met die departement. Spring hom voor. Ons kan een aand uitgaan as jy lus het." Alles in een asem.

"Ag hemeltjie tog, Wimpie, ek het 'n kroos van vyf, jong." Sy vat sy hand, maar hy ruk weg.

117

"Pas krappe met die standerdneges gedissekteer." Hy lag. Klein tandjies. Te oulik.

Maar toe sy wegry, is dit die ontsmettingsmiddel wat op die sementvloere in die skoolgange gebruik is, wat nie wil wyk nie. En bo-oor, meneer De Ruiter se Old Spice. Selfs die grasserige braaksel op die vloer van sy budgie-koutjie verbeel sy haar in haar neusgange.

By Grens laat hulle haar sommer die eerste week al weet dat sy hulle koor dieselfde jaar nog vir die eisteddfod moet gereed hê.

So werk sy dit toe uit: soggens gaan laai sy eers vir Sanette, Engela-Jean en Fernandé by Grens af, Sanette nou in haar laaste hoërskooljaar, en dan jaag sy oor die Buffelsrivier deur die industriële gebied tot byna by die lughawe om stokflou by Voorposhoër in te trek.

En daarna begin sy: klas na klas, kind vir kind.

Die kinders op Voorpos kom uit minder bevoorregte huise, die seuns se stemme voortydig skor. Sy gryp sommer van die rowwes en druk hulle teen haar vas.

"My Bonnie lies over the Ocean," sing hulle vals en lag hulle vrek.

Laatmiddag weer oor die Buffelsrivier en deur die middestadverkeer terug Grens toe. In die ry gou-gou 'n wit toebroodjie met polonie wat sy in die kombuis van die hotel vir haar laat smeer het.

Die bloedjies almaardeur in haar gedagte: James en Quinta by Piet in sy kamer. Laat hulle tog net nie in daardie vlooines 'n olikheid opdoen nie.

Sy oorreed meneer Snyman dat Piet die twee jongstes in haar kamer mag oppas. Piet is darem nou ook nie heeltemal pikgiet nie, voer sy aan. Meneer Snyman probeer weer aan haar vat, maar sy ontwyk hom.

"Good lord, missus Scheiffer," babbel Jillie Herts toe sy by ontvangs verbykom, "as jy Sondag hier uitgaan kerk toe met die kinders agterna. Almal se hare gekam en die dogtertjies met die mooi rokkies. Nie 'n teken van neglect. And your husband gone fishing, oh the shambles," en sy steek dadelik 'n Courtleigh op. En belowe om bedags Milo op te stuur vir die kleintjies, Piet s'n in 'n blikbeker.

Sy moet begin dink aan huiskoop, die Snyman's werk te duur uit. Die kamer begin na kat ruik, die kinders snags elkeen met 'n eie asem om haar, benoud.

En die nag buite die hotel altyd soutnat en vreemd met die helder straatligte.

— 17 —

HULLE GAAN STAP LANGS DIE ORIENT PARADE. DIE SEE IS 'N wonder vir die kinders én vir Piet wat agternadrentel.

"Morris," waarsku sy, "onthou hy het in 'n kanaal verdrink. Die see is honderd maal gevaarliker. Kyk," wys sy vir Fernandé en James, "dis wit perdjies wat daar so op die branders ry."

Voor hulle hol twee seuns met 'n vlieër. 'n Vlaag wind gryp die vlieër en die seuns gooi hulle lag hoog en hard agterna, hulle seunsheid lê vlak op hulle tonge. Sanette kyk na hulle bene in die kortbroeke. Haar ma se kind.

'n Man met 'n groot wit koelboks kom aangery op sy fiets en lui die klokkie onbedaarlik toe hy die kinders gewaar. Sy koop vir elkeen 'n Beehive-roomys: roomvulsel met 'n lemoenomhulsel.

Piet eet so bêre-bêre dat sy roomys van sy stokkie afsmelt en blops op die sypaadjie val. Op sy knieë sak hy en begin dit oplek.

James spring op en af oor Piet se pienk tong op die roomys en die sypaadjie, Sanette staan met haar hand voor haar mond.

"Vader, help my," praat Madelein met haarself toe sy oor die sypaadjie heenkyk, haar hart dadelik aan die jaag. Net anderkant die pikkewyn-akwarium leun Bill Scheiffer oor 'n reling. Langs hom staan Ramola van Neels Gous op Christiana. Ongetwyfeld sy.

Madelein ril. Die swarthaargespuis.

Dis toe die een wat hy kies om hier in die stad mee te kom opsit, sal sy die teef dan nie herken nie. Sy dra van die kaal laehakskoentjies en is besig om die streppie te verstel. Donkerbril met uitspattige groot lense, omtrent modieus. En 'n oranje nekserpie om lovebites weg te steek.

Die twee het hulle nog nie opgemerk nie, en sy hou Sanette hard aan haar arm terug: "Sien jy wat ek sien?" maar sy wag nie op 'n antwoord nie. Sy raap Quinta op, draai vinnig om en abba haar terug na die Snyman's. "Sanette, gaan groet julle pa. Ek loop eers. Kyk jy en Piet mooi dat my kinders oor die straat kom."

Die buiging van sy rug soos hy oor die see uitkyk kan sy myle ver eien, tussen duisende sal sy hom raaksien. Dis wat haar in haar spore laat stuit: dat sy nog steeds nie weg van hom gegroei het nie. Sy dra die kurwes van sy lyf soos lintwurms in haar ingewande.

Bill is verheug om sy seun te sien, Fernandé hardloop tot binne-in sy arms. Die twee groteres groet afsydig en kyk Ramola op en af. Selfs Piet, nadat hy gegroet het, staan onmiddellik eenkant en loop dan verder om vanaf die sypaadjie op die pikkewyne in hulle witgekalkte swembadjie af te kyk.

Dis mos nou heeltemal onnodig dat sy Piet ook teen hom gaan staan en opmaak het, dink Bill.

William James se beentjies is rond en sterk. Hy gaan 'n regte bulletjie word, hy kan dit klaar sien. Maar die starheid in die ogies tog.

Hy bespreek dit die aand by sy huis met Ramola. Hy wil hê dat sy met hom moet saamstem dat daar nie 'n wasigheid in James se blik te bespeure is nie. Dat hy skerp kan fokus nes al sy ander kinders.

Maar Ramola is beneuk. Toe sy hoor dat hy hulle 'n Sondag vir ete gaan nooi, smyt sy haar plathakkies teen die kas.

"Honou, jy het nie vir daardie kas betaal nie."

Hy hou van Ramola se onstuimigheid, sy kan haar begeertes roekeloos aan hom oorgee, Ramola is hups, maar sy gaan haar hand oorspeel sonder dat sy dit besef. Hy gaan haar nie langer hou as wat nodig is nie.

Hy is besig om sy nes in Oos-Londen rojaal uit te voer, al moet hy dit dan ook self sê. Kort na sy aankoms het hy vir hom 'n huis met gewels en 'n groot blou swembad gekoop. Binnekant is daar volvloermatte, duursaam. Daar is 'n hi-fi-stel, 'n twaalfsitplek-eetkamertafel met bal-en-kloupote en bypassende sideboard met whiskeyfles en bolglase op 'n skinkbord met 'n spieëlboom.

Onlangs is hy benoem as direkteur van die Transkei Agricultural Corporation of Tracor, soos hulle daarvoor sê. As dit bevestig word en hy Transkei toe verhuis, gaan hy maar vir Ramola vra om agter te bly.

Die Sondag groet Madelein met die hand soos hy verwag het. Haar hare is agter in 'n Franse rol met skilpaddop vasgeknip en sy dra 'n sitroengeel chiffonrok wat hy nie ken nie. Om haar middel is 'n donkergeel patent leather-beltjie. Sy het verslank.

"Ma, oom Bennie," groet sy.

Sy ma-hulle het bietjie kom uitspan by die kus, Madelein het hulle nie ook nog daar verwag nie. Sy ma se lippe vervorm en word dunner.

"Hier kort blomme," sê Angel Bennie vir Madelein toe hulle deur die voorportaal verby 'n halfmaantafeltjie stap, "jy kan gerus iets vir ons insteek."

Madelein kyk na haar, maar sê nie 'n woord nie. Sy stap deur die sitkamer en eetkamer en kyk onbeskaamd en so lank soos sy wil na alles.

Die net oor die gedekte tafel hang tot op die vloer. Sy lig een van die met kant omgeboorde punte en vryf dit tussen haar vingers.

"Deftig," mompel sy en gaan staan voor die sideboard om na die skildery teen die muur te kyk wat daarbo hang.

Dis 'n yslike kunswerk waarop die dik klonterige kwashale van die doek af wegstaan. Hingste met gesperde neusgate hol van die donkergroen storm agter hulle weg, reg op die kyker af. Die diere se oë is vol ekstase.

"Wat sê sy, Bill?" kom vra Angel agter hulle.

Maar nie hy of Madelein verwerdig hulle om die ou vrou te antwoord nie. Madelein drentel deur die hele voorhuis, vat aan alles, groet die swartvrou voor die stoof, maar vermy die slaap- en badkamers waar daar tekens van sy lewe met Ramola mag wees.

Sy stap buitentoe waar die kinders swem.

"Jy sorg mooi vir jouself, Bill. Ek het nooit besef jy streef na al die aardse besittings nie, op Vaalharts was jy altyd met so min tevrede."

"Ek hou van my whiskey," lag hy en raap James in sy arms op en wys hom die papajaboom waar apies gereeld van die vrugte kom gaps.

"Bill, ek moet 'n woordjie met jou inkry." Sy het reg agter hom kom staan.

Hy laat die kind neer en vat aan haar, buig vlugtig sy vingers op die palm van sy hand in en streel teen haar nek. Maar sy staan opsy en sy hand hang nutteloos tussen hulle.

Hy wag op haar om te vervat, soos sý dit dan tussen hulle wil hê.

"Ek het nie heeltemal genoeg om vir my en die kinders 'n huis te koop nie. Jy sal ons 'n bietjie moet haak. Ek moet darem iets ordentliks aanskaf. Sanette en Engela-Jean word al groot, mens kan hulle nie meer so saam inbondel nie. Hulle het hulle eie goedjies nodig, vroumensdingetjies. Sjampoe en so aan. Ek kry swaar om alles te bekostig. Om die skoolfooie nie eers te noem nie."

"Ek gaan jou mos help, Madelein. Ek het mos. Maar Sanette en Engela-Jean praat dan nie eers met my nie. Waarom sou hulle dan nou iets van my verlang?"

Hy draai hom van haar af weg na James wat op die eerste trappie van die swembad gaan staan het.

"Is dít wat jy vir my na ál die tyd vra?" wil hy weet.

"Antwoord op my vraag, Bill."

Dis asof selfs die voëls om hulle benoud om hulp roep. Hy sal haar nie maklik weer vertrou nie. Hoe op dees aarde kan geld die eerste ding wees wat sy hom na al die maande vra.

"Ek sal jou help, Madelein. Maar jy sal self ook maar moet uitspring."

"My liewe hemel, Bill, ek sloof my dag en nag af. Waarvan praat jy?"

Angel kom uitgestap: "Daar verdrink nog vandag iemand hier. Bill, hou jy vir James dop? Jy kan maar die vleis kom sny."

Hy raak vir 'n oomblik weer aan haar skouer en stap dan na sy ma wat met haar kop na die kombuis se kant toe beduie. "Jy moet sorg dat jy ontslae raak van dié een, Bill. Sy maak of sy my nie verstaan wanneer ek met haar praat nie. Ek kan die stuipe daarvan kry. Nee wat. Wat het dan van die Renna-enetjie geword wat julle daar anderkant gehad het?"

Maar toe hy vir sy ma sê Renna is terug Colesberg toe, steur sy haar nie daaraan nie. Kop onderstebo is sy besig om slaailepels uit die sideboard-laai te krap. Haar blik dartel, sy is nooit waar sy is nie.

"Roep nou die kinders," sê sy, maar dan is sy self buite op die stoep met die deurskynende plastiekslaailepels in haar hand.

"Sanette, help hulle dat hulle goed droogkom, jou pa is heilig op sy matte," en sy kom weer na binne en kyk na Bill wat besig is om die boudvleis te sny: "Ek moet vandag ook alles doen, en dit met my spatare." Bill merk hoe die irritasie roserig teen sy ma se nek uitgeslaan het.

"Are you the boss's madam?" vra die swartvrou vir Madelein in die kombuis. "Because there is another madam who also come and stay here."

Sy antwoord nie, stap net uit met die bak vaalgekookte groenboontjies.

"Hierso," beduie Angel se vinger. "En sit jy maar daar," wys sy vir Madelein haar plek aan tafel.

"Engela-Jean, deel daai Coke mooi tussen jou en Fernandé," sê Bill.

"Maar Pa, Fernandé het al klaar hare gehad," kap sy teë. Regte merrieperd, die kind.

Madelein kyk op toe hy die kinders vermaan. Sy is nie daaraan gewoond dat hy hom aan hulle steur nie.

"Seën hierdie kos aan ons liggame, o Heer, en laat ons nimmer vergeet om U te eer," bid oom Bennie, sug en val dadelik weg.

Madelein vra oom Bennie uit oor die Rosmead-skooltjie, hulle praat oor die weer in Oos-Londen, 'n meisie wat onlangs op Oostelike Strand aangerand is. En toe hulle ophou, praat niemand verder nie. Net die kleinstes kwetter en hou die groot messegoed regop aan weerskante van hulle borde sonder om regtig te eet.

Angel Bennie stop klein porsies in haar mond, kou en sluk, en hou die ander dop. Sy skep in waar sy gate op iemand se bord sien – sonder om te vra.

"Asseblief, Ouma," smeek Sanette, "ek kan nie eers hierdie kos opkry nie."

Bill staan op om James se vleisies vir hom stukkend te sny: "Alles opeet, hoor my bulletjie," en gaan sit weer.

Hy het niks te sê nie, sy lus vir die dag het hy verloor. Dit was 'n fout om hulle hier na sy huis te nooi. Die tafeldoek en skilderye, die liggroen handdoeke in die gastebadkamer, die messegoed en tierlantyntjies: alles getuig van Ramola se smaak, maar is haaks met sy familie se huismaniere.

Madelein sukkel selfs om te peusel. Die laaste ding is met room opgekook.

"Hou jy dan nie van ons kos nie?" karring Angel toe sy Madelein se bord raaksien.

"Te vetterig na my smaak, Ma."

"Maar wil jy nou meer."

"Wag nou bietjie, Angel," paai oom Bennie.

Bill leun oor om nog wyn vir Madelein te skink. Hy het 'n fout gemaak.

"Hoekom moet ek stilbly? Waarom?" Angel se lippe is potloodstrepies. "Ek weet mos wat kom maak sy vandag hier in Bill se mooi huis. Was nog altyd die odd one out. Bill, jy het self vir my gesê sy het nooit tyd om 'n knoop aan jou hemp te werk nie. En mielierys van soggens tot saans daar op Vaalharts. Maar gee vir missus die verhoog, any day."

"Ma, om hemelsnaam, is dit nou die plek." Die wyn in Bill se mond word aluin. Madelein, dink hy, die liewe, liefderike mens.

Sy vee haar mond met die lapservet af sonder om haar lipstif te smeer, vou die servet en sit dit langs haar kleinbordjie met die onaangeraakte kropslaai neer, en staan op.

"Sanette, Engela-Jean, maak almal se baaikostuums bymekaar. James, sit neer jou vurk, Quinta, ons ry nou dadelik."

Bill sien hoe haar boesem rys terwyl sy opstaan, hoe die hoogrooi op haar uitslaan soos hy haar gedurende haar orgasme onthou. Sy word op haar mooiste vir hom, hy begeer onmiddellik haar koorsige vel op syne.

"Ek gaan my nie verder deur hierdie gespuis laat verneder nie," sê sy sag maar helder, en knip haar handsak toe.

"Hoor wie praat nou," sis Angel. "Kyk uit watter ou vaal huisie daar op Colesberg kom sy."

In die deur met haar hand op James se kop: "Hou jy jou mond voor my kinders, Ma. Ek was nog nooit skaam vir die huis waaruit ek gekom het nie."

Angel begin snik terwyl haar nael kort, kompulsiewe krasgeluidjies op die tafeldoek uitvoer. Sy skud haar kop heen en weer en pluk aan die amberkrale om haar keel.

"Bennie," gil sy, "gaan niemand my dan help nie, my asem raak kort."

Oom Bennie steun orent en kom vang haar kop in sy bakhand en druk 'n glas water voor haar mond.

"Drink nou maar, Ma," koer hy. "Jy moenie jou so ontstel nie, dis goed vir niks en niemand nie."

Angel snik onbedaarlik teen sy baadjiemou. "Algar haat my, my eie seun, ek kan die verafskuwing in sy oë sien. Bill," roep sy, "sê vir my jy het my lief. Net een maal in jou lewe. Jy het nog nooit vir jou eie ma gesê jy is lief vir haar nie. Jou eie ma," kerm sy buite haarself.

Bill hoor hoe sy hom agterna roep, maar hy is reeds in die voortuin by die kinders. Wie het hy nou lief? Het hy ooit liefgehad? Madelein destyds?

"Madelein, ek is bitter jammer oor vandag. Ek het 'n fout gemaak, besef ek nou. Ek moes julle eerder uitgevat het. Ek is so jammer. Vergewe my voordat jy ry. Ek sal nie vannag slaap nie."

"Jou ma het behandeling nodig, Bill. Sy is nie reg in haar kop nie." Sy trap effe boontoe om haarself in die lorrie te lig en haar chiffonrok val vir 'n oomblik oop oor die sagte vlees van haar flank.

"Jy weet, ek het so lank ons saam was nooit 'n slegte woord in jou ma se teenwoordigheid gespreek nie. Iets het in haar ingevaar, maar sowaar Bill, met my het dit niks uit te waaie nie. Ek ry nou, Bill. Bel my as jy uiteindelik eendag klaar is met jou nonsens. As dit nie te laat is nie."

Hy soen die kinders een vir een, Engela-Jean draai haar wang weg.

Onder die frangipani staan hy en wuif, die vyf almal voor by haar ingebondel. James se neus druk plat teen die agterruit om so lank as moontlik nog na sy pa te kyk.

Katpootjies oor die vloer die nag in hulle hotelkamer. "Witsiggie," sis sy. Sy kan nie diep slaap nie, sy kon nog nooit in die muwwe kamer nie.

James is haar kwelling. James is 'n lummel vir sy ouderdom, lomp van vinnig groei. Hy gaan 'n mooi seun word. Na watter soort skool moet die outjie? Sy gaan sy aanleg vir die drie R'e moet laat toets.

Eenuur die nag staan sy op om Eno's te gaan soek. Haar maag is onderstebo. Sy onthou dat sy daarvan in die noodhulpkassie onder in die hotel se kombuis gesien het.

Haar pantoffels op die vinieloper in die hotelgang, haar eie asemhaling, verder niks. Geen ligskrefie onder g'n enkele deur meer nie. Sy stuur haarself met die leuning by die trap af. Gril vir die stof onder haar hand.

Die voordeur is lank reeds op slot en die voorportaal donker behalwe vir 'n enkele staanlamp tussen die twee club lounge-stoele. Sy druk die swaaideurtjies van die kombuis oop en wens sy het 'n flitsie by haar gehad.

Gestoofde kool en frikkadelle, stokvis en gebakte eiers, reuke van die daaglikse maaltye, reuke van maaltye van vorige seisoene wat elke keer weer uitslaan en dan teen die mure en die plafon van die kombuis kleef en druppels en slierte vorm.

Die noodhulpkassie. Haar hand sleep liggies oor die sentrale staaltafel voor haar, maar ruk weg toe sy 'n taai kol raak voel. Haar kop stamp teen 'n soppot wat van die dak af hang en 'n rits potte klingel teen mekaar.

Die rooi noodhulpkassie was daar iewers op 'n rak toe sy 'n toebroodjie vir haarself kom haal het. Bottels kruie, Bisto, asyn maak sy in die donkerskemer uit. Haar pantoffel knars op 'n kakkerlak en sy gil sag.

Die regte rak ontwyk haar en sy raak plotseling benoud van die aanhoudende galsterigheid naby die stowe. Dis te donker, te stink. Miskien het sy haar misgis, Jillie Herts hou dalk die kassie by haar in ontvangs. Dit gaan haar maag beter doen om eerder daar weg te kom.

Sy skrik toe sy 'n ligstreep onder meneer Snyman se kantoordeur gewaar.

Wat maak die man nog op, sou hy haar dan gehoor het? Sy wil hom nie pla nie, maar dalk hou hy Eno's aan. 'n Man met sy gewig.

Sy staan voor die kantoordeur met haar hand voor haar mond. Dalk is hy al in sy slaapklere. Of miskien het hy net iets kom haal. As hy haar gehoor het, kan sy hom netsowel vra. Maar beweeg dan tog voetjie vir voetjie terug na die trap.

"Ek het gedog dis jy," sê hy agter haar waar hy in sy rolstoel in die wig ougeel lig uit sy kantoor sit.

"O, meneer Snyman, ek dog ek kry 'n hartaanval." Sy moet haarself op die trapleuning steun.

"Kom hierso, Madelein, ek mag jou maar seker so noem. Hierdie tyd van die nag, kom," nooi hy, "kom geniet ietsie saam met my."

Hy dra slegs 'n frokkie, sy bors en maag is nog groter as wat sy hom in sy hemp en das getakseer het. Hy rol sy stoel eenkant toe, laat haar binnekom en maak die deur agter hulle toe.

"Ek het vanmiddag te ryk geëet, ek het gehoop om van julle Eno's in die kombuis te kry," sê sy formeel. Sy is so naby aan hom dat sy die hare op sy bles kan tel. Een, twee, drie, sy kyk weg.

Die plek het lanklaas lug gekry. Sokkies op die vloer. Die matjie se fraiings is skeef getrek deur die wiele van sy rolstoel.

"Hier moet nog 'n glas wees." Hy druk-druk op 'n stapel papiere, voel agter 'n stapel lêers rond. Daar staan 'n bordjie met ou toebroodjies. Sy sigarette. 'n Vurk met eiergeel aan. Sy vet hand vind 'n bondel kwitansies en hy druk dit op 'n spyker terug.

"Whiskey," verseker hy, "doen 'n maag net so goed soos enige purgeermiddel. Hier's die boggher," sê hy en kry die glasie. "Jille kan my so vies maak met haar agtelosigheid. Ek kan jou seker maar Madelein noem," vra hy weer en skink 'n stywe dop vir haar.

"Gesondheid, Madelein. Dis nou 'n verrassing. Ag, mens is nooit te oud om te leer nie." Hy kom self verleë voor, sy hand twyfel en gaan rus dan op 'n stukkie van haar kamerjas naaste aan hom.

Sy weet nie wat haar makeer nie, maar sy slaan die dop met een teug weg sodat sy swik en naby haar moet vasgryp – sy skouer.

'n Swaar gordyn val oor haar: dit kan die lessenaarlamp wees wat meneer Snyman afskakel, dit kan sy hande wees, twee sagte, warmbloedige diere wat skielik stewig om haar dye vat.

"Hemeltjie tog," smoorpraat hy teenaan haar.

Die whiskey brand haar diep en salig en salig trek die genade deur haar afgestompte liggaam. Sy oortjies, dink sy nog, meneer Snyman het twee ou mosselskulpies vir oortjies.

Oor hom gaan sy sit, haar bene om die twee armleunings van sy rolstoel gespalk.

Net die een keer, James en Quinta en Fernandé en Engela-Jean en Sanette, haar lewende bloedjies, hulle hoef hulle nooit vir haar te skaam nie. Laat sy haarself net die een keer die vergryp veroorloof.

Binnekant die donker roer sy haarself met sy kop in haar hande. Sy laat hom beweeg. Laat toe dat die verhongerde man haar wegvat van die dag agter haar, van haar siel wat rou oor haar skoonma, oor Ramola se oranje kledingstuk op die punt van die dubbelbed toe sy die een slag badkamer toe is, oor die kil finaliteit wat tussen haar en Bill ingewig het.

Eendag sal sy vir Sanette verduidelik, sy sál haar begryp. Soos die wind oor doringboombloeisels, soos die vlam bokant 'n doringhoutvuur, dink sy oor wat met haar onderlyf gebeur.

Sy vryf langs haar sye af, hou aan die skulpoortjies vas: hoe lief was sy nie van jongtyd af vir dans nie. Haar voete so lig dat mans by haar wou weet: Waar is jy dan as jy dans, Madelein?

Sy onthou nou die saamtrek van dorps- en plaasmense op oom Doep se rivierplaas, die gelykte onder die kareewilgers op die wal van die Oranje wat hy vir die volkspele laat sleep het.

Sy onthou 'n hele ouooi oopgespalk oor doringhoutkole, die hemelse gebed van bossiekruie en geurige vet, dit onthou sy.

Die nag wat uitgeloop het, die perskebrandewyn, die viool en die twee konsertinas se pas wat verdubbel het, die verloofdes en pasgetroudes wat wals en two-step, alles gebeur voor haar oë agter die val van die swaar gordyn.

Sy kan haarself beweeg: vrygemaak van Bill kan sy haar ten einde laaste by iemand anders terugvind.

En nou onthou sy ook vir Gysie by haar. Oom Doep se Gysie wat haar sonder teëstribbeling kom gryp en by 'n plek tot op die sandbedding van die rivier afhelp, onmiddellik haar rug teen 'n wal vasdruk en haar met sy gemmerbierasem soen. Gysie se tong die eerste om haar lippe van mekaar af te werk en haar 'n oopmondsoen te leer. Sy hand die eerste om skelm onder haar rok in te kruip.

En terug in die ligkring wink oom Doep na haar. "Pasop tog vir daai hingsie van 'n Gys," waarsku hy teen sy eie seun.

Sy onthou die konsertinas wat wegtrek met 'n pronkerige seties en sonder dat sy haar steps presies ken, voel sy die dans in oom Doep se arms aan. Sy arm so sterk agterom haar en sy trap so netjies, sy het net geweet hoe.

Om en om draai hy haar, hoe vinnig tol die lig van die vuur, die wilgertakke, die tannies se gesigte verby oom Doep se skouer.

Sy snak.

Die doringhoutvuur, die doringhoutbloeisels. En toe is sy nie meer op die plek waar die gordyn donker oor haar toegeval het nie. Net nog Gysie is daar by haar, net sy seunshand tussen haar bene en sy is nie meer daar nie.

—18—

DIE JAAR TOE VERWOERD VERMOOR WORD, KOOP SY HAAR eie huis. 'n Entjie buite die stad, rigting King William's Town. 'n Split-level uit die vyftigerjare op vyf morg grond. Die doringbome in die veld om die huis was vir haar so mooi.

Die geld vir 'n eie huis het losgekom ná haar pa besluit het om Rietkuil in die mark te sit. Jakob Baadnis moes naderhand eenkant begin staan as sy Persie-skaap met Cooper's gedip word; hy moes self erken dat hy te oud vir die boerdery geword het.

Aanvanklik het hy verseg om te verkoop. "Reks kan mos kom boer," het hy teëgestribbel. "Ons kan mos nie alles net so los wat ons oor veertig, vyftig jare opgebou het nie."

Maar ma Martie het bly neul: "Wat dan van Madelein met haar kroos? Dis verkeerd," het sy aangehou, "Madelein en Reks moet gelykop erf."

"O, ek het snot en trane gehuil toe ek die laaste dag die hoenderhok se hekkie toemaak," vertel haar ma. "Toe ek net die vere en mis sien lê. Afgee en laat staan en die wete dat jy tot ruste moet kom, my kind, laat Mammie nou vir jou sê, is nie 'n maklike ding nie."

Rietkuil verkoop toe teen 'n sommetjie en die opbrengs word gelykop tussen haar en haar broer Reks verdeel.

Met sy erfporsie koop Reks vir hom 'n mooi stuk grond naby Uitenhage waar hy groot katte wil aanhou, Rooikrans Game Farm doop hy sy plaas.

En Madelein se droom – dat sy eendag na haar pa en ma kan omsien – word werklikheid. Toe die twee by haar intrek, hulle het selfs 'n eie badkamer, reken 'n bietjie, sien sy kans vir alles.

Die huis met sy gevestigde tuin is teen 'n helling geleë en die stoep bied 'n uitsig op 'n vallei in die verte met wilde bos, struikgewas en bobbejaantou. As sy op die voorste grasperk staan en terugkyk na die huis, is dit net een groot glaskas op dun staalpale. Onder is plek vir tot vier karre. 'n Stoep soom om die huis en aan die westekant kan die kinders met trappies na die swembad en tennisbaan afklim.

Die huis het voorheen aan een van Johnson & Johnson se base behoort en is naby Chiselhurst-stasie geleë in 'n yl beboude, landelike woongebied met die naam Dawn. Om haar boer Engelsmanne met piesangs en pynappels, en boerbokke word aangehou om munt te slaan uit die Xhosas se inisiasie-rituele. Sy leer van hulle ken, McRobertse en Stewards en Smiths, die ene sproete en gin-asems.

Kort ná hulle ingetrek het, ontmoet Piet 'n meisie op die Chiselhurst-stasie en kom vra of Mossie tog asseblief saam met hom in sy tweevertrek agter die groothuis mag intrek.

Madelein stem in en Piet gaan wys heel eerste vir Mossie sy eie wasbak en spoeltoilet. Iemand het nou wel die plank van die toilet afgesteel, maar hy belowe haar hy gaan sommer self 'n nuwe een aanmekaar timmer.

Toe Mossie Madelein se huis op die leiklip binnekom, gaan staan sy botstil in die ingangshal en kyk teen die waaiertrap op. Daarbo mond vyf kamers uit op 'n oop gang wat oopmaak in die reuse-vertrek met sy sunken lounge.

"House of God," laat sy los, 'n hand voor haar plesierige mond.

Die sunken lounge is voetstoots met sy roomkleur vinielbankvierkant verkoop. Madelein was effe verlig, want haar meubeltjies het karig vertoon, en uit pas met die veelkleurige kombuiskaste en kurkteëlvloer, die Venesiese blindings, en die lapplaveisel teen die kaggelmuur.

Sanette, toe in haar laaste skooljaar, sê sy gaan haar pa vra om vir hulle 'n hi-fi te koop. "I'm a believer, I'm a believer if I die," loop sy die Monkeys en nasing. Sy het 'n mooi stem.

"Jy het nie 'n kat se kans nie," lag Madelein haar uit. Sy gee 'n bak Lady Fingers uit die kombuis oor 'n toonbank na die eettafel aan.

"Kom kyk hier, Mammie," roep James haar.

Tussen die eetruimte en die sunken lounge is daar 'n divider van glasteëls. Saam druk hulle hulle neuse teen die glasteëls en kyk na die res van die familie aan die ander kant: arms en bene vervorm, gesigte skeef getrek asof onderwater.

Nes Tsafendas se gesig duime van Verwoerd s'n, dink sy. En toe nog nader om die lem in sy vlees te steek. Toe kon hy onmoontlik nog vir die Eerste Minister na mens gelyk het, Tsafendas se gesig was toe té na aan syne. Sy ys as sy daaraan dink.

Met of sonder man, in dié huis moet sy tot ruste kom. Wat sy oorhou van 'n familie, is by haar tussen hierdie vier mure. En wat sy aan menslike warmte nodig het, moet sy ook hier vind.

Dawn-ers, doop dominee Rampie du Plessis hulle op sy eerste huisbesoek en vat saam met haar ma 'n sjerrietjie, goedig verby.

Madelein sou hom nog wou vertel hoe sy oor hierdie huis op Dawn voel. Dat sy haar onafhanklikheid hiermee gekoop en bevestig het, maar dat dit nie is wat sy begeer nie. Haar begeertes gaan saans saam met haar bed toe en soek daar skoor met haar. En sy bly wonder oor wat van haar gaan word.

Die dag toe die kar by haar oprit intrek, swierig draai en langs haar geel bougainvillea stilhou, is sy net besig om eierwit vir 'n fluweelpoeding styf te klop. Sy vee haar hande af, haal haar voorskoot af en stap buitentoe.

Hy leun boude eerste teen die kar toe sy buite kom, windgat gedas en gesakdoek. Mister Bill Scheiffer himselwers.

"Joune," lag hy. "Dis 'n '58-Ford Sedan V8." En hou die sleutels vir haar uit: 'n two-tone Fordomatic in tan en off-pink.

'n Bries onder uit die vallei skep haar op, en die kinders wat uitgestorm kom – Sanette is die naweek by 'n bekendstellingskursus vir eerstejaars op Rhodes – begin op en af spring en jil toe hulle hom met die kar sien en maak al vier die deure van die Ford tegelykertyd oop.

"Bill," sê sy toe maar, want haar Chev se koppelaar het die laaste ruk kwaai begin gly, "jy is my altyd een voor."

Sy loer na binne. Die Ford het 'n radio en lugverkoeler: off-interior-screen, 'n chroomsigaretaansteker en so halfpad teen die voering van die deure, chroomsuiderkruise.

"Ek het kom dankie sê vir al die jare met die kinders, Madelein."

"Nee, maar dis goed so, Bill." Die son val reg van agter op hom. "Kom in, kom kyk na ons huis. Jy wil seker iets saam met Mammie en Pappie drink."

"Madelein, ek wil net eers iets van my hart afkry."

Bill se hart wat hy self nie ken en nooit aan haar openbaar het nie. Hy gaan haar nie vandag kom rondskommel nie. Niks gaan haar meer omvergooi nie. Sy het immers tuisgekom. Hier vang Swartekat en Witsiggie veldmuise, hier rol James en Quinta met die twee nuwe honde op die grasperk, op die stoep met 'n oumansdeken oor sy knieë sit haar pa sy tyd om. Tussen hierdie mure en onder hierdie dak kan sy haar hart tydsaam verbind: sy wil hom nooit haat nie.

"Nou maar kom ons loop hier om," en sy vat hom baie liggies aan sy arm en lei hom na die swembad. Bill lê sy hand ook lig op hare en sy merk dat sy hand niks ouer geword het nie, sy hand is bruin en sy naels skoon en plat.

Hulle gaan staan in die skaduwee van die braaivleishoekie.

"Dis 'n pragtige plek, Madelein."

"Pappie het dit vir ons gekoop. Hulle het mos Rietkuil verkoop. Jy het seker gehoor."

"Madelein, ek het 'n baie goeie pos by Tracor losgeslaan. Transkei Agricultural Corporation. Ek is benoem as direkteur: opleiding. Jy weet Kaiser Matanzima gaan onafhanklikheid verkry vir die Transkei. Ek sien 'n geweldige toekoms vir die land. Ek het gedink dis beter as ons nou maar finaal uitmekaar gaan, Madelein. Ek gaan nou te ver van julle af bly, daar lê buitendien al soveel jare tussen ons. Mens moet realisties dink."

"Bedoel jy nou skei as jy so praat, Bill?"

"Ja, Madelein."

Die kort, manhaftige sin. Al waarmee sy moet klaarkom. Sy sink, sy sink tog.

Ná al die jare beteken sy bruin hand op hare nog net dieselfde vir haar. Sy het tog nog op hereniging gehoop, maar hy sal dit nooit van haar hoor nie. Dis beter so. Sy sal selfs ophou om dit aan haarself te sê.

"Ek het tyd nodig om daaroor te dink. Jy maak niks vir my maklik nie, Bill. Waar is jou hart, man? En die Ford dan? Hoe moet ek dit verstaan? Is dit nou 'n soort afkoopgeskenk?"

"Ek het gedog die Chev se tyd is verby."

"Ja, Bill, dis soos jy sê," sê sy sag.

"Ek het my huis in Beacon's Bay verkoop en heeltemal 'n mooi plek op Butterworth aangeskaf. Daar is landbougrond in die distrik wat tot my beskikking gestel gaan word sodat ek die mense kan leer. Ek sien groot geleenthede. My goed gaan al volgende week met Kent soontoe."

"Jy is 'n skaamtelose opportunis, Bill," kom sy darem op haar voete. Sy begin met die trap boontoe loop. "Kom groet nou maar vir Mammie. Sy sal jou seker graag wil sien."

"En sê my," vra sy toe hulle by die glasdeure kom, "is daar weer iemand anders? Nee los maar," en sy druk hom teen sy bors sodat hulle op die stoep bly staan. "Sê my eerder niks. Jy gaan my nie verder afrem na jou donker wêreld nie. Ek gaan vir ons tee maak. Of wil jy eerder koffie hê?"

"Wat die maklikste vir jou is."

Sy trek haar mond vir hom.

Ma Martie trek Bill af na haar toe en soen hom op sy voorkop. Sy sit by die eetkamertafel onder 'n lae rooi lampkap en hekel 'n geel-oranje-en-swart skoenlapper vir Engela-Jean se bellbottoms.

"Waarnatoe tog nou weer, my kind, ek hoor jy praat so met Madelein."

"Mammie, ek het 'n pos in die Transkei gekry. Daar is baie geleenthede. Oos-Londen het te klein vir my geword."

"Jy kan my doodskiet voor ek in 'n swartmensland gaan bly." Sy vat hom by die ken en keer sy gesig na haar – niemand praat so met Bill Scheiffer nie.

"Hoekom kom jy nie maar terug nie, Bill? Jy en Madelein kan mos weer begin. Jou seun word groter, weet jy. Hy kan nie so tussen die vroumense grootword nie."

Bill is soos 'n seun by haar ma. Hy vat aan sy neus en vra of hy maar kan rook.

"Wat het van die een geword met wie jy daar in Beacon Bay saamleef, Bill?" fluister sy. "Dis tog nie jou soort nie. Jy sal haar soos 'n warm patat los."

"Bly Mammie en Pappie lekker hier in Dawn?" vra hy sonder om haar te antwoord.

Madelein sit die koffiegoed neer, daar is Oros vir die kinders en haar pa. Van bo af weergalm LM-radio uit Engela-Jean se kamer.

"Bill," sê haar ma weer, "lê jou siel op die Groot Altaar." Sy druk sy hand en sit terug.

Later raak Bill in die leunstoel voor die venster aan die slaap. Wanneer laas was hy so lank tussen hulle? Dis die huis wat hom koester.

"Sal ek die ou bliksem vra om vir aandete te bly, Mammie? Hy wil van my skei, weet Ma, dis hoekom hy hiernatoe gekom het."

"Vra hom maar, Madelein. Dit kan net goed doen. Jy het hom nog nie verloor nie, ek glo dit vas. Daarso," en sy knip 'n laaste los wolletjie van die skoenlapper se vlerk af. "Engela-Jean kan maar nou kom kyk."

James het langs sy pa gaan staan en na die slapende man gestaar totdat sy ooglede begin roer. Toe hy wakker word, staan die seun reg voor hom.

"Pa," blaf James en spring om en woerts by die glasdeure uit en af na die honde toe.

"Wat wil hy van my hê?" wil Bill by Madelein weet.

"Die kind wil niks van jou hê nie, Bill. Steek maar net jou hand uit en vat aan hom. Dis al. Hy wil niks hê nie."

Bill se hand mik-mik weer na sy neus. Sy is bang vir sy part, dink Madelein. Hy het die stadium van sy lewe bereik waar hy al moet weet wat en hoe hy moet maak. Maar selfs sy hande het blind geword.

—19—

DIT GEBEUR ALLES BAIE GOU NADAT HY DIE MEISIE ONT-moet het. Hy sien haar vir die eerste keer deur die kombuisvenster op Reks se wildplaas. Die bokkie-ding van 'n mens. Die lang arms en die lang bene, die kleur van haar vel.

"Magtig, Reks, wie het jy hier in jou agterplaas?"

"Wag 'n bietjie, Bill, nou moet my oompie baie versigtig wees."

Hy kyk na Reks. Reks hou sy sigaret tussen sy duim en voorvinger vas soos mans maak en trek senuweeagtig daaraan.

"Hoekom, Reks? Het jy al self 'n bietjie uitprobeer?"

"Ek sorg dat ek my afstand hou, Bill. Dis beter so. Ek hou myself besig, die wildediere maak baie werk."

"Reks, kan ek nou vandag iets vir jou sê: Dis die mooiste ding wat ek in jare gesien het. Bly sy hier by jou, of kuier sy net?" Hy hou sy oog op die agterplaas.

Uit die huisie kom nog 'n meisie gestap en sy kyk in hulle rigting, na die kombuisvenster. Sy stamp aan haar suster, wys met haar vinger en toe waai die twee vir hulle. Al twee het dun, bruin polse soos steenbokkuite wat wil knak. Bill dag hy kry 'n oorval en slaan hoendervleis uit.

"Bill, dis ou Rose en haar twee dogters. Ek het hulle saam met die plaas gekoop. Mens kan mos nie sommer die mense afsit as jy oorneem nie. Hulle help so bietjie in die huis, maar meestal is hulle in die Baai."

Reks vat hom om sy skouer en lei hom voor die venster weg. "Kom, ek gooi vir ons 'n dop. Ek sal nie aan daai meisies raak as ek jy is nie. Dit is nou soek vir moeilikheid."

"Wat is die lange se naam?"

"Bill? Jy moet mooi dink. Haar naam is Girlie Bruinders. Dis die soort mense wat hulle is waarteen ek jou wil waarsku. Ek sê nou vir jou. En hulle is nog Coloureds ook, Bill. Jy gaan jouself met die wet bedonner as jy aan een van hulle vat."

Maar hy kan die meisie uit sy aand- of môrepraatjies nie ban nie. Net Reks weet en met Reks praat hy nog een keer oor haar, maar verder met g'n ander mens nie.

Die laaste oggend stap hy uit om homself te gaan voorstel, terwyl Reks in die kampe met sy diere spook. Sy dra 'n groen rok

137

en het niks onder aan nie, hy kan sommer sien. Haar ma kom leun ook in die kosyn.

"Môre, meneer," groet Girlie Bruinders, gemaak skaam.

Die res van die kroos verskyn agterom haar bene. Arm.

Girlie Bruinders sal vat wat sy kry as daar iets beters na haar kant toe kom. Any day, besluit Bill.

Hy hoef dus nie verder oor die wysheid van die Tracor-aanstelling te wonder nie. Butterworth is vir hom op 'n skinkbord aangebied. Daar sal hy doen en aan hom laat doen nes hy wil. In die Transkei gaan hy weer 'n vry man word. Miskien selfs liefde vind om aan iemand te gee.

Sy huis met die gewels en swembad beteken niks meer nie. Beklemd staan hy en kyk na al sy goed wat ingepak moet word, hande op sy heupe. Die ordelikheid van alles, die sindelikheid van Ramola se koperskoppie en -borsel by die kaggel.

Hy het gekom by die grense van sy klein bestaan. Hy herken homself, want hy het voorheen net so in die badkamer in hulle vuurhoutjieboksie op Vyf-K-Agt gestaan: die muur, die kassie met Madelein se haarborsel, sy kam en Brilliantine, die handdoek teen die haak, die drie rakkies met haar Pond's, iodine, 'n botteltjie mercurochrome. Alles verstikkend.

Hy gaan nie vir Madelein die werklike rede vir sy vertrek na die Transkei gee nie. Dit het niks met haar uit te waaie nie. Sy het dit self gesê. 'n Skaamtelose opportunis – laat sy hom dan maar so brandmerk. Dis nie wat ander mense van hom dink nie. Hy het 'n hoë posisie by Ou Mutual bereik. Topman. Uit erkentlikheid vir sy bydrae het Ou Mutual 'n goue Omega-horlosie aan hom geskenk.

"Bill Scheiffer is such a nice person," het hy die sekretaresse met die hakkelstappie in die gang oor hom hoor sê, "he never has to do anything."

Toegegee, hy is 'n onkonvensionele vader, maar aan konvensionaliteit sal hy in sy dag des lewens nooit toegee nie. Sanette het nou wel nie 'n woord vir hom nie, en Engela-Jean is 'n geitjie, maar sy kinders vergeet hom nie. Trouens, dit is eintlik net die teenoorgestelde. Hy gaan vir James en Quinta scramblers koop om op sy grond in die Transkei te kom rondja.

Hy het sy weg na die Transkei gekies en hy neem niemand iets kwalik nie. Hy is nie 'n slegte mens nie en mense praat ook nie sleg van hom nie. Net die keer op Vaalharts, onthou hy, toe hy 'n stuk vleis uit die Batlapin se kis gelig, daaraan geruik en vir die man gesê het sy goed is vrot.

"Makgaga," snou Poeroe hom die dag toe.

Later hoor hy by Hardy Schoeman dat makgaga "kont" beteken. Hy wou die nerf gaan bliksem, maar Madelein het hom teruggehou.

Die woord laat nou nog 'n wrang smaak.

Ramola het hom egter verras, dié moet hy erken. Hy het nog net die Tracor-opsie oorweeg, toe sy al haar eie uittog aankondig. In die swembad, haar hare drywend om haar soos seewier. Sy het seker maar snuf in die neus gekry.

"Dit was alles kinderspeletjies tussen ons, Bill. Moet niks daarvan glo nie. Dis vir my minder as 'n koppie flou tee werd, as ek nou daaroor dink."

Sy spu 'n boog swembadwater na hom toe: "Jy het my onderskat, Bill. Dit sê ek sommer reguit vir jou. Ek gaan terug na Neels toe. Neels het 'n rillerskrywer geword, weet jy? Hy skryf onder die skuilnaam van Meiring Fouché, met 'n strepie op die é."

Sy lig haar uit die swembad, die bra van haar two-piece swaar met swembadwater. Sy druk gelyktydig op haar borste sodat die water uitskiet. "Neels se boeke kom as deel van die Swart Luiperd-reeks uit: Kies die teken van die pou, kies Pronkboeke. Bill," sê sy vies toe sy sien hy luister nie, "ek sal verkies as jy my heeltemal vergeet."

Lank daarna kom hy nog tussen sy goed op kleinode van Ramola af: 'n halssnoertjie, 'n spesiale, sagte gesigshanddoek, panties.

Hy wonder of dit opsetlik nagelate herinnerinkies is en weet nie meer wat hy oor haar moet glo nie.

Terwyl hy vir sy huisraad wag om op Butterworth aan te kom, laat hy 'n hoë sekuriteitsheining rondom sy huis oprig. En gaan verken die dorp: dit is 'n stofnes. Stof tot op die sypaadjies voor die algemene handelaars. 'n Xhosavrou en haar kind kom verby met 'n draadhok hoenders tussen hulle. Hy moet van die sypaadjie afstap om hulle te laat verbykom. Die kind kyk om na die witman met die das. Hy en sy ouma kom ruil hulle hoenders vir koffie en suiker en meel. So word dit hier gedoen.

Hy gaan staan voor 'n pienk winkelmuur waarop vyf prentjies geteken is soos dié van 'n kind van Quinta se ouderdom: 'n vark, 'n bees, 'n haredos met 'n skêr, 'n hoender en 'n telefoon. Slagter, haarkapper en die telefoon is nommer 7.

'n Man kom uit die poskantoor met die seël wat hy vir die vaalblou koevert in sy hand gekoop het. 'n Witman kom verbygeloop en lig sy hoed teenoor hom. Voor die magistraatshof sit mense in komberse toegedraai, al is dit somer. Hulle wag vir 'n pensioenuitreiking of die uitslag van 'n hofsaak, hy kan maar net raai.

Op die oog af is alles doodeenvoudig. Die behoeftes van die inwoners is eenvoudig en die winkels en dienste is eenvoudig. Daar is ongeskrewe reëls tussen die swartmense en die paar wittes. Dié soort dorp en sy reëls pla hom nie.

Behalwe die vryheid om met Girlie Bruinders te lewe, wil hy niks van die dorp hê nie.

In die enigste hotel op Butterworth bestel hy 'n Castle Milk Stout. Die bestuurder van die hotel is 'n witman en hy begin dadelik met hom gesels.

"Die heinings om die huise wat mens hier sien, is dit noodsaaklik?" wil Bill na 'n rukkie weet.

"Man, Bill, laat ek dit vir jou só stel. Hier is 'n bietjie petty crime. As jy 'n sakkie lemoene op jou bakkie los, is dit weg as jy terugkom. Dié klas goed. Maar ek sê altyd: mens moet mense nie in versoeking lei nie. Jy wil ook nie soos hulle leef nie. Jy het 'n huis en 'n kar of twee en 'n garage. Vrugtebome. Jy het goed wat hulle nie het nie. It's as simple as that. Sit nou maar 'n netjiese heining om jou huis, sorg dat jy 'n hond of twee aanhou en almal slaap gerus.

"Kyk, hulle sê ná onafhanklikheid gaan hier 'n paar dinge verander. Meer swartmense gaan tussen ons intrek omdat hulle jobs by Matanzima gaan losslaan. Maar dit gebeur al klaar. Dis goed so, ek gee glad nie om nie. Dis eerder die bruinmense wat al klaar hier begin padgee, so hoor ek. Maar nee wat, ek dink nie veel gaan verander nie."

Bill sit sy leë glas neer, bruin skuim om die lip. "I fear no man," sê hy en lag, "dit was ons beroemdste vegvlieënier se slagspreuk. Sailor Malan, 74 Squadron."

"I fear no man," sê die hotelbestuurder agter hom aan toe hy in die helder son uitstap.

Daar is avokadobome voor sy huis wat blink blare in sy klein, ronde swembad afgooi. Die water is groen van verwaarlosing. Hy gaan 'n filtreerder van Oos-Londen saambring en laat installeer.

Met die punt van sy skoen trek hy 'n halfmaan in die grond: hier moet 'n rietskuiling tussen die swembad en die straat kom sodat hy en die lang, bruin meisie saans privaat met 'n drankie kan sit.

Hy is byna gereed om haar by Reks te gaan haal. Haar jeugdigheid skrik hom af en juis dit maak hom angstig dat hy hoegenaamd kan uitstel om haar jong lyf te gaan haal.

Dis 'n lekker talm, dié weet hy – hy moenie vergeet om ekstra aftershave in Oos-Londen aan te skaf nie – maar dis nie meer weg te praat nie: hy ís ouer en sy sak hang losser.

Die sekuriteitsheining is byna klaar. Terwyl sy haar groentebeddings natspuit, waai sy aanstaande buurvrou vir hom.

Later skree sy vir hom deur die draad: "Grace Niemand, en jy?"

Hy moet lag: "Bill Scheiffer," skree hy terug.

Toe die meubelwa van Kent voor sy huis stop, kom sy binnegeloop met 'n trossie wortels uit haar tuin.

Grace het 'n pers rinse soos die mode by ouer vroue maar is. Sy gaan sit met haar knieë netjies teenmekaar op een van die bokse wat aangedra is en takseer hom.

"Jy moet 'n hond vir jou aanskaf. Rook jy?" Sy sit die wortels neer en hou 'n sigaret vir hom uit.

'n Rare skepsel op gods aarde. "Ek is nie in die minste bang nie."

"Oh there is nothing to be afraid of here. Ek het in al my jare hier nooit 'n probleem gehad nie. My man, nou ja. Dis 'n ander saak. Solank jy jou uit die politiek hou. Honde is goeie geselskap, dis maar al."

"Hoe lank bly jy al hier, Grace?"

"Baie jare al in die Transkei. Tot onlangs toe nog op Tsolo. Maar ná my man se dood het ek hier op Butterworth kom bly. Nooit moeilikheid hier nie."

Sy haal nooit haar oë van syne af nie. As die lig haar vang, is daar 'n beduidenis van kleur in haar iris, maar meestal kyk hy vas in gitswart. Sy kyk hom deur, maar hy kyk nie weg nie.

"In the front room against the back wall," beduie hy tussendeur vir die mans wat die viersitpleksofa aandra.

"Bill," sê sy dringend, "het jy 'n maroon baadjie, double-breasted met maroon knope?"

Hy trek aan sy sigaret. "Destyds, ja. Ek het toe net teruggekom van die oorlog."

"Ek het gedroom jy kom hier na Butterworth, Bill. Ek het 'n man met 'n maroon baadjie en 'n Clark Gable-hairstyle gesien. Nes jy. Was jy dan in die oorlog, Bill?"

"Fighter pilot, SAAF."

"Oh my goodness, Bill, het jy geweet John Pattle is hier in

Butterworth gebore? 23 July 1914. Ek wou lankal 'n borsbeeld vir hom in die dorp oprig. Miskien kan jy my help om fondse in te samel." En sy kom op haar tone en vang hom tussen sy onderlip en ken met 'n gegeurde piksoen. "Welkom, Bill, jy is baie welkom hier by ons."

Hy bestel die volgende oggend 'n opreggeteelde wolfhondjie deur die *Landbouweekblad*. Dit kan James se hondjie word.

— 20 —

JAMES SIT SY EERSTE DRIE SKOOLJARE IN DIE SPESIALE KLAS, dit gaan maar sukkelend. Met houtwerk kan hy niks uitrig nie – dit wis sy in elk geval – en dan dink die onderwyseres boonop hy is nog stadiger as die ander klomp.

Dikwels help Madelein hom saans by die huis met sy somme. En sy lees uit *Die Natuurwêreld* vir hom voor: "Wanneer die klein ruspes na twee of drie weke uit die eiers broei, kruip hulle na die bopunte van die plante." Oor en oor wil hy daarvan hoor.

Hy begin self lees, woord vir woord pak hy "Die Mieliestronk-ruspe" totdat hy die stuk bemeester. Of miskien het hy die verhaal woordeliks uit sy kop begin ken van al haar voorlesings. Hoe dit ook al sy, sy weet dat hy ten minste 'n skerp geheue het.

Hy dra 'n losserige swembroek, want hy is groter as seuns van sy ouderdom. Toe Fernandé en Quinta dit by die swembad agterkom, treiter hulle hom. James hol om en om die bad agter hulle aan: "Ek gaan net vir my pa sê."

Sy vat die twee meisies eenkant en looi hulle pimpel en pers. Maar toe sy weer kyk, is die hele klomp aan die twist op *A Hard Day's Night*. Een van Sanette se talle seven-singles wat sy agtergelaat het toe sy met haar graad in musiek op Grahamstad begin het.

"Julle raak nie aan my plate met taai hande nie," het sy die klomp by die huis gewaarsku in daardie sopraanstemmetjie van haar.

Die kinders draai sommer die seven-single op die ou oopklapplatespelertjie, die soort wat jy soos 'n koffertjie kan opvou en wegdra.

Noudat Sanette ook sanglesse neem, sing hulle twee dikwels saam wanneer sy oorkom. Meestal liedere wat Sanette moet instudeer, maar soms ook ou gunstelinge: "When Irish eyes are smiling", "When I grow too old too dream" – en dan blink ouma Baadnis se oë.

Madelein besluit tog dat James getoets moet word en maak 'n afspraak by die Departement Mannearbeid in Port Elizabeth. Sy pak slaapklere en tandeborsels vir hulle twee in sodat hulle op pad terug by Reks kan oornag.

En hulle trek deftig aan: haaipolfaais met bypassende handsak, fawn kid gloves en 'n soom net bokant die knie. Toe sy met James by die Departement instap, kan sy deur 'n ring getrek word.

James dra 'n blou hempie, 'n onderbaadjie en sy kerkskoene. En sy koeilekkuifie.

Hulle gaan sit in die wagkamer wat nie lekker ruik nie en wag op hulle afspraak. James begin dadelik die ander kinders een vir een deurkyk.

Op die hospitaalgroen muur is daar 'n foto van die Oos-Kaapse arenduil en van doktor en mevrou Betsie Verwoerd met hulle hond op die grasperk voor Groote Schuur. Iemand het met 'n potlood op die muur onder die foto gekrap: *Ons bid vir u en u gesin*.

Die ander mense in die wagkamer is deur die bank ellendig. 'n Hemp wat by sy nek skif, kan Madelein 'n myl ver raaksien.

'n Seun met 'n uitermate groot hoof sit langs sy ma na die foto van die arenduil en staar sonder om sy oë te knip. James hou elke beweging van die seun dop. Naderhand wys die seun vraend na die prent.

"Isse aasvoël," sê sy ma.

"Nee," sê James en spring op. "Kyk hierso," en hy wys met sy vinger – James moes gisteraand sy naels skrop totdat hulle na haar sin was – "hierso staan dit geskrywe." En hy spel dit uit: "K a a p s e a r e n d u i l."

"Maar jou kind is net te oulik," sê die ma en staan op om langs Madelein te kom sit met 'n strandsak van handdoekstof wat sy op haar skoot vasknyp. "Het hy dan nodig om getoets te word?" wil sy weet.

Die vrou sit te naby en Madelein waai so bietjie met haar kid glove, sy wil haar nie krenk nie.

"Hoe oud is jou seun?" vra Madelein toe maar. As die vrou dink sy gaan James daar voor almal bespreek, is sy heeltemal simpel.

"Rofie is nou seventeen going on seven. Siestog, hy sukkel vreeslik op straat. Die ander kinders terg hom sonder ophou. Kobus spring elke nou en dan met die sambok onder hulle in, maar as ek weer kyk, is dit maar dieselfde ding. Nou het hy begin met die koppie wat hy misvat as ek dit vir hom aangee. En wat is nou eintlik fout met mevrou se mannetjie?"

"Niks eintlik nie, niks wat ek kan agterkom nie," sê sy vinnig.

"Nou maar hoekom het mevrou die mannetjie dan hiernatoe gebring?" vra 'n man van die oorkant. "Mens wag lank hier. Vra vir my. Dis al ons tweede middag."

Rofie, wat heeltyd na die uil sit en staar het, roep skielik uit en almal kyk na hom. James vroetel en fluister in haar oor of hulle nie maar kan loop nie.

'n Man met 'n rooi gelaat en rooi hande kom die wagkamer binne en kom sit langs die vrou met die strandsak.

"Jy't al weer loop suip, Kobus," gil sy op hom.

"Kom, James." Madelein vat James se hand net daar en loop uit.

"Dregs of humanity," opper sy teenoor Reks aan sy kombuistafel. Hy het dadelik 'n sundowner vir haar gaan skink toe sy en James op Rooikrans aankom.

Reksie lyk goed. Nes sy het hy ook hulle ma se dik bos hare geërf, maar sy bakore kry hy nie toe nie. Om sy skouers en boarms het hy stewig geword.

"Maar na watter skool gaan jou ma jou nou stuur, hè, James? Madelein, het julle al besluit?"

"Ek gaan hom maar weer by 'n gewone skool probeer inkry. Ek het hom mos self al bietjie getoets, weet jy. Sommer takies vir hom gegee, rottang en so aan. En dan sê ek, gaan jy nou aan met hierdie vlegsel wat ek begin het. Een, twee, drie, dan is mister verveeld. Maar lees ek nou vir hom iets oor die skaapsteker of die nôiensuil, dan staan sy oortjies so."

James kerm om na Reks se katte te gaan kyk.

Reks praat met James soos met 'n grootmens: "Man, om die waarheid te sê, ek het nog net die twee luiperds, 'n mannetjie en 'n wyfie. Maar ek gaan vir my nog in die hande kry. Ons gaan nou-nou voer, dan kan jy saamstap."

"Maar so 'n ding vreet jou seker kaal, Reks."

"Ek hou 'n trop donkies vir vleis aan en dan het ek nou mos 'n hele klomp ander diere ook wat mense trek en bietjie geld inbring. Kwaggas en 'n kameelperdgesinnetjie, 'n paar van die ou vlakvarkies, en my krokodil. Ons gaan nou-nou kyk. Ek gee vir hulle name, jy sal my nou nie glo nie, Madelein, maar hulle ken my almal."

Hulle loop agter by die kombuisdeur uit om na Reks se diere in die kampies te gaan kyk. Reks hou James se hand vas. Hulle stap deur die agterplaas, verby die skuinsdakhuisie met 'n granaatbos by die deur. Madelein kyk vlugtig by die oop deur in en sien 'n geboë rug in die skemerte, 'n vel van olyf en koffie.

"Wie het jy hier by jou?"

"Ou Rose Bruinders en haar dogters. Ou Rose bly al tien jaar op hierdie grond. Hier is my springbokkies. Kyk hoe mak is dié enetjie. Rykie?"

Die ooitjie buig haar nek om agter die oor gekielie te word. Reks tel James op sodat sy arm oor die draad na die bokkie kan reik.

"Kook hulle darem vir jou?" Sy beduie agter na die huisie toe.

"Die ou vrou is goed vir niks. Af en toe stuur sy een van haar dogters om bietjie te kom uitvee, maar hulle is sku vir werk. Sy het die twee dogters en dan 'n swetterjoel kleintjies. Die dogters lê meeste van die tyd in Port Elizabeth."

"Jy sal moet skadu maak vir jou diere, Reks."

Hulle kom 'n man teë wat 'n donkieboud op 'n kruiwa na die luiperds se kamp aanstoot.

"Naand, baas."

"Naand, Koos. Julle kêrels moet tog seker maak hulle het genoeg water. Die vleis maak hulle kwaai dors."

"Ja, baas Reks."

"Dis nie goed vir jou om so alleen hier te bly nie, Reks," sê Madelein. "Jy moet maar kom kuier. Pa is nie meer so sterk nie. Hy word by die dag meer soos 'n kind. Old men are children twice. Ek dink nie hy gaan dit meer lank maak nie. En maak tog asseblief 'n paar biltonge droog en stuur dit vir my aan, ek skuld Jillie Herts die wêreld. O, sy was goed vir ons toe ons daai rukkie in die Snyman's gebly het. Maar ek kon nooit 'n nag deurslaap nie. Dis eers in Dawn wat ek weer soos 'n kind begin slaap het."

Laat Vrydagmiddag trek Bill se Chevrolet Impala met Jack, die chauffeur, by hulle oprit in. Bill laat vir James en Quinta haal om die naweek by hom in die Transkei te kom kuier.

Die Chev se vensters rol al vier gelyk af met die druk van 'n enkele knoppie. Bill se smaak.

Sy is net terug van die skool, bedompig ná die gespook met die kinders. Sy bondel James en Quinta se klere in en laat Piet vir Jack 'n beker koffie maak sodat hulle gou kan wegkom. Haar kragte is op.

Jack lyk altyd ordentlik in sy vars wit hemp. Sy praat nooit veel met hom nie, behalwe om vir hom te sê hy moet haar kinders veilig by hulle pa besorg. Wat het sy in elk geval meer vir hom te sê?

Maar hy is die een wat altyd met haar in sy beleefde skoolboek-Engels wil praat. "You have a lovely house here, missus Scheiffer. I admire it greatly."

Met die terugkom is die kinders altyd vol stories. Bill laat hulle met scramblers op sy plaas rondjaag. James sê daar is rooibeeste, duisende van hulle. En peanuts en lande en lande met koolkoppe. En dat sy swembad baie kleiner as hulle s'n is. En Quinta sê die avokado's wat sy bome dra is niks lekker nie.

"Sulke ou wateriges?" vra Madelein.

"Ja, Mammie. En die tannie langsaan sny dit op en dan braai sy dit op die rooster. Glad nie lekker nie."

"Nou wie kook as julle daar gaan kuier?"

"Zingiswa," sê hulle al twee gelyk.

"En waar bly sy?"

"Sy bly agter Pa se huis nes Piet by ons, Mammie."

Sy vra nie vir hulle wat sy eintlik wil nie: is daar 'n vrou saam met julle pa in sy kamer en sy bed? Hulle is maar net kinders. As daar iemand was, sou hulle die nuus al laat uitlek het.

James het die laaste ding by sy pa afgekyk. Aan die eettafel probeer hy eers aan die een dan aan die ander kant van sy mond met die punt van die servet afvee. Dis so komieklik dat Engela-Jean skree soos sy lag.

James loer vir almal om die tafel en lag saam, want hy wis wat hy besig was om te doen.

Die kind se intellek fassineer haar. Dit is duidelik aanwesig, en skerp, maar hy gebruik dit op 'n ongewone manier.

— 21 —

SY IS BESIG OM HAAR GEEL BOUGAINVILLEA BY DIE VOORdeur tot 'n boompie terug te snoei, toe ma Martie uitkom en sê haar pa is dood. Haar ma huil nie.

Ma Martie sê sy het wakker geword en afgekyk na Jakob se hand wat so snaaks op die kombers lê en geweet alles is verby.

Madelein is dankbaar haar pa is in sy slaap dood. Sy vat haar ma om haar lyf en saam loop hulle met die waaiertrap na bo om na hom te gaan kyk: sy gesig skoon en sonder swaarkry.

Dominee Rampie du Plessis begrawe Jakob Baadnis in die Wesbank-begraafplaas. Madelein se koortjie van Voorpos-hoër sing terwyl die kis sak.

Wimpie daag ook by die graf op sonder dat sy hom daarvan laat weet het. Hy druk haar teen hom vas met al die energie van sy seningrige lyf.

"Kom fliek môreaand saam met my? *Doctor Zhivago* wys by die Colosseum."

"Ag, jy is laf, Wimpie. Ek is heeltemal te oud vir jou."

Maar sy gaan tog, en laat toe dat hy haar hand vashou. Sy loer een keer in die donker na die swaar silhoeët van sy swartraambril. Wimpie laat haar lag kry.

Bill praat langer as 'n halfuur met ma Martie op die foon en bemoedig haar. Sy, op haar beurt, ook vir hom. Hy stuur 'n ruiker wit angeliere met Interflora. Ongelukkig kan hy nie die begrafnis bywoon nie, want dit val saam met die onafhanklikheidsviering van die Transkei.

Bill worstel daarmee of hy vir Girlie Bruinders as sy gesellin moet saamneem na Umtata. En besluit dan tog daarop.

Vir dié geleentheid kies Girlie 'n mini met 'n daisy-motief en skoenveterskouerbandjies sonder bra. Die patroon is op die skuinste uitgelê sodat dit nousluitend is. Daarby glip sy die donkerpers fluweelkuitstewels aan wat hy by Stuttaford's in die Kaap vir haar gekoop het en verf haar lippe morning glory pink.

Bill is lankal gereed: swart pinstripe, ligblou hemp en 'n staalblou sydas met goue dasspeld en bypassende mansjetknopies.

Sy kom paradeer voor hom in die sitkamer waar hy sy dors les: one for the road.

"Hoe lyk sy nou vir Bill?" Sy trap op die glasblad van die koffietafel met die hak van haar kuitstewel en steek haar voorvinger tussen die pienk lippe, haar kop koketterig gekantel.

Hier kom kak. Hy begin met uiterste selfbeheersing: "Jy lyk of jy na 'n nagklub gaan. Girlie, asseblief. Verstaan my nou mooi. Ek is die eerste amptenaar van Tracor. Ons gaan saam met hooggeplaastes sit. Jy kan onmoontlik só daar aankom." Sy stem styg soos hy praat.

"En hoe is só miskien?"

Bill stryk oor sy ken.

"Okay, okay." Sy hardloop uit en hy hoor hoe sy die kas se deur in hulle slaapkamer oopgooi. Binne sekondes is sy terug met 'n Afghan-jas, vollengte, ook in die Kaap gekoop.

"Girlie, I love you. Maar só kan jy nie saam met my gaan nie." Hy kyk op sy Omega en sê kalm: "Wat van jou swart rok en daai vereding wat daarby pas? Jy moet jou roer, my meisie. Ek ry nóú."

"Ry dan maar in jou moer in, Bill. Ek dans nie na jou pype nie. Jy het gesê jy gaan my trou sodra ons in die Transkei is. Kyk hoe lank is dit nou al?" Sy waaier met haar arms en trek haar mini op tot by die donker dyvel waar hy haar laat skeer het.

"Ek is mos jou hoertjie, Bill? Jy het belowe jy gaan jou precious white lady in Oos-Londen skei, maar jy hou my mos aan 'n lyntjie. Afskeep, afskeep," bewe die pienk lippe.

"Ek sal, ek sal, gee my net 'n kans – om hemelsnaam. Dink jy ek sit met my hande gevou?" Hy staan op en steek die karsleutels in sy sak.

"Ek kan nie 'n minuut langer wag nie. Dis 'n paar uur Umtata toe. En ek kan nie bekostig om laat te kom nie. Bye-bye, Girlie," sê hy sagter en wil haar nadertrek, maar sy wyk onmiddellik tot anderkant die glastafel.

Toe hy uitstap, spring sy op en af agter hom aan: "Los my dan, los my."

"Ek sal jou nie los nie, Girlie," sê hy in die loop en kyk om. Maskara streep pers oor haar wange.

"Wat moet ek hier op my eie doen, hè, Bill?" skree sy by die voordeur agterna toe hy met sy Impala by die hek uitry. "Dis jy wat my na hierdie blerrie plek gesleep het."

Hy skakel die karradio aan en hoor haar nie meer nie.

Bill word na sy sitplek in die eretent geneem, twee rye agter die Matanzimas en die Suid-Afrikaanse eerste minister.

"All the fruit of the land is enjoyed by those who obey the Government. I have come to show you the right way, I appeal to you to take my word," spreek Kaiser Matanzima die gepakte stadion toe. Daar sal vrede en voorspoed kom. Die skare juig.

Mans spring orent op sterk, jong bene en bulk oor die vooruitsig van beeste wat blink van vet, oor trekkers, selfs bakkies soos die wit boere s'n. Vrouens ululeer, hulle kleintongetjies rooi vlaggies wat die koms van nuwe huisraad aankondig: Barlows-binneveermatrasse, kinders met skoene en skoon skoolboekies, trommels lap en meel en toffies. Kinders gil, soos valkies skeer hulle stemmetjies oor die stadion, die kinderstemme sweef dié toekomsdroom tegemoet.

Weet die Kaiser wat hy belowe? Besef hy watter begeertes dié independence by sy mense laat ontwaak? Too much too soon, dink Bill.

Hy weet mos hoe lank dit neem om die grond voor te berei. Dele van die Transkei is hopeloos oorbewei, en daar is erosie. Die stamhoofde het té veel mag en hulle dink nie visioenêr nie.

Die Transkei Agricultural Corporation is instrumenteel in die opheffing van sy mense: van kleinboere tot selfvoorsienende uitvoerboere, het die Kaiser op 'n keer vir hom in die presidentskantoor gesê. Hy moet sy mense leer om grondboontjies en mielies op groot skaal te verbou.

"If you are successful, mister Scheiffer, you will be richly rewarded and the land which has been allocated to you, will become yours. Here is the paper," en die Kaiser rus met sy hand op 'n vorm wat op die bottelgroen leermatjie op sy lessenaar lê, "I only have to give my stamp of approval. The time will depend on you. I trust in your abilities and diligence."

In dié stadium verrys Bill saam met die skare vir die koor van die Universiteit van die Transkei. Eers "Die Stem", daarna die nuwe volkslied. En toe die oranje-blanje-blou gestryk en die nuwe vlag gehys word, dawer dit teen die sterrehemel ten aanhoor van hierdie nuwe land, by die grasie van God.

'n Week ná die onafhanklikheidsviering kom daar opdrag van die presidentskantoor dat Bill vise-admiraal Aurelio Maldonado Minoy van Ecuador moet trakteer. In die brief word daar veel daarvan gemaak dat Ecuador een van die eerste lande is wat onafhanklikheid van die Transkei gaan erken. Die brief is deur Matanzima onderteken.

Bill bestel kristalglase van John Orr's en wys vir Girlie hoe hy die tafel vir die aand gedek wil hê. Ná haar uitbarsting is sy sag soos 'n lam.

Too much, too soon. Sou Girlie self besef dat sy sy wêreld te ru binnegekom het?

"Die poedingvurkie kom hier," wys hy. "Nee, só. Dit moet langs die poedinglepel lê."

"Die ou witmensvurkie," giggel sy en knyp aan sy boud.

"Ja, Girlie," lag hy saam, "ons witmenswêreld. Dis maar net 'n ander speletjie, dis al. Wragtig, partykeer maak dit my ook die bliksem in. Ek kan sommer maklik kop uittrek en my goed vat en loop. Jy ken my nog nie. Maar as jy die dag klaar is met Bill Scheiffer, sal jy fyn getrein wees. Jy is nou op finishing school, Girlie."

"Gat in die botter," sê sy. "Kom ons maak 'n doppie, toe."

Sy het klaar met hom begin speel.

Hulle gaan sit met hulle drankies in die halfmaanvormige rietskuiling by die swembad. Bill vra vir Girlie of sy sal omgee om die naweek in die buitekamer saam met Zingiswa te slaap, want James kom kuier. Hy verkies dat hy nie vir hom en Girlie saam in die slaapkamer sien nie. James is al te groot.

Sy vra nie uit nie, sê net sy mind nie, daar is mos 'n ekstra kooi. So mak soos 'n lam.

Hy belowe haar hy sal werk maak van die skeisaak. Sy sit nog vir 'n wyle en roer met haar voorvinger aan haar brandewyn, om en om, spring toe op en gaan draai die volume van die hi-fi in die sitkamer vol oop en begin om die swembad dans. Gloria Gaynor.

Hy sit en kyk: na haar hare, haar kop, borste en maag, haar arms en die vingers aan haar hande. Wild en heerlik. 'n Ander mens is sy, sy leef anderkant sy grense. Slegs in die vlees kan hy haar ken.

Girlie het hom lief en só wil hy dit hê. Maar in der ewigheid sal sy nooit weet wat hom dryf en wat hom grond toe dwing nie. Net sy begeerte ken sy in hulle lang nagte.

Soms voel hy of hy bewoë kan raak oor haar liggaam. Of hy die ou, ou reuk van haar jong liggaam kan aanbid.

Sy begeerte het saam met sy liggaam oud geword. Hy verheug hom daarin dat hy sy rypste, volste begeerte vir haar kan aanbied. Daarna smag sy, hy voel dit binne-in haar. Hoe sy byna rasend van hom kan word.

Daarvoor gee sy om. Ook vir die mooi klere, die styl wat sy in sy huis leer ken het: 'n omelet, Engelse mosterd, die flokkati-mat voor die dubbelbed, sy aftershave op sy vel as hy net geskeer het, die parfuum wat hy haar laat dra.

Maar sy gee nie om watter soort man hy is nie. Dít is wat hy bowenal van haar hou: sy vra hom nooit uit nie. Sy probeer hom nie begryp en deurgrond nie. Ook nie vashou nie. Hy het inderdaad in die Transkei kom vry word. Ook om Girlie Bruinders werklik lief te hê. Maar dit wil nie gebeur nie.

By vise-admiraal Maldonado Minoy se aankoms gaan wys Bill vir hom sy lande. James stap saam met hulle, hy hou sy pa se hand vas.

"Little Bill," sê die admiraal vir James en krap sy krulhare om. James kan sy oë nie van die admiraal se weglêsnor afhaal nie.

Bill wys hoeveel morg hy onder grondboontjies het, die lande wat in aanbou is vir verdere aanplantings, die tweespoor-verbindingspaaie wat hy oor heuwels tussen die lande laat skraap het, die horisontale walletjies teen verdere gronderosie op die heuwels, en sy trots: die mees intensiewe skema waar hy markgroentes kweek.

"Sê vir die admiraal," praat hy na Bertie, die tolk, "ek het verlede seisoen R100 000 op hierdie land met koolkoppe alleen gemaak. Elke kop teen 25c een. Sê hy vir hom hy moet bietjie dink hoeveel koolkoppe dit altesaam is."

Bertie vertaal in 'n monotone stem. Bill het al 'n paar keer na hom omgekyk en sy hand voor sy gesig gewaai asof hy hom wil klap. Partykeer draal hy so ver agter hulle dat Bill homself moet herhaal voordat hy begin tolk.

Die vise-admiraal wil by hom weet hoe Bill se boerdery die *paesanos* help. Leer hy hulle sy metodes? Anders help dit mos niks nie.

"Dis 'n proses wat jare gaan duur. Daar moet meer investering kom," antwoord Bill.

Die vise-admiraal sug net toe die tolk na Spaans vertaal, kyk op sy horlosie en sê dat die tyd vir sy siësta aangebreek het.

Bill laat die vise-admiraal rus in die kamer waar James en Quinta gewoonlik slaap. Die beddegoed is vars en Girlie het 'n handdoek en 'n koekie seep uitgesit soos hy haar gevra het. Grace het strelitzias uit haar tuin oorgestuur toe sy van die okkasie hoor, en hulle staan twee-twee oral in die huis ingesteek.

Hy loop buitentoe om na die skaap op die spit te gaan kyk. Die kok van die Butterworth-hotel neem waar. Bill het hom 'n wit chefbaadjie en -broek laat aantrek. Elke keer as die kok die skaap draai, verf hy die bokant met 'n marinade van perske-atjar, bier, gedroogde tiemie en olie.

Binne bekyk Bill die gedekte tafel, druk bottels sjampanje ingelê in 'n sinkbad ys dieper in, gaan draai in die gastebadkamer, merk 'n haar by die poot van die toilet wat hy verwyder, loop dan kombuis toe en proe aan Girlie se kerrieboontjies.

"Alles reg, baas Billie?" tart sy.

"Lekker," sê hy en vee sy mond met die agterkant van sy hand af. Hy gaan nie aan haar aas byt nie.

Hulle het nog nie daaroor gepraat of Girlie saam met die gaste aan tafel gaan plaas neem nie en sy is onseker. Haar hande fladder.

Hy gaan niks verder sê nie, dag hy. Daar sal 'n oop plek aan tafel wees, sy moet self besluit en plaas neem as sy wil. Vanaand gaan hy sien hoe sy haarself kan presenteer. Sy sê mos sy weet hoe om saam te speel.

Teen halfses die aand spuit hy die stofstraat voor sy huis met die tuinslang nat. Die reuk van kanferfoelie uit Grace se tuin spoel teen hom aan. Hy kyk teen die lug in. Rokerig sterf die dag oor Butterworth, teen die weste lê bruin en rooi en goud. Kokkewiet in die bome, stemme, 'n koei wat bulk, nader aan huis babbel James met die hotelkok, die vuur knetter onder die skaap op die spit.

Madelein sou so 'n aand geniet het. Sy sou selfs aangebied het om iets te sing. Armoediger, swak is hy by tye sonder Madelein in sy onmiddellike teenwoordigheid. In alle eerlikheid moet hy dit teenoor homself bely.

Hy kan hom selfs verbeel hoe sy oor die tafel leun om die kerse in die kandelaar een vir een aan te steek. En haar oë in die kerslig, selfs die gleuf tussen haar borste.

Maar sy kan hom net nog ondersteun. Sy het nie die jeugdigheid van Girlie om hom voort te stu nie. As hy by Madelein gebly het, sou sy hom leeggetap het. Hy het dit nog nooit vir haar verduidelik nie, en hy is ook nie van voorneme om dit te doen nie. Sy sal hom nie begryp nie.

Hy stap binne om te gaan stort. 'n Nuwe tenk is reg bokant die stort in die dak geïnstalleer om die drukking te verhoog sodat hy die lyflike plesier kan ervaar van warm water wat sterk en hard op hom val.

James wil ook instap om te kom stort, maar Bill keer. Die druppels is dalk geniepsig hard vir hom.

Bill seep onder sy arms in, oor sy uitsak-pektorale, sy bolmaag, tussen sy boude, die drie dele van sy geslag, sy kroes wat plek-

plek grys wys. Hy was in sy oorskulpe. Dan spoel hy af en reguleer die water sodat James kan inkom.

"Pa, en sê nou maar Tjaka wil vanaand binne wees?" vra hy oor die wolfhond.

"Hy moet vanaand eers bietjie buite bly, James. Dis jou werk om te kyk dat hy nie teen die mense opspring nie en dat hy nie binnesluip nie."

James kyk na sy vader se naaktheid.

"Toe, vat nou die seep en was oral mooi soos jou ma jou gewys het."

Hy gaan staan voor die spieël: dit is sy liggaam. Hy was sterk en blas, sy boude twee spiere, die klamp van sy bobene kragtig. Nou het sy vel bleker en sy spiere slapper geword, sy krag setel elders, nie meer in sy liggaam nie.

Hy begin afdroog, maar huiwer en trek die stortgordyn weg. Die seun het nie begin was nie, maar onder die water verstar en kyk iewers bo teen die teëlmuur vas.

"James? James!"

Hy soek in die rigting van James se vinger: op een van die wit teëls sit 'n ladybird en klou vir sy lewe. James kyk terug na hom. Sy oë is week en sy blik flakker asof dit wil uitdoof.

"Ag, James," sê Bill ontroerd en trek die nat, broos liggaam teen syne vas. "Ons sal hom kry, ons sal hom vang en buite sit, my liewe, liewe kind tog."

Girlie en Zingiswa en die hotelkok kom in gelid die eetkamer binnegestap met die voorgereg op borde. Kaapse gepekelde stokvis met soet uieringe, lourierblaar en wonderpeper. Bill vou sy servet oop, ingenome.

Soos versoek dra Zingiswa 'n swart uniform met 'n hoog opgedraaide wrong van 'n kopdoek om die vise-admiraal te beïndruk.

Sonder dat hy haar moes pols, het Girlie haar swart langrok met vereboa vir die aandete gekies. En haar maskara nie oordoen nie. Sy het nou wel haar helderpienk lipstiffie aan, maar hy glo nie sy hét iets anders nie. Toe sy sy bord voor hom neersit, beduie hy vir haar met sy oë na haar plek aan tafel.

Die vise-admiraal lyk inderdaad beïndruk. Hy vryf sy hande saam toe Zingiswa die vis voor hom neersit. Bertie moet dadelik uitlê.

"Uit Afrika altyd iets nuuts," dra Bertie die vise-admiraal se kommentaar aan die tafel oor. Bertie het 'n blerts baard onder sy oor misgeskeer.

'n Vlaag wind waai die rookgeur van die skaap op die spit deur die sifdeur na die tafelgaste, die admiraal snuif dit op en help met wuiwende hande die reuk na binne.

"Muy bien, muy bien," sê hy.

Bill het aan die hoof plaas geneem. Aan sy regterhand sit die vise-admiraal in 'n roomkleurige double-breasted pak, swart syhemp met 'n goue ketting onder die toegeknoopte boordjie, en enkele gepoetste medaljes op sy bors. Aan Bill se linkerhand sit James met 'n Skotslap-strikdas en onderbaadjie en sy kuif teruggekam dat hy die hale kan tel.

Aan die oorkantste kop sit Digby Kolane, Minister van Buitelandse Sake van die Republiek van Transkei met sy vrou aan sy linkerkant. Mevrou Kolane is gedrapeer in dramatiese goud-enpurper lap met die gesig van Kaiser Matanzima binne-in 'n goue koordpatroon op elkeen van haar magtige borste.

Die burgemeester van Butterworth en sy gade is aan tafel asook die belangrikste amptenare van die kantoor. Bill het 'n punt daarvan gemaak om Fuzile Mdolo, sekretaris van Tracor, persoonlik uit te nooi, want Fuzile is een van die bright young men in die nuwe Transkei met 'n graad in landbou en ekonomie van die Universiteit van Fort Hare. Toe Bill as direkteur van Tracor sy kantoor betrek, was Fuzile die man wat hom eers aan die binnewerk van die maatskappy bekendgestel het, en toe omgeswaai het om hom te laat verstaan dat hy in sy spore moet trap: hulle vat nie meer kak van 'n wit baas nie. Fuzile Mdolo is, soos kollega

Peverett later aan hom verduidelik het, "overlooked by the Matanzimas" toe dit by groot aanstellings gekom het.

Girlie bring die laaste bord pekelvis vir haarself, slaan haar boa oor haar rug terug en skuif self in. Twee vingertjies wuif na Bill.

Daar volg 'n kort gebed deur die burgemeester, 'n heildronk op die admiraal en almal val weg.

Die kerrie in die vis registreer op Bill se tong. Hy neem 'n sluk sjampanje en vee sy mond stadig af. Hy voel hoe goed hy sy pak klere vul en vat aan sy dasknoop om seker te maak dat dit reg sit. Uitsonderlik is die behaaglikheid wat hy in sy eie huis ervaar. Kerse flikker op die eetgerei en die ringe aan die gaste se vingers. Daar is vrede en voorspoed.

'n Plaat van Glen Miller draai op die agtergrond en hy het die waaier bokant die tafel op net die regte spoed gestel sodat vlieë nie kan neerstryk nie. Die vroeaand bly egter drukkend en die aantal liggame bymekaar in een vertrek laat 'n skerpsoet lyflikheid opslaan. Hy kyk sy gaste deur.

Fuzile Mdolo doop 'n korsie mieliebrood in die borriegeel vismarinade en rol sy tong uit om dit sous en al op te slurp. Deur die kerse loer sy bobbejaanogies na Bill.

"Fuzile, can I bring you another beer?" vra Bill beleefd. Die man is die enigste een wat nie sjampanje wou hê nie.

"I am fine for the moment, Bill. You and your wife have done a prime job here tonight. I am sure everybody will agree."

Sarkasme met 'n suikerlagie. Hy weet goed hy en Girlie is ongetroud.

Toe Bill opkyk na Girlie druppel 'n pêrel op haar voorkop na die brug van haar neus.

Sy het iets van haar porsie vis weg, maar het gestol toe sy besef dat sy die groot mes en vurk in plaas van die kleiner, plat vismes en gekeepte visvurk gebruik het.

Sy klater die mes en vurk op haar bord neer, mompel te hard: "Ag, dis sommer nonsens," raap haar bord op én mors sous soos sy kombuis toe trippel.

Om die gaste se aandag van die spektakel af te lei, staan Bill op en bedien sjampanje.

"Lovely, lovely," sê Digby Kolane se vrou toe Bill haar kristalfluit hervul. Haar lippe krul op na hom.

"Personally, I am waiting for the inyama," sê Digby. Hy draai om, lag en wys met sy vinger deur die venster waar die kok besig is om die skaap op die spit met 'n elektriese mes te sny en die skywe op 'n silwerskinkbord te stapel.

Bill kom in die kombuis met die leë sjampanjebottel.

"Girlie, moenie nou verder daaroor worrie nie, dit was die minste."

Sy draai om waar sy voor die Aga staan, besig om stywe pap met gestoomde wildespinasie in 'n Pyrex-opskepskottel te skep. Sy wys met die lepel na hom en 'n drel spinasie drup na onder.

"Moenie worrie nie, moenie worrie nie. Jy guy met my, Bill. Van die blêrrie independence af moet ek ditjies en datjies doen." Sy maak hom na: "Moenie daai lipstiek dra nie Girlie en hou jou pieke diékant en jou gat daai kant en sit die lepeltjie so en so en al daai goed. Dink jy my hart kry nie ook seer binnekant nie, Bill?"

"Girlie, ek is jammer. Asseblief tog, jong. Maar dit kan nou nie anders nie. Laat ek weer sê: daar is nou eenmaal ander reëls wat jy hier moet volg. Ek het my status wat ek moet handhaaf. Jy kan nie van my verwag dat ek 'n fool van myself maak omdat jy nie reg optree nie."

Hy kan haar altyd terugpluk as sy uit pas uit raak.

"Ek dink die vleis is reg," sê hy, "jy en Zingiswa kan maar begin indra."

"'n Fool," sê sy in die verbykom, bak in die hand, "'n fool."

Toe hy weer in die kombuis kom om 'n Castle vir Fuzile Mdolo te kry, is Girlie egter haar ou self. Sy vee die kombuistafel af en plaas die poedingbakkies op 'n ry. Die ene glimlagte.

"My staatmakers," sê hy en loop uit, maar vang 'n beweging in die hoek van sy oog.

In die deur van die spens het Girlie gebuk en haar swart aandrok opgetrek sodat haar agterstewe in 'n swart frilletjies-pantie hom uitdaag.

Hy stop net daar met die bier in sy hand: "Magtig!" sis hy deur sy tande. Dan loop hy binne sonder om verder iets te sê.

—22—

"LEKKER AAND GEHAD?" VRA GRACE NIEMAND VIR HOM DEUR die draad. "Grênd mense, Bill. Well done. Butterworth het manne soos jy nodig."

"Alles het goed afgeloop."

"Ek hoop my strelitzias het darem bygedra tot jou sukses. Jy moet maar net vra as jy iets nodig het, Bill. Ek help graag. Ons moet mekaar ondersteun hier op Butterworth. Saamstaan. Daar gaan maar altyd wit en swart wees. Dit kan nie anders nie. Nie dat ek ooit enige probleme kry nie, Bill. Soos ek vir jou gesê het. My man, ja. Hy het sy neus in die politiek gesteek en hy het met sy lewe betaal.

"Maar jy boer goed saam met die Xhosas. Ek is mos nie blind nie. Jy het 'n goeie woord vir hulle. Jy weet, Bill, die boere en die Xhosas het 'n geskiedenis met mekaar gedeel. In die tyd van die Grensoorloë het hulle een jaar met mekaar gebaklei, daar is gemoor en plase is beroof en geplunder, en die daaropvolgende jaar het hulle al weer handel gedryf. Nie die Engelse nie."

Grace fluister deur die draad na hom toe: "Dis nie dieselfde tussen die Xhosas en die Engelse nie. Jingoes, Matanzima verdra hulle nie voor sy oë nie. Daar is ook die voorbeeld van Coenraad de Buys. Jy onthou hom seker uit die geskiedenisboeke?"

Bill skud sy kop. Tjaka het nadergedraf om aan Grace agter die draad te snuffel. "Ek ken nie die geskiedenis so goed soos jy nie, Grace."

"Let me tell you about him, Bill. Ou Coenraad de Buys het aan die einde van die sewentiende eeu dieper en dieper die binneland ingevaar, so ver as wat hy maar van Europese kontak kon kom. Hy was 'n ware pionier, en in 'n stadium selfs 'n vertroueling van hoofman Ngqika se kraal én nog baie ander hoofmanne ook.

"Kyk, jy moet mooi verstaan, dié Coenraad was van die min witmense wat 'n alternatief vir die ewige Grensoorloë kon aanbied, want hy het direk met die Xhosas onderhandel. Hy het baie vroue gehad, maar nooit een enkele witte nie." Sy kyk na hom en agtertoe na sy huis waar Girlie Bruinders hou.

"Ja, Grace," sê hy met vraag en beaming in sy toon.

"Coenraad de Buys was 'n amaBulu, die hond wat agter die Xhosas aangeloop het. Maar jy moet nou nie "hond" in 'n slegte sin opneem nie. Die amaBulu is die honde wat saam met die Xhosas leef en uit hulle handpalms eet en op hulle beurt weer plesier aan die kraal verskaf. Die hond kan selfs geleer en agter 'n haas of klein bokkie uitgestuur word om die ding met net een stel bytmerke vir die pot terug te bring.

"Nou dis die soort man wat Coenraad de Buys in ons geskiedenis was."

"Wat sê jy nou eintlik vir my, Grace? Dat ek 'n hedendaagse Coenraad de Buys is omdat ek saam met Girlie woon?"

"Nee nee nee, Bill." Handpalms voor sy gesig. Haar oë gryp hom sodat hy byna van haar blik móét wegkyk.

"Ek sien 'n ander pad vir jou, Bill. Onthou, jy bly saam met 'n Kleurling, nie 'n Xhosa nie. Daar is 'n groot verskil. Ou Coenraad het as 't ware 'n pad vir hom tussen die Xhosas oopgetrou. En toe, wat gebeur met hom aan die einde van sy lewe? Hy loop alleen die wildernis in en daar, so alleen soos my vinger," en sy hou haar pinkie in die lug, "sterf hy."

"Tjaka gaan 'n groot hond word, Bill," sê sy toe.

Hy kyk af na die hond. "Jy moet my nog vertel wat met jou man gebeur het, Grace."

"O, ek sal, ek sal. Daar is 'n tyd vir elke storie. Laat ek ingaan, dit word laat." En sy draai terug na haar huis toe.

Girlie kom slaan haar arms om hom. Daar het nie ou griewe tussen hulle staan en suur word nie. In dié opsig is hulle sielemaats.

Maar haar liggaamsbegeertes maak haar ongedurig. Vandat hy haar die keer gevra het of sy in die buitekamer by Zingiswa kan slaap, slaap sy in of uit nes sy wil.

"Jy moet nou skei van daai lady van jou, Bill," sê sy teen sy oor en trek hom slaapkamer toe. "Ek dra jou kind hierbinne."

Hy skrik nie. Hy weet sy praat die waarheid, sy ruik anders vir hom.

"Wat sê jy daarvan, Bill?"

"Wat kan ek sê, Girlie?" Hy skakel die bedlampie aan en steek 'n sigaret op. "Ek het klaar vyf kinders."

"Maar dié een gaan mos myne en joune wees. Dit gaan 'n mooi kind word, Bill."

"Mens hoop so." Hy trek sy pantoffels aan, loop uit die slaapkamer en voel sy pad deur die donker huis na die voordeur.

Die nag is helder met sterre en skitterend met dou. Dié tyd van die nag klaar die rokerigheid van kosvure op. Tjaka kom aangedraf.

'n Kind by Girlie Bruinders. 'n Bastertjie. Hy sal die kind self onder hande moet neem en hom maniere en gewoontes leer. Hy het nooit 'n gesin hier in die Transkei in die vooruitsig gestel nie. Dit was nie sy bedoeling nie.

Dit is Saterdagaand en hy staan in die lig van die oop kombuisdeur en roep agtertoe na die donker werf.

"Girlie!" Sy gaan nie kom nie.

Hy stap trapaf en gaan klop aan die buitekamer.

"Sy is nie hier, baas Bill," praat Zingiswa agter die toe deur. "Sy het by die hotel geloop."

Hy versuim nie, gaan haal sy karsleutels, sluit die hek oop en trek die Chev uit.

Die Butterworth-kroeg op 'n Saterdagaand. Dis 'n nuwe laai van haar. Sy moet sorg dat sy op 'n Saterdagaand by hom bly, allamagtig.

Op pad kom hy geen enkele kar teë nie, maar naby die hotel is daar lewe. Mans staan op die sypaadjie rond in hound's tooth straights met turn-ups, hoede en sigarette. Nog kom op fietse aan.

Hy parkeer sy kar aan die oorkant van die hotel, klim uit en gaan leun teen die Chev terwyl hy 'n sigaret opsteek. Hy kan koppe en skouers deur die kroegvensters uitmaak. Hy sien die arm van 'n man in 'n baadjie wat 'n langnek lig en na sy mond bring. Hy kan sy adamsappel onderskei.

"Good evening, sir. Can we help you, sir?" Twee mans kom na hom aangestap.

"Good evening. Just checking, thank you," sê Bill.

"Well, sir, you are welcome to come and check inside. Maybe inside we can help you better than here."

"I prefer just to stand here, thank you. Nice evening."

"Nice car," sê een en loop al om sy Chevrolet Impala.

Bill merk nou sy gebreekte neus soos dié van 'n bokser. Die man loop tot voor die kattebak van die Chev, plant twee gebalde vuiste weerskante op die deksel en druk 'n paar keer hard op en af sodat die kar op sy vere wieg, en Bill daarmee saam.

Bill trap sy sigaret in die stofstraat dood. Hy vryf sy hande vinnig teenmekaar, staak en kyk reguit na die man.

"This is my property," sê hy baie sag.

Die man antwoord hom nie, maar laat sak sy kop, draai stadig na sy maat toe en wys soos 'n hond sy spierwit tande.

"Good night," sê Bill.

"Good night, sir," en hy lig sy stem op die "night", "maybe next time."

Toe Bill die kardeur oopmaak, kyk hy nog een keer op na die kroegvensters en verbeel hom hy sien Girlie se skouer in haar groen rok met die streppies, maar dan verdwyn die gesig tussen die ander drinkers en voel hy onseker.

Hy trek weg en gooi 'n wolk stof oor die twee mans wat net so in die middel van die pad bly staan het met hulle blink Crockett & Jones-skoene. Dadelik steek hy nog 'n sigaret op.

Hulle weet wie hy is, dié twee. Hy hoef nie eers daaraan te twyfel nie. Sy bloed klop teen sy linkerslaap, tot in sy vingerpunte.

Hy het 'n Butterworth gesien wat hy voorheen nie geweet het bestaan nie. Hy kan op die rand daarvan loop, dink hy, ontsteld én geprikkel.

—23—

BILL KOM KUIER VIR DIE NAWEEK. MADELEIN HET DAAROP aangedring, sy sien daagliks hoe die kinders van hulle pa vervreem. Sy vra ook vir Sanette om van Grahamstad af oor te ry.

Die Sondag stel Bill voor dat hulle almal na professor Smith se selakant in die Oos-Londen-museum gaan kyk.

"Lekker styfsit in die Chev Impala," sê hy en sy waardeer sy poging, want die vreemdheid tussen hom en hulle – James uitgesluit – is kliphard.

Quinta sit op haar skoot, James op die aaneenlopende sitplek tussen haar en Bill, ma Martie agter met die oudstes. Sanette is koel maar nie yskoud teenoor haar pa nie.

Net Engela-Jean skop vas, maar kom darem uitgeloop om totsiens te wuif.

Die ewige kougom tog, dink Madelein. Daar staan Engela-Jean hande op die heupe teenoor haar pa in die oprit. Sy het haar gifgroen hipster aan.

"Jy sal dit geniet, Engela-Jean. Kom nou maar saam, man," moedig hy aan.

Almal in die kar draai hulle koppe na die twee buite.

"Van wanneer af ken jy my goed genoeg om te weet ek gaan myself in 'n museum geniet?" Sy spreek hom nooit meer as "Pa" aan nie.

"Net die een keer, asseblief, Engela-Jean," hoor hulle Bill mooivra.

"Wat het oor sy lewer geloop?" vra Madelein in die kar en lag.

Engela-Jean wieg vorentoe en agtertoe met Bill skuins voor haar.

As sy dink sy speel op haar pa se gevoel, kan Madelein haar sommer nou sê sy sit die pot mis, maar sy gaan tog nie inmeng nie. Dis Engela-Jean se laaste jaar by die huis, sy twyfel of haar verhouding met haar pa meer vreeslik saak maak vir haar.

Bill wil ten alle koste dat sy saamkom. Hy wíl haar buig. Hy vat aan sy neus: onsekerheid sypel tog deur.

"Okay," sê Engela-Jean toe en klim in die kar.

Sy gaan sit agter hom in die Chev en hou hom heeltyd dop in die truspieëltjie. Toe sy nie daarmee ophou nie, druk Bill die knoppie om van haar bedompigheid by sy venster uit te waai.

Bloed van sy bloed wat hom uitmergel, hy druk die lighter in om 'n sigaret aan te steek.

Madelein kyk om en skud haar kop vir Engela-Jean. Hou tog nou maar op, beduie sy. Langs haar vat Sanette aan haar suster se kaal knie en paai so 'n bietjie.

Die selakant is in 'n glaskas reg by die ingang van die museum. 'n Vernisbruin oerding met vyf lobvormige arms vir vinne en van neus tot stert vol doringskubbe.

"Nes 'n ou turksvy," sê Fernandé.

"Jy is doodreg om hom met die stekelrigheid van 'n turksvy te vergelyk, Fernandé, want julle moet onthou dat hy wel iets met bogrondse wesens te make het," vertel Bill.

"Die selakant se vinne lyk ook nie verniet soos lobbetjies nie, want op 'n dag het hulle pootjies geword. Daardie dag, miljoene jare gelede, het die afstammeling van die selakant op droë grond weggewaggel. Maar sewentig miljoen jare al swem hierdie spesifieke spesie onveranderd in die diepste van diep waters, en altyd maar daal en sak hy om sy ontelbare jare in nog dieper en donkerder grotte te gaan afwag. Sonder haas en sonder vyand sloer en soek hy na gleuwe en skeure in grotwande en verslind hy dié wat vir hom, so donker dat hy daar onder onsigbaar is, wegkruip."

Sanette haak hy met sy storie nader, James is betower en Engela-Jean maak maar net of sy wegluister. Hy vou hulle almal in sy hand toe en dra hulle na 'n land waar slegs hy al rondgeswerf het.

"Daar diep onder skuil hy teen die lig wat hy nog nooit geken het nie en veral teen die mens wat hom na boontoe wil bring en hom wil weeg en vir hom wil sê hoe oud hy is. En geen menseoog het hom ooit gesien totdat professor Smith die vyf voet lange spesie uitgetrek het nie."

"Maar is hy dan alleen, of is daar nog ander selakante?" wil James weet.

"Niemand sal ooit weet nie. Hy is te oud om sy verhaal te vertel. Mense dink hulle kan iets omtrent hom wys word, maar sy verhaal bly vir ewig versteek in die grotte. Selfs dieper nog, in die gleuwe in die grotvloer. En die mense raak kwaad as hulle net daaraan dink. Want hulle wil hom natuurlik vir hulself hê. Hulle wil hom naamgee."

Sy kan haarself nie help nie, sy verwonder haar aan die vis, aan die man. Stom loop hulle almal saam na die volgende saal.

Deur die dakvensters 'n waterval van lig, wriemelend met stofdeeltjies. In al die sale bly die atmosfeer gelade met ou papier, dierevel, formalien en die binnekant van eierdop, met beendere en lym, nat veer en voos mensehaar.

Om die een of ander rede raak Bill eindeloos geïnteresseerd in die laaie en laaie met ladybirds en naaldekokers, wolmotjies en goudogievlieë, muggietjies – elkeen benoem en met 'n speld deurboor, party werklik so mikroskopies dat mens hulle skaars met 'n vergrootglas kan uitmaak.

Engela-Jean, wat Madelein se sensitiewe neus geërf het, kan dit naderhand net nie meer uithou nie.

"Kom ons loop," sê sy vir Sanette.

Die petalje van 'n familie-uitstappie bekoor Sanette egter. Daar is James met sy wilde wil om alles te sien en te hoor. En ouma Martie se joep-joepies woerts uit haar handsak en in 'n hand nes 'n kind verby haar kom. En Bill, ag. En Madelein, so composed en statig as moontlik in 'n beige tweestuk waarvan die baadjie met 'n ryk tan omgeboor is.

"Kan ons om hemelsnaam net klaarkry, asseblief. Die plek stink vrot," gil Engela-Jean meteens.

Van die museumgangers kom orent van die glaslaaie kourieskulpe waaroor hulle geboë gestaan en kyk het en draai hulle na die weergalmende stem.

Bill loop vinnig na haar en kry haar aan die arm beet: "Dis nou genoeg, miss." Hy kan sy stem nog net beheers.

"Wie dink jy miskien is jy om so iets vir my te sê?" sis sy terug en ruk los voordat hy haar kan klap. Madelein wat toe ook vinnig nadergestap kom, sien hoe hy sy hand lig.

Engela-Jean trek weg en pluk haar goue plakkies in die hardloop uit om nog vinniger uit die gebou te kom.

"Gaaa," skree sy so ver soos sy hol en die klank laat 'n skittering agter haar. Bill kook.

En toe mors James boonop roomys op sy kar se sitplek op pad terug. Bill kners op sy tande. Madelein kan sien hy haal sy woede van waar dit nooit te diep weggebêre was nie, hy gaan sowaar sy eie seun inklim.

"Los hom uit, Bill. Dis tog net plastiekbekleedsel. Sodra ons by die huis kom, sal ek dit self skoonmaak. Maar jy los hom uit vandag, hoor jy my? Jy raak nie aan een van my kinders nie; nie vandag nie, en ook nie môre nie."

Ma Martie het agter in die kar begin snik: "Kry tog nou end. En dit op die Sabbatdag."

"Verdomp," is al wat Bill laat hoor.

Toe die kar tot stilstand kom, spring Engela-Jean uit en slaan die deur toe dat die kar sidder.

"Jy het hierdie kinders vir die duiwel grootgemaak," skree Bill op Madelein.

"Wie se duiwel, sê bietjie vir my? Van watter duiwel praat jy nou? Jy kan maar ry, Bill; ons het goed sonder jou reggekom."

Sy tel Quinta van haar skoot af, klim uit en wag op James voordat sy aanstap.

James gaan staan voor haar met die roomysring om sy mond. "Dis tyd vir hulle kos," sê hy verdwaas en kyk af na die honde wat kom groet het.

"Kom, James." Quinta vat sy hand.

Snaaks, dink Madelein, hoe sy in die teenwoordigheid van James altyd haar kalmte kan terugwen, miskien omdat hy in haar oë nooit heeltemal 'n man gaan word nie. Sy kan hom omhels, sy doen dit so dikwels. Sy kan Bill nog omhels.

Die honde draf nog eers om die kar om aan Bill se hande te lek, kry toe op Quinta en James se roep na hulle bakke koers.

Bill raak nou ook kalmer. Hy vra of hy 'n drankie vir hom mag ingooi en stap daarmee uit op die stoep. 'n Wasigheid dryf nader uit die vallei.

Hy sit sy bolglas neer en gaan skink ook vir haar en ma Martie iets in. Sy gesig vertrek toe hy die ysblokkies in die glas laat plons.

"Jy moet maar van vanmiddag probeer vergeet, Bill. Sy gaan deur 'n moeilike stadium."

"Jy het my uitgenooi en kyk wat kry ek. Ek kan ook seerkry, Madelein. Jou dogter het my vanmiddag tot in die grond toe verneder. Nie een mens in hierdie huis is bereid om my te help nie. Net Mammie, sy is die enigste een wat my vergewe het."

"Ag, jy praat nou sommer onsin, Bill. Jy kan jou gang gaan. Ek demp jou lank nie meer nie. Nee wat."

Hy skud net sy kop oor haar ontkenning. Toe neem sy die glase uit sy hand, sit dit op die drankkabinet neer en druk hom teen haar vas.

"Maar jy hou nie rêrig van die meisies nie, nè, Bill? Ek weet dit tog van jou, van die begin af. Dit maak nie meer vir my saak nie, weet jy?"

"Ek wil nie op jou genade hier kom kuier nie, Madelein."

"Ek het jou nog nodig, Bill, al wil ek dit nie teenoor myself erken nie. En jy hoort hier, dit weet jy tog."

Hy reageer op haar woorde en omhelsing, sy hand agter teen haar nek en op haar rug, maar hy is skugter en sonder oortuiging. En hy het niks om verder te sê nie.

Toe hy ry, dwaal sy deur haar huis om seker te maak dat al die vensters dig is teen die nattigheid van die nag.

Al wat sy verder van Bill hoor, is tweedehands: hy het nou skynbaar 'n grootkop in die Transkei geword.

Sy kyk na haarself in haar spieël: haar vlees het van Bill losgekom. Die beaarde bene, die selluliet, moesies wat haartjies uitstoot, die gryserigheid van haar vel. Sy aanvaar dit heelhuids.

Maar haar gees bly op hom ingestem. Sy weet dit. Snags draai haar drome haar om en Bill is daar. Sy is bewus van sy teenwoordigheid, haar bewussyn het ná al die jare nog nooit van hom vertrek nie.

Sy bel hom weer. Sy sê sy het gehoor Noord-Transvaal speel in Oos-Londen en dat die rugbyspelers glo in die King's Hotel tuisgaan.

"Ek wil iets vir die kinders doen, Bill. Ry oor vir die naweek dan kyk ons of ons van daai kêrels te siene kry."

"Jy vra my mos nou vir die verkeerde soort ding, jong." Bill kan die geskreeuery oor die radio nie verdra wanneer 'n drie gedruk word nie.

Sy weet egter dat hy haar nie gaan weier nie. Sy het nog 'n slag met hom.

"Ek dink maar altyd aan James, Bill. En ek hét met Engela-Jean gepraat. Sy sal buitendien nie saamgaan nie Dis net die jongspan."

Frik du Preez en Mof en H.O. de Villiers en Mannetjies Roux, al die rugby-kêrels is hulle helde. Hoeveel naweke het Sanette oorgekom net om saam met hulle na die toetskommentaar te kom luister. Altyd met 'n kissie Coca-Cola en popcorn om te skiet.

Elkeen het sy alter ego in 'n Springbok-speler gehad. James is ou Frik du Preez, Quinta is Cor Dirksen, Fernandé is H.O. en Madelein weer Mof Myburgh.

Sy het mos g'n middellyf meer aan haar nie. Sy is sommer regaf vanaf Januarie – sy slaan op haar borste – tot by Desember, en sy slaan op haar heupe. James lag hom 'n papie vir haar.

Tamatiesap vir die kinders, Lion Lager vir hulle en 'n shandy vir Fernandé. Haar mini so skraps dat sy moet kruisbeen sit.

Bill laat James sy sigaret aansteek en trek totdat hy 'n kooltjie maak voordat hy dit by hom aanvat. Hy sit by die breë boogvenster na die see en uitkyk, teug en sê nie veel nie. Kalm soos die see is Bill Scheiffer.

Sy weet mos hy hou van die King's. Dis die deftigste hotel in die stad, en onder is die beste dine-'n-dansklub: Ceroy's. Hy sit seker maar met sy gedagtes oor die tyd toe hy in Oos-Londen gekattemaai het.

"Meneer, asseblief," pleit Madelein by die kelner, "please give this autograph book to mister Frik du Preez and ask him to sign it." Die man is 'n Indiër met die lapelnaam Henry.

Madelein het op 'n leë bladsy van hulle autograph book 'n spotprent uit die *Daily Dispatch* ingeplak. Die prent wys 'n oupa en 'n ouma op hulle stoep: "Doef-doef," hoor ouma daar van onder af kom. "Never mind," sê oupa, "it's only Frik du Preez practising."

Net toe sien Madelein die kêrels by die trappe afkom: baadjies in groen-en-goud wat in die foyer maal, fris bobene wat in langbroeke ingestop is.

Dit is haar kans. Sy gryp James en drafstap na die foyer, loop reguit op Frik du Preez af en vertel vir hom die hele storie.

"Hierso, meneer du Preez, hier is jou naamgenoot," en sy stoot James na hom. Quinta en Fernandé kom huiwerig aangestap.

En hier, meneer Dirksen, hier is jou naamgenoot." Quinta gaan staan reg voor Cor Dirksen.

Hulle vorm 'n halfmaan op die trap: Fernandé voor H.O., laasgenoemde te vatterig met haar dogter na Madelein se sin, syself voor Mof, James se krulkop important onder Frik du Preez se ken. Elkeen met sy rugbyspeler agter hom.

Madelein skraap sommer 'n vreemdeling nader om te mik met haar kamera en net voordat hy druk, roep hy, nogal oulik: "Sê agter my aan: Frik drop en hy place en hy score."

"Frik drop en hy place en hy score," skater hulle en hy kliek.

"Nog een, nog 'n keer," roep Madelein.

Die kinders draal nog om die spelers, maar sy loop solank terug na waar Bill sit.

"I believe your name is Henry," hoor sy hom nog aan die kelner sê. "So what significance does an Indian gentleman like you attach to such a colonial name?"

Wurgpatat, dink sy. Sy kan aan sy liggaamshouding sien Bill is moedswillig. Hy raak soms só. Hy draai homself onder die praat weg na die see toe, maar sy arm is opgelig terwyl die agterkant van sy hand steeds na die kelner wys.

"This is my job here," sê die kelner, "it is not up to me to answer all sorts of questions."

"Allawêreld, hoor so 'n waitertjie terugpraat. Weet jy miskien met wie jy hier praat?"

Madelein lê vinnig 'n 50c-stuk op sy skinkbord en beduie dat hy asseblief moet gaan. Sy neem self die bier van die skinkbord en sit dit voor Bill neer.

Bill se aggressie vlam nie meer soos in die ou dae nie. Sy ervaar eerder 'n kouevuur by hom, 'n koorsblaar wat stadig vanaf sy lip na sy wange sprei en hom opkeil.

Sy gaan sit oorkant hom: "Ek kan jou klap, Bill, die Here hoor my." Sy wil nie dat hy die oomblik gryp nie. Dié slag moet hy op sy eie kole braai.

"Jy is nou kamtig uitgeskuif, uitgesluit sal jy sê. Maar hoekom? Jy het jouself mos uitgesluit, meeste van die tyd wil jy niks eers van jou kinders weet nie.

"Onthou jy nie daardie dag by jou huis toe ek jou kom vra het vir 'n bietjie geld nie?" Haar stem is laag. "Ek kort 'n huis, Bill, ek is in die knyp, jong, jy sal my 'n paar sente vir die kinders moet laat kry. Jy kon jou aan my afsmeer. "

Sy oë is oor die see, hy steek vlamme op die swelling van elke brander aan.

"Die dogters was maar altyd te skaam om vir jou iets te kom vra. Maar hulle het goed nodig. Fernandé is nou ook al in haar puberteit."

Haar stem, sy wil hom mal maak, mal vir haar.

"Sanette en Engela-Jean albei toe op hoërskool: Jy sal my moet haak, jong. Onthou jy, Bill? Dink jy ek wou ooit dié soort goed vir jou vra?" slinger sy haar stem na hom toe. Roekeloos. Sy kan sien sy asem kom vinniger, sy keelvel word rooier. Koue kole hoop sy op sy hoof.

"En wat sê meneer toe vir my? As jy geld nodig het, Madelein, kan jy gaan werk daarvoor. Wel, ek hét, mister Scheiffer. En ek werk nog steeds. En ek het daardie dag 'n eed geneem, 'n dure eed. Nooit in my lewe sal ek weer 'n pennie van jou vra nie. O, ek het jou gehoor, make no mistake. Ek het jou boodskap gekry."

Sy hou nie op nie, haar horings steek sy uit en druk hulle in sy maag, helletjie, en dit in die publiek.

"Ek het gehoor van jou parties daar in Butterworth. Die sjampanje en die kristalglase. Bill Scheiffer op sy sjarmantste.

"Sê my, Bill, hoekom is jy vandag so die moer in? Dis mos jy wat jouself al die jare uitgesluit het." Sy leun vorentoe en spu dit in sy gesig: "Dink jy miskien dis per ongeluk dat jou seun is soos hy is?"

"Wat insinueer jy daar, Madelein?"

"Ek het jou liefgehad, Bill. Te lief, want my liefde het dit moontlik gemaak om jou te verraai."

"Liefde dra g'n skuld nie."

"Joune, Bill. Dis jou skuld. Jy het gemaak dat ek jou wou verraai. Toe is ek na Poeroe se medisynevrou toe."

Hy gaan haar aanrand.

Sy swig voor verdere woorde, maar haar tande is ingegrawe. Sy wil, sy wil, sy druk haar hande blou teen mekaar, die urine in haar blaas brand.

"Dis waar wat jy dink, Bill. Ek wou hom laat afkom. Die Here help my, dit het toe nie só gebeur nie."

Sy sien hoe sy hom laat bars, aartjies in sy gesig laat kraak. Dit is die einde, hy sal nooit weer na haar en die kinders terugkom nie.

Oor hierdie daad kan sy haarself nie vergewe nie. En sy het hom ook bevlek, hom tot in haar euwel geforseer.

Hy spring op, struikel oor die kant van die tafel, gryp met sy hand. Sy sien nog hoe sy hand vlieg en vrees en mistas, dan die glas bier gryp en dit met geweld in haar gesig smyt. Die rand van die glas sny haar net onder haar linkeroog.

Sy wou dat hy haar bloed ruik, sy wou.

Sy hoor die Chev Impala se bande onder op die Orient Parade, die rubber wat teen die teer tot in haar oordromme skree, hoor weer die bier sissend oor haar omdat sy hom getart het, getart het totdat sy bloed getrek het.

Haar rok kleef aan haar, ontbloot haar pap gesoogte borste. Voor hom het sy haarself uitgetrek, haar rooi, bloederige sondekleed. God het haar nog nooit vergewe nie.

Sy rol in haar bed totdat sy net nie meer kan nie. Vinnig trek sy aan en stap ondertoe om te gaan bel.

"Wimpie, kom haal my," sê sy dringend. "Net die een keer."

Sy oë vonkel soos albasters toe sy by hom in sy Datsun-bakkie inklim. Toe sy na die huis terugkyk, sien sy haar ma in haar wit nagrok deur 'n badkamervenstertjie na hulle loer.

Wimpie se woonstel in die Quigney is vol houtbeeldjies wat haar tot in sy slaapkamer dophou.

"Eers 'n sjerrietjie om die keel te room?" vra hy en laat haar inkruip terwyl hy gaan skink.

Sy dink aan sy oë, die intellek wat hy daar wys wanneer hy na haar kyk. Daar bestaan niks anders waarmee sy hom en Bill op gelyke voet kan plaas nie. Só word sy met min geseën, só sal sy Bill Scheiffer finaal kan vergeet.

Wimpie voel na klip en stok teen haar toe hy homself by haar toemaak. Sy het dit verwag, die dye en maer kuite waarom sy broek flap, sy wange sonder ekstra vlees, die beentjies van sy hande. Maar in sy tong leef 'n wonderlike energie.

"Hard," sê sy vir hom, "harder."

En so kan sy Bill tog terugkry. In dié oomblik wil sy hom terughaal, en sy haat haarself daarvoor. Laat hy nou ewig wyk, kerm sy, maar Wimpie bring sy brandende energie binne-in haar terug.

"Ja," sê sy. "Jy kan maar. Nes jy wil." En sy gryp na sy skouerknoppe en slaan haarself om sy dun boude. "Laat ek jou nou sien, Wimpie." Sy lig sy ken op haar bors.

Sy oë, sy moet sy oë kan sien. Dis ál hoe die maer man met sy intellek Bill Scheiffer vir 'n laaste keer na haar kan terugbring.

—24—

SY WEET BILL PRAAT AF EN TOE NOG MET MA MARTIE, MAAR selfs James word verwaarloos en die seun verstaan dit nie.

Ma Martie is dan ook die eerste om van die kind te weet, glo 'n seuntjie. En die vrou met wie hy saamwoon, eis nou dat Bill van haar moet skei.

Toe hy haar die keer self bel, is dit om haar mee te deel dat 'n prokureursbrief op pad is.

"Hy is net 'n seun, Madelein. Net 'n seun," skerm haar ma vir Bill. Maar ma Martie se kyk word al flouer en die boonste ooglede sak oor haar reguit blik. Sy sê sy hou haar en Bill se siele teen haar bors, dis al wat daar vir haar oorgebly het om te doen.

"Ek moet maar toegee, Sanette. Wat kan ek tog doen? En wat gee ek nog om, bleddie affêring wat saam met hom bly," sê sy oor die foon.

"Nou het jy hom 'n voorgee laat kry. Jy moes lankal van hom geskei het, Mammie. Hoekom het jy nooit na my geluister nie? Nou dwing hy jóú."

"Onthou nou vir volgende keer," sê Sanette. En hulle lag en huil saam.

Toe sy uiteindelik hoor waar dié een vandaan kom saam met wie Bill bly, sê sy: "Klim in, James. Jy ry saam met my na jou oom Reks toe, die donner." Sy is immers net mens.

Op pad na Rooikrans tref dit haar: die velkleur van die geboë rug destyds by Reks. Olyf en koffiemoer. Sy moes geraai het daar skuil onheil in daardie huisie in sy agterplaas.

"Wat was jou aandeel in die ding, Reks? Moenie draaie met my probeer gooi nie, Pa het ons nie so grootgemaak nie," trap sy hom met die instapslag vas.

"Madelein, asseblief man. Ek het niks gedoen nie. Bill het 'n naweek by my 'n draai gemaak en toe sien hy vir Girlie hier rondloop."

"Is dit haar naam?"

"Girlie Bruinders. Die suster is Jolene."

Reks hou vol dat hy op dees aarde niks gedoen het nie. Bill het kom kuier en daar by sy agtervenster uitgekyk. Die oomblik toe hy die meisie sien, wou hy weet wie sy was. Die ironie is dat Girlie en Jolene selde oor naweke op Rooikrans was. Die twee gaan gewoonlik op Koster en Shauder kuier.

Reks loop heen en weer nes een van sy wildediere terwyl hy verduidelik. Sy kan sien hy kry haar jammer.

Hy loop yskas toe om iets vir hulle in te gooi en hou aan praat sodat sy 'n prent van die Bruinders-susters kan maak. James wil Coca-Cola hê.

Sy stoot met haar skoen aan die matjie voor haar. Dit gaan nie meer goed met Reks se wildplaas nie, die tekens is daar. En Reksie is sy sorgvryheid kwyt. Waar is sy maergatjare, sy wit seunsvel teen die bruin water in die gronddam op Rietkuil?

Nou hou hy skelmdrank aan om te verkwansel. En saans is daar 'n gekom en 'n gegaan. En rifrûe en tralies en slotte. Net om daaraan te dink, stem haar onrustig. En wat gee sy oor dié Girlie om.

Iemand klop aan die agterdeur en die twee reuns spring op aandag en begin knor.

"Ja?" roep Reks en staan op. 'n Vrouestem. Hy sluit die bodeur oop. "Ja, Jolene?"

Madelein leun vorentoe sodat sy verby Reks kan kyk. Sy skat haar tussen agttien en een-en-twintig.

"Meneer, daar makeer nou iets met my ma. Haar rug trek al van middag af styf en haar suiker het gesak. My ma het tog net gewonder of meneer ons dalk met 'n êsprin kan help."

"Ek het iets hier by my." Madelein reik na haar handsak op die koffietafel en stap nader. Dit is haar kans.

"Dis my suster," stel Reks haar aan Jolene voor.

"Middag, mies. Mevrou."

"Middag," sê Madelein, "wag, laat ek gaan kyk."

Die meisie laat haar oë sak. Ook sy het die olyfbruin vel wat Madelein van daardie middag herroep.

Reks hou aan dat sy sommer die pille vir Jolene moet gee en probeer haar afraai om saam met haar na die ma toe te gaan. Hy wil haar van die mense af weghou.

"Gaan voer jy maar jou tiere, Reksie," sê sy vir hom.

"Basie Reksie," tart Jolene oor haar skouer en draai om na die huisie in die agterplaas.

Dié astrantheid is vir Madelein 'n leidraad. As die Girlie-ene ook so 'n cockteasertjie is – hulle het al klaar dieselfde velle – kan sy net raai hoe die hele ding aan die gang gesit is.

Madelein loop agter Jolene na die huisie en soos sy aankom, word kleingoed uit die huis geja. Maar sodra sy binnekant is, dam hulle weer agter haar in die deuropening, elmboog en triep mekaar vir 'n staanplekkie.

Sy het nou maar eenmaal 'n neus as sy by 'n plek inloop en van die plek kan sy niks sê nie. Maar armoede het natuurlik altyd 'n klankie.

Rose Bruinders lê op 'n katel met 'n lappieskombers oor haar getrek. Die arms rus gedaan bo-op die kombers. Al die mure is met blinkglans geverf. Agter die katel hang 'n woordprent in 'n raam:

> O Heer
> onderskraag ons vandag tot die skadu's en
> aandskemer daal
> tot die besige wêreld
> stil word en die haas
> van die lewe
> bedaar het, en ons
> dagtaak verlig is.
> Gee dan in u genade
> vir ons veilige skuilplek
> 'n salige rus
> en vrede oplaas.

"Ma-Roes, dis baas Reks se suster. Sy het die pille vir Ma-Roes gebring."

"Jaaa," sê Rose en beur op sodat sy die vrou voor haar kan sien.

Madelein moet vinnig dink. Sy het buitendien klaar gesien wat sy wil sien. Die aandete in die kastrol op die primus: afval met 'n bietjie kerriepoeier. Die suster wat nie daar is nie. Die suster van dieselfde stoffasie as Jolene.

"Girlie en Jolene playing for white" – Reks se woorde. As hulle Port Elizabeth toe gaan, noem hulle glo vir hulleself Attwell. Maar hulle is Bruinderse, nes hulle ma. Toe Reks eenkeer vir hulle vra waar kom die van Attwell vandaan, bly hulle tjoepstil. Basie Reksie, noem die een hom.

Sy plaas haar hand op die ou vrou se voorhoof: "Nee wat, voel nie vir my daar is koors nie."

Die ou vrou se arm lig van die lappieskombers af op en 'n kloutjie gryp Madelein om haar pols: "Ek weet wat mies hier kom soek het."

Die ratsheid van die ou vrou maak haar angstig. Madelein ruk haar arm los, maar die sensasie van die vrou se hand om haar pols bly agter. En sy voel aan dat die ou vrou haar gedagtes gelees het: Het Bill hom wragtig deur die gespuis laat vang?

"Mies Madlein," sê Rose. "Ek weet lankal wie jy is. Baas Bill se lady."

Sy moes na Reks geluister het, wat het sy hier kom soek?

"Het jy dan nie jou kind maniere geleer nie, Rose? Respek. Decency." Wat het sy om vir die ou vrou te sê. Dis nodeloos.

"Ek het hulle geleer om te vat wat hulle kan vat, mies Madlein met jou mooi naam. Want hoekom? Want hoekom? Want julle wittes sal tog nie vir ons iets laat kry nie. My Girlie het my self vertel toe sy in daai kafee op George gewerk het. Toe sy eendag weer sien, staan die plek vol met troepies. Almal van hulle in die army uniforms. Al wat sy wil doen, is om te help dat die plek bietjie leegkom. Sy sien die een troepie loer vir haar so. Wat is haar telefoonnommer? vra hy sommer jags. Hy wil weet. Hy was vol geld gewees, het Girlie later ook uitgevind. Blink kar van sy pa en nog baie ander goed.

"Sy het laat hy haar telefoonnommer kry, want sy het mos vorentoe gedink. Want hy is 'n blanke met geld en hy wil haar gehê het. Maar al was hy met haar op een en dieselfde bed, hou en klou hy, en sien hy haar weer op 'n ander dag, sê nou maar hy is van die Special Branch en so verder en hulle word op 'n dag gesê om hulle neuse in ons sake te kom steek, dan draai hy net daar om en wys Girlie sy gat.

"Soos met Girlie se ander niggietjie wat se pa genoeg geld gehad het om haar op Hewat onderwys te laat studeer. En toe op 'n dag maak die studente moeilikheid daar en as daai troepie van die Special Branch haar nou daar sien moeilikheid maak, hy sal haar net so arresteer of sommer skiet. Al het hy op een en dieselfde bed aan haar gevat. En baas Bill sal dieselfde met my kind maak. Pasop as jy vir jou 'n witman vat, Girlie, waarsku ek haar. Sy kan vat, maar sy moet oppas.

"Dis maar al, mies Madlein. Dis onse verlede. Deesdae bly ons

hier agter jou broer. Hier buite my huis staan die ou granaatbossie. Daar is niks meer nie, jy kan mos met jou eie oë sien."
"Jakkals," snou Madelein en loop uit.

Vir die eerste keer word sy afsydig teenoor Piet. En net omdat sy weet Bill neuk met 'n bruinvrou. Sy probeer nie eers om haar houding te verander nie.

Piet kyk haar aan met water in sy oë, hy het begin drink. "Mies Madlein?" Hy begryp nog nie wat gebeur het nie.

Heen en weer ry sy oor die Buffelsrivier skool toe en terug en treur oor haar ma wat haar dood tegemoet gaan.

Sy slyp haar koor op Grens-hoër vir die eisteddfod. Sy hou die kinders se oë op die punt van haar dirigeerstokkie, hulle stemme teen die verhemeltes van hulle monde:

> "Old King Cole was a merry old soul
> and a merry old soul was he."

"Old. King. Cole. Julle diksie, julle diksie," brei sy hulle dag na dag.

Sy laat haar koorlede die slotreël van "Old King Cole" woord vir woord afkap: "Stac-ca-to!" skree sy bokant hulle uit, haar stem weergalm agter haar deur die leë skoolsaal waar hulle oefen.

"Julle moet elke woord kan sien, helder druppels, klokke." Sy gil op hulle in 'n poging om hulle op te wen, want dis hoe sy is.

Toe sy buite die saal kom, staan Wimpie daar.

"Ek het gedog jy is hier by Grens toe trek ek sommer in. Kom ons gaan drink iets," nooi hy, die oë agter sy lense flonkerend.

"Haai, Wimpie, jy dink ek kan kom en gaan soos ek wil. Ek moet gaan kyk dat almal by die huis kos kry, jong. Nou toe dan." En sy lag en volg sy kop in sy Datsun-bakkie voor haar. Haar stokmannetjie.

Mister Aldridge van toentertyd kom gedurende die skoolvakansie vir haar kuier. Oorkant haar neem hy plaas op die bank in die sunken lounge, paisley-krawat en silwergrys, nes sy hom onthou.

"Sanette het pas afgestudeer met 'n dubbellisensiaat, mister Aldridge," spog sy met haar kind se prestasie. "Sanette," roep sy boontoe.

"Oh, congratulations, my dear," roep hy uit toe Sanette langs hulle inskuif.

Dan punt hy sy hand en raak liggies aan die gekurfde nek van die glasswaan op die koffietafel. "Sing something for me, you two." Sy stem yl amper weg. "Let me have it." En hy sak skaterend terug op die bank.

Sy en Sanette kyk na mekaar en lag. Hulle skuif vorentoe en strek hulle bolywe om die borskaste onbelemmerd te laat, vat mekaar se hande en begin sing:

"My nooi'ntjielief in die moerbeiboom, hoor jy my minnelied, van liefdevuur en van lentedroom, van vreugde en verdriet?"

Helder deur die ruim vertrek sodat die blindings teen die vensters vibreer. Mossie kom uit die kombuis en hou haar hand voor haar mond.

Mister Aldridge kwyl en begin sy handjies klap nog voor hulle heeltemal kan klaarmaak.

"Bravo, bravo," gil hy. "How absolutely perfect." Los vel tril in sy nek: "I have just the thing for you. You are going to floor the people of this city."

Hy kan die kombinasie van moeder- en dogterstem skaars glo, sê hy. En laat hulle belowe om van die *Lieder* waarop hy so versot is by hom te kom instudeer. Die Rotary Club van Oos-Londen bied 'n Kerskonsert aan in die stadsaal ten bate van ongehude swart moeders. Hy wil hulle daarvoor afrig en dan begelei. Hy kan skaars wag.

En klap weer hande. "Oh," laat hy benoud uit, "will you please." En hy verskoon homself na die badkamer.

"To your right, mister Aldridge," lag Madelein.

Sy bel die volgende oggend nog vir Joan Birch en maak 'n afspraak sodat twee rokke vir haar en Sanette gepas en gesny kan word.

"Wat van Pa?" vra James. "Gaan hy ook konsert toe kom?"

"As jy lus het om hom te nooi, my kind, want ek het tog nie sin nie."

"Hy kan nie kom nie, James," sê Sanette.

"Hoekom nie, hoekom nie?" en hy begin so hard hande klap as hy kan. Selfs Bill se aftershave het hy begin aanspat.

Sanette kyk na haar ma: Sal sy hom sê sy pa bly saam met 'n vrou wat hulle nie wil sien nie.

Haar ma skud haar kop: liewer nie.

Die aand van die Kerskonsert is sy en Sanette albei in pikswart aandrokke met 'n gedrapeerde decolleté, Madelein met haar ma se karakoel-stola om haar skouers.

Oral in die stad is daar plakkate met die name van Madelein en Sanette Scheiffer opgeplak. James bars van trots as hy hulle op pilare en teen sinkplaat raaksien.

"O, hulle," sê Madelein van die boere op vakansie. "Jong, ek twyfel of hulle hulle geld op sulke liefdadigheid gaan mors. Kafferboetie-gespuis, sê hulle klaar oor die Engelse liberale element in Oos-Londen. Maar hulle vrouens en dogters kom dalk luister, sonder seën van die pa's natuurlik. Ek wed jou hulle bly agter in die karavaanpark en maak braaivleis – te lekker."

Toe die pluche-gordyne ooptrek, is die verhoog kaal. Behalwe vir Madelein en Sanette Scheiffer in swart, albei met druppeloorbelle van gitsteen, en mister Aldridge met swaelstert en strikdas voor 'n swart Steinway. Net die drie in pikswart en die glimmende klavier in die kollig.

"My nooientjielief in die moerbeiboom," het mister Aldridge op aandrang van Madelein op die program geplaas, en sy vertolk die verlange-motief sterk in die lied. Sy voel hoe haar stem dwarsdeur haar liggaam vibreer. Tot onder haar voete op die verhoogvloer, tot bo teen die plafon verrys haar stem. Sy kan aan haar stem raak.

Gedurende die klimaks van die *Lieder* wat mister Aldridge spesiaal dáárvoor geselekteer het, is die Scheiffers se toonkleur ryk en dramaties, Madelein by tye selfs toornig, wat die kontras met die intieme slotdeel skerper laat klink.

Madelein voel die hitte van die ligte op haar, die opgehoue afwagting van die gehoor in die verdonkerde saal voor haar. Sy is haarself, sy het haar eie krag en sekerheid gevind. Vir enkele oomblikke op daardie gestroopte verhoog smaak sy volkomenheid, kan sy sonder enige ander mens asemhaal.

Sy het dit volbring, dink sy ten slotte, *con bravura*. Dit is nou genoeg.

"I was moved," kom sê hulle pynappelboer-buurman, Bruce McGregor, na die tyd in die foyer vir hulle, die ene pyptwak en aamborstigheid.

Sy en Sanette het die Engelse verlei, die klomp is skoon uitasem. Wimpie is ook daar in 'n aandpak wat los om hom wapper. Hy omhels haar en soen haar voor almal vol op die mond.

Die volgende dag skryf die *Daily Dispatch* oor die Scheifferduo: "An unforgettable performance, the youthful Sanette's carefully modulated voice will long be remembered."

Aan die ontbyttafel wonder Sanette of haar pa ooit die artikel te lese sal kry. En indien hy dit wel sien, sou hy hulle gelukwens? Nie dat sy omgee nie.

"Ag, vergeet dit, Sanette, jy leef in 'n fool's paradise," help Engela-Jean haar reg.

Madelein neem 'n slukkie sterk koffie. Haar goue jare in Oos-Londen is vir goed verby.

—25—

"MISTER CORLETT EN MISSUS CALVARY EN MISTER EN MISSUS O'CONNELL, can I get you your car, mister Cullity?"

"Cutlery?"

"Nee, Cullity, Ma. Your keys, mister Cullity? Só." En James wys vir hulle hoe hy staan en sy hand uithou om die bossie sleutels te ontvang sodat hy die kar kan gaan haal en netjies voor die ingang van Johnson & Johnson parkeer.

James het by Johnson & Johnson werk as portier gekry. Met die liggaam en spitsvondigheid van 'n man sal niemand raai hy is maar net sewentien nie.

En saans ry hy op sy dikwiel-Raleigh terug Dawn toe en maak jellie van Madelein en sy ouma as hy eers met sy Coke-en-tjips gaan sit en met sy Coke-en-tjips-stories begin.

Van sy pa het hy sy sjarme gekry, maar hy het self sy sin vir humor ontdek. Partykeer gaan hy te ver en lag homself aan 't huile wanneer die ander lankal opgehou het.

Hy laat die Engelse glo ook lag – as iemand die fabriek durf uitstap sonder om iets aan hom te sê, het hý iets te sê. Hulle laat hom toe om die Austins en Jaguars te parkeer. Net mister Kline-Smith met sy Bentley het hom nie nodig nie, want dié het reeds 'n chauffeur: 'n kabouter met 'n bantamkuif.

James proes in sy Coke soos hy vertel. Die kabouter kry nie bokant die stuurwiel uitgesien nie. James reken hy het sy boudjies op 'n stuk spons. Daar lag hy weer tot die trane loop.

"Van lekker lag kom lekker huil. Van lekker lag kom lekker huil," huilpraat hy na sy ouma toe. Neem hy die woorde uit haar mond.

Op 'n druppel sy pa. Behalwe vir die swart krullebosse. Behalwe vir die effense gesluierdheid wat in sy oë skuil: 'n grys moeselien. Madelein verstom haar egter oor die boeke wat hy bemeester.

Hy rig homself in die hoek van die leefvertrek op 'n regop eetkamerstoel in, verste van die hi-fi. Nie dat hy nie van musiek hou nie, hy het al sy eie versameling plate uit fooitjies aangeskaf. Maar as hy lees, is dit 'n aparte besigheid. Hy lees alles wat hy in die hande kry altyd hardop.

Madelein wil hom teen haar vasdruk as sy stem deur die huis tot bó in haar kamer galm.

"Hoor dan net die musiek, Mammie," sê sy vir haar ma.

Sy kan hom nie sommer meer net gryp en vasdruk nie, hy het sy eie ruimte van privaatheid ontwikkel. Maar eenkeer toe sy verby die kinders se badkamer loop, vang sy hom kaal bolyf by die wasbak.

"Maar my aarde, James, jy raak mos nou vet." En sy vat-vat aan hom agter sy stewige blaaie.

Hy sukkel om sy hare soos Bill s'n reguit agtertoe te kam, die krulle staan van sy hoof af weg. James Scheiffer – die liefling van die direksie en personeel van Johnson & Johnson.

Sy wonder altyd oor hom as hy so na homself in die spieël staar. Sien hy homself soos ander hom sien – maar nooit laat blyk nie – of sien hy homself soos hy is?

Fris, 'n mooi seun met sy pa se oë, maar sonder die vonk van sy pa. Mis hy dit, wonder sy, of weet hy nie wat dit is wat by hom kortkom nie?

Die dood kom by haar huis in. Die voordeur gaan op 'n skreef oop en hy sluip soos 'n hond binne, uithangtong. Wie gaan hy eerste vir hom vat? Madelein sidder.

Sy en ma Martie sit met 'n koppie tee aan tafel, ma Martie se hand om haar koppie is porselein. Sy kry die koppie net gelig, laat dit dan op die piering terugval. Tee plas op die verniste tafelblad.

"Ek kan nie meer bo slaap nie. Die trap het te swaar vir my geraak, selfs al help Mossie. Waarnatoe nou, Madelein? Ek wil nie verder moeite vir jou maak nie, jong."

"Mammie is op die aarde niks moeite vir my nie. Ons maak Mammie se bed hier onder op. Hierso, in die hoek. Dan is Mammie lekker tussen ons."

Sy moes dit lankal voorgestel het. Te besig met haar kore. Haar ma word verwaarloos.

"Die lig," sê haar ma. "Die Venetians laat te veel lig deur." Haar ma kry skaam om haar behoeftes te stel en dit bedroef Madelein.

Die voordeur is op 'n skreef oopgelaat en die hond het binnegesluip. Hy kom maar net water soek, dis hoe eenvoudig dit is. Die dood is eenvoudig.

Sy laat Border Draperies die mate van al die vensters op grondvlak neem en bestel 'n donker materiaal met 'n swaar val. Sy het nie die geld daarvoor nie en moet 'n derde, na-uurse pos vir sang- en koorafrigting by Cambridge High aanvaar.

"Dis soos die nag hier, Mammie," kla Quinta oor die toegetrekte gordyne. "Dit was nog nooit so in ons huis nie. En dit ruik na hospitaal." Dis haar ouma se bloekomoliesalwe.

Vir Madelein kan dit nie donker genoeg nie. Sy wil die val van haar bedsprei oplig en saam met die hond onder haar bed gaan wegkruip. Bietjies van die tyd steel wat besig is om uit te loop.

Die eenvoud van die dood: hy kom in drievoud. Sy het dit al gesien.

Net toe sy wil ry, kom staan Piet reg voor haar gesig. Hy dwing haar om mooi na hom te kyk.

"Ek moet mies Madlein nou prontuit sê wat my die meeste hinder: Alles by julle het toegemaak. Alles is mooi weggesteek. En hoekom tog? Hoekom, mies Madlein? Kyk die lang pad wat ek met mies Madlein geloop het."

"Piet, ons steek niks op dees aarde vir jou weg nie. Ek weet nie waarvan jy nou praat nie."

"Die gordyne, mies Madlein. Ek kan nie meer inkyk by julle as ek onder die lawn mow nie. Die lampies, die jollie musiek en al mies Madlein se dogters met hulle lang bene en arms wat dans. Dis my blydskap en my vreugde, mies Madlein."

"Jong, Piet, dis maar vir ma Martie wat ons die gordyne toehou, dis hoe dit is. Haar oë kry seer in die lig. Dis al, Piet."

"Nee, mies Madlein. Julle gordyne is toegetrek en ek weet nie meer wat in daardie groot huis van julle aangaan nie. Die mense wat ek gedink het is my mense, is toe soos 'n pot."

Sy staan verskrik voor die waarheid wat die man praat.

"Piet," sê sy en die oggendson vang haar dat sy haar oë met haar hand moet afkeer, "my lewe is besig om by my verby te gaan en ek weet nie meer aldag wat ek doen nie. Jy moet maar geduld met my hê, Piet. Ek is vir jou ook lief, Piet. Ek is."

Maar hy draai om na die wasgoeddraad waar Mossie besig is om klere op te hang. En sy klim in die Ford.

Haar gees, wil sy vir die man sê, haar gees is bloedarm sonder Bill Scheiffer.

"And when he died, no-one cried, but they went on laughing still," fluister-sing sy die slotreël van "Old King Cole" terwyl sy skool toe ry en huil oor Piet en oor haar ma, en oor James en Bill, maar die meeste oor haarself wat half gebly het en so laat staan is.

Sy raak onrustig oor James wat ná werk met sy fiets moet huis toe ry. Die hele land staan in die brand.

James stel haar gerus oor die mense wat hy langs die pad teëkom. Hy waai vir almal, hulle vir hom.

Hy moet ook nie meer die duur horlosie wat sy pa hom gegee het, oop en bloot dra nie, sê sy vir hom.

By Voorpos-hoërskool is Wimpie die dag op pad na die personeelkamer toe Moses, die skoonmaker, sy besem voor Wimpie se bene indruk.

Moses het sy verblyf- en werkspermit in Suid-Afrika verloor, hy het 'n "foreign black worker" met 'n Transkeise paspoort geword en kan tot R500 beboet word. Die vlamme oral in die land het hom wat Moses is nog warmer gemaak. Al stoot hy besems, het hy ook sy eie stem ontdek. En vir Moses is Wimpie wit, en wittes is almal dieselfde.

Wimpie is skerp wanneer hy al die goed met Madelein bespreek. "Luister, Moses, moet dit nie op my kom uithaal nie," het hy vir die man gesê, oor sy besem geklim en aangestap.

Bill begin weer bel.

Wat traak dit haar tog of die een met wie hy sy bed deel wit of bruin is? Hoeveel het hy al die jare in Vaalharts gehad, hoeveel in Oos-Londen? Ag, liewe mens tog, die stories wat Jillie Herts altyd aangedra het.

Nou bel hy ten minste een maal 'n week, altyd laat in die nag. En vra eers hoflik of sy lus het om te luister voordat hy van sy eie dinge begin vertel.

Madelein skuif diep op die bank terug as sy sy stem oor die lyn hoor. Sy geniet die geselsies, emosie speel nie meer mee nie.

Bill se stem is sag en meer geolie en hy het te vertelle, sus en so. Hy het persoonlik vir Kaiser Matanzima by Qamata, die Groot Plek, gaan kuier. Die hektare en hektare grond waarop hy namens Tracor boer, gaan binnekort aan hom oorgedra word. Binnekort gaan hy dit op skrif hê, met die stempel van die Kaiser.

Verder hou hy beeste en skape en bokke in groot getalle aan en hy het vir hom skure met hoë kappe gebou. Hy reken hy het die situasie in die Transkei reg gelees. Daar gáán vrede en voorspoed vir almal kom.

"Van watter vrede en voorspoed praat jy daar, Bill? Ek vertrou niks en niemand nie."

Dan praat hy verder. Sy en hy, elk met 'n whiskey aan beide kante van die lyn.

Sy luister, maar word nie meer geraak deur sy stories nie. Net sy wakker gees kikker haar op sodat sy later nie bed toe kan gaan nie.

"En Bill," groet sy naderhand, "sorg nou dat jy rustig slaap. Gaan maak vir jou 'n koppie warm melk met heuning voor jy bed toe gaan," want hy het haar van sy rondrollery en aanhoudende maagkrampe vertel.

Maar nooit 'n woord oor Girlie Bruinders nie. En sy sal hom

ook nooit oor die vrou uitvra nie. Net van Tommie, die seuntjie, laat hy brokkies val.

Toe Bill weer bel, is dit om iets te reël met James. Madelein sê as hy hom wil sien, moet hy hom self kom haal. Sy gaan nie toelaat dat James alleen met 'n swart chauffeur al die pad Transkei toe ry nie.

"Kan ek dan die kleinman saambring?" vra Bill oor sy kind by Girlie.

"Volstrek nie."

Ma Martie laat weet vir Bill om te kom sodat sy hom kan groet. Sy maak haar gereed vir die uittog, sê sy. En sy is tog so bly sy hoef nie die ondergang van die land met haar eie oë te aanskou nie.

Madelein is pas terug van die skool en het net vir haarself 'n koppie tee gemaak, toe Bill se kar voor die deur stop. Daar is iemand by hom, 'n koppie wat net bokant die passasiersdeur uitsteek.

Die koppie klim uit. Dis 'n seuntjie met krulle wat hande gevou agter sy kortbroekie teen die kar gaan staan.

Die kind maak dat sy botstil gaan staan: Ag Here, gee haar krag, wat doen Bill aan haar? En sy gaan vat sy hand, maar die kind roer nie.

Toe neem Bill hom agter aan sy skouers en du hom in haar rigting: "Toe loop nou," sê hy, "jy wou mos altyd na tant Mad kom."

Sy kyk van die kind na Bill en skrik vir die ellendigheid. "Is dit weer jou maag, Bill?"

Maar hy waai haar kommer weg en laat James die kind om die huis na die swembad toe vat.

"Tant Mad sal vir julle koeldrank stuur," sê hy vir die seuntjie.

Die middag loop aan. Sy trek die gordyne oop en skuif ook van die skuifdeure bietjie weg.

Bill bly by ma Martie se bed. Soms het hy sy kop op haar ma se bors en wanneer hy orent kom, is sy gesig nat. Sy hou die twee maar so op 'n afstand dop.

Dit is tog rustiger wanneer Bill daar is. Hy moet egter nie haar ma ontstel nie.

Teen teetyd neem sy koeldrank en peanut brittle vir James en die seuntjie. Die kind is ordentlik aangetrek, maar sy hare is gekoek. Bill se twee seuns het albei dik hare. Die seuntjie haal sy oë nie van haar af nie.

"En wat is jou naam miskien?" vra sy toe sy die skinkbord op die tuintafeltjie kom neersit.

"Tommie, tant Mad," sê die stemmetjie en sy smelt daarvan.

Binne luister sy net by tye na Bill en haar ma. Soms praat hy te sag vir haar om uit te maak wat hy sê. Maar as hy van sy boerdery praat en van die hoës wat hy by sy huis moet trakteer, sorg hy dat sy hom goed hoor.

"Jy moet nou maar klaarmaak, Bill. Mammie behoort rus te kry."

Haar ma se arm vaar op en kom sag op Bill se hoof te lande. Toe staan hy op en kom sit oorkant haar in die sunken lounge, vis 'n blikkie pille uit sy broeksak en laat twee in sy tee val.

"Was jy al by 'n dokter met dié maag van jou?"

"Dit sal oorwaai, Madelein."

"Maar jy sien dan nou self dit waai nie oor nie. Jy moet na jouself kyk, Bill."

Hulle sit nog lank so. Ente sê hulle niks nie. Ente dut Bill in en dan kyk sy na hom.

Gryser, en die ken wat begin uitsak. Is dit waarop sy gehoop het? Want sy het tog. Die kepe en plooie, die kroes grys in die onderbroek. Sy hét dikwels gehoop sy ouderdom sal hom aan haar terugbesorg.

En die een met die jong rug en die olyfvel, wat sal sy tog met so 'n ou toppie wil aanvang?

Sy ooglede gaan oop: sy was besig om hom dop te hou. Hy trek sy mond vir haar.

"Bly maar vannag hier, Bill. Jy kan in Sanette se kamer slaap. Dan ry julle môre terug."

"En wat van Tommie?" Dit is die eerste maal dat hy die kind se naam teenoor haar noem.

"Ons maak vir hom 'n bed by James op."

Die nag is die hond knaend in en uit by die deur. Sy dors kan hy nie les nie. En hy lyk onseker vir Madelein, hy gaan byt wat voorkom. Wie moet eerste gaan?

Sy is heel eerste op en in haar kamerjas op die stoep uit. 'n Visarend roep hoog in die vallei en val na die Nahoonrivier ver onderkant hulle terug. Sy is tog 'n gelowige, waar is die angel dan?

"Mammie?" vra sy toe sy by ma Martie kom.

"Ek het gewag dat jy moet kom, Madelein."

"Wag, ek gaan maak eers lekker warm tee vir Mammie."

Haar hand, bleek en gewigloos, wys dit af.

"Ek het iets vir jou" – haar mond val oop om te kan praat: "Bill het vir my laat belowe as daar iets met hom gebeur, dan moet ek toesien dat James na Tommie kyk." Haar woorde glip en val.

"Nou hoe op dees aarde sal Mammie na die versoek omsien as Ma self nie meer daar is nie?" vra Madelein ongeduldig.

Maar ma Martie antwoord haar nie. Dit is Bill se manier om 'n boodskap by haar uit te kry, en sy weet dit so goed soos sy daar sit, en ril.

"Tee, Mammie?"

Sy antwoord nie meer nie.

Om haar loop die vertrek leeg voordat sy kan omkyk. Sy wil nog uitroep, maar daar is niemand om haar aan te hoor nie.

Sy staan langs haar ma se bed op om die gordyne te gaan ooptrek. Lig skiet die blou van die agapante op die koffietafel weg, Piet kan nou maar weer inkyk.

James dra 'n hardgekookte eier en roosterbrood op 'n skinkbord in waar sy ná 'n hele nag nog net so wakker lê. Sy wil niks eet nie.

Sy rangskik herinneringe aan haar ma om die leegheid te probeer vul. Haar ma se warm poedings, die vorm van haar ma se hande, die bakkie en deksel wat oom Louwtjie uit stinkhout gedraai het vir haar ma se oorbelle, haar ma se hand wat 'n kewer op 'n roos doodknyp, 'n beetperske vir haar met 'n krulstert afskil.

Hulle sit met hulle rug teen die rofkasmuur van die huis op Rietkuil en kyk na die wolke.

"Kyk daarso, Leintjie, daar sit sy ou neus, so 'n knobbelrige boomstomp van 'n neus, en daar is sy bolippie en daar sy spitsbaard nes 'n Spaanse edelman. Sien jy hom?"

Haar ma se lewe en haar vergange manier van vertel oor nog ouer lewens waarvan daar nie 'n enkele een meer bestaan het nie. Sy moet dit alles aflê, agter haar met stof laat toedek.

Sy kan Marta Susan Baadnis tog nie langer vashou nie, dit sal net die gees van die gestorwene onrustig stem. Nog nooit vantevore het die dood van iemand op so 'n finale wyse die einde van 'n tydperk ingelei nie.

Die volgende week wen haar koor nes vantevore, en die silwerbeker trek maar weer agter haar aan.

Wimpie daag die aand onverwags op, vol lof en sommer lus vir haar. Sy kan dit sien. Hy het al geëet, toe skink sy maar 'n whiskey vir hulle twee en gee hom 'n piering grondboontjies net om te sien hoe daardie tandjies van hom die doppe kraak.

Toe die telefoon lui, is dit Bill se buurvrou op Butterworth.

"Is daar iemand saam met jou?" vra Grace Niemand vir Madelein.

"Here, help my. Was dit 'n hartaanval?"

"Nee," sê Grace, "hy is vermoor. Net 'n halfuur gelede."

Sy sien grondboontjiedoppe spat en sien hom voor haar steier. "Bill," bid sy, en steier self.

Wimpy spring bo-oor die tafel, die gehoorbuis val uit haar hand, grondboontjies vlie en vang die lig. Drolletjies, onthou sy nog het sy agterna gedink, het sy agterna nog onthou. Hy vang haar teenaan hom, haar kop teen sy bors.

"Mammie?" James het iets agtergekom en kyk van die gang op haar en Wimpie neer.

"Bel jy die kinders, Wimpie," onthou sy het sy gesê.

Sy het nie die hart nie, haar hart verstyf, verswak, klop uiteindelik nog net. Die klop word die laaste oorgeblewe funksie van die hart.

Sy kyk oor Wimpie se skouer na waar die vertrek draai en op die leiklip by die voordeur uitloop. Daar wag hy in die skreef van die deur. Spitsoor, grynsend.

"Ek het nie die hart nie," sê sy.

—26—

SY PA LÊ OP DIE BANK EN KYK TV EN HY SIT OP DIE STOEL en kyk ook. Hulle kyk *Rich Man, Poor Man*. Sy pa het nie sokkies aan nie. Die sokkies lê op die vloer. Hy gee niks om nie. Maar as sy ma, as Girlie nou byvoorbeeld mors, raak hy sommer vies.

Partykeer sê hy sommer vir sy ma Girlie. Sy pa mind nie en sy ma ook nie.

"Kom hier, Tommie," sê sy pa. "Kom kielie bietjie Pa se voete."

En hy loop doen wat sy pa vir hom vra. Hy is lief vir sy pa. En sy pa sê altyd: Ek is baie baie baie lief vir jou, Tommie. Sy pa koop vir hom alles wat hy wil hê in Oos-Londen.

En vir Girlie is hy lief en vir tant Mad wat hy nog net een keer gesien het. Girlie is agter by Zingiswa in Zingiswa se huisie in die jaart. Girlie kyk net TV as daar drankies is. Vanaand is daar nie drankies nie, want sy pa het weer 'n maagpyn.

Hy weet Girlie kom party nagte in en dan kom slaap sy by sy pa in die groot bed. Tiep-tiep kom haar voetjies verby sy kamer. As sy nie daar by sy pa is nie, soos in die oggende net as die son deur die venster kom, dan mag hy by sy pa inkruip en hy ruik sy ma op haar kant van die lakens stroopsoet.

As sy pa by 'n vergadering is, kom 'n ander man ook by Girlie en Zingiswa se huisie in en dan sê sy ma vir hom met warm asem: Vat jy nou vir Tjaka, Tommie, en gaan loop speel julle tweetjies in die tuin. Sy wil dat hy sommer gou-gou maak.

Sy pa lyk of hy nou slaap. Hy het vergeet om *Rich Man, Poor Man* te kyk. Tjaka moet nou inkom. Wat loop hy so rond dié tyd van die nag? Honde maak so, sê sy pa. Voor mense hulle mak gemaak het, het hulle snags met blink oë kos gejag nes oom Reks se hiënas.

Hy mag nie vir sy pa Bill sê nie en vir tant Mad moet hy net tant Mad sê. Sy pa is baie lief vir hom.

Nog voor hy by tant Mad se huis gekom het, het sy pa alles mooi verduidelik van tant Mad se huis en van die swembad groter as hulle s'n op Butterworth, alles net soos dit is. En hy moes sê: Sanette en Engela-Jean en Fernandé en Quinta op 'n ry en dan moet hy weer hulle name opsê totdat hy almal ken. James ken hy klaar. Sy pa sê hy moet, want dis sy eie familie.

Tjaka is eintlik James se hond, maar hy kyk solank na hom. Maar al ding is, Tjaka wil nie na hom luister nie. Dit maak hom vies. Dis hoekom Tjaka nog buite loop. Eintlik moet hy al binne wees by hulle op die mat.

Klop-klop aan die deur en sy pa is dadelik wakker en hy skiet uit die bank, hy het sy pa nog nooit so vinnig gesien nie. Sommer só toe is hy op en by die voordeur.

"Wie is daar?"

Daar kom stemme agter die deur: minneminneminne. Hy probeer uitmaak. Hy wonder waar is Tjaka nou om bietjie te blaf.

"Wie is minneminneminne?" vra sy pa. Iets van Girlie. Hy kan nie mooi hoor nie. Hy bly net so op die bank met sy hande op sy skoot sit.

Sy pa maak die deur net so bietjie oop, maar toe druk die deur kwaai oop dat sy pa byna agteroor val en twee mans storm binne hulle het swart goed op hulle koppe net hulle ogies steek uit en hulle stoei sy pa tot in die sitkamer dat hy op die mat val die koffietafel skuif diékant toe.

Hy spring uit die bank en gaan staan by die kombuisdeur en kyk die hele tyd en skree sy pa is sterk hy sal nie dat hulle hom kry nie maar hy is baie bekommerd oor Tjaka waar is Tjaka nou?

Daar is twee een is fris en hy sit bo-op sy pa se bors laat hy nie kan wegkom nie en die ander een vat een van sy pa se sokkies en draai dit om sy nek al stywer en stywer maar die sokkie rek en dit wil nie werk nie en die maerder een hardloop by hom verby en gaan gryp 'n vadoek en hol terug en toe hy verbykom slaan hy hom teen sy kop dat hy teen die deur kap sterretjies.

Hy skree, hy skree en hy hoor sy pa ook 'n geluid maak, maar die vadoek is om sy nek net so die een op sy pa kyk om na hom: soeka soeka skree hy ons maak jou ook dood en Girlie, Girlie, kom vat jou kind.

Sy pa se bene skop en sy hande swaai op maar die ander een trap bo-op sy arms dat hy niks kan doen nie hulle draai net en draai die vadoek tot hy blou word sy oë peul uit sy tong ook blou sy hand gryp weer na sy nek toe hy een keer loskom maar die man se skoen trap weer op sy arm.

Hy wil doodgaan om sy pa te help hy dink aan die broodmes toe hardloop hy uit om sy ma te gaan roep en by die agterdeur gryp sy ma klaar sy hand en hulle hardloop na die huisie agter in die jaart tot binne-in sy ma skree vir Zingiswa en hy rem terug en byt sy ma aan haar hand want hy wil terug na sy pa op die mat in die sitkamer om te help maar die maer een met die swart ding op sy kop kom uitgehardloop op die paadjie agter hulle huis en hy skree vir Girlie net toe sy in die huisie van Zingiswa wil hol en hy gryp Girlie aan haar hand en trek haar terug maar hy hardloop agter hulle aan hy is bang vir niks.

Waar is jou Jik? skree die man vir Girlie en sy gee vir hom die bottel Jik uit die kombuiskas onderin en die man hardloop terug in die sitkamer toe die groot man skiet gee met die vadoek toe leef sy pa nog hy is nog nie dood nie hy kry nog asem Girlie wil hom wegtrek maar hy pluk terug en kyk alles sy pa leef nog hy sien sy vingers krul Tommie Tommie roep sy vingers na hom toe om hom te kom help blou blou water sê sy pa vat my na die blou see toe.

Hulle maak sy pa se mond oop en skud die Jik by sy mond in Girlie ruk hom weg laat hy nie meer kan kyk nie sy pa se vingers wat hom roep dat hy hom see toe kan vat en alles kan hy nie meer sien nie want sy ma ruk hom aan sy hand weg hy byt haar stukkend aan haar hand die bloed loop en sy klap hom teen sy kop.

Madelein ry stoksielalleen oor Butterworth toe om die kind te gaan help, sy ma is in aanhouding sonder om borgtog te kan bekostig. Sy ontmoet vir Grace Niemand en dié bring 'n hoenderpastei met skilferkors.

Tommie sit oorkant haar op die bank in sy pa se sitkamer. Hy sit handjies gevou op sy grys broekie.

"Wat was op hulle koppe, Tommie? Was dit balaklavas wat hulle gedra het?" Sy beduie hoe 'n balaklava op 'n kop lyk.

Hy knik.

"Hoe het hulle gelyk? Wat was hulle name, kan jy onthou?"

Hy kan nie onthou nie. Ta' Mad begin hy haar noem.

"Tommie, dink nou mooi. Hoe het hulle by julle hek ingekom? Hulle kon tog nie oor die draad gespring het nie, hy is mos te hoog. Hulle moes by die hek ingekom het."

Hy weet nie, want sy pa het altyd gekyk dat die slot toe is net as dit donker word.

"Waar was jou ma daai tyd?"

"Ma was in Zingiswa se huisie in die jaart."

"Het sy nooit saam met julle TV gekyk nie?"

"Bietjie." Hy wys die bietjie met duimpie en wysvinger so 'n ent van mekaar af.

"Waar sit Bill, jou pa, dan?"

Hy slaan op die bank langs hom.

"Was dit wit of swart mans?"

"Swart mans al twee, ta' Mad.

"Nou toe daai twee met die balaklavas daar ingestorm kom, waar was julle hond toe? Jou pa het mos vir Tjaka geleer."

"Tjaka," sê hy en krap die hond se maag met sy toon.

"Waar was Tjaka toe daai mans daar instorm?"

Tommie vou sy handjies oor sy skoot. 'n Oupatjie. Bill wou dood oor hom, dié weet sy.

"Toe ek in Zingiswa se huisie agter in die jaart kom, toe maak Zingiswa net so vinnig oop en daar is Tjaka al die tyd, en Girlie gryp dadelik die hond, want hy wurg aan die ketting om uit te kom om Pa te gaan help, sy tong hang uit en hy tjank, ta' Mad, hy het alles geweet. Maar sy oë kyk so snaaks soos die ketting hom wurg, arme Tjaka ook."

Sy gryp haar kop.

"Hulle wou nie dat ek kyk wat hulle met Pa maak nie," sê hy toe.

"En toe?"

"Toe roep hulle my ma agter: Girlie, Girlie. Hulle skree. Hulle skree en my ma pluk my weg, maar ek draai my kop, só," wys hy vir haar en kyk oor sy skouer. "Ek byt my ma in haar hand, ta' Mad. Die TV was nog aan, ta' Mad. Ek sien alles, maar my ma wil nie meer dat ek kyk nie. Pa wil hê ek moet hom see toe vat, ta' Mad. Hy wou gou by die see kom."

Bill is met sy vadoek op die mat voor sy TV verwurg. Maar toe die twee mans by hom skiet gee, sien hulle hy leef nog. Here my God, ek bid u, vat hierdie beeld uit my kop weg. Sy hande langs sy broeksakke op die mat. Wurg, skiet gee, wurg, skiet gee. Sy asem gaan nie weg nie, sy asem gee hom nog sekondes lewe. Sy hande, Here, wat het hy met sy hande gemaak toe hulle skiet gegee het? Bill se hande op die mat. Opgekom na sy nek toe, na die vadoek. Sy hande, witblou, wou by sy nek kom, wou hom nog help, sy lewe met sekondes verleng. In die blou water van die see wou hy gaan sterf. As Spitfire-loods was dit sy hoop, dit was sy enigste wens.

"Ta' Mad?"

"Ja, Tommie?"

"Ek is dors."

"Wag, ek loop kry 'n glas water vir jou. Of wil jy eerder koeldrank hê?"

"Water, ta' Mad."

"Sê asseblief, Tommie."

"Asseblief, ta' Mad."

In Girlie se kamer. Tommie en Zingiswa en Girlie. Een van die mans het uit die huis agtertoe gehardloop. Deur die einste kombuis waar sy nou die glas water vul.

"En toe, Tommie?"

"Toe loop my ma saam met die maer een, maar hy pluk haar om vinnig te maak en toe gaan sy in die kombuis in en sy gee vir die man die Jik."

"My God, Tommie," en sy gryp haar eie keel teen die godslaster. Die gedagte dat hulle sy mond oopgeforseer en die wit Jik by sy keel afgegooi het.

"God vergewe my, vergewe hulle, hulle het jou pa met 'n bottel Jik vermoor, Tommie." Sy loop om en gaan sit langs die seuntjie met sy handjies op sy skoot gevou.

'n Bottel Jik. Die menslastering.

Laat hom gaan, laat hom van haar af weggaan, bid sy oor Bill.

Die hond trek sy lippe van sy tandvleis weg en wys sy wit, beenwit tande.

Madelein sit met haar hand op haar eie keel.

Die dik wit gif by sy keelgat af. Sy hande langs hom op die mat, sy vingers wat krul en uiteindelik stil en plat lê, palms oop na boontoe. Nee, sy hande sou opmekaar getrek gewees het, verwronge. Hulle het sy hande verwurg.

"Tommie, Tommie." Sy kyk na die kind langs haar. Die krulle gekoek, die handjies nog net so netjies gevou. Hy huil nie. Sover sy weet het hy nog nie oor sy pa gehuil nie.

—27—

VEERTIEN DAE MOET SY TEEN DIE TWEE SE GESIGTE IN DIE Umtata-hof vaskyk, die saak mag selfs langer duur. Livingstone Hendricks en Amos Tselala. Al twee lang mans, maar Livingstone het 'n paar skouers aan hom en 'n beter gesig as Amos.

Dis ook die eerste keer dat sy Girlie Bruinders onder oë kry. Sy lyk op 'n druppel soos haar suster, net nog fyner in die gesig. Met pienk lippe en die naels gecutex. Seker maar Bill se geld.

Madelein kan nooit te lank na haar kyk nie en sy wil ook nie. Maar sy moet seker maar sê sy kan sien waarom Bill haar gevat het. Die bene tot wie weet waar, nes Juliet Prowse s'n.

Girlie het 'n kort roomkleur rok vir die verhoor aangetrek. Haar ma en suster wat klokslag die oggend vir die hofverrigtinge opdaag, probeer 'n plastieksak met nog klere na haar toe stuur waar sy regs voor in die hofsaal tussen twee polisievroue sit. Dis buite orde, hulle mag nie sulke goed aanvang nie.

Reks het Madelein in Oos-Londen kom haal sodat dit nie vir haar nodig was om nou alleen na Umtata te ry nie. Maar sy het 'n spesmaas dat hy vir Rose en Jolene Bruinders vanaf Uitenhage tot by Oos-Londen aangery het, hulle op die trein na Umtata gesit en toe eers vir haar by haar huis kom oplaai het.

Hy rep nie 'n woord oor hulle nie, en sy maak haarself nie meer met sulke dinge moeg nie. Maar Reks besef sy verdink sy hand in die affêre. Nie met die moord nie, maar met dié dat Bill en Girlie Bruinders by mekaar uitgekom het. Reks het drooggemaak, dis wat sy van hom dink.

Gertie, die oudste halfsuster, daag die eerste dag van die hofverrigtinge op. Teen die middagreses groet sy sonder om veel te sê behalwe dat dit vreeslik ver was om te kom en dat die kleintjies by die huis swaarkry sonder haar. En toe boggherof sy, soos Reks sê.

Nie een van Madelein se dogters gaan Umtata toe kom nie, en onder geen omstandighede wil sy James by die verhoor hê nie.

Aan Madelein se linkerkant neem Grace Niemand plaas. Grace het 'n ligpers, gehekelde rok aan en trek haar lippe op 'n plooi wanneer Girlie se naam genoem word.

Haar netjiese houding – haar hande op haar ligpers handsak met die goue kettinkie gevou, behalwe as sy soms met 'n sakdoek by die mondhoek dep – is beskeie.

Grace verseker haar dat sy nie 'n dag van die verhoor gaan mis nie. Madelein waardeer haar welriekende nabyheid.

Toe die ondervraging begin, hou Reks haar hand vas.

Amos Tselala kriewel sonder ophou. By tye vlie hy uit die bank op en babbel in Xhosa sonder dat hy eers deur die staatsaanklaer aangesê is om vir ondervraging op te staan. Dan druk die polisieman hom van agter op sy skouers neer.

Livingstone Hendricks word die aangeklaagde wat die meeste vrae moet beantwoord. Hy kán praat.

Dit kom aan die lig dat hy 'n verhouding met Girlie gehad het. Saans het sy hom by die hek binnegelaat en dan het hy by haar en Zingiswa bier kom drink en oorgeslaap. Livingstone verwys telkens na Zingiswa se huisie in die agterplaas as "Girlie's room".

Girlie het glo te hore gekom dat Bill Scheiffer 'n groot assuransiepolis uitgeneem het. Sy het twee en twee bymekaar gesit: hy was naby aftree-ouderdom en daar sou 'n pensioen beskikbaar word.

Toe belowe Girlie vir hom wat Livingstone is 'n huis, 'n kar, die maan en die sterre. So getuig hy. Al wat hy nog gekort het, was 'n handlanger. Dis toe dat hy Amos Tselala opsoek en die plan bekonkel.

"En Girlie Bruinders word toe sy pion, dis wat Livingstone Hendricks eintlik bedoel," fluister sy vir Grace.

"'n Loopse teef, as jy my vra," fluister Grace terug.

Hy praat so mooi, dié Livingstone Hendricks. Met die sit en luister kry sy 'n intieme blik op hom. Hy sê dat hy die onafwendbaarheid van die vonnis vermoed en daarom is hy tot die dood toe eerlik.

"I had no wish and no idea to murder mister Scheiffer," getuig hy, "but we were both drunk." Toe hy dit sê, vee sy lippe oor mekaar en sy vingers oor sy ken. Hy dra 'n skerp getrimde bokbaardjie, 'n gestreepte kollege-das, wit boordjie en 'n swart blazer.

Madelein kan nie help om te luister wanneer die man praat nie, sy durf selfs sê dat sy sy kant van die saak kan insien.

"Drunk," skree Amos langs hom en spring op, "no murder possible, no murder." Hy word platgedruk. Sy oë peul uit, hy wil van galg-angs omkom.

"I repeat, I had no wish whatsoever to murder mister Scheiffer," probeer Livingstone tog nog om homself los te pleit.

"Dis sy oorlewingsdrang wat daar praat," grynslag Reks. "Hy't nie 'n kat se kans om los te kom nie."

Grace lag nie een keer vir enigiets wat gesê word nie. Ná afloop van die eerste dag sê sy net die nodigste: "Sterkte, Madelein."

Sy maak aanstaltes na haar kar, maar draai dan tog weer om na waar Reks met sy hand om Madelein se arm staan. En toe is dit asof sy teenoor Madelein oopmaak. Sy vertel vir haar dat sy 'n siener is. Sy het Bill Scheiffer glo sien aankom na Butterworth in 'n groot slap kar. Sy was nog besig om uit te werk wat sy lot sou word, maar dit het nie betyds aan die lig gekom nie. Vandag is sy bitterlik jammer oor die gesloer, want sy kon hom dalk nog gehelp het.

Gedurende Zingiswa se kruisverhoor kom daar verdere feite na vore. Omdat sy altyd meneer Scheiffer se tee en koffie ingeneem het, het sy eendag gesien hoe Girlie iets saam met die witsuiker meng. Sy was seker dat dit gif was, want sy het agterna vir meneer Scheiffer gevang dat hy aan sy maag vashou. Ander middae het hy op die bank gaan lê en ook sy maag vasgehou en trane gekry.

En toe kom Girlie aan die beurt. Haar roomkleur rok wat sy van die eerste dag dra, is teen dié tyd liederlik. Girlie windmeul met haar arms om haar kop: "Ek het, ek het," gil sy oor die goed by die suiker. "Maar dit was ook nie eers myne nie, ek het dit by die dokter..." Sy soek hulp by Livingstone.

"*Isanuse*, the medicine man."

"By die *isanuse* op prescription gekry."

Daar word vir haar glase en glase water aangedra. Sy kan omtrent net 'n vraag op 'n keer antwoord, en dan maak sy haarself eers onkapabel in 'n vlaag van trane en gebare en uitroepe. Haar ma wil aanhoudend opstaan om kamtig te gaan help.

Madelein leun oor na Reks: "Vuilgoed."

Vervolgens word die *isanuse*, die medisyneman, voor die hof gedaag. Hy dra 'n mengsel van Westerse klere en tradisionele parafernalia: pinstripe-baadjie, 'n hooftooisel van *indwe*-veer en leeuvel, 'n halssnoer van been en slagtand en ystervarkpen.

"I knew mister Scheiffer very well. He was a kind man." Hy weeg sy woorde en artikuleer 'n perfekte Engels. Maar die merkwaardigste is dat hy hom ná elke sin eers na Madelein draai.

"And besides," gaan hy voort, "do you think I will give poison to a high official of Tracor? I did give a powder to Girlie, but it was a powder to calm mister Scheiffer's stomach." Hy knik na Madelein.

Haar krag is soos 'n pleister, dink sy toe. Dit is die krag waarmee sy Bill nog steeds trek en terugtrek. Die *isanuse* kan dit natuurlik aanvoel, maar besef dat daar niks meer van kan kom nie. Al wat hy nog kan doen, is om met haar reg te maak, want haar krag is groot en hy respekteer die sterkte daarvan.

"Nothing more, your honour, a powder prepared to soothe his stomach."

Girlie spring op en begin skree: "Hy lieg, Edelagbare, hy lieg dat hy bars. Hy sal 'n ander man se oë uitkrap as jy hom betaal."

"Order, order in the court."

Madelein teenoor Reks: "Maar is sy nou heeltemal koekoes om só te reageer. As die toordokter lieg en sy poeier was wel gif, dan is sy mos vas."

Die regter lyk gefrustreerd met Girlie se gedrag. Sy gaan so erg tekere dat die hof eers verdaag moet word.

Die volgende dag arriveer Jolene by die hof met 'n kop krullers toegedraai in 'n chiffon-serpie. "Môre, mies Madlein," roep sy na hulle kant toe.

Madelein knik maar. Sy is nie onnosel nie. In haar agterkop bêre sy Bill se wens dat sy na Tommie moet kyk as dinge skeefloop. Sy kan dus nie die Bruinderse heeltemal van haar vervreem nie. Die Viennas en gebakte eiers met ontbyt maak haar galsterig.

Die staat kan nie veel verder uit Girlie wys word nie. Sy bly net skree: "I was in Girlie's room, I was in Girlie's room." En trippel op die plek op en af. Die hofdame dra weer water en 'n pil aan.

Slinks verby, dié dat Zingiswa se agterkamer nou "Girlie's room" geword het. Sy kan sien waarnatoe neuk die saak.

Die regter frons oor Girlie se springery, hy laat sy kop hang en hou sy linkerhand in 'n halfmaan oor sy voorhoof. Toe hy sy gesig lig om weer na die aangeklaagde te kyk, is sy gelaat leeg asof daar vir deernis plek gemaak is.

"All the time in Girlie's room," hits die aangeklaagde haarself steeds aan.

Die regter skud sy kop, sak terug in sy stoel en staar voor hom na die hofsaal. Madelein reken die man wil wys dat hy moeite maak om sy uitdrukking neutraal te hou, maar in werklikheid verander sy gesig daar reg voor haar.

Midde-in die ongedurigheid wat Girlie telkemale so suksesvol die hofsaal indra, neem Amos Tselala sy kans waar en wip weer uit sy stoel: *Ndiyoyika uya kubhubha,* basuin hy dit uit.

Reks in Madelein se oor: "Hy sê: ek is bevrees sy gaan haar dood sien."

Girlie het dit blykbaar ook verstaan, want sy gooi haarself teen die houtafskorting van die beskuldigdebank voor haar neer dat haar kop klap. Toe sy orent kom, hang haar kop laag en plat op haar nek sodat sy van onder af na die regter opkyk. 'n Bol wit skuim vorm by haar mond.

Die regter is verstom dat die aangeklaagde haar pyn so kan aanhits. Madelein is nou oortuig dat Girlie hom beetgeneem het, sy oordeelsvermoë in sy peetjie.

"Ag, my kind tog," roep Rose Bruinders uit.

Madelein is gewalg. Wat van Tjaka? Hoekom word daar nie gepraat oor die hond nie? Dis Girlie, dis sy wat die hond ook geketting en gedope het. Waarom roep die regter nie meer dikwels die saal tot orde nie? En hoekom het die staatsaanklaer nie meer druk op Girlie uitgeoefen om te erken dat sy die twee die nag van die moord ingelaat het nie?

"Ek moet na Bill se goed kyk," skree Girlie en verander so haar taktiek, "hulle gaan alles wegdra, julle sal sien, julle sal sien, al sy mooigoed en beeste en trekkers, elke klou. Ek moet oorbly om na sy goed te kyk, ek moet na hom kyk," weerklink sy nog lank ná die sitting in Madelein se ore.

Die nag voor die vonnis uitgespreek word, waak Madelein op haar rug oor die ure. Die lakens is van nylon of iets dergeliks. Telkens as sy haar hand daaroor stryk, flits vonkies. Sy kan sweer 'n pisserigheid slaan daaruit op en naderhand gooi sy die bedsprei weer oor en lê die res van die nag bo-op.

Sy trek haar maag in en hou haar asem op om daar, agter haar ooglede, vir Bill te gaan haal. Vir oulaas wil sy sy stem oor die vonnis die volgende dag hoor.

Maar Bill is die water oor, sy skuit lank reeds leeg teruggestuur.

En waarom wil sy hom oor die saak gaan soek? Sy ken hom tog. Hoe hy nooit in vergelding geglo het nie. Al sou al drie aan hulle nekke swaai, sal dit Bill Scheiffer g'n duit skeel nie.

So lê sy. Hou naderhand op tob. Dan probeer sy maar die holte op haar maag met 'n gebed opvul: Laat u wil geskied, laat u reg geskied.

Sou God haar sien, wonder sy: 'n vrou op 'n bed in die Umtata Holiday Inn? Langs haar, Reks vas aan die slaap op sy enkelbed. Filtergordyne om die straatlig uit te hou. Sien God om na haar?

Sy kan haarself nie rus gee nie. Bill hét, hy het haar uiteindelik gelos. En die reg, wat praat en dink en bid sy nog, die reg het geskied die oomblik toe die twee mans by sy huis op Butterworth ingestorm het: Mister Scheiffer, you will now die in a just and honest way and once dead, justice will have been done.

Sy sweet op die bedsprei, tussen haar boude en haar vingers. Agter haar ooglede is sy papnat. Sy herken haar ou self in die middel van die nag: die draaie wat sy wil loop, die oplossings wat sy vind, net om dit weer te ontken, die waarheid wat sy in die duisternis raaksien.

Hoekom kon sy dit nog nooit teenoor haarself erken nie: Bill het sy eie bed gemaak.

En toe val dit haar by. Livingstone Hendricks het in sy kruisverhoor iets oor 'n bed gesê wat sy nie kon uitmaak nie. Die hele hof, selfs Rose Bruinders, het onmiddellik rondgeskuif, gekug of gegiggel. Hulself ongemaklik gedra.

Dis vreemd dat Reks ook nie die woord mooi gehoor het nie. Of miskien het hy. Dit kon 'n Xhosa-woord gewees het wat Livingstone ingegooi het, sonder twyfel was dit iets vulgêrs. Maar die feit van die saak is dat die bed waaroor hy dit gehad het, Bill se bed was.

Nee, weet sy dan, selfs ná sy dood wil Bill haar nie uitlos nie.

Die Bruinderse bid ook seker. Rose Bruinders het tog 'n bedeprent teen haar muur vasgespyker, ook hulle is Christen-gelowiges. Dalk lê Rose ook wakker en bid vir haar kind se lewe omdat sy opsien om op haar ouderdom na al die kleintjies by die huis te kyk, want Jolene is mos meeste van die tyd in die Baai. En waar gaan die geld vir soetpatats en afval vandaan kom?

Nee wat, die slegte goed lê eerder sat. Sy vertrou nie daai twee oë van Rose Bruinders nie. Hulle brak se naam is nie verniet Soek-Soek nie. Dis hy! Dis Rose Bruinders wat daar by die granaatbos voor hulle huisie rondsnuffel en nie haar lê kan kry nie.

Met die Bruinderse, met Girlie, gaan sy dalk vandag moet onderhandel. God wees haar genadig.

Die nag is byna verby en iemand het reeds 'n sproeier op die grasperk voor die hotel aangedraai.

Sy gaan vanoggend niks eet nie. Van binne af wil sy haarself uithol om tog maar haar bede vas te hou.

Sy stop die wekkertjie op die Gideonsbybel langs haar. Sy is tog wakker. Tot die vonnis uitgespreek word, sal sy by hom waak.

Sy en Reks is eerste by die hof en neem plaas op die lang houtbank in die gang net buitekant hofsaal nommer een. Grace daag op, groet en druk haar hand. By haar gaan sit sy, bewegingloos. Toe daag die persmanne van die *Daily Dispatch* en die *Post* ook op. Een van die kameramanne het behaarde voorarms.

Toe die vonnis gelees word, hou sy haar asem teen haar verhemelte soos sy maak as sy 'n noot moet projekteer. Haar hand lê sy in Reks s'n.

Livingstone Hendricks en Amos Tselala sal aan hulle nekke hang totdat hulle dood is.

"Girlie's room" word die kern van die omstandigheidsgetuienis vir Girlie Bruinders. Sy was in Girlie's room toe die moord gepleeg is. Girlie Bruinders is medewetend, maar nie medepligtig aan die misdaad nie. Drie jaar sal sy sit, met 'n opgeskorte vonnis van 'n verdere drie jaar.

Toe druk Grace, wat van Madelein se voorneme met die seun weet, aan haar hand.

"Die tyd het gekom, jy moet nou gaan vra," sê sy.

Maar sy skud haar kop, druk Grace se knie vir krag en draai na Reks.

"Reks," sê sy dringend, "gaan vra jy nou vir Girlie ék vra of ek na Tommie kan kyk."

Die hof word versoek om op te staan terwyl die regter die saal verlaat. Reks gaan nie weer sit nie, maar stap reguit na Girlie om sy sending agter die rug te kry.

Girlie staan in boeie en kyk hoe die mense een vir een om haar minder raak. Uit genade het die twee polisievroue haar 'n paar minute ekstra in die saal gegee.

Madelein spits haar ore om te hoor hoe Reks die vraag stel, maar sy kan niks uitmaak nie. Toe Girlie haar oë begin rol, weet sy dis gevra.

"Ma-Roes, Ma-Roes," roep sy agtertoe. En 'n pandemonium breek om Girlie los.

Rose en Jolene Bruinders beur oor en probeer aan haar vat, maar die polisievroue klap hulle weg en dreig dat hulle haar dadelik sal wegneem en opsluit, onderwyl Girlie haar arms met die boeie probeer lig en haar kop vorentoe en agtertoe op haar nek swaai.

Madelein sluit haar oë en smeek dat die kind van die Bruinderse verlos moet word, maar haar bede styg nie verder as die plafon van die hofsaal nie. Al wat sy kan sien, is hoe die wind daardie dak van die Bruinderse se huisie skep en die flenters huisraad stuk-stuk lig en ver in die veld gaan neersmyt. En agter die stukke aan hol Girlie met haar arms soos windpompvlerke en die oë rol en rol en hulle hond byt aan haar hakke, byt aan haar rokspante. Dit is die chaos van hierdie gesin wat sy sien, die chaos in hulle breine wat hulle uitryg en vir die wind gooi en agterna hol om dit op te skep. Deur hulle vingers loop dit soos slap pap.

Sy gaan dit nie regkry om Bill se laaste wens te vervul nie. Die Bruinderse is te sot.

Maar Grace druk aan haar knie en daar, fier in haar ligpers, stap sy oorkant toe waar alles besig is om uit te rafel.

Sy krap netjies vir Rose Bruinders tussen die lywe uit en neem haar eenkant: "Rose," sê Grace vir haar, "ek bly langs jou skoonseun, Bill Scheiffer. Ek is sy buurvrou. Jy moet nou vandag baie mooi na my luister.

"Ek het vir Bill Scheiffer in Butterworth sien aankom nog voordat hy met sy Chev by sy jaart ingetrek het, selfs voordat hy die dorp binnegery het. Hy het 'n maroon baadjie aangehad. Ek het hom klaar gesien nes hy was. Luister nou vir my," en Grace Niemand lig vir Rose uit die chaos van haar brein sodat sy net haar oë uitsonder en sorg dat dié op haar gerig bly.

"Gisteraand het Bill Scheiffer aan my verskyn. Hy het weer daardie maroon baadjie van hom aangehad en 'n tan broek. Alles sit mooi aan hom. Hy roep my nader en vat my aan my arm, net hierso," en sy wys glad die bloukol vir Rose.

"Ek kan my seun sien, sê Bill Scheiffer vir my, direk vir my sê hy dit. Luister nou baie mooi na my, Rose, want dis jou laaste kans om reg te maak wat verbrou is. Toe sê Bill Scheiffer: Hoekom is Tommie nog nie by Madelein nie? Dis wat hy van my wou weet. Dis wat Bill Scheiffer vir my te sê gehad het. Vandag vertel ek vir jou sodat jy ook weet wat sy woorde was. Loop nou," en toe stoot sy vir Rose terug na haar dogter.

Rose kom by Girlie en sy praat lank in haar oor. Net daar stop Girlie met haar dinge en kyk glaserig oor die banke na Madelein: "Laat mies Madlein vir Tommie vat, ek sal my berus."

Rose Bruinders opper net een versoek: Tommie moet eers saam met hulle Uitenhage toe gaan. Sy wil darem eers dat baas Bill se kind 'n bietjie by hulle kom bly.

"Hoe lank?" wil Madelein weet.

"Nee, net solank soos mies Madlein wil, mies Madlein," tart sy haar, haar oë nat korinte.

En sy hou nie met haar moedswilligheid op nie: "Laat my sien, laat Ma-Roes ook eers sien wat my Girlie daar uit ons familie wegteken," skree Rose Bruinders toe die vorm vir voogdyskap later onderteken word.

Maar teen tweeuur daardie middag is die voogdyskapvorm onderteken en gestempel.

"Kom ons gaan maak 'n dop, Grace, Madelein, kom julle almal saam," nooi Reks sommer 'n paar ander mense uit die gehoor ook na die Holiday Inn. Onder die groepie is meneer Miles Peverett, die skakelbeampte by Tracor.

Madelein het die skraal kêrel in 'n ligblou safari-pak 'n paar keer in die hof opgemerk. Hy kom stel homself aan haar voor en vra 'n spesiale woordjie.

"Nee, maar dis reg," stem Madelein in. Sy kan van moegheid omval.

Grace bestel 'n gin wat sy vinnig sluk, toe 'n tweede. "'n Voorbeeldige man," is al wat sy kwytraak oor Bill. Verder wil sy nie veel sê nie en slaan die tweede gin weg. Dan soen sy Madelein op die mond, druk haar handsak vas en stap uit om na Butterworth terug te ry.

Nadat sy weg is, vra Miles Peverett vir Madelein om eenkant by 'n tafeltjie te gaan praat, buite hoorafstand.

"We have a man with us at Tracor, missus Scheiffer, you might not be familiar with his name, a mister Fuzile Mdolo. A big man, a Tembu like the Matanzimas. But because of his youth, and arrogance, if I may say so, he has apparently been overlooked when all the significant hand-outs were made by the present government. He feels this and he has become an angry young man.

"Fuzile is also a boxer and his office is full of pictures of Cassius Clay. Fuzile believes that once you've been inside the ring, you don't leave until you have won. Now when your late husband was promoted above Fuzile Mdolo, Fuzile walked into the offices of Tracor the next day with eyes bloodshot from the previous night's booze. He openly sneered at mister Scheiffer. He called him the boertjie with the neckties and the Brylcreem.

"Fuzile wished to provoke your late husband, but mister Scheiffer never allowed himself to lose his temper. He kept on being polite towards Fuzile. This made him even angrier.

"Now Fuzile also had his cronies. They would set up a ring on Saturday nights and invite anyone for a fight. Jy is bang vir die kaffers, he told mister Scheiffer, because he had invited him many times to come and fight it out in that ring. But of course mister Scheiffer wasn't going to let himself be dragged into such a thing. Missus Scheiffer, may I call you Madelein?"

Sy knik. Die man vertel met 'n vurigheid wat sy selde by die Engelse teëkom. Tussen sinne kou hy sy naels en spoeg dit eenkant uit.

Sy verlang na haar stoep by die huis. En sy wil vir Sanette en Engela-Jean en Fernandé oor die vonnis bel voordat hulle dit in die koerante te lese kry.

"As you know, Madelein, your late husband was a polished man, and if I may say so, hardly fit enough anymore to fight it out over some stupidity in a backyard boxing ring. Bill, mister Scheiffer, once let me have a photograph of himself in his early twenties. Well, Madelein, I dare say." Hy pomp haar liggies met sy elmboog in die sy. "I will always keep it with me as a treasure. Where was I? Fuzile Mdolo was not going to let mister Scheiffer off the hook. He kept on taunting him whenever he ran into him. And that morning after mister Scheiffer died so tragically, Fuzile was the first person to announce the news to us in the office.

"He was such a bloody fool, Madelein. As if we couldn't put two and two together. And since then we at Tracor had no end of trouble with him." Hy hou plotseling op, want 'n kelner kom verbygeloop.

Hy vou sy bene oormekaar en sy hande in 'n kerkie, die laaste nael tot op die lewe afgekou. "Madelein," fluister hy, die vingerpunte van sy kerkie oor sy lippe, "I believe that judge Muller's verdict, as far as the Bruinders girl goes, was on the spot. But Livingstone and Amos were sentenced too harshly. They were only the foot soldiers. The man behind them all was our boxer Fuzile Mdolo."

Hy loer om hom na moontlike ore. "Fuzile Mdolo masterminded the murder of Bill Scheiffer, I have no doubt about that. My colleagues and I at Tracor all realised this the minute he walked in with the news about the murder.

"Moreover, I believe he was overheard talking about the murder in the bar of the Butterworth Hotel the very night it happened. But unfortunately, Fuzile Mdolo is also a man who is well connected, Madelein.

"A while ago there has been another death, also a white man, a mister Redelinghuys of Tsolo. He was the headmaster of Xongilizwe College where Fuzile, as the son of a Tembu Chief, went to school. This mister Redelinghuys apparently accused Fuzile of raping a young girl and Fuzile hated him ever since.

"One night, on the road back from East Londen, mister Redelinghuys had an accident and his car landed in a ditch. Or rather, that was the official police explanation. But in reality he too was killed by Fuzile and his cronies. They shot him that night. And everybody knew about it. There was a bullet hole in the windscreen. Mister Redelinghuys had some material for his daughters in the car, and the bullet went straight through the material as well. The hills of the Transkei are smooth, the talk flows easily."

Madelein vat aan Miles Peverett se knie om hom tot halt te roep. "We'll have two more of the same," sê sy vir die kelner.

Die verhaal laat haar bowenal bedroef. Die reg het dan tog soos 'n vel papier onder die deur by die hofsaal uitgeskuif. En hoekom moet sy dit ook nog hoor, wat wil Bill dan nog hê moet sy vir hom doen? Sy kan nie wag om uit die Transkei weg te kom nie.

"I can see that your mind is ticking over. He was a lovely guy, your Clark Gable, lovely guy." Miles het teruggeskuif, ontspanne. Die verhaal is klaar. Sooibrand stoot 'n whiskeywind by sy mond uit.

Sy wil iets sê, maar hy wapper met sy hand.

"Pardon me, Madelein. I haven't been eating well these last few days. But don't ask me any more. I have stated these facts to you here in the Ladies' Bar of the Umtata Holiday Inn. You can take it and do with it what you like. It is the truth, believe me.

"But whatever you decide to do, don't implicate me in any way. Not one of us at Tracor, black or white, dare approach the police with this information. The police in Butterworth are all members of Fuzile's boxing club. They're not skinny either, they like their Castle longnecks and they all have muscles." Hy tik op sy boarm.

"If any of us as much as open our mouths, we'll loose our positions, probably our lives."

Net om dit in te vryf: "Fuzile Mdolo killed your husband, Madelein."

Hy sluk die vars whiskey weg, vryf onverwags met die agterkant van sy hand teen haar wang en staan op. "And now I have to leave you," en hy stap met kort treetjies by die kroeg uit.

— 28 —

JAMES IS DADELIK BY TOE SY EN REKS AGTER DIE HUIS OP Dawn parkeer. Hy laat haar 'n drukkie toe, staan dan opsy en vryf die ore van die hond by hom.

"Waar is Quinta dan?"

"Sy wou nie meer hier bly nie, Mammie. Sy bly nou by ander mense." Die buitelig skyn van agter oor sy kop.

"Maar my hemel, James, sy kan jou mos nie alleen los nie. Ek het uitdruklik vir haar gesê sy mag nie van jou wegdros nie. Wie het vir jou kos gemaak? Waar is Piet en Mossie?"

Sy hand op die hond se kop. Hy lag. Skaam om te wys hy is uitgehonger vir haar geselskap, lig hy sy hand van die hond se kop en raak aan haar. En uit sy sak haal hy 'n papiertjie te voorskyn.

Die papiertjie was op 'n kennisgewingbord by Dawn-stasie opgeplak, sê hy.

Hulle loop hand om die heupe, maar sy skrik toe sy die bougainvillea by die voordeur sien. Sy buk en vat daaraan, aan die verwoesting.

"Hier het groot fout gekom, dis dan net 'n stompie," praat sy met haarself. En raak onmiddellik onrustig.

Die bougainvillea was eens 'n boom, in uitsonderlike kopergeel. Sy het hom toegewyd versorg en laaghangende takke teruggesnoei totdat hy elegant vertoon het. 'n Pragtige enkelstam bestaande uit 'n vlegsel van kleiner stamme wat boontoe in geel en groen uitgewaaier het. Voordat sy weg is na Umtata, het sy opgemerk dat die boonste takke tog weer afwaarts begin slinger. As die wind opkom, kon iemand 'n steektak in sy oog kry. Toe vra sy vir Piet om die lang spinnekoparms te snoei terwyl sy weg is. Net die heel boonstes wat so rondwaai.

Sy het die takke vir hom aangewys, selfs boontoe gespring om een van die langes in die hande te kry en afgebuig sodat hy weet wat sy bedoel.

Piet het haar verseker dat hy goed verstaan: net die langstes wat so in die wind wikkel, moet teruggesnoei word.

"My donner, Piet," laat hoor sy van die voordeur af waar sy gaan staan het. Sy buk weer af en stoot met haar voet aan die stam.

Die boom is teruggesnoei tot op sy enkelstam, siekallenig. Die stammetjies wat so sierlik om die grote gevleg het, is almal weg, die laaste een afgesaag en weggesnoei, die geel en groen vreugde tot niet. Daar het niks oorgebly nie, niks.

"James, wat de hel het Piet met my bougainvillea aangevang?" Maar hy wil haar na binne trek, hy wil vir haar wys wat op sy papiertjie geskrywe staan.

Reks kom staan langs haar om na die stompie te kyk. "Moedswilligheid, Madelein. Ek herken dit wanneer ek dit sien."

Die wind loei die warm nag om die hoek van die huis. Hy wil

haar wegwaai, daardie wind. Sy het dit al op pad terug van Umtata aangevoel.

Piet het die grootste deel van sy lewe by haar gewoon, nou het ook hy teen haar gedraai. Die stompie van 'n bougainvillea is sy werk en daarmee het hy sy sê gesê.

James wag vir haar by die deur en sy stap op die leiklip na binne en gaan maak die oorkantste skuifdeure 'n bietjie oop. Piet het haar teruggekry.

"Mammie," stertjie James agter haar aan.

Sy stap uit op die oorhangstoep en hou haar hand teen die wind wat uit die vallei aankom. Vat intussen ook James se hand. Madelein kalmeer. Die wind is soet, hy waai g'n onheil aan nie. Sy kan maar agteroor sit, en vir Reks vra om vir hulle iets in te gooi. Sy kan maar ontspan. Haar waak oor Bill is nou vir goed verby.

"Laat ek sien, James." Hulle loop die treetjies af en gaan sit op die bank.

Op sy papiertjie lees sy: R10 beloning vir enigiemand wat my spierwit langhaarkatjie van ongeveer een jaar kry. Sy naam is Baby en hy is al drie dae weg. Bel Henriëtte by tel. 32-3441.

"Haai James, het jy die katjie gekry?"

"Nee, Mammie."

"Maar moes jy dan die papiertjie afgehaal het, jong?"

"Ek het, ek het, Mammie."

"Jy was nog altyd 'n man wat maklik dinge kan vind." Sy lig haar arms en neem die glas wat Reks van bo vir haar uithou en kyk na haar seun.

Toe merk sy vir die eerste keer sedert sy uit die kar geklim het dat die kyk in sy oë gedurende haar afwesigheid losgetorring het. Die sluier oor sy oë lig en val, en tussendeur merk sy verwarring. Hy fokus ook swakker as gewoonlik.

"Ag, James tog." Sy laat sy kop op haar skoot rus en gly met haar hand deur sy hare. Haar whiskey proe sout van die baie, baie dae.

Sy bel vir Sanette in die Kaap.

"Twee mans kry die galg, en die ander een moet drie jaar sit met 'n verdere opgeskorte vonnis van drie jaar. Niemand kan glo dat sy só lig daarvan afgekom het nie, maar dis nou verby. Ek kan jou nie sê hoe verlig ek is dat dit alles oor is nie. Net om uit daardie nes weg te kom." Sy wag 'n ruk, maar daar is nie 'n woord van Sanette nie.

Toe: "Mammie?"

"Ja."

"Weet Mammie, as jy ons nie al die jare op die regte pad gehou het nie, was ons ook in die verderf."

"Ag, my jene, ek het gedoen wat ek moes. Maar Bill sal altyd julle pa bly, Sanette."

"Ek weet, Mammie, maar ek sal ook nooit sy manewales goedkeur nie. Not by a long shot."

Sy sit en dink aan James. Moes sy hom vanoggend werk toe laat gaan het? Die wind, dink sy, die wind wil haar oplig en wegwaai. Sy moet miskien toelaat dat hy haar vat.

"Mammie, luister jy nog?"

"Ja, Sanette."

"Ek het nog nie vir Mammie laat weet dat oom Frans Pêre my annerdag gebel het nie. Die dag op Pa se begrafnis het hy mos met my kom praat. Ek is so 'n mooi dogter, en hy sien die Scheiffer-trek in my oë, dié klas goed. Hy bel my toe nou die dag. Mammie weet, die mense het almal die hofsaak in die koerante gevolg. In elk geval, oom Frans Pêre sê hy wil met my praat oor die gif waarmee daai een so stelselmatig vir Pa gedokter het. En of ek miskien weet dat daar nog so 'n geval in ons familie is. Weet Mammie hoe oupa Ferdinand Scheiffer regtig dood is?"

"Ek weet dié goed, Sanette."

"Oom Frans Pêre sê die sirkel is nou voltooi. Mammie het dan nooit vir my vertel dat ou Angel ook vir Oupa gif gevoer het nie? Elke dag 'n bietjie. Is dit waar, Mammie? Hoor Mammie wat ek sê? Dis mos verskriklik, as dit so is."

"Ek ken die storie, Sanette. Mense praat so baie en hulle gebruik soveel woorde. Weet jy watter storie doen nou die ronde in die personeelkamer by Voorpos oor Bill se dood? Net die een woord: tjoklits. Maar as hulle by my kom, dan is hulle woorde skoon weg. Dan weet hulle skielik nie hoe en of hulle met my moet simpatiseer nie. Net Wimpie druk my teen hom vas. Ag, weet jy, Sanette."

Sanette reageer nie.

"Jy kan van jou pa sê wat jy wil, Sanette, maar hy het nooit met verdoemenis in sy hart rondgeloop nie. Hy kon nooit verstaan waarom ander mense hom nie ook só kon vergewe nie."

"Vergewe," sê Sanette en bly lank stil. "Ek kan hom nie vergewe nie, Mammie. Vir my is dit te veel gevra."

"Hoe lyk die weer daar in die Kaap, Sanette?"

"Nee, lieflike stil herfsdae, Mammie," sê sy, wag 'n rukkie en vra dan tog: "En wat het toe van die kind geword?"

"Ek het vir Tommie laat vra. Die voogdyskapvorm is dieselfde dag nog geteken, die lot. Ek gaan hom so oor 'n week of wat op Rooikrans haal."

"Hoe oud?"

Hoe oud. Koud, yskoud. Sy kan dit hóór in Sanette se stem.

"Hy is nou net vyf. Sanette, luister nou goed vir my: Dit was jou pa se laaste wens wat hy teenoor Ouma uitgespreek het. En dit was my eie keuse om die kind te neem. Ek wil trou bly aan albei se laaste wens. Dis hoe jy my ken, Sanette."

"Ek kan nie glo jy gaan dit doen nie, Mammie. Asof jy nie genoeg met kinders gespook het nie? Sy kind by dié vrou wat hom eers vergewe en toe laat vermoor het. It's hard to believe."

"Die kind het daar niks mee te make nie. En dit was Bill se laaste versoek."

"Dis g'n witmenskind dié nie, Mammie. Haai, ek moet nou eers waai," groet sy en sit die telefoon neer.

— 29 —

OUMA-ROES SÊ TA' MAD KOM HOM MÔRE OPLAAI. HY MOET solank al sy goedjies inpak.

Ouma-Roes sê mies Madlein vir ta' Mad.

Hy slaap op 'n matrassie saam met die ander kinders van Ouma-Roes en van Jolene. In die nag steek stywe hare uit die matrassie hom. Ouma-Roes sê hy slaap by hulle, nie by oom Reks in sy huis op 'n bed nie. Klaar.

Hier kom oom Reks en vat sy hand. "Ek neem jou sommer gou Uitenhage toe, dan kan Madelein jou by die hotel kry." Oom Reks buk af en fluister in sy oortjie: "Madelein wil nie rêrig nou jou Ouma-Roes sien nie, Tommie. Sy het al te veel seergekry."

Net toe hy en oom Reks wil ry, kom Ouma-Roes en skree sommer: "Ter elfder ure, ter elfder ure," en lag, maar sy het nie meer tande nie.

Ouma-Roes haal hom net so weer uit die kar: "Nee, die kind moet by my op Rooikrans gehaal word." En sy klap haar hande teenmekaar.

Sy sê vir oom Reks: "Nee, Tommie sal nie daarvan hou om sommer só te gaan nie, sê bietjie vir mies Madlein."

Toe gee oom Reks maar vir hom 'n Romany Cream uit die pakkie op sy bakkie se seat. Tommie druk dit net so in sy mond, anders gryp die ander kinders. Alles hy het al geleer.

Ouma-Roes sê: "Jy vergeet nooit lat jy eintlik 'n Bruinders is nie, Tommie. Jy staat nie vir jou en wit hou nie."

"Aai-aai, die witborskraai" – om en om draai hy en die ander kindertjies die tou om die paal – "bonte-bonte rokkies vannie bonte-bonte koei-je."

Hulle praat anderster, dié Bruinderse. Hulle praat soos sy ma as sy nie versigtig is nie. Sy ma is nou in die tronk. Daar kom die Ford!

Hy hardloop en gaan staan teen die muur van Ouma-Roes se huisie met sy hande agter sy rug. Ta' Mad klim uit. Hy spring op en af. Sy lyk baie mooi in haar baie mooi klere, maar die wind waai woes.

Ta' Mad loop reguit oor die jaart na hom toe, want sy het hom tussen die ander kinders raakgesien. Daar hol Soek-Soek van Ouma-Roes en ta' Mad steek haar hand uit om aan hom te vat, want sy is baie lief vir brakkies maar Soek-Soek maak lelik, hy grom sommer en draf 'n halfmaantjie om en om en hy druk sy snoet reguit af in die stof.

Al die Bruinderse-kindertjies trippel om alles te kom sien en Ouma-Roes kom uit die huisie. In haar hand het sy 'n skêr.

"Mies Madlein het seker vreeslik vroeg gery, ek het mies Madlein nie so gou verwag nie. Jolene!" roep sy na binne.

"Goeiemôre, Rose."

"Ek wou dan nou nog die kind se hare knip vir mies Madlein."

'n Warrelwind dwarrel oor die jaart en maak baie stof op ta' Mad se mooi klere. Sy vat aan haar skirt en al die Bruinderse-kindertjies hol rond in die stof, om en om nes wurmpies, kyk net so!

Ta' Mad soek na hom tussen die stof en warrels en sy staan alleen en soek na oom Reks om haar bietjie te help, want hy is haar broer.

Sy het hom kom haal. Tommie Scheiffer het sy kom haal. Ja, sy pa het vir hom gesê hy is 'n Scheiffer en 'n Scheiffer sal hy bly. Klaar.

Halfmaantjie, halfmaantjie drafstap Soek-Soek, die dêm brak, sy pa het van honde gehou, maar nie te veel nie, arme Tjaka moes agterbly.

Ta' Mad is bang vir Soek-Soek wat haar by haar hak wil byt.

"Ma' sie jy jou gebroedsel," skree Ouma-Roes bo-oor die geroep uit die huisie en die wind ook nog. En "Ma-Roes, Ma-Roes," roep Jolene. Soek-Soek kan niks hoor nie.

Jolene kom uit die huisie, sy het rooi krullers en haar kop is 'n koek met cherries op. Jolene stoot haar been uit en haar een voet kom amper tot by ta' Mad se voet en sy trek skewebek: "Dag, mies Madlein."

Ta' Mad kyk vir Jolene: Wat maak sy met dié voet so by hare? Om en om ta' Mad hol al die Bruinderse-kindertjies in die warrelwind en Ouma-Roes skree: "Julle moet nou end kry met julle nonsens."

En Roelfie Bruinders kry Soek-Soek aan sy stert beet en val homself nerfaf soos die brakkie wegruk en skoert, en toe hy val, steek Roelfie sy hand uit en gryp weer vir Soek-Soek aan sy knaters. Soek-Soek skrik en hap Roelfie lelik aan sy oor.

Sy pa het mos vir hom gesê as hy wil hê 'n hond moet hom byt, moet hy só maak. Hy wens sy pa is nou hier om lekker te lag.

Die bloed loop. Ouma-Roes steek vir Soek-Soek met die skêr.

"Om jou te vergeld," sê Ouma-Roes en sy kyk annerkant toe en na hom toe en annerkant toe. Sy praat en die wind waai geniepsig, hy wens dis alles oor en hy kan in ta' Mad se Ford klim en ver wegry.

Annerkant toe, en toe kyk Ouma-Roes na ta' Mad: "Mies Madlein, ek sal sê en ek sal ontsê, want kyk ons moet darem die kind nog eers ordentlik maak. Toe gaan soek ek nou al van vroeg vanoggend op my knieë die skêr uit sy boks, onder die bed in, jirre, maar wie het hier onder Ma-Roes se bed kak aangeja, kom maak self skoon dat julle julle eie ouma so onteer. Maar dis nie hy in die boks nie, dis toe dat ek onthou ek het hom al anderdag vir basie Reks geleen, want hy het mos self nie vrouegoeters in sy huis nie en dan kom hy hierso bedel en waar loop hy rond met my skêr, dis wat ek wil weet. Dis nie hy nie, sê ek vir Jolene, ons moet eers Tommie se hare sny."

Jolene tel Roelfie met die bloedoortjie op en loop voor ta' Mad in en gee haar 'n lelike kyk met haar oë.

Hy wens ta' Mad wil nou ry. Die ander Bruinderse-kindertjies drom saam om hom, en hy skree: "Los my uit!" Maar hulle trek aan hom en terg hom omdat hy klere aanhet wat sy pa nog vir hom gekoop het. Sy broekie van Woolworths, sy skoon hempie. Hulle vat-vat aan alles en hy slaan hulle hande van hom af, maar party is groter, soos Paulse.

"Gaan haal julle nou al sy goed dat mies Madlein kan begin pak."

Van die kindertjies gehoorsaam as Ouma-Roes praat en gaan haal sy goed. Sy teddie het hulle verniel en die wolletjies hang uit, en sy Dinky Toys se wieletjies is almal weg en sy John Deere-trekkertjie, 'n grote so hoog soos sy pa as hy armspier maak, sy mooi trekkertjie, en hulle gaan sit stêre eerste bo-op hom. Hy gaan breek.

"Rose, asseblief," sê ta' Mad.

Die wind waai en suig die papiertjies en die brakkie kef en stokkies en krulletjies turksvyskille en nog baie ander goeters malkoppie-malkoppie, kleitrappers en kindertjies met hulle vuisies in die stof nes kaalvoetspore en dan op sy hemp die vuisies, sy mooi wit hempie vuil.

Sy kom. Ta' Mad, sy gaan. Sy loop 'n reguit draai op hom af om sy hand te vat sodat sy hom kan wegtrek, maar die kindertjies spring voor haar in. Hier om en daar om sodat sy nie verby kan kom nie.

"Hier is sy soetkysie, mies Madlein."

Die deksel kan nie meer toe nie, hulle het 'n mou vasgeslaan. En toe het Jolene dat Paulse tou om sy soetkysie vasmaak. 'n Gemors. Ta' Mad wil nou wegkom, maar Soek-Soek is nog tussen haar en hom en hy hol ook om en om, dêmse brak, los hom nou. Hoor hoe grom hy.

Sy rugbybal gepuncture en oorkant weggesmyt. Al sy goed wat sy pa vir hom gekoop het, alles flenters.

"Genugtig, Rose, is daar dan niks oor om vir die kind saam te gee nie? Dis 'n skande."

"Niks, mies Madlein, laat ek net eers kyk voor mies Madlein ry wat my lysie is wat ek en Jolene nog laas nag geskrywe het, want skande is 'n woord so lelik soos 'n nikswoord en mies Madlein kan mos nie sommerso met niks eers vir ons hier wegry nie."

Stokkies en lappietjies, stof en kindervoete en hondepote en harekrullers, rooi. Jolene se oog op ta' Mad.

Ta' Mad hou met haar hand aan die paal vas sodat alles haar nie vat en wegwaai nie. Sy sê: "Ek het jou niks gemaak nie, Jolene. Niks nie."

Toe staan Jolene terug. En spoeg op haar vinger en smeer daarvan aan die oor van Roelfie wat gebyt is.

Die warrelwind blaas soos 'n tjoep af en gaan lê. Dis hulle kans, ta' Mad en hy moet nou gou maak. Ta' Mad kyk op na die wolke.

"Jong, Rose, los maar die hare, ek sal sommer self vir Tommie na 'n haarkapper vat, ons sal nie nou daarmee sukkel nie."

"Net nog die een ding, mies Madlein, ons kan nie dat die kind sommerso loop en ons met niks agterlaat nie. Baas Bill was nooit so nie. Hy het ons altyd iets gegee. Dit is die ding."

Ta' Mad knip haar handsak oop en haal geld uit. "Hou eers vas daai hond," sê sy en hou stadig die geld uit sodat Ouma-Roes en Jolene kans kry om dit te kan vat.

"Hou net daai hond," sê ta' Mad streng. Nou luister al die Bruinderse.

Ta' Mad het self vir hom gesê op papier is hy nou háár kind, hy hoef niks bang te wees nie.

"Totsiens, mies Madlein, totsiens, Tommie," sê Jolene agter ta' Mad aan en sy spoeg sommer in die sand, siesa.

Ta' Mad vat hom aan sy hand en loop deur oom Reks se huis, al die deure staan net so oop, net die een met al sy bottels het 'n groot slot aan. Sy sê: "Dag, Reks, laat ek uit hierdie malhuis wegkom, die Here hoor my. Tommie, groet jou oom Reks."

Toe ry hulle weg. Lekker.

Tommie sit oorkant haar met sy handjies op sy skoot oor sy grys broekie gevou. Hulle het klaar geëet, en James en Quinta was albei baie mooi met Tommie.

Aan James se gesindheid het sy nie getwyfel nie. Hy het mos baie by Bill en Tommie op Butterworth gekuier. Vir James is almal buitendien soos broers en susters, maar vir Quinta moes sy die leviete voorlees.

Sy het haar laat verstaan dat dit haar huis is en dat sy in haar huis sal verwelkom wie sy wil en solank Quinta by haar bly, en dis nie meer lank nie want sy maak met skool klaar, verwag sy dieselfde. En wanneer sy van Rooikrans terugkom, van daardie dag sal haar pa se seun in dieselfde huis as hulle eet en slaap – al het hy 'n bruin vel. Uit en gedaan. Sy het maar hard en reguit met Quinta gepraat, want sy is siek en sat vir verdraaide woorde.

Dominee Rampie du Plessis het nuus gekry van haar voogdyskap oor Tommie – sy weet nie hoe nie – maar die ganse Oos-Londen weet nou al daarvan. Dominee Rampie ry spesiaal uit Dawn toe om haar te kom beraad, soos hy sê.

"Mossie," roep sy agtertoe toe sy hom binnelaat, "maak bietjie lekker tee vir ons. Asseblief, jong?"

"Ai, dis lekker om bietjie te sit. Ek het 'n allemintige gemeente, weet jy. Maar wat ek wou sê, en jy moet my nou nie kwalik neem nie, Madelein. Maar mense sê sodra die mannetjies hulle tienderjare bereik, begin die probleme."

"Wat bedoel dominee nou? Wie is hulle?" Sy is klaar op haar hoede.

"Nee, Madelein, ek praat nou van Kleurlingseuns, ek praat van Tommie. Onthou net bietjie, as hy die dag 'n tiener is, staan jy al by die sewentigs, jou knieë oud en stram."

"Maar as ek genoeg liefde vir hom gee, gaan hy dit maak, dominee. Buitendien, ek eer my oorlede man se opdrag."

"Dit is so, Madelein, die liefde oorwin alles, so staan dit geskrywe. Maar dit is ter wille van jou dat ek vandag hier is. Ek wil jou teen jouself beskerm, Madelein. Glo my, ek weet dat jy al genoeg seergekry het. Sê my, Madelein, het jy al van die vloek van gemengde bloed gehoor?"

"Mossie," skree sy, "los maar die tee. Dominee Rampie," en sy wys hom die deur.

Na dié besoek veral voel sy nie meer tuis in Oos-Londen nie. Daar lê te veel stories rond oor haar en Bill, en nou nog Tommie daarby. Hopies hondestront wat jy nie in 'n honderd jaar bymekaar geskraap kry nie. En die huis in Dawn het ook te groot vir hulle geword, met Fernandé wat besig was om klaar te maak op skool, Engela-Jean vroeg getroud en Sanette ook lank reeds op haar eie.

Toe sy begin planne maak om te verkoop, kom dominee Rampie nie om haar te groet soos 'n ordentlike predikantsmens nie. Sy bel hom ook nie. Net sy woorde laat die ou kapater by haar agter.

— 30 —

GODSDIENS, SKRIF EN MUSIEK.

Maar dié keer gee sy die vakke by 'n skool vir bruin kinders. Sy kies die William Oats-laerskool op Somerset-Oos waar Tommie rustig tot standerd vyf sal kan skoolgaan.

Engela-Jean en haar man, Manie, 'n kolonel in die Veiligheidspolisie, woon reeds 'n geruime tyd op die dorp.

Die kinders hou vir 'n oomblik op met speel toe sy met Tommie aan haar hand die skoolgrond instap. Hulle kyk na haar. Haar handsak en haar skoene lyk anders as hulle ma's s'n. Dan kyk hulle na Tommie.

Tommie kyk reguit voor hom na die blink tone van sy skoolskoene.

In die kantoor van die skoolhoof vertel sy Tommie se storie aan meneer Eddie Victor.

"Mevrou Scheiffer, ek gaan alles vir jou en Tommie doen wat ek kan, glo my. Julle is al twee hartlik welkom in my skool. As daar enige probleme kom, wil ek hê jy moet my onmiddellik daarvan kom sê."

Nadat Tommie ingeskryf en sy haar klaskamer toegewys is,

gaan sy na die personeeltoilet. Die plank van die toilet is nie só dat sy dit nie wil gebruik nie, maar tog ook nie soos sy dit op Voorpos of Grens geken het nie.

In die gang, gevee, kom stel twee onderwyseresse, twee susters, hulleself aan haar voor. Tracy en Agnes Price. Hulle weet al klaar van haar en Tommie, sommer die hele geskiedenis, en maak geen moeite om dit te verswyg nie.

"Kyk uit vir meneer Nicol," fluister hulle, "hy is die enigste kalant op William Oats vir wie mevrou bietjie moet oppas: My stresvlakke is te hoog, kan jou nie nou help nie, maak hulle hom na."

"Noem my tog asseblief Madelein, julle."

Hulle lag uitbundig en druk haar hand toe hulle groet, maar bly haar mevrou Scheiffer noem.

Die huis wat sy op Somerset-Oos koop, is 'n ou Oos-Kaapse dorpshuis met hoë plafonne teen die hete somermaande en 'n sonnige, toegeboude voorstoep vir die winter. Die agterplaas is vol appelkoosbome. Hulle het Oukat vanaf Dawn saamgebring, maar Piet en Mossie het agtergebly.

Die vreemdelingskap, soos Piet na hulle verhouding verwys het, is nooit opgeklaar nie. En dit was lank nie meer oor die versnipperde bougainvillea nie. Sy het maar 'n pensioentjie vir hom laat kry, vleis, 'n tweedehandse yskas, 'n das met die skoolwapen van Voorpos op, en toe die laaste dag op Dawn gegroet.

Die dag toe sy en James en Tommie in hulle nuwe huis intrek, staan Engela-Jean by haar voordeur met 'n mandjie vrugte en 'n varsgebakte brood.

Haar twee kleinkinders hol in haar arms en sy nooi almal vir tee en koeldrank binne, maar Engela-Jean steek op die drumpel vas.

"Haai," roep sy haar kinders terug, "julle gaan volstrek nie in Ouma se huis nie." En sy loer oor haar skouer in die gang af.

"Ag Engela, wat doen jy tog nou aan my." Madelein byt haar

woorde terug en vat die mandjie aan – die pragtige vrou wat Engela-Jean geword het, die vlekkelose vel, die vol lippe.

Die aand stuur sy Tommie al vroeg bad toe en gaan kyk of hy oral gewas het.

"Ou strontskrapertjie," sê sy vir hom en kielie hom op en af langs sy sye. Op sy boude lê die hale nou nog soos Rose Bruinders hom gestreep het.

"Hoekom, Tommie?"

"Ek wietie, ta' Mad. Die ander kindertjies het my geterg, hulle sê my ma is in die tronk."

"Maar is van daai kinders dan nie ook Girlie s'n nie, hoekom terg hulle dan so vir jou?"

Hy weet nie wat sy wil weet nie. Van die Bruinderse wil sy ook niks meer hoor nie. Voorlopig beskerm die wet haar teen hulle sotterny.

Sy prop Tommie in sy nuwe bed en sê vir James wat in sy kamer lê en lees dat sy 'n entjie gaan stap.

Engela-Jean en Manie se huis is laer af in dieselfde straat waar sy gekoop het. Sy kom onder 'n akkerboom op die sypaadjie tot stilstand, en voel aan die stam.

Haar bo-arms begin al uitsak, haar voetslag is die laaste tyd swaarder.

Voor haar teen 'n heining gewaar sy 'n swart konyn wat iemand uitgelaat het om kweek te vreet. Sy hoor hoe sy kake werk.

"Engela," sê sy toe daar oopgemaak word, "ek het tog maar kom praat. Die ding hinder my te veel."

"Kom in, Mammie, ek maak vir ons lekker tee."

Toe hulle hulle ouma hoor, hardloop die kinders in hulle pajamas na haar toe.

"Is julle nog nie in die kooi nie, julle stouterds!"

"Hallo, Mammie," groet Manie en soen haar, "welkom in ons dorp. Ek wou al kom sê het, maar hier is soveel moeilikheid in die townships. Sit Mammie daar," en hy wys na hulle geblomde leunstoel.

"Dit was tog my keuse om die kind aan te neem, Engela-Jean. Julle moet my nie uitmergel nie. Ek is nie meer wat ek was nie. Tog eerste die melk, asseblief, Engela.

"Partykeer voel dit vir my of my treë ophou. Dan moet ek net so gaan staan. My dooie treë, noem ek hulle."

"Gaan julle twee nou onmiddellik kamer toe, dis al lankal bedtyd," sê Engela-Jean. Haar stem skielik hoog, maar sak dan weer: "Mammie, jy weet tog ek en Manie is baie lief vir jou."

"Nou hoekom staan jy vandag daar voor my deur en jy wil nie eers toelaat dat my eie kleinkinders inkom nie. Nee wat," en sy slaan op haar knieë.

"Omdat ek nie kan verduur wat Bill aan Mammie, en aan ons, gedoen het nie. En nou die Tommie-kind in Mammie se huis, op Mammie se lakens en kussingslope." Sy draai haar kop weg nes haar pa gemaak het.

"En watter hartseer, dink jy miskien, bring jy nou vir my? En vir die kind? Dit was jou ouma se wens dat ek die kind versorg."

Engela-Jean spring op en stamp met haar voet: "Mammie, asseblief. Het jy dan vergeet wat Bill aan jou gedoen het, hè? Het jy, het jy? Want ék het nie, en ek gaan ook nie. Die oomblik as ek vir Tommie sien of hoor, proe ek sy pa in my mond. Sy alewige hoerery."

"Hy het nooit aan my behoort nie. Ons het mekaar liefgehad, maar ek kon nooit sy liefde besit soos mens met 'n besitting kan maak nie. Dit het my so lank gevat om dit te besef."

"Waarvan praat Ma nou? Het Ma dan heeltemal mal geword? Hy het nie soveel respek vir Ma gehad nie," sis sy.

"Jy het bitter geword, Engela-Jean. En jy is so 'n mooi mens."

Engela-Jean is siedend: "Hy het Mammie tot in die grond vertrap, hy het ons nooit 'n sent van sy rykdom laat kry nie. Wat van al die grênd parties wat hy gehou het? Sy karre. Daar was nooit g'n liefde nie. Mammie het alles vergeet," skree sy.

"Engela, die kinders," vermaan Manie.

"En nou wil Mammie sy basterkind grootmaak en verwag ons moet hom skoon lek. Nooit, nooit as te nimmer nie."

"Jy het hom nog nie eers gesien nie. Skaam jou om so oor 'n onskuldige kind aan te gaan, Engela-Jean. Hy is al klaar so bedees. Staan altyd met sy hande agter sy boudjies. Ek het hom na hierdie dorp gebring sodat hy kan leer hoe om regop te stap. Nes alle ander mense. Ek sal sorg dat hy sy trots terugkry. En 'n ordentlike skoolopleiding."

Sy kyk weer na Engela-Jean wat oorkant haar by die eetkamertafel gaan staan het. "As dit jou houding is, dan is dit nou seker maar so, Engela-Jean. Maar oor my dooie liggaam sal ek toelaat dat jy die kans befoeter wat ek vir die kind wil gee."

"Manie, en jy? Wat is jou plan? Jy het seker genoeg mag om met my en Tommie te maak soos jy wil? Ek is nie dom nie, ek weet goed dis teen die wet dat hy in my huis bly."

Manie Prinsloo het ná die troue swaar en grof van lyf geword. Hy loer skeeloog na sy skoonma.

"Ma, ek kan Ma verseker daar is belangriker dinge in die Oos-Kaap waaroor ek 'n oog moet hou. Maar laat ek doodeerlik wees. Agting het ek vir wat Ma doen, maar self wil ek niks daarmee uit te waaie hê nie. Dit sou my posisie as kolonel in die Veiligheidspolisie net beduiwel. Dit lyk nie goed as mense weet dat my skoonma 'n bastertjie wil grootmaak nie."

"Jou tong is skerp, Manie. Hoe's jou hart dan?"

"Ma het mos genoeg kinders grootgemaak?"

Sy sit haar halfgedrinkte koppie tee langs haar neer en staan op. "Nag, julle."

Voetstappe laat haar wakker skrik.

"Tommie?" vra sy toe sy die gestalte in die donkerte uitmaak. Maar toe hy naby genoeg kom – hy snuiwe haar asem en liggaamswarmte raak – sien sy aan die star oë dat hy in sy slaap wandel. Sy lig die komberse en haak hom om sy lyf nader, nes sy met Bill sou gemaak het, sodat die seun binne haar lyfholte inkruip. Nes 'n diertjie.

Sy besluit om die Polisie op Somerset-Oos van Tommie te laat weet. Daarvoor kies sy die polisieman David Trollop. Sy weet dat die Trollops ook van Middelburg in die Kaapprovinsie kom, en dat hulle die Scheiffers van Bakkrans geken het.

Miskien het iemand soos David Trollop 'n bietjie genade, hoop sy.

"Ek het nou die seuntjie van oom Bill hier by my," sê sy vir hom toe hy in die sonkamer gaan sit.

David is 'n mooi seun met blonde fraiings wat onder sy polisiekeps uithang. "Ek het jou laat kom sodat daar nou nie moeilikheid kom nie."

"Nee, dis reg, ant Madelein, my ma het gesê ek moet groete stuur."

"Weet die polisiekantoor van die seun, David?"

"Ek sal nou nie kan sê nie, ant Madelein." Hy haal sy keps af. Hy is jonk. Sy kry die indruk dat hy nie meer wil sê nie, ook dat groter magte sekerlik al van haar en die kind weet.

"Ek wil hê jy moet my laat weet as daar dalk probleme kom, David."

"Nee, maar dis reg, ant Madelein, ek sal mooi na ant Madelein kyk." Hy staan op. "Dis dan seker al, ant Madelein."

"Dit is seker al, David."

Op die leerstoel waar hy gesit het, lê die afdrukke van twee sweetboude.

Dis moeilik om Tommie se krulhare droog te vryf, en sy klosse verseg om uitgekam te word. Onder teen sy kopvel is die koeke so dig dat sy moed opgee toe hy begin kerm. Sy Simsonskop moet geskeer word.

Sy knip sy naels en sy toonnaels en smeer sy boude met kamferroom in, haar vingerpunte heen en weer oor sy vel. Soos olywe, dink sy, soos koffie en soos sy. Sy druk hom teen haar boesem vas, trek die wolkombers tot onder sy ken op en sluit sy ooglede met haar hand.

So leer sy die kind se liggaam ken.

Wanneer sy haar eie oë sluit, gewaar sy 'n liggaam wat by die deur van haar gees binnekom. Sereen, en dié keer sonder die haas van die drif. Bill se eie bloed. Tommie Scheiffer is Bill se boodskapper wat na haar gestuur is.

Soms noem hy haar sommer ma. James kom dit nie eers agter nie en sy help die seun ook nie reg nie.

Tommie wil dood oor bobbejane. James en hy sit naweke in die sonkamer met 'n bordjie koeksisters en dan lees James vir hom uit Eugène Marais voor.

Daar is 'n stuk oor hoe die bobbejaan se eetgewoontes verander en van hom 'n lammervanger gemaak het.

"Hulle het die vleis van die gedode lammers begin eet. En vandag word lammers in die Suikerbosrand vir geen ander doel gevang nie." James spreek sy woorde helder maar langsaam uit.

"Die wyse van slagting het ook verbasend verander. Die lam word nie langer deur oopskeur van die maag doodgemaak nie. Hy word op sy rug uitgestrek, al twee slagare word sorgvuldig blootgelê en deurgebyt."

James moet eers wys waar lê die slagaar.

"Wag nou maar bietjie met al die bloed," maan Madelein. "Jy gaan Tommie net nagmerries gee."

"Maar Mammie, die bobbejane wou juis nie die bloed eet nie," protesteer James.

Tommie gril hom gedaan oor die bloeddorstigheid en keer vinnig met sy hand in die lug, maar vra oor en oor vir dié stuk.

"Dan word gewag totdat die dier dood en die liggaam geledig is, want dit lyk asof die bobbejaan tot nog toe 'n weersin aan bloed het. Daarna word die lam behoorlik afgeslag, soos geen roofdier dit kan doen nie, en die vleis van die bene geskeur en opgeëet."

Daar moet James halt roep. Tommie het op Butterworth gesien hoe 'n skaap afgeslag word en nou kan hy homself net nie voorstel dat 'n bobbejaan 'n mes kan vashou en só en só sny nie. Dit is die koddigste ding wat hy nog gehoor het: 'n bobbejaan wat 'n skaap afslag.

Madelein maak vir Tommie kaartjies met klanke wat hy in 'n blikkie bêre: "aa" en "oo" en "ee" en "eu". Dan sit sy "b" diékant en "m" anderkant en dan moet hy "oo" inpas om "boom" te maak. Sy werk veral aan sy diftonge sodat hy nie van "yt" en "hyse" praat soos die Bruinderse nie.

Nie dat sy Tommie van sy aksent wil stroop nie, hy kan gerus sy uitspraak hou soos dit is. Maar hy moet ook die kuns bemeester om anders te praat.

Diakones Bybie Botha bring vir hom lekkergoed, en een keer 'n spons wat soos 'n seeleeutjie lyk. Sy sê sover sy weet is al twee welkom in die NG Kerk. Maar Madelein wag nog eers 'n bietjie voordat sy saam met Tommie kerk toe gaan. Dit val haar op dat die dominee haar nog nie kom besoek het nie.

Sy en Tommie ry vir 'n langnaweek met die bus Kaap toe om vir Sanette te gaan kuier. Madelein wil hê sy moet Tommie ontmoet voordat Engela-Jean haar verder teen hom opsteek.

Engela-Jean en haar kolonel moet maar aanneuk soos hulle wil, maar Sanette is haar oudste en haar lewensmaat. Net die gedagte aan 'n verwydering tussen hulle gee haar hartkloppens.

Van die passasiers op die bus wil weet wat fout is met die kind, die ganse rit sit hy met sy hande op sy skoot gevou, en nie 'n boe of ba nie.

"Jy moet kordaat wees, Tommie, en jy moet jou sê kan sê," praat sy met hom. "Die prent in jou kop van die moord op jou pa maak dat jy tjoepstil sit. Ek weet mos. Maar ek gaan nie met jou tou opgooi nie."

Toe hulle by Sanette se woonstel in Groenpunt aankom, het

sy 'n bak macaroni met sterk kaas klaar. Sy is 'n beter kok as haar ma.

Dis Tommie dit en Tommie dat, sy wil hom net opvreet. En Madelein se hart stryk sagkens langs 'n boom neer en sluimer in.

Hulle laat sy hare in 'n winkelsentrum skeer.

"Vreeslik erg," sê sy oor die seun se kop aan die kapper. "Ek reken daar kan dinge broei."

"Mevrou, hier het al erger by my ingeloop, sommer baie erger. Ek gaan vir hom 'n mooie styletjie gee. Watch net." En hy knipoog vir Tommie in die barbierspieël.

Intussen kyk sy en Sanette sommer na rokke wat buite op relings hang, alles peperduur. Toe hulle hul draai, is Tommie klaar en sy gewaar hom voor 'n kiosk met 'n rooi joep-joep dummie aan 'n breë lint om sy nek.

"Tommie, waar kry jy daai lekkergoed?" vra sy dadelik toe sy by hom kom.

"Hulle het dit vir my gegee," wys hy agtertoe. Die twee vroue van die lekkergoedkiosk staan nog steeds met net sulke glimlagte.

"Nou hoe het dit gekom, Tommie?"

Die twee wou glo weet saam met wie hy gekom het. En toe Tommie op hulle vraag na sy ta' Mad by die rokke wys, merk hulle die verskil tussen hulle velle.

"Ja, maar waar's jou ma?" Net sulke tandvleise.

"My ma is in die tronk." Dis toe dat hulle vir hom die dummie aan die rooi lint gee.

"Jou klein boggher," sê Madelein, en na hulle: "Nou maar hartlik dankie, julle."

"Totsiens, Tommie, totsiens, Tommie," roep die twee.

'n Hartesteler, maar toe dit by die slapery in haar woonstel kom, steek Sanette vas. "Ek het nie gereken Tommie gaan oorslaap nie, Mammie."

"En waar het jy gedink gaan die kind slaap? In 'n boom in die park soos 'n blouaap?"

"Mammie, moet my nou nie kwalik neem nie, maar dit voel darem vreemd. Mammie moet weet ek het darem ook my standaarde."

"Ek néém jou kwalik, Sanette. En die standaarde waarvan jy daar praat is nie dié wat ek jou geleer het nie."

"Maar my liewe aarde, Mammie, hoeveel keer moet ek nog vir Mammie aan die goed herinner. Ek het met 'n dubbellisensiaat geslaag. Ek skryf vier-en-twintig leerlinge vir musiekeksamen in en dan kry drie-en-twintig van hulle goud. Ek en Mammie kry staande applous in die Oos-Londense stadsaal, maar hy wou niks met my uit te waaie hê nie. Of met Engela-Jean nie."

"Hy het altyd gesê dit was julle wat horings teen hom opgehou het."

"Dis wat my die seerste maak: dat Mammie na al hierdie swaar jare nog steeds sy kant kies."

"Dis nou genoeg, Sanette. Ek laat my nie deur jou voorsê nie. En dit verseker ek jou: ek sal my voet nie weer hier by jou sit as dít is hoe jy oor my en Tommie voel nie. Jy behoort jou te skaam. Vandag gaan dit nie meer oor jou pa nie. Kan jy dit nie insien nie? Ek weet waaroor dit vir jou gaan, maar jy moet dit maar self agterkom. Op jou eie tyd. God wees jou genadig dat dit dan nie te laat is nie." Sy kyk na Tommie.

Die kind het stert tussen die bene gekry. Sy neem hom uit. Op die onderste treetjie moet sy eers gaan sit, so tjank sy. Die vrees wat so jonk teen haar opgestaan het, het met die jare verdwyn en niks geword nie. Maar hier rys 'n nuwe ding teen haar op. Bloed van haar bloed teen die bloedjie van haar man.

'n Ou vrou op 'n trap, en waarnatoe moet sy met die kind? Hulle kan tog nie in 'n "internasionale" hotel gaan oornag nie, dis gans te duur vir haar sak.

Daarbo worstel Sanette met die vreemde bloed wat dreig om by haar woonstel in te kom.

Die volgende oomblik kom sy trapaf gestorm: "Ma," gil Sanette, "dankie tog julle is nog hier. Tommie, kom asseblief boontoe. Ek het met my boyfriend gepraat. Hy sê ek is van my kop af. Ek is, ek was, vergewe my, Ma. Asseblief, kom tog net weer binne. Vergewe my, honderd maal. Honderd maal. Tommie kan by my slaap. Ek maak vir hom in die sitkamer 'n bed op. Ek was verkeerd, asseblief tog, Mammie."

Sy omarm hulle, help hulle treetjie vir treetjie op na die geel lig wat by haar oopgelate voordeur uitstraal. Is dit haar Sanette dié, een oomblik só, die volgende oomblik sus? Of is dit Bill se eie kind? Maar sy vra nie uit nie.

Hulle sit aan en eet van die oorskiet-macaroni. Tommie kry sy eetlus terug, die gedoente van oomblikke gelede nou vergete.

Toe die Groenpunt-mishoring buitekant klaag, kyk sy en Sanette albei op na die gordyne wat sy teen die klammigheid toegetrek het.

"Sanette?" en sy lig haar glas.

"Ja, Ma?"

"Gesondheid, jong." En hulle begin lag, dié twee, hulle lag mekaar naderhand om die tafel en in mekaar se arms in.

Net soos die res van meneer Eddie Victor se personeel, moet sy soggens eers by die voorportaal verbykom, na die groot horlosie teen sy muur kyk en dan haar korrekte inkloktyd neerskryf. Daarna oorhandig sy haar programboek aan hom dat hy kan besluit of dit in orde is, en afteken.

Meneer Eddie Victor kyk na haar om te sien of sy gelukkig of ongelukkig is. "Is daar enigiets waarmee ek kan help, mevrou Scheiffer? Jy moet net sê, hoor."

"Ons gaan goed aan hier op die dorp, meneer Victor. Die personeel is deur die bank gaaf met my."

Veral die vroue wat weet sy maak haar man se kind by 'n ander vrou groot. Die bruinvroue van Somerset-Oos – hulle het almal haar pelle geword.

"Kom gee tog bietjie hand met ons ou kerkkoortjie, mevrou Scheiffer," kom vra Tracy en Agnes Price.

Sy begin met Psalm 23. En haar hulp met die koor word 'n instelling. As James uitgaan en sy nie vir Tommie alleen wil laat nie, oefen die koorlede sommer by haar in die sitkamer.

Tracy en Agnes, Lee-Anne en Vanessa-hulle, antie Myrna en die Jacobs-tweeling, die alte vir wie almal sommer die Youngkis sê, en Lovelace en Neville en Dwight Peffer en die Bokkies-mans met die lang asems.

"Moet tog nie vir hulle op hulle van sê nie," kom sê Tracy stilletjies vir haar by die teemakery in haar kombuis. "Dis 'n lelike van by ons, Bokkies. Waar kruip Tommie dan weg? Ek het vir hom ietsie gebring." En sy haal die papierbordjie met koesisters vir die kind uit. Soos hulle dit maak, in klapper gerol.

Hulle gee glad 'n langspeelplaat van Roberta Flack vir haar present met 'n briefie by: *Mevrou Scheiffer, u help ons so baie.* Die plaat word James s'n.

Engela-Jean kom onverwags kuier. Haar kinders is nie by nie en Tommie is ook uit. Sy het haar tyd gekies.

Sy druk haar ma teen haar vas en die twee vroue bly so staan totdat hulle die klop van mekaar se harte deur die rokke kan aanvoel. Engela-Jean wikkel haarself los om na 'n tissue in die sak van haar jeans te soek.

—31—

TOMMIE IS 'N JAAR OP SOMERSET-OOS TOE OUKAT KLEINtjies kry. Daar is 'n klop aan die deur.

'n Rankerige man staan voor Madelein, hy laat haar selfs 'n bietjie aan Wimpie in Oos-Londen dink.

Dawie Kamfer sê hy het gehoor sy het katjies te koop en hy wil tog net kom kyk of daar dalk enetjie vir sy kleinspan is. Hy stap deur haar huis, ongenooid, kyk hier en loer daar. Sommer by die agtervenster ook uit.

Snaaks, sy het nog altyd gedink 'n man met 'n grys flanellangbroek het iets in sy sak wat hy vir die wêreld wil wegsteek.

"En wie's daar in die tuin?" en hy wys na Tommie.

"Dis my man se seun."

"O," sê hy. Sy hande bol in sy broeksakke.

Dawie Kamfer, jou moegoe. Kom uit daar waar jy wegkruip en sê 'n ding soos hy is.

"Los maar eers, mevrou Scheiffer. Ek dink nog eers 'n bietjie daaroor," sê hy toe en groet.

Hy is sonder 'n katjie daar weg. O, sy het haar kans verspeel, sy moes hom net daar vasgetrap het.

Nie 'n week verloop ná Kamfer se besoek nie toe daar weer geklop word. Dié keer is dit die welsynswerker, so 'n valetjie wat lyk of sy niks tussen die lakens kan uitrig nie. Maar soet van die parfuum, seker om die vaalheid te temper.

Susan Meiring kondig aan dat daar 'n klag by die munisipaliteit teen mevrou M. Scheiffer van Museumstraat-Bo nommer 14, Somerset-Oos, gelê is. Sy wys vir haar die brief waarop twee klagtes uitgeskrywe staan: Mevrou Scheiffer huisves 'n swartkind, en mevrou Scheiffer het godsdiensprobleme.

"Kyk, Susan, aan my godsdiens moet niemand kom torring nie." Sy dag sy kry 'n oorval.

"Mevrou moet tog onthou ek het nie self die klag geskryf nie. Dit is maar net my werk om dit mee te deel."

"Sit maar," nooi sy vir Susan nadat sy eers vir Oukat met haar kroos uitgedra het. Die ses suig en snor omtrent.

Sy skink sap vir twee en vertel die hele storie vir Susan. Net oor die Jik en die ander grusaamhede bly sy stil. Daarna word Susan deur haar huis begelei: daar hang die handdoeke – hare, een vir James en daardie enetjie vir Tommie.

Susan se parfuum wil haar naar maak. Sy dag die wet gee haar en Tommie 'n blaaskans, want Girlie is gesnoer en die uitvoering van die Groepsgebiedewet verslap, maar tog het die wet haar kom ry.

"En hier is Tommie se slaapkamer." Op sy spieëltafeltjie lê die seeleeutjie van spons. Verder min speelgoed behalwe die stukkendes wat van die Bruinderse-kinders se vernielsug oorgebly het.

Sy hou Susan Meiring dop terwyl sy rondsnuffel. Waarna soek die vaal vrou? Sy sal tog nie dieselfde dinge as sý sien nie: die duik wat sy boudjies op die bed gelaat het, die vorm wat sy voet in sy kous getrap het.

"Lees hy al?" vra Susan en wys na *Burgers van die Berge*.

"Amper, sou ek sê. James, sy halfbroer, lees vir hom voor. Hy is 'n leergierige kind."

Madelein tel 'n onderbroekie op en vee dit vlugtig voor haar neus verby: heuningkoek, stof en vinkveertjies.

Hoe kan sy vir die vrou sê dat sy die kontoere van die kind reeds soos die lyne op haar handpalm ken. Dat Tommie nie van haar is nie, maar besig is om hare te word. Deur hom kan sy haar man tot ruste lê. Sy word heel, sy ís nou heel.

Nog voor hulle weer terug in die eetkamer kom, draai Susan om en sê uitdruklik en nie sonder meelewing nie: "Met hierdie saak wil ek niks te make hê nie."

"Wie het die klag gelê, Susan? As ek mag weet?"

Sy skud haar kop. "Dit is vertroulik, ek kan werklik nie sê nie."

"Ek weet wie hulle is." Sy vat aan die rug van 'n stoel en skuif dit hard onder die tafel in. "Dis die mense wat hulle oë toemaak." Sy begin huil sodat Susan nie verder kan hoor nie: "En dan sien hulle Tommie se sagte bruin vel in die holte van my slaaprok waar hy homself snags kom inwoel" – bloed stoot in haar gesig op – "en my witmensarm oor hom, en dis" – sy klap met die agterkante van haar vingers in haar palm – "dís wat hulle nie kan vat nie!" skree sy dit uit.

Ta' Mad en hy gaan bietjie dorp toe. Oor die straat hou sy sy hand vas, maar dis nie rêrig nodig nie.

"Hierso, ta' Mad," rem hy. Op die muur van die slaghuis is 'n bul met 'n krom nek wat op sy voorpote slaan en twee keer kom daar stoom by sy neusgate uit. Hy lag hom pap.

Antie Tracy en Antie Agnes Price kom verby. Hulle dra swaar sakke met kos vir hulle kindertjies by die huis aan.

"Middag, mevrou. Hallo, Tommie." Hulle gaan staan, en gesels bo sy kop met ta' Mad.

Ta' Mad kan met hulle lag as hulle by haar is, maar sy wil nie hê dat hy soos hulle praat of soos die ander kinders by William Oats nie. By die skool het Giffie Scheepers vir hom gesê hy gaan hom wiks, vir wat hou hy hom kamtig wit.

Die verskil tussen hom en antie Tracy en antie Agnes Price is dat hulle saam met die ander bruinmense in hulle huise bly, maar hy bly by ta' Mad in Museumstraat-Bo, nommer 14.

Tannie Engela-Jean hou skelm van hom, sy het al niekerbôls vir hom kom afgee, maar sy sê nie sy hou van hom nie en niemand mag van die niekerbôls weet nie, dis hulle geheim.

Oom Manie die kolonel hou niks van hom nie en hy hou ook nie van hom nie, maar as hy hom sien, kyk hy na die pistool wat langs sy been hang. Oom Manie het 'n groot been, amper soos 'n boom. Hy mag nie vir oom Manie "oom" sê nie, want oom Manie sê hy is nie 'n gemors se oom nie.

"Peperduur," sê ta' Mad bo hom. Ek moet deesdae my sente tel."

"Maar mens voel darem so lekker jonk ná 'n perm, mevrou Scheiffer. Ek voel altyd baie special," sê antie Tracy Price.

Nog bruinmense kom verby en almal groet vir ta' Mad, en vir hom.

"Kom ons gaan drink iets, Tommie." Sy vat hom by die Lord Charles-kafee in. "Ek moet die ruskamer inhardloop, ek het nie kans gehad by die huis nie."

Sy laat hom by een van die tafeltjies sit en hy mag solank na die spyskaart kyk.

"Bestel jy maar wat jy wil hê. Net drinkgoed, ons gaan nie nou iets eet nie."

Die tafeltjie is glad bo-op soos plastiek en pienk en wit riviertjies loop oral. Dis mooier as ta' Mad se houttafel in die kombuis. En die pote van die tafeltjie is pragtig blink met hulle rubbersokkies.

Ta' Mad verdwyn agter die dividertjie na die toilet. Teen die dak is waaiers en Tommie wens iemand wil hulle aansit. Heel bo teen die dak waar niemand kan sien nie, sit duisende vlieë. Hy kan sien party wat al dood is, sit doodstil en ander vlie nog rond.

Hy hou die spyskaart voor hom: hamburger met aartappelskyfies, geroosterde tamatie-en-kaastoebroodjie, wit of bruin, Coca-Cola, Fanta. Spider – Coca-Cola met vanieljeroomys. Dis wat hy wil hê. Hy kyk op.

O, hy ken dié antie ook. Dis antie Sharon van Rooy en sy kom ook na ta' Mad se huis as hulle koor oefen.

"Maar jy rek uit jou nate uit, Tommie, jy's dan al glad verby my Appelkosie," sê antie Sharon.

Sy vat aan sy hare. Almal vat altyd aan sy hare. Ta' Mad sê dis omdat niemand sy swart hare kan weerstaan nie.

"'n Spider met Coca-Cola en roomys, asseblief."

'n Vlieg kom sit op sy voorkop en hy klap hom weg. Toe hy opkyk, het 'n wit tannie met 'n blou rok reg langs hom kom staan.

"Jy weet dat jy eintlik nie hier kan sit nie, nè? Hierdie kafee is nie vir julle bedoel nie. Waar is jou ma?"

"My pa is Bill Scheiffer," sê Tommie dadelik. Hy bly sit en kyk op na die tannie. Oor haar skouer is 'n baie blink goue kettinkie wat aan haar handsak vas is.

"Ek het geen idee wie dit is nie. Wie is hy, is hy 'n witman?"

Tommie knik en kyk nie weg nie. Sy pa het altyd vir hom lesse gegee om in sy oë te kyk totdat dit hom seergemaak het. Sy pa het nooit as te nimmer weggekyk nie. As hy dit met Tjaka gedoen het, het Tjaka gou weggekyk. Arme Tjaka.

"Waarna kyk jy miskien?" Die tannie in die blou rok buk af tot byna op sy kop en hy kan sien haar lippe wil iets leliks sê, want hulle raak plat en die tannie sweet op haar bolip.

Maar net toe kom antie Sharon van Rooy met sy Spider. Hy is baie bly.

Dis 'n lang glas, langer as enige glas by die huis en die roomys skuim bo-oor die rand, so lekker is dit.

Die vrou draai na antie Sharon: "Wat gaan hier aan, ek dog die kafee is net vir blankes?"

"Dit is, mevrou," sê Sharon en sy sit die Spider tussen sy arms op die tafel neer. Van die roomysskuim loop stadig by die glas af en hy skep vinnig daarvan met sy vinger op en lek dit af voordat die vrou met die blou rok weer na hom kan kyk. Hy wens sy wil nou loop dat hy sy Spider kan eet.

Die vrou swaai om: "Waar's jou baas, watsenaam, ek gaan bietjie werk maak van die saak. Julle kan nie sommer julle eie wette in hierdie dorp maak nie," en sy loop uit dat haar wit handsak aan die blink ketting swaai.

Tommie druk die lang lepel in die glas en skep roomys en Coke op voordat dit verder smelt. Hy gaan nie eers vir ta' Mad sê nie.

Toe hy die eerste keer met ta' Mad en James by die NG Kerk inkom, het al die koppe met hoede op gedraai, ook die mans met hulle snorretjies, en die kinders het hulle nekke verstuit.

"Ons sit nie saam met 'n swartetjie op dieselfde kerkbanke nie." Hy het dit gehoor, maar ta' Mad dink hy het nie. Hulle mag ook nooit in dieselfde bank sit by tannie Engela-Jean en oom Manie vir wie hy nie mag oom sê nie.

In die kerk blaas James homself nog groter op wanneer hulle gaan sit. James is net so sterk soos sy pa en hy het ook 'n yslike totterman wat tussen sy bene hang wanneer hy stort. Nes sy pa.

James sê as die mense in die dorp net lelik met hom en ta' Mad maak, sal hy hulle saak werk. James sê hy is sy kleinbroertjie. Hy sal net vir James van die vrou met die blou rok en die goue kettinkie vertel. Maar hy is bly antie Sharon was daar.

Dis die lekkerste Spider van sy lewe.

James kom terug van sy werk, op Somerset-Oos is hy as portier by die hospitaal aangestel. Hy het 'n kaartjie in 'n koevert by hom. Op die boonste en onderste hoek van die kaartjie is daar 'n geel-en-pienk tweetie-bird op 'n takkie en reg in die middel in krulletters: *Uitnodiging*. Dit kom van een van die verpleegsters: James word na 'n huispartytjie genooi.

Aanvanklik weier hy om te gaan. Dan speel hy tussen die appelkoosbome, dan peuter hy met die robotmannetjie wat hy en Tommie aan die gang probeer kry. Maar Madelein kan mos sien hy brand om te gaan. En sy oorreed hom.

"Op my eie, Mammie?"

"Maar daar is mos mense wat jy ken, James."

Hy kou aan sy kneukels.

"Jy gaan jou gate uit geniet, James. Hoe is jou hart dan nou?"

Die aand van die partytjie gooi hy vir hom 'n Coca-Cola in 'n bierglas en dapper en stapper soos sy pa deur die huis. Spoggerig met sy rooi hemp en hy het 'n raps te veel aangespuit.

Sy hare is agtertoe gekam, maar val oor sy voorkop en ore sonder dat hy dit agterkom.

Dis James se eerste partytjie ooit. Hy moet twee keer toilet toe gaan voordat sy geleentheid opdaag.

—32—

SY GAAN TREK DIE GORDYNE IN DIE SONKAMER OOP EN MERK die vel papier wat die vorige nag onder haar voordeur ingeskuif is. Sy begin lees en bewe.

Die Groepsgebiedewet van 1957 is op die vorm gedruk en dit is met 'n blou balpuntpen ingevul:

WHEREAS you Tommie Scheiffer are not a member of the White group and are therefore a disqualified person of the said area i.e. Somerset-East;
You are hereby notified, in terms of section 20(1) bis (b) of the Group Areas Act, 1957 (Act No 77 of 1957) that the white community of Somerset by virtue of a delegation of the Minister of Community Development, has determined that the provisions of section 23 of the said act shall apply in respect of the said person with effect from the 30th November 1986 and that you, Tommie Scheiffer, together with all disqualified persons occupying with your permission are required to vacate the said land or premises i.e. Museumstraat-Bo nommer 14, Somerset-East to the said date.
Signed at: Somerset-East, this 28th day of November 1986.

En heel onderaan geskrywe: The White Community of Somerset-East.

Die melaatse ding val op die vloer. Die woorde van die wet staan daarop.

Sy is naar tot op die krop van haar maag en moet gaan sit: die vloek van gemengde bloed wat by haar voordeur insypel.

Sy tel weer die vorm op. Daar staan die hart van die saak uitgeskryf met blou balpuntpen deur die witmense van Somerset-Oos. Hulle vrese, hulle kleinlikheid en hulle agterlikheid. Hulle agterbaksheid en hulle harteloosheid. Dis waarom dit hier gaan.

Hoeveel maal het Bill dit net so afgerammel en sy hande gewring. Is hy te dood om nog te help keer?

Hulle wil Tommie uit sy konyneholletjie uitgrawe. En haar middeldeur breek.

Die water in die ketel, 'n skoppie teeblare, die kookwater oor die teeblare, die dekseltjie op die teepot, drie maal omdraai, ma Martie se gehekelde teemus oor die teepot: sy kan van woede omkom.

Sy kan onmoontlik die dag skool toe en bel meneer Eddie Victor.

"Hulle wil my en Tommie met die wet vastrek, meneer Victor. Maar ek gaan nie lê nie."

"Sterkte, mevrou Scheiffer. Jy sal jou verbaas hoe jy die wet kan plooi. Het jy 'n prokureur? Jy moet die wet uitbuit met mense wat kennis daarvan dra. En onthou: Bly jy maar net doodkalm, mevrou Scheiffer."

"Meneer Victor, ek sien net rooi soos ek hier staan."

Sy gaan regmaak: oorbelle, haar handsak, mauve handskoene en iets agter die ore en in die nek.

"Die burgemeester kan u nie vandag spreek nie, mevrou Scheiffer, hy het dit te druk."

Sy dag sy klap die dingetjie. "Nou maar dan sit ek hier totdat hy dit nie meer so druk het nie. Ek het oorgenoeg om aan te dink."

Na 'n uur kom sit Dingetjie 'n koppie tee langs haar neer. "Dankie, juffrou."

Tot by haar en Bill se dae op Vaalharts neem haar gedagtes haar waar sy in die munisipaliteitskantoor sit en wag. Hoe hulle nagte deur oor politiek baklei het. Hoe mooi sy vir hom was juis as sy so hitsig geraak het.

As sy nou daaraan dink: hulle bakleiery het nie regtig oor politiek gegaan nie. Dit was maar 'n manier om mekaar in die bed te kry. 'n Voorspel, niks meer nie.

Daarom het sy nie werklik oor Verwoerd se wette besin toe hulle die een na die ander geproklameer is nie. Eers was daar die Verbod op Gemengde Huwelike, die wet wat Bill Transkei toe gejaag het. Later het die Groepsgebiedewet gekom. Maar wat, sy het maar gespook en gespartel met haar kinders, die skoolhouery, landbouskoue. En verkiesing ná verkiesing vir die Nasionale Party met al hulle nuwe wette bly stem. Nes haar pa en ma het sy vir die Natte lief gebly, nou het hulle haar verraai.

Dingetjie se hand was swaar met die melk in haar tee.

Hier kom die burgemeester van Somerset-Oos. Sy vat haar handsak en handskoene saam en loop vinnig op hom af voordat hy by die voordeur kom.

"Meneer, verskoon my, Madelein Scheiffer, ek dink u weet reeds van my. Ek verstaan iemand het 'n klag gelê oor die kind wat by my inwoon."

Sy gebit knars van irritasie.

"Vanoggend toe ek opstaan, het iemand 'n vorm onder my deur ingedruk. Weet u daarvan? Dis nie lekker dié soort goed nie, meneer. Ek dink u sal begryp."

"My tyd is werklik knap vandag. Ek kan u hoogstens 'n paar minute gee," en hy loop terug na sy kantoor – hy loop voor haar by die deur in – en gaan sit op die kant van sy lessenaar en vou sy bene oormekaar.

"Presies waarmee kan ek u help, mevrou Scheiffer?" Die hand gaan op en stryk oor sy neus.

"Meneer, ek kom vra jou vandag baie mooi: Sê asseblief vir my wie dit was wat die klag teen my gelê het sodat ek my situasie aan hom kan verduidelik. En is daar 'n verband tussen die klag en die vorm onder my deur? Wat gaan hier aan? Asseblief, dít is wat ek wil weet."

"Mevrou Scheiffer, dit spyt my, maar dit kan ek nou rêrig nie doen nie," en hy kyk oor haar kop buitentoe. Seker 'n afspraak by die gholfbaan. Die man weet beslis van alles.

"Meneer, as ek 'n saak teen die munisipaliteit maak, het julle waaragtig nie 'n been om op te staan nie."

"O nee, mevrou Scheiffer," skud hy sy vinger voor haar, "dit kan u volstrek nie doen nie. So ver kan u nie gaan nie."

"Nou maar bring dan die man met sy klag en sy vorms wat hy so rondstrooi dat ek self met hom kan praat. Hoe lyk vanaand?"

"Laat ek net eers kyk of ek hom in die hande kan kry. En . . . daar is tog 'n voorwaarde wat ek wil stel." Sy dans word versigtiger, sy knaters draai vas. "Ek sal ook graag wil saamkom."

"U is meer as welkom, meneer."

Negeuur die aand lui haar foon. Die burgemeester kan nie die man in die hande kry wat die klag teen haar aanhangig gemaak het nie. Hulle kan dalk die volgende aand kom. Blerrie fool.

Sy bly laat op. Voordat sy na haar eie kamer gaan, gaan lê sy eers 'n rukkie langs die slapende seun op sy bed. Tommie het opgehou om by haar te kom inkruip. Hy raak groter en wanneer net hulle drie bymekaar is, vinniger met sy tong, soms moedswillig. Sy ruk hom in die bek, maar op haar eentjie hou sy daarvan.

Sy streel oor sy ken, sy wange en nek en staan dan op.

Onder James se kamerdeur skyn daar nog lig, hy lees seker.

David Trollop sit nog net so met polisiekeps op in haar sonkamer toe sy van die skool af terugkom. Hy vlie op toe sy instap.

"Ant Madelein, ek kom vandag as vriend, nie as polisieman nie: Kan ant Madelein tog nie asseblief 'n permit vir Tommie kry nie?"

Sy kan sien die ding wat hy moet kom sê, put hom skoon uit.

"Maar my hemel, David, gebruik dan tog jou verstand. Moet mens nou 'n permit vir jou bediende ook loop kry? Wat kom soek jy hier met so 'n versoek, jy is mos nie onnosel nie? Wie het jou gestuur?"

Blonde fraiings oor sy oë. En 'n mond wat hy moet hou.

Sy hou van David Trollop, hy is nie onaardig om na te kyk nie. "Ek gaan nie toelaat dat jy verder met my sukkel nie, David. Nee wat, jy kan maar loop as dit ál is wat jy vir my te sê het."

Dié dag hoor sy nie van die burgemeester en sy meneer nie. Sy glo nie sy gaan ooit weer van hulle hoor nie.

"Dit gaan nie om die wet nie, Diederik." Sy het haar prokureur in Port Elizabeth gaan spreek. "Dit gaan oor Tommie se bruin vel teen myne. Oor die vrees van al die wetstrawante vir verdere bloedvermenging, die vrees vir hulle ondergang. En toe stuur hulle nog 'n polisiemannetjie ook, en dié kom sê ek moet 'n permit vir Tommie kry."

"Maar my hel, Madelein." Diederik Hanekom wil stuipe kry.

"Die stadsraad van Somerset se koppe gaan rol, hoor wat ek

vandag vir jou sê, Madelein." Hy gaan staan voor sy kantoorvenster en kyk oor die hyskrane in die hawe en vloek net sulke ente.

Sy skep moed. Diederik Hanekom is knap. Hulle kan die wet aan hulle kant kry. Hy gaan die een wet met 'n ander beveg, die land is vrot van kontradiksies.

—33—

DIEDERIK HANEKOM BEL HAAR WEER. HY HET BILL SE TEStament uiteindelik by Standard Trust opgespoor. Die testament is nog op Vaalharts geskryf en sy kinders is die enigste erfgename.

"En hoe gaan dit deesdae op Somerset-Oos?"

"Nee wat, daar is nie op die oomblik klagtes nie, Diederik. Ek hoor niks van die klomp nie. Nie 'n woord nie. Lyk my hulle het koue voete gekry."

Sy vra dat die nagelate geld net so tussen haar kinders verdeel moet word en dat Tommie s'n weggesit moet word tot op sy een-en-twintigste verjaardag.

En toe: "Madelein, ek het slegte nuus vir jou. Girlie is vrygelaat uit die gevangenis in Umtata en haar prokureur het namens haar eise teen die testament van Bill Scheiffer ingestel. Jy moet kom sodat ons die ding kan uitsorteer."

Toe sy by Diederik se kantoor instap, sit Girlie Bruinders klaar daar. Haar oë het in haar skedel teruggesak en die wangbene staan uit. Net toe sy gaan sit, spring Girlie op.

Sy gaan staan in die middel van die prokureurskantoor, trippel vorentoe na Diederik agter sy lessenaar, agtertoe na haar op die stoel. En klap haar hande.

"Mies Madlein, sê bietjie vir jou prokureur hoe ek al daai jare in die Transkei vir Tommie gesorg het, en toe het ek hom vir jou gegee." Sy klap weer. "Dis die reine waarheid." Sy wag dat die man iets moet sê en klap nog vinniger toe daar nie 'n woord kom nie. "Altyd as ek vir Tommie gebad het dan sê hy mos vir my: Jy is nie my ma nie. Antie Madlein is my ma. Dis wat Bill vir hom altyd vertel het. Bill het vir my gesê ek kan nie die kind ordentlik grootmaak nie, ek moet hom vir mies Madlein gee."

Madelein kyk na Diederik. Girlie Bruinders is besig om haarself daar voor hulle uit te trek. Alles, sy sal alles doen en enigiets sê, solank sy iets van Bill se goed kan kry om te oorleef.

"Ek het my eie kind aan haar afgestaan." Nou hou Girlie ook haar oë op Diederik. "Jy kan self sien ek het. Het ek of het ek nie?"

"Girlie, ek is bewus van die voogdyskap wat jy oorgedra het. Jou prokureur het my ook daarvan verwittig."

Girlie open haar mond en suig met haar lippe. Nie meer die lippe van vroeër nie, die tronk het die vlesigheid verteer.

"Verwittig," sê sy die woord agter hom aan. En gryp haar kop vas: "Wat moet ek doen, wat moet ek doen?"

Hortend: "Jy moet Tommie op die telefoon sit as jy by die huis kom sodat ek met my kind kan praat, mies Madlein. Jy moet hom nie van my af wegvat nie, ek is nou 'n vry mens."

Madelein kan sien Girlie gryp, want sy weet sy is besig om te verloor. "Verwittig" was die wegskuifwoord. Sy reken sy en Diederik Hanekom wil van haar ontslae raak en sy is doodbang daarvoor.

"Bill het belowe hy sal vir my nie weggooi nie, hy sal vir my voorsien omdat ek al daai jare na sy kind gekyk het." Sy swaai haar arms, die linker-een voor haar borste, die regter-een agter haar boude, die linker-een agterom, die regter-een voorom. Sy draf vorentoe en gee Diederik se lessenaar 'n veeg, retireer na Madelein agter haar. Heen en weer. Voor haar die witman in sy blou hemp, sy blou-en-geel-en-rooi spikkeldas en sy baadjie oor 'n kapstok, met die blou van Algoabaai agter sy skouers.

En agter haar staan sy met haar hare in 'n Franse rol, pêreltjies om haar hals. Girlie hou hulle albei met haar hol oë vas. Sy is besig om te verloor.

Madelein weet nie wat om met die vrou te maak nie. Ene been onder by die rok uit. Die lap van die rok skif, die plastiek van die skoene het oor een van die tone gekraak. Wat het hulle haar in die tronk gevoer dat die honger steeds in haar oë bly steek? Sy kan beswaarlik na haar kyk.

"Mies Madlein, ek het aan die tralies vasgehou vir hierdie dag." Sy begin huil en skud haar hande soos mens druppels sou afskud.

"Girlie, ek praat al 'n hele ruk met jou prokureur in Umtata," sê Diederik. "Bill se boedel sal afgehandel moet word. Daar is die yskaste op Butterworth, daar is sy vrieskas. Ek verneem daar is 'n vleismasjien en 'n vleissaag, al die meubels. En die grond. Ek het met dokter Bekitcha, die Minister van Gesondheid van Transkei, gepraat."

Sy verskans haarself agter die vlerkbewegings van haar arms, haar arms is riempies, dun gesny, die vel om die elmboë gebars. Haar blik gly van hulle af weg.

Madelein besef dat die vrou haar draad verloor het. Girlie is die bruinvrou wat die wit prokureur se redenasie moet volg. Hulle staan aan die ander kant, selfs hulle taal is aan die ander kant, hulle woorde bokant haar begrip.

"Dokter Bekitcha het saam met meneer Scheiffer die beesstoet gehad. Daar is meneer Scheiffer se ander vee, sy osse, sy beeste, sy vierwiel-aangedrewe voertuie, die scramblers, sy trekkers. Ek reken jy is geregtig op weduweepensioen. Meneer Cromwell Diko, jou prokureur, het my verseker dat jy –"

"Niks, niks," skree sy. "Julle gaan my almal verneuk, daar is niks van Bill se goed oor nie. Cromwell Diko lieg vir jou oor die foon, want hy weet niemand kan hom in Umtata kom uitgrawe nie. Diko het klaar vir my gedreig ek skuld hom soveel en soveel en daai soveel gaan al Bill se besittings opvreet.

"Die bokke, al die beeste, ek weet daar loop vandag nie een enkele klou op al daai plase nie, alles verduister in die drie jaar wat ek moes sit. Ek het gesê ek moenie tronk toe nie, ek moet na sy goed kyk. Julle dink ek is onnosel," spring sy agterom Madelein se stoel.

Madelein verdraai haar nek om haar nog in die oog te hou, sodat die string pêrels om haar hals styftrek.

Girlie kom voor haar te lande en praat reg in haar gesig. Daar is blik op haar asem.

"Bill het gesê hy gooi my nie weg nie. Sy geld moet na my toe kom omdat ek vir Tommie gesorg het."

"Hoe kan jy daardie geld vat, Girlie? Dis mos nie my geld nie, dis my kinders s'n."

"Ja, maar Bill het gesê hy sal vir my sorg. Dit was sy woorde."

"Be that as it may. Ek eien nie die geld vir my toe nie. Dis my kinders s'n. En daar is ook genoeg vir Tommie nagelaat sodat hy dit ná sy een-en-twintigste vir sy studies kan gebruik."

Girlie werp haar op Diederik se lessenaar neer, haar hare strooi oor sy dagkalender, haar arms val weerskante op die blink blad en sy begin ween, haar skouers krimp en haar hande gryp soos sy haarself net nog in trane kan uitdruk.

Hulle sal haar moet uitdra, dink Madelein. So gaan sy dit nie in die hyser ondertoe maak tot voor by die gebou uit nie. Hoe het sy daar gekom? En waar is Rose Bruinders?

Net sy en Tommie is die Saterdagaand tuis. James het by Engela-Jean en Manie die kleintjies gaan abba en op sy rug laat perdjie ry.

Tommie speel met die robotmannetjie waarmee hy en James nou al weke spook. Sy hou hom dop.

"Pa het gesê hy gaan my nog eendag leer skiet," sê hy meteens.

"Ek wonder of dit vir jou nog nodig is om te leer skiet, Tommie? Miskien was dit die geval toe julle in Butterworth gebly het. Maar hier? Buitendien, waar dink jy miskien gaan jy 'n geweer kry? Nee wat."

Hy sê niks verder nie. Hy aanvaar haar gesag, maar sy weet

dat hy tob noudat hy ouer word. Sy bemoei haar meer met hom as met enige van haar ander kinders.

Later slurp hulle aan Milo en elkeen gaan na sy kamer.

Voor hanekraai is Madelein wakker, haar gedagtes op 'n ry. Sy wil by haarself met Tommie praat. *Sotto voce*, net vir die ore van die vier mure om haar.

"Jy moet nou grootword, Tommie, en as jy eers jou eie veters so styf soos James s'n kan vasmaak en jy begin jou eie sweet ruik, onthou dan: Jou omkyk is vir goed verby. Jy is geneig om terug te kyk, en ek weet waarna. Na die krul van jou pa se vingers op die mat, na sy laaste oomblikke. Tommie, Tommie. Daardie vingers gaan nog baie agter jou ooglede krul. Ek weet. Jy wil hom nog steeds help, en dis reg so. Jou bedoeling is goed. Hy was vir 'n paar jaartjies jou pa. As dit langer moes gewees het, sou jy hom gered het. Maar jy kon nie, Tommie, en dit is nie verniet dat dit juis so – en nie anders nie – gebeur het.

"Jy moet vir jouself 'n boom gaan uitsoek, Tommie. Gaan hang jou trane soos blare daaraan op. Die tyd daarvoor kan jy maar self kies. Miskien eers wanneer jy jou hempskraag oor jou baadjie slaan soos jou pa lief was om te doen. 'n Boom moet jy vind, Tommie, want jou huil gaan kom. En jy sal eers daarmee moet klaarmaak voordat jy iemand anders kan liefhê nes jou pa jou liefgehad het. Jy was sy groot liefde, Tommie. By jou het hy uiteindelik die liefde gevind waarvoor hy so lank gesoek het.

"Kom sit jou hand hier onder my hart, Tommie. Voel jy? Dis die pyne van al my lewens wat daar om en om en heen en weer rol totdat hulle teenmekaar en bo-op mekaar en onder mekaar hulle lê gekry het. Nou het hulle een groot klip geword, en die klip skuur teen my derms en teen my lugpyp; hy skuur die wande van my hartpunt weg.

"Ek weet dit, Tommie, ek voel dit aan. My pype en wande en afvoerkanale is byna deurgevreet. Dis hoe oud my lyf geword het, Tommie.

"Tommie, moet nooit tussen die twee stoele van die witmense en die bruinmense deurval nie. Jy het grootgeword op kaviaar en krismispoeding, op afval en soetpatats, jy het nie 'n kant om te kies nie. Jou tong is pienk en jou oë is blou en jou naeltjie bruin en jou hartjie skoon."

"Trek aan jou baadjie en maak vas jou skoene, Tommie. Jy is nou 'n grootman. Hou jou skouers reguit en tel jou kop op sodat jy jou sê kan sê. Praat reguit, Tommie."

Sy hou op en luister of sy haar eie woorde nog hoor klink. Die skemer het vanaf die ruit tot teen die verste kamermuur geskuif. Daar is niks om te hoor nie, haar woorde het hulleself ingesluk.

Weer luister sy: dit moet die agterdeur wees. Tommie het vergeet om die agterdeur mooi toe te maak, die bogghertjie. Sy gaan sy ore vir hom afdraai.

Daar is 'n trek gangaf, sy kan dit voel daar op haar bed. Dan sit sy regop en slaan haar arms om haarself.

Gerieflikheidshalwe het sy al van hóm vergeet, maar dis hy, hy het teruggekeer. Sy is 'n gelowige, sy glo wat sy hoor.

Die hond forseer homself deur die skreef in die agterdeur, snuif-snuif op die kombuisvloer rond. Sy voorbene is gespierd, ook sy boude. 'n Drawwer, hier kom hy die gang af, kris-kras op die planke. Sy asem jaag in die grys ou lug van die huis.

Hy kom om sy belofte te vervul. In drievoud sou hy kom haal – het sy dan vergeet?

Die telefoon lui toe die dag breek, en agter haar klap die kombuisdeur weer toe.

"Mammie, is dit jy?"

"Wat's fout, Engela-Jean?"

"Mammie, James het geval. Ons vermoed hy het in die nag opgestaan om toilet toe te gaan en toe kry hy 'n black-out en val met sy kop teen die wasbak. Toe Manie vanoggend opstaan en verby sy kamer loop, sien hy James lê nog net so kaal op sy bed. Hy het my dadelik geroep. Daar moet fout wees, James is mos te ordentlik om sommer so te gaan lê. Ons het die ambulans gebel en hulle het hom op 'n stretcher hier uit. Hulle ken almal vir James, Mammie."

"Waar is hy nou?"

"Hy's nog in die hospitaal, Mammie. Hulle het oor hulle voete geval om hom te help."

Sy staan op, trek haar aan en bel vir Saaiks Momberg om haar met sy taxi-kar hospitaal toe te neem. Krag het sy nie om self te bestuur nie. Vir Tommie laat sy 'n briefie met die wete dat hy dit sal lees, verstaan en goed op sy eie sal agterbly.

"Dokter Thomas, wat sien jy, dokter Thomas?" vra sy terwyl hy die x-straalplaat teen die lig hou.

"Hierdie is 'n ou besering, Madelein, dit het absoluut niks met sy black-out te make nie. Enigiemand kan 'n black-out kry as jy skielik in die middel van die nag opstaan en op 'n yskoue vloer gaan staan om water af te slaan. Maar almal het so tekere gegaan en 'n bohaai gemaak van niks, ek skrik my boeglam. Take him home. Ek het hom deeglik ondersoek. Die man is perdfris."

James kom terug huis toe en dit gaan goed behalwe dat hy vir Tommie vra om vir hom die stuk te lees van die bobbejane wat kamtig so skaap slag en dit lyk vir haar na 'n onderstebo storie. Die twyfel knaag.

James neem 'n week af, die oproepe en ruikers stroom in.

Soms neem Tommie van die oproepe en dan word die telefoon in sy oor neergesmyt. Dan loop hy spens toe en verslind die laaste koesister wat die koorvroue gebring het.

Sy aksent het vir haar maar nes haar ander kinders s'n begin klink. Net so bietjie vinniger met sy woorde is hy, so bietjie platter op die diftonge. En dit het met sy maats by William Oats te make.

"Kom hier, Tommie." Sy laat hom tussen haar bene staan. "Sê: Boggher hulle."

"Boggher hulle."

"Nee, harder." En sy druk sy skouers met haar sawwe ouvroukrag.

"Boggher hulle, bliksems," skree hy en die honde spring op en begin blaf, hulle dag hulle word uitgeneem om die bal te gaan haal.

"Dis reg, Tommie. En onthou dit nou."

James kom uit sy kamer om na die geraas te kyk. Die sluier oor sy oë is diggetrek.

Die NG predikant, ene dominee Kapp, kom maak 'n draai. Die kansel het hom onnodig groot vertoon, want hy is eintlik klein van postuur, 'n kapokgewig.

"Dominee het lank geneem om te kom."

"Mevrou Scheiffer, ek gaan dit nie ontken nie. Joune is 'n moeilike saak. Ek moes eers mooi oor alles nadink. Ek is eerlik, mevrou Scheiffer."

"Nou ja toe, kom sit maar. Dis Tommie," stel sy voor

"Ja, ja, ek het jou natuurlik al gesien." Hy skud Tommie se hand. "Hoe gaan dit op William Oats? Is dit darem lekker vir jou?"

"Ja wat," antwoord Tommie, verskoon homself soos sy hom geleer om dit te doen en gaan kyk TV.

"James?" vra hy. "Is hy hier? Hoe gaan dit?"

Dominee Kapp praat hier en vat daar. Sy jeugdigheid is misleidend, want hy straal tog 'n bepaalde durf uit. Dit maak haar versigtig vir hom.

"Mevrou Scheiffer, tannie as ek mag, ek het natuurlik nie net oor James gekom nie. Ek wil prontuit met jou praat. Eerstens wil ek net sê dat ek persoonlik geen probleem daarmee het dat Tommie hier saam met jou woon nie. En ek praat nie sommer nie. Maar ek het tog iets kom sê: Dit mag miskien anders lyk, maar die burgemeester het ook nie daarmee probleme nie."

Sy hou haar hand op: "Dominee, verskoon my, maar jy weet

niks van hierdie saak af nie. Hoekom sou die burgemeester nou omgespring het? Kan jy miskien dít vir my sê?"

Stilte.

"Watter geloofwaardigheid het jy nou as jy nie my vraag kan beantwoord nie? As Binnelandse Sake die burgemeester uit die Kaap laat weet het hy was verkeerd, dan moet hy dit mos self vir my kom sê. Hoekom stuur hulle jou hiernatoe?"

"Tannie, laat ek dit so verduidelik: As predikant het ek bepaalde pligte in hierdie dorp. Een daarvan is om die vrede tussen my gemeentelede te bewaar. Dis hoe ek dit sien. Ek glo nie tannie is 'n onredelike mens nie en dat jy sal verstaan dat die burgemeester nie wil hê jy moet 'n saak teen die munisipaliteit van Somerset-Oos maak nie. Dit is nie meer nodig nie. Die wind het gaan lê."

"O, is dit waaroor dit gaan?"

Hy styg bo haar sarkasme: "Tannie, wat ek vandag hier doen, het 'n reg en 'n plek. Ek weet nie wat om daarby te voeg nie. Behalwe dat dit my innigste bede is dat James gesond moet word."

Sy laat hom maar begaan. Hy was eerlik genoeg en het haar ook nie verder vertoorn nie. Die saak het, soos hy gesê het, gaan lê.

— 34 —

"KOM ONS NEEM JAMES DAN OP," STEL DOKTER THOMAS voor, vies omdat Madelein sy kundigheid in twyfel trek. Sy steur haar min aan hom.

Hulle ry James Bloemfontein toe en hoe anders is dit nie as die keer toe hy 'n babatjie was nie. Madelein se gedagtes vat en los.

James kan maar soveel krieket met Tommie speel soos hy wil én elke keer skree as hy deur Tommie uitgeboul word, want Tommie kan veel vinniger as hy die som van karregistrasienommers optel en boonop kierang.

En James kan maar net soveel lag as hy wil – hy was nooit een vir wen nie, hy wil maar net, dis al genoeg – maar sy moenie hierdie keer gevra word om saam te lag nie.

Hy kan maar vra, en hy vra dan ook, dat hulle by Venterskafee op Reddersburg moet aftrek vir anchovie toast en Coca-Cola. En ai tog, die droogtewind toe hulle uitklim en truie uit die bak moet haal. En haar angstigheid om James warm te hou: sy vryf sy hande tussen hare terwyl hulle die entjie na die treetjies van die kafeestoep aflê.

'n Visserigheid later in die toe kar. Sy hou pepermente agtertoe en James trek net gesig, sy blik skielik helder. En sy verbaas haar oor haar ongeloof: was sy hande werklik kouer as hare?

Destyds het hulle die baba Bloemfontein toe geneem en vir hom agt-en-twintig jare gaan haal, maar wat hulle nou vir hom gaan soek? "Ek weet nie, James William Scheiffer, ek kan jou dit nie sê nie," prewel sy.

Sy wil nie weet wat sy reeds vermoed nie. Sy druk haar sakdoek teen haar wange en kyk na die Vrystaat. As hulle maar net iewers 'n blesbok of iets, enige teken van lewe, kan teëkom.

Anchovies en Coca-Cola. Sy hoor dis hy wat 'n wind opbreek. Sy ken sy winde. Sy bly deur haar ruit na die stoppelveld kyk.

"Die veld lyk darem 'n bietjie beter daar by ons," sê dokter Thomas na 'n rukkie.

Die neurochirurg doen toetse, en daar sit hy toe. Net onder die skedel, 'n knoets soos 'n klein bruin ui. Geen abses nie, maar 'n verstrengeling van are, byna soos spatare. Raadsaam om onmiddellik te sny.

Sy slaap in die mansaal op 'n bed langs James s'n. Die ander manspasiënte laat haar dit graag toe, hulle oë traan soos hulle vir James lag. Hy hakkel, hy slinger op dronkmansvoet, hy hou net nie op nie.

Die suster is 'n groot vrou. Sy sê vir Madelein dat mans deur die bank te pieperig na haar sin is. Sy sien hoe hou die suster 'n man se dinges by die velletjie vas sodat hy in die bedpan kan mik toe die verpleegster nie gou genoeg na haar smaak opdaag nie.

Maar toe die suster die saal uitstap en James sy streke voortsit, kan sy haarself nie help nie: "Watter vrolike jong man!"

Soos 'n kind stuur James homself in alle rigtings, behalwe na die doodloopstraat, want hy verwag hy gaan in elk geval daarop afstuur, sy ken hom mos. Hy gaan nooit met haar daaroor praat nie, nie eers as die saal donker gemaak is en sy asemhaling vir haar vertel dat hy lê en wag nie.

Tommie bly saam met Sanette in 'n hotel in die stad en Quinta en Fernandé vlieg sommer Bloemfontein toe. Niemand spaar as dit by James kom nie.

Hulle vergader almal om James se bed, Tommie se hand is om twee van James se vingers gevou. Manie maak seker dat hy en Engela-Jean aan die teenoorgestelde kant as Tommie staan. Tommie sorg dat sy oog hulle nie vang nie.

Maar dis nie dié onheil wat haar kwel nie. Almal hier bymekaar, dis wat haar keel laat toetrek. En James wat boonop giggel: "Dis nes Kersfees om Ma se tafel."

Gedurende die nag slaap hy tog. As sy haar kop oplig, kan sy sy oop mond in die flou lig uit die gang sien. Sy kop is reeds vir die skalpel geskeer.

Sy wou nog die spieël weghou, maar hy sê sommer: "Bring dit hierheen, Tommie." En hy druk Tommie se skouer teen hom vas sodat hulle saam na die uilspieël kan kyk.

"As jou hare weer groei, beteken dit jy is dooddollies, nè, James?"

"Blou," sê hy en stryk oor sy kopvel.

Blou. 'n Babaskedel op die kussingsloop. Iewers onder die vel en been die knoets so groot soos 'n klein bruin ui. Sy moet ook slaap kry.

Die mengsel van hospitaal en siek manslywe om haar behoort haar nagmerrie te word, maar sy koester die nag – wat gaan slaap tog help? – totdat die eerste mossie buite begin werskaf.

Sy gooi haar kamerjas oor en doop haar vinger in die glas dooie water op sy staalbedkassie en druppel daarvan op sy lippe. Sy tong kom dadelik uit. James se jong tong wat nooit deur rook of alkohol bederf is nie. Agter die beaarde ooglede roer sy oogballe en sy hoop op 'n soet droom, 'n laaste plesier, vir hom. Sy scrambler se voorwiel wat 'n pad deur die grasveld klowe, 'n kolhaas opjaag. Sy pa wat hom omhels en nogmaals omhels.

Hy hét 'n briljante brein gehad. Bill het ook so geglo.

James se stuitighede word saam met hom wakker, maar sy kan sien dat hy nie die roes van sy spanning uitgeslaap het nie. Dit is die dag van die operasie.

"Hier is ek, James," sê sy vir hom toe hy rondsoek. "Jy mag darem seker iets drink? Ek gaan kyk of ek vir jou tee kan kry."

"Drie suiker, Ma."

Teen kwart voor tien, net vyftien minute voor tienuur, vergader almal weer om sy bed en James verloor homself heeltemal. Hy kriewel en vat aan sy kaal kop en praat sonder ophou. Net Tommie lag so 'n bietjie saam.

"Moet Tommie iets vir jou voorlees, James?" vra sy.

Nee wat, hy weet nie. Wat wil hy hê? Sy wens sy kan hom help.

"Skuif nog 'n kussing daar." Sy kan hom nie meer help nie. Sy neurie maar iets en vee sy voorhoof af.

Tommie tel sy swaar horlosie, waterdig en met kompas, van die bedkassie af op: "Watter rigting staan jou bed, James?"

Maar hy wuif die horlosie vlak voor sy neus weg. Die horlosie hou ook tyd, dan nie? En dis wat hy graagste wil hoor, die tyd wil hy hoor, sy gewag is byna verby.

"Niks om oor te worrie nie, Tommie," probeer hy nog.

Die tyd kom dat hy nie meer weet wat om met homself te maak nie. Eintlik moet hy vloek, maar James weet nie hoe nie. O, jou pienk hond, hoogstens, iets wat hy op 'n keer in 'n Suid-Afrikaanse film gehoor het. Hy giggel soos 'n treurige meisie.

Toe die trollie by die saal inkom, rol sy oë net een keer.

"Vasbyt, James, ons hou duim vas, man," roep die siek mans in sy saal en waai hom agterna, flou van die inspanning.

En die verpleegster, die een met die bril wat langs sy trollie loop terwyl hy aanrol sodat hy betyds, presies om tienuur, agter die teater se deure voor hulle oë gaan verdwyn, sê: "I'll see you when you come out, James."

"Will you give me a hug, Linda?"

En toe stop hulle die trollie 'n minuut voor tien om Linda kans te gee om af te buig en James in haar arms te neem, haar vasgespelde onderstebo horlosie druk teen sy kaal kop.

Dit was James se laaste woorde. Die snydokter het gesny – wat is sy naam? – sy wil nie eers sy naam noem nie, want die man het nooit sy huiswerk gedoen nie. Die bloeding kon hy nie stop nie.

James kom in 'n koma uit en bly in die intensiewe eenheid – dis wat koma beteken. 'n Week sit-lê hy teen kussings met die verbande om sy kop gedraai, ag, sy weet nie eers waarna het hy gelyk nie.

"Weet hy dan niks nie, Ma?" wil Tommie weet.

Die verpleegster met die bril: "Jong, ek dink hy weet goed wat aangaan, kyk net hoe werk daai linkerbeen en linkerarm."

Madelein neem sy hand en praat by sy oor: "Luister ou bulletjie, Mammie is hier by jou. As jy my kan hoor, druk my hand."

En James druk haar hand, sy kry seer. So seer dat die klip wat sy onder haar hart gevoel het, loskom en soos 'n sesde kind by haar uitrol.

Die hond het toe nooit vir haar kom haal nie. Hy het 'n fout gemaak, wou sy nog so graag vir hom sê, vat die ma, nie die seunskind nie.

Maar sy moet nog lewe om haar kind af te sien. 'n Week, een week, toe sterf James, steeds in 'n koma. Hy was 'n engel.

Sy en Tommie en Engela-Jean beland agterna saam in die hyser.

"As die Here hom maar weggevat het toe hy 'n baba was, Engela-Jean."

"Maar wou Ma hom dan nooit geken het nie?"

En Engela-Jean se hand gly van haar ma se skouer af en val op Tommie se kop en sy frommel sy krulle.

"Engela-Jean?"

"Ja, Mammie."

"Onthou jy hoe het ons altyd vir jou Gesie gesê na ou tant Gesie in die *Du Plooys van Soetmelksvlei*? Jy was mos 'n vreeslike snip gewees, en toe skryf ou dokter dinges, wat was sy naam tog gewees?"

"Dokter Raubenheimer."

"Toe skryf dokter Raubenheimer sommer Gesie Scheiffer op jou bottel hoesstroop."

"Natuurlik onthou ek dit, Mammie" – met haar hand nog net so tussen Tommie se krulle. "Gesie," herhaal sy.

En dit is die vrolikste en treurigste woord wat Madelein nog ooit gehoor het, sy kan nie eers sien om uit te stap toe die hyser op grondvlak kom nie. Tommie en Engela-Jean moet haar aan beide kante steun.

"Dokter Thomas, kom ons ry hierlangs."

Sy wil graag self hulle roete huis toe bepaal: Bloemfontein – Trompsburg – Bethulie – Venterstad – Steynsburg – Cradock, en dan grondpad verby Bankberg tot op Somerset-Oos.

"Ag, Madelein, ek is so jammer. Ek het 'n vreeslike fout begaan om James nie eerder behoorlik te laat toets nie. Ek kan nie vir jou sê hoe ek voel nie. Jy weet, as my vrou my nou moet hoor, sal sy haar ore nie glo nie. Ek is nie 'n man wat maklik om verskoning vra nie. Dit was vir my 'n duur les."

"Kom ons ry, wat."

Trompsburg, verbypad Springfontein. Die kerktoring wat vinger wys, telefoonpale. Die veld eindeloos totdat dit teen 'n lae heuwel stuit, anderkant oorwaai en op dieselfde manier strek en reik tot teen die kaal, kaal hemel.

Die pad huis toe is lank. Sy kyk om. Tommie se musk-Beechie vul die hele kar. Hy sit en speel met die knoppies aan James se horlosie.

Soos hulle nader aan Venterstad en die afdraaipad na Steynsburg kom, skuif sy styf teen haar deur aan en draai haar venster op die middagveld oop. Sy vra vir dokter Thomas om stadiger te ry. Hy is vies vir haar, want sy weier om met hom te praat en hom tegemoet te kom.

"Stop hier, dokter Thomas, ek moet uitklim."

Hy trek te vinnig af sodat die bande gruisklip teen die bakwerk opgooi.

"Ek kan self doen met 'n bietjie bene rek," maak hy verskoning.

Sy klim deur die draad, handsak en al, en stap 'n ent op die veld in. Die skemer het reeds ver gevorder, hulle gaan in die nag op Somerset-Oos aankom.

Donkergroen, vaal en grondbruin is die lig besig om in die besembosse op 'n klipkoppie te vergaan, in die bossies om haar, en plek-plek op die klippers. 'n Laaste veldsprinkaan vlieg teen die waai van haar been vas en val agtertoe, onsigbaar op grond nes sy eie kleur.

Sy buk en snuif van die kerriebos en perdekaroo op en toe sy orent kom, sien sy hoe diep die laaste lig reeds agter die wêreld weggesak het, hoe die nag om haar toegemaak het.

Voel-voel loop sy nog 'n bietjie tussen die bossies deur en by 'n miershoop, donkerder as donker, kry sy die teken om nie verder te gaan nie.

Uit haar handsak vis sy haar beurs en knip dit oop om die haarlok wat sy van James oorgehou het, uit te haal. Sy sit haar handsak neer en vou die lok in albei hande toe, vryf die afsonderlike hare tussen haar palms van mekaar los totdat dit nie meer lok is nie en lig haar hande teen die duisternis en strooi die hare oor die veld uit vir niemand om ooit te vind nie.

"En nou, ta' Mad?" vra Tommie agter haar.

"Nou het die storie joune geword, Tommie Scheiffer."

"Watter storie, ta' Mad?"

"Die storie van jou pa wat saam met James weg is, Tommie. James sal nooit weer naby my kom staan en in my oor fluister nie. James is saam met my sonde weg. Dis nou net ek en jy. Ons twee is al wat oor is."

"Gelukkig, nè, ta' Mad?"

"Gelukkig, Tommie."

—35—

HY IS IN STANDERD VYF, SY LAASTE JAAR OP WILLIAM OATS. Ta' Mad sê al is dit nou ook die laaste ding wat sy doen – want sy is baie moeg – sy gaan hom by Gill College inkry. Of by 'n ander goeie blanke skool sodat hy Engels soos mister Aldridge in Oos-Londen kan praat.

Vandat James dood is, kom Manie en tannie Engela-Jean by hulle kuier. Hy sê sommer vir oom Manie "Manie", maar nie voor hom nie.

Manie sit diep in die stoel en dis al sy vierde bier. As hy dit vir hom aangee, sê hy darem dankie, maar net omdat ta' Mad by is. Nooit noem hy hom op sy naam nie.

Die grootmense sit in die sonkamer en hy gaan sit in die sitkamer en TV kyk. Hy hoor elke woord, al praat hulle ook hoe sag.

"As hulle eers hotnots op Gill College toelaat, moet hulle my skoolfooie by my huis kom haal vir ons twee op Gill-laerskool, en selfs dan sal hulle nie 'n sent uit my kry nie."

"Oppas wat jy in my huis kwytraak, Manie."

"Was 'n glips, Ma."

"En waar dink jy miskien gaan jou kinders dán skoolgaan?" vra ta' Mad.

"Ons sal moet sien, Ma. Ons sal sien. Ma, dit word laat, ons moet aanstaltes maak. Is jy klaar, Engela-Jean?"

Tannie Engela-Jean praat saggies soos 'n regte vroumens: "Mammie, ek en Manie kry Ma net jammer. Jou hele lewe het jy kinders grootgemaak, en hier sit jy nou met nog 'n lummel. Kom nou, Mammie, wees eerlik. Hy gee jou al jou dae, ek kan mos sien hoe gedaan maak hy Mammie. En waar gaan die geld vandaan kom om hom in 'n spoggerige blanke skool te sit as hy nie by Gill inkom nie? Ons is Ma se bloedkinders, maar ons het almal by gewone skole klaargemaak."

"Julle het die beste gekry wat ek gehad het, Engela-Jean. Loop julle nou, julle maak net my ore moeg."

Hy moet altyd kom groet. Ta' Mad sê selfs teenoor skobbejakke moet mens wys jy het goeie maniere. Op die ou einde wen jy.

"Onthou jy nog jou pa?" vra Manie skielik vir hom toe hulle buite op die trap staan. Hy skrik, want Manie praat nooit met hom nie.

"Ek was dik met my pa."

"Sien julle nou," sê Manie en begin sommer loop, hy wag nie eers vir tannie Engela-Jean nie. Nou draai hy weer om: "Sê bietjie okkerneut."

"Okkerneut." Hy rol die "r" van okkerneut. Ta' Mad sê altyd dit klink sommer gesellig en lekker olierig vir haar. Dis mos hoe hy praat.

"Sien julle nou waarvan ek praat?" Daar loop Manie straataf met sy stamperbene en gaan tekere: "Jy sal nooit die hotnot uit daai kind haal nie, al dress jy hom ook op en sit hom op 'n bord voor die queen."

"Ongeskik," sê ta' Mad. "Lag hom maar uit, Tommie. Solank jy maar jou oë en ore oophou, die tekens sien en hoor en snap wat om jou aan die gebeur is."

Hy maak die deur vir ta' Mad toe en sluit. Hy doen nou baie

werkies vir ta' Mad in die huis sodat sy nie oor James moet swaarkry nie.

Hy bel vir oom Reks op Rooikrans. Oom Reks vertel hom van sy nuwe span krokodilletjies en dat hy 'n hans-steenbokkie daar by hom in die sitkamer tietiebottel gee.

Hy is nog bietjie, maar nie rêrig meer so erg geïnteresseerd in al die wildediere nie, en oom Reks kom nie agter hy bel eintlik oor iets anders nie.

"Gaan roep bietjie my ma, asseblief, oom Reks."

As ta' Mad nou inkom en sy hoor hy praat met sy ma, gaan hy nie die telefoon neersit nie. Hy voel jammer vir sy Bruindersefamilie, want hulle is brandarm.

"My jittetjie, Tommie, hoe gaan dit met my kind?"

"Dit gaan goed, Girlie, daar is nie klagtes nie. Ek moet al amper my laaste eksamen skryf, dan's dit hoërskool vir my."

"Jy is 'n baie slim kind van my, Tommie. Watter hoërskool, sê bietjie vir my? Watter hoërskool stuur mies Madlein jou toe?"

Hy sal haar liewer nie nou sê nie, want hy weet klaar dis 'n strydpunt. Girlie sê hy is 'n Kleurling en hy moet na 'n Kleurlinghoërskool toe, oor haar dooie liggaam.

"Ek kom die langnaweek kuier, Girlie."

Dit is sy lewe. Hy moet sy paadjie kies en as hy eers gekies het, is daar nie omkyk nie. Madelein het dit self vir Tommie gesê.

Net 'n maand of wat gaan verby, dan neuk hy weer Rooikrans toe. Hy kry nou die Bruinderse jammer en sy kan hom nie kwalik neem nie. Maar die vader hoor haar, hy gaan net moeilikheid daar soek. Sy weet mos.

"Nou vat dan maar dié saam vir hulle." En hy lag dat die blou van sy oë onder sy donker wimpers skitter, sy wimpers donkerder teen die vel van sy gesig.

En hy vat die bottel appelkooskonfyt en 'n kokertjie droëwors en twee nuwe ruitjiesvadoeke en klim op die trein Uitenhage toe.

Oom Reks het 'n bed vir hom laat opmaak in sy spaarkamer, maar as hy op Rooikrans is, kuier hy nie baie by oom Reks nie. Hy sit meestal agter by Girlie-hulle. Sommer buite voor die huisie. Almal is daar. Roelfie en Julia en antie Jolene en Ouma-Roes en die ander kindertjies. Hy sit op 'n plastiekdrom waarmee hulle water aandra, daar is net drie stoele.

Oros vir hulle en Old Brown Sherry vir die grootmense. Nes haar glasie leeg raak, skree Ouma-Roes: "Hei, jou witkjeend, kom skink vir jou Ouma-Roes." Hy skink mooi. Ou Bruines sê hulle vir die drinkgoed.

Hulle sing liedjies saam met die radio. Almal ken al die woorde, tot die kindertjies. Girlie en antie Jolene dans op die harde grond by die granaatbossie en hulle gryp hom altyd en laat hom ook wild dans, dis heeltemal anders as by ta' Mad.

Onder die maanskyn dans hulle hulleself poegaai, daar is nie stilsit en bibber nie. Tot laat in die nag lag en kattemaai hulle tot hulle morsdood wil neerslaan en oom Reks uit die kombuis skree: "Haai julle blikslaters, julle moet nou slaap kry."

Maar oom Reks is nooit lelik of regtig kwaai nie. Antie Jolene sê van al die boere is baas Reksie haar number one. Hy het al vir haar oorbelle gekoop.

Laas het hulle sommer op Uitenhage na die hops gegaan, maar Saterdagaand vat Girlie en antie Jolene hom na die Red Line-hotel in Port Elizabeth.

Hulle is besig om reg te maak en maak hulle gesigte op voor die spieëltjie agter die deur. Girlie en antie Jolene pomp mekaar met hulle elmboë in die sy en skree van die lag, want die spieëltjie is te klein vir al twee se gesigte.

Girlie is baie mooi soos hy haar nog onthou toe hy klein was op Butterworth, en sy is nie meer so 'n graatjie nie.

Hy trek sy jeans aan en sy wit hemp met 'n swart perdjie op die sak. Girlie wys vir hom om sy moue net tot onder sy elmboë op te rol. Soos sy pa.

By die Red Line-hotel is daar 'n roesemoes. Karre en baie

mense, jong meisies wat baie mooi lyk en lang blink oorbelle dra. Die mans is ook mooi aangetrek, maar hulle tande is nat nog voor die aand begin het. Almal by die Red Line is bruinmense.

As Girlie en antie Jolene by die Red Line kom, is hulle van nie meer Bruinders nie. Dan is dit Attwell. Dis hoe dit is. Hulle is almal se favourites en mans kom vat hulle sommer een, twee, drie, aan die arms en trek hulle weg dansvloer toe.

Hy weet wat om te doen. Hy sit op die stoep en drink sy Fanta, want daar gaan nou-nou 'n fight kom. As daar messe uitgehaal word, hol hy in en gaan kyk na die dansery.

Hy ken ál die musiek, James het ook nog van die plate gehad: Donna Summer en Roberta Flack en "Grease" van John Travolta.

Haar kop het gaan staan toe sy die goed hoor: "Wat is hops, Tommie?"

"Dis paarties, ta' Mad." Paar-ties.

Hy sit met sy hande op sy skoot gevou en sy wil alles van Rooikrans weet. Sy vrees die kind gaan verward raak oor wie en wat hy is. Skoon omgeklits keer hy ná so 'n naweek terug. Sy oë staan wilder en hy kom terug met sy hare ongekam en rooi grond onder sy naels, gorê-sand in sy naeltjie.

"En die hotel, Tommie, laat hulle jou dan toe? Wie is daar om na jou te kyk as jou ma-hulle wegdros met mans, ek ken hulle mos. Dis nie 'n plek vir 'n kind nie."

"Dis anders, ta' Mad. Girlie sê ek is lucky."

Sy ys toe sy die woord hoor. Nie van koudkry nie, maar van koelkry op die tong, van lekkerkry en van warmkry. Dis asof sy die oorsprong en omgewing van die woord ken, die woord bring iets van Bill na haar terug.

"Die geheimenis wat binne daardie woord opgesluit lê," mymer sy.

"En nog iets, ta' Mad. Roelfie en Julia sê ek moet net nie dink hulle is my stiefboetie en my stiefsuster nie. Hulle sê ek hou my verniet wise met my wit ma wat nie my ma is nie. Hulle sê my pa is ook hulle pa. Roelfie sê ek moet net bietjie na sy neus kyk, dan sal ek dit sien."

Sy sit regop.

"Ta' Mad, ek dink Roelf staan 'n kans, want sy oë is blou nes myne. Maar Julia is te donker hierso," en hy tik op die waaie van sy bene en aan die binnekant van sy elmboog. "En sy het ook nie blou oë nie. Dis die blou wat tel, nè, ta' Mad."

"Sê bietjie weer haar naam?"

"Julia."

"Nou kyk hier, Tommie, sê jy nou mooi vir dié Roelf en Julia wanneer jy hulle weer sien hulle is net so min Bill Scheiffer se kinders soos die mannetjies in die maan. Hoe oud is hulle miskien?"

"Bietjie kleiner as ek. Roelf sê hy is amper tien."

"Sê vir hulle hulle moet dit sommer nou al uit hulle koppe sit, Tommie. Met Girlie se ander kinders wil ek boggherol te make hê. As jou pa nog kinders by haar gehad het, sou hy dit vir my gesê het. Maar wat hy vir my gesê het, vir ouma Martie eintlik, is dat ek en James na jou moet kyk as daar iets met hom gebeur. Nou ja, James is nie meer daar nie. Jy is al kind wat jou pa by jou ma gehad het. Vergeet maar van die res en onthou jy maar net wat ek jou leer. En moenie jy tussen die wit en die bruin stoele deurfoeter nie, Tommie."

"Nee, ta' Mad. Ta' Mad moet dit nie so sien nie. Ek is ma' net lucky, ta' Mad."

Aan tafel stoot hy sy bord lamsbredie weg. "Ek sal eerder die Bruinderse se kos wil hê, ta' Mad. Kerrievis en tipsy tart."

"Wat gaan aan met jou, Tommie? Waarvan praat jy?"

Sy staan van haar plek aan die hoof van die tafel op en klap sy kop dat hy van sy stoel steier.

"Jy maak nie so in my huis nie. Kerrievis en tipsy tart! Asof hulle sulke goed kan bekostig. Hulle steek jou op. Wat wil hulle van my hê?"

Die Here vergewe haar haar geweld. Kyk hoe inmekaar, 'n krimpvarkie. Die bogghertjie, sy het hom lief.

Tommie keer met sy arms oor sy kop teen die vergryp. Sy bid, sy hou hom teen haar vas.

Maar hy huil nie. Hy het geweld van aangesig tot aangesig gesien en geleer om daarmee saam te leef soos met 'n oorerflike kwaal.

"Jy moet huil, Tommie. Jy moet kan huil, my kind, ek smeek jou."

"Is daar enigiets waarmee ek kan help, mevrou Scheiffer?" vra meneer Eddie Victor vir haar in sy kantoor.

"Waarnatoe met Tommie ná standerd vyf, dit is my kwelling, meneer Victor. Tommie moet na die beste skool toe."

"Ek kan nie meer met jou saamstem nie, mevrou Scheiffer. Maar daar is hoop, ek het 'n voëltjie hoor fluit dat Gill College moontlik sy deure vir kinders van alle rasse gaan oopmaak. Anders, mevrou Scheiffer, sal jy Tommie moet laat herklassifiseer."

"Maar watter mens is Tommie dan dat hy geklassifiseer moet word? As ek mooi daaraan dink, meneer Victor, is Tommie vir my te suiwer. As ek hom so kyk, dan sien ek g'n klas nie."

"O, ek stem volkome saam, mevrou Scheiffer. Maar hierdie land van ons is bar aan liefde. En Tommie is 'n raps aan die donker kant om sommer net so by 'n blanke skool in te stap. My raad is as volg: as jy kan, herklassifiseer vir Tommie en dan staan jy 'n goeie kans om hom in die beste skool te kry. As daar 'blanke' op sy ID staan, kan hulle hom volgens wet nie weier nie."

Tommie kom by die kombuis ingestap. Hy het net sy wit atletiekbroekie aan. Sy hare krul oor sy ore. Sy hare is swartgoud en kraaiveer.

Hy staan op sy tone en reik om die blik gemmerkoekies van die boonste rak af te haal.

Sy kyk na die donkerfluweel skaduwee in die kiel van sy armholte. En ruk haar kop verleë weg: die flits van erotiese verlange na Bill.

Die wet verdruk hulle, verdruk Tommie. Ook sy bloed op Rooikrans kry swaar, laat sy dit maar uitspel, al is sy met hulle draadwerk bekend.

'n Hutspot van jakkalsdraaie, as hy eers daarin geval het, kom hy sonder die kleur van sy oë daar uit – "Mark my words, Tommie. En al het ek ook nie veel om verder oor jou ma te sê nie, dit bly darem jou ma. En ek weet noudat jy groter word, hunker jy na hulle. Dit is gewis so. Maar sowaar, as die wet ons toelaat en as dit moet, laat ek jou weg van jou ma-hulle klassifiseer. Ter wille van 'n kans in die lewe.

"Gaan maak jy nou solank die naweek voorbrand by Girlie."

Girlie staan in die middel van oom Reks se sitkamer toe hy oor sy herklassifikasie praat. Oom Reks is ook daar, met 'n drankie, maar Ouma-Roes nie.

"Dis die wet wat my verdruk," sê hy soos ta' Mad hom vertel het.

"Die Bevolkingsregistrasiewet, dis 'n dodelike ene daai. Cornerstone van apartheid," sê oom Reks.

Sy ma is bitterlik ontsteld, Tommie kan dit sommer sien aan haar staan.

"Gaan sê nee vir mies Madlein, Tommie. Jy moet na 'n Kleurlingskool toe. Dit gaan mies Madlein nie ook van my wegvat nie."

Girlie klap haar hande soos sy maak en triep amper oor oom Reks, hy vang haar net betyds. Sy kom weer regop, sy vat haar hare vas en draai om en om, waai haar arms en klap haar hande hoog in die lug. Sy ma het ook haar wil.

"Dit gaan mies Madlein nie ook van my wegvat nie."

"My liewe aarde, Girlie, wil jy nie die beste vir jou kind hê nie?" vra Madelein vir haar oor die telefoon nadat Tommie die nuus van Rooikrans aangedra het.

"Nee, mies Madlein, hy moet na 'n Kleurlingskool toe. As hy nie daar by jou kan gaan nie, sal hy Uitenhage toe moet kom."

"Ons sal moet sien. Totsiens, Girlie."

Sy moet met Tommie praat.

"Kom sit hier by die tafel, Tommie. Ek gaan nie in sirkels loop nie. Jy moet weet: as jy eendag klaar is met skool, is jou opvoeding ál wat jy het.

"Wat wil jy eendag word? 'n Dokter, 'n prokureur, 'n vlieënier soos jou pa? Sulke aspirasies kan jy slegs met 'n opvoeding haal. Luister nou mooi. Ek weet jou mense sit daar op Rooikrans vas en hulle omstandighede is gebrekkig, maar as jy hulle ooit eendag wil help, dan moet jy nou bokant hulle vlak uitstyg. As jy op 'n skool op Uitenhage gaan sit soos jou ma wil, sal jy eendag net goed genoeg wees om kissies tamaties heen en weer te karwei. Jy sal R10 'n week verdien, niks meer nie.

"Is dit wat jy wil hê? Wil jy vir hulle drankgeld ook nog werk? Want daai ma van jou is 'n ander een, dié moet jy maar weet, Tommie. Vir die res van jou lewe gaan sy en haar hele getrêns 'n meulsteen om jou nek wees. Verstaan jy dit?"

Hy swyg en kruip agter sy blou oë weg. Heel agter waar hy sy huil ook wegsteek.

"Jy is 'n mens, Tommie, nie 'n bruinmens of 'n witmens nie. G'n wet kan jou ooit regtig klassifiseer nie. Maar ter wille van jou opvoeding moet ons nou hierdie duiwelse spel speel. Want jy is lucky, jy is orraait, soos jy self sê. Jy het reeds met twee wêrelde kennis gemaak, en jy gaan nóg leer ken.

"Jy is vry, Tommie, jy moet vlieg, ek gun jou dit."

Hy swyg.

"Goed dan, ek gaan myself korrigeer, ek moes my mond oor jou ma gehou het. Dit bly jou ma."

"Ek weet watter kant is my brood gebotter, ta' Mad."

— 36 —

"Loop kam nou jou klosse uit en kyk dat jou naels mooi skoon is sodat ons met die prinsipaal van Gill College kan gaan praat. Ek wil hê hy moet self sien watter soort seun jy is, dis 'n ernstige saak."

Sy en Tommie ry die skoolgrond van Gill College deur 'n gietysterhek binne.

Die prinsipaal luister aandagtig na haar storie en belowe om sy bes vir hulle te doen. Hy skud hand met haar en Tommie. Dit is besoek nommer een.

Agterna wonder sy of Tommie ooit die man geglo het, want sonder enige rede skud hy by die tweede besoek net haar hand. Rede het hy seker.

Dié keer het sy nie 'n storie nie, sy kom net om te sit en te luister. Tommie is ook kiertsregop.

"Mevrou Scheiffer, dit spyt my, maar die wet het my hande afgekap."

Dit word 'n kort besoek en daar is ook nie tee soos die vorige keer nie.

"Ons kom so oor 'n week of wat weer, meneer," en sy hou haar hand uit.

Hy skud, maar sy ken afwysing as sy dit sien. Sy gaan ook nie weer vir Tommie saamvat nie; hy kan onnodig sy vertroue in mans verloor.

Daar verloop 'n week en 'n half voor haar derde besoek aan die prinsipaal van Gill College en dis warm, maar Tommie mag nie die publieke swembad gebruik nie.

As daar op straat "Tommie Scheiffer" na hom geroep word, swaai sy kop: Wie roep daar? Alles werk soos dit behoort te werk. Sy naam is ordentlik genoeg, sy taal eweneens, nogtans is hy nie publiek genoeg vir die chloorwater van Somerset-Oos se swembad, of vir Somerset-Oos se beste skool nie.

Sy stap die derde keer daardie maand die kantoor van die sekretaresse binne en sien sommer dadelik die deur is dig: Principal, Gill College.

"Lekker koel hierbinne," sê sy toe maar.

"Hoekom probeer mevrou nie Union High op Graaff-Reinet nie, want ek hoor dis nou vir alle rasse oop," sê die sekretaresse sommer uit die staanspoor.

"Nou hoekom sê jy so?"

"Nee, want meneer Jonty is nie beskikbaar nie, hy is weg vir die dag."

"Waar dink jy miskien gaan ek geld kry om my kind na Union High te stuur? Dit beteken kosskool, dan nie. En hoeveel kos verblyf in die koshuis? Nee wat, ek maak dan maar môre weer 'n draai."

"Meneer Jonty gaan 'n volle week weg wees, mevrou Scheiffer."

'n Maand, 'n jaar. Toe kom sy agter die kap van die byl.

"Union High, mevrou Scheiffer, if you want to get anywhere."

"Waar kom jy vandaan om my te anywhere?"

Sy loop uit. Buite vang die hitte haar. Sy kan Tommie nie vrykoop nie. Tommie is vas en solank hy vas is, is sy ook vas.

Sy moet 'n oomblik onder 'n boom gaan staan. Daar kom 'n kar verby en stof waaier op, sy kan die stof proe.

"Al oplossing is herklassifikasie, mevrou Scheiffer," beveel meneer Eddie Victor nogmaals aan.

"Tommie, het jy meneer Victor se netjiese hemp en das gesien?"

"Ja, ta' Mad."

"Lyk my dis dan ons pad, Tommie. Laat ons net weer jou ma bel, want sy sal ook moet teken."

"Girlie, is dit jy?" – nadat Reks haar gaan roep het.

"Haai, mies Madlein, hoe laat jy my skrik."

"Luister, Girlie, ek is 'n ouvrou met 'n galophart. Hierdie is die laaste ding wat ek vir Tommie kan doen. Ek wil jou nou baie mooi vra."

"Nooit, mies Madlein, nooit. Tommie is 'n Kleurling en dis klaar."

Girlie hyg, sy moet haar doodpraat voordat sy haarself verder opwerk.

"Ek vat nou eers vir Tommie af Kaap toe om met Binnelandse Sake te gaan praat, Girlie. Maar dan sal jy ook moet kom teken, ons moet gou speel, die jaar is amper klaar."

Diésaaid, lappesaaid: "Net as mies Madlein vir Roelf ook vat, dan teken ek vir herklassifikasie. Dan kan mies Madlein my maar kom haal. Maar anders sit ek nie my hand op papier nie. Hoekom, vir wat?"

"Kyk, Girlie, jy moet my nou mooi verstaan, ek het toentertyd Bill se aktetas oopgemaak en sy goed mooi deurgekyk. Ek het afgekom op 'n affidavit wat hyself geteken het. Daarin het daar uitdruklik gestaan dat Tommie sy enigste kind by jou is. Roelf is nie sy kind nie. Ek wil nie met Roelf of enige van jou ander kinders iets te make hê nie."

Tommie sit stil na haar en kyk. Hy is uitgelewer: aan haar stem, hulle grootmensbesluite, wette, sy ma en haar emosies, hulle grille en wille. Dít, terwyl seuns van sy ouderdom iewers op die rand van die dorp 'n sprinkaan optel, 'n toutjie om sy pensie vasmaak en hom om en om laat helikopter.

Aan die ander kant van die lyn het daar net Girlie se asem oorgebly.

"Kom, Tommie, kom ons ry Kaap toe, kom ons gaan praat met die wet, want daar het niks anders meer oorgebly om te doen nie."

Sanette kan nie glo hoe Tommie gerek het toe hy haar woonstel in Groenpunt binnekom nie.

"Toe, gaan stap julle twee, ek weet hoe lyk die see," sê Madelein.

Tommie is uitgelate, die volgende dag se afspraak met Binnelandse Sake vergete. Wat maak die jare vorentoe en nog verder vorentoe saak? Hy gaan saam met sy halfsuster op die Seepunt-promenade verby rolskaatsers en joggers stap, terriërs wat nie soos op Somerset-Oos onnodig vir hom blaf nie, en Sanette se hand op die krulle in sy nek. Hy gaan die gloeilampies aan die lamppale sien wat robbe en pikkewyne vorm, die liggies van hoteltorings, die boodskappe wat die strandslapers in die seesand met kerse vir verbylopers uitpak: FROM CAPE TOWN WITH LOVE. Miskien sal Sanette vir hom 'n hamburger by die Wimpy koop.

In Sanette se woonstel dink Madelein: Dit is sy een lewe. Sy eerste, haar laaste. Haar laaste, kosbaarste besitting.

Die staatsamptenaar wat hulle te woord staan, lyk vir haar soos 'n man met 'n huis, 'n vrou, kinders, 'n hond en 'n grassnyer. Hy dra 'n blou pak klere, 'n doodgewone man, meneer Gert Walter Bredenkamp.

"En hoe kan ons vanmiddag help, mevrou?"

'n Doodgewone vraag, maar hy kan mos sien die donkervel-seun in sy wit skoolhemp met die grootmansdas – een van James s'n – kom met 'n witvelma by sy kantoor ingestap.

Of hou meneer Gert Bredenkamp hom onnosel en blind? Dis tog nie die eerste keer dat hy so 'n kombinasie op kantoor het nie.

"Meneer Bredenkamp, ek begin by die begin." En vertel Tommie se storie. En sluit af: "Voogdyskap, dit was die laaste wens van my man. Ek wil die beste vir die seun hê, meneer, so is 'n ouer maar nou eenmaal, of hoe, meneer Bredenkamp? Sal jy dan nie ook in die omstandighede soos ek maak nie?"

Flou tee, haar woorde. Sy skryf hom klaar af. Hy is 'n meneer, dié Gert Bredenkamp, en dis wat die uitvoering van die wet aan hom gedoen het. Die beste gaan wees as sy maar ophou speel, want sy is in elk geval besig om te verloor.

"Jy is vas, nie waar nie, meneer Bredenkamp? Die wet bind

jou hande. Ek weet dit, maar wat ek vandag vir jou kom vra, is of jy ons tegemoet kan kom op grond van menslikheid. Dis al wat ek en Tommie van u kom vra."

Agter sy lessenaar rek sy oë vir 'n oomblik en hy vat aan sy dasknoop.

"'n Interessante benadering, mevrou Scheiffer. U het inderdaad die woorde uit my mond gehaal. Dis soos u sê, die wet bind my. Maar gee my bietjie kans dat ek 'n paar oproepe namens u Pretoria toe maak.

"Ek onthou 'n interessante geval van jare gelede. 'n Blanke vrou, 'n mevrou Regina Bosman, het geruime tyd saam met haar swart eggenoot in 'n township gewoon, maar is toe ongelukkig aangekla soos die wet dit vereis het. Alhoewel sy haarself as swart wou laat herklassifiseer, sou dit haar nog steeds nie van haar oortreding teen die Immoraliteitswet kwytgeskeld het nie. Sy het immers wit gebly. Soos u weet, word die wet deesdae darem nie meer so streng toegepas nie."

Hy tel 'n vulpen op en tik op sy lessenaarblad. "Maar kan ek vandag vir u raad gee, mevrou Scheiffer, die beste gaan wees as u sommer vir Tommie aanneem," en hy vat aan sy neus.

Sy skuif so ver vorentoe op haar stoel as wat sy kan sonder om af te val, haar mond gaap oop.

"Wag nou, wag nou net 'n bietjie, mevrou Scheiffer." Sy hand styg, die palm na haar gesig toe: "Ek kan sien hoe angstig u oor die saak is. Moenie dink ek begryp nie u penarie nie. Gee my nou vanmiddag kans soos ek gesê het, dan maak ek 'n paar oproepe. Ons gaan nie nou al opgewonde raak nie. Ek het u nommer hier in die Kaap, ek skakel sodra ek vir u nuus het. Goeiemiddag, mevrou Scheiffer, dag Tommie."

Heeltemal skaflik, en net beleefd met Tommie. Maar sy het voor baie mans in haar lewe gestaan, voor baie lessenaars met mans daaragter gesit, partykeer langs hulle of reg oorkant hulle gesit, want sy kan nie onthou dat sy ooit vir 'n man bang was nie. Behalwe dié keer toe Bill sy knipmes uitgehaal het, die enigste keer dat sy voor 'n man moes kniel en toe net om haarself ter wille van haar kinders te behou.

Sy ken die mans wat aan hulle neuse vat as hulle stront verkoop, of uit verleentheid oor hulle kenne vryf as hulle by 'n vertrek vol vreemdes instap.

Sy ken dié wat hulle neus vir haar opgetrek het – wie dink sy is sy? – maar ook dié wat voor haar gesê het wat normaalweg net agter toe deure gefluister is.

Sy kan hulle nog ruik, al die mans wat sy in haar lewe teëgekom het. En hoe hulle haar op hulle beurt besnuif, met hulle oë afgetas het. Die skoonheid van mans het sy gesien, die ydelheid oor hulle skoonheid, die verskrikking van 'n mooi man.

Die werkers onder hulle het sy geken, die mans wie se hande soos grond en klip voel as hulle aan haar vat, dié wat in een leeftyd so hard en aanhoudend gewerk het dat hulle die onskuld in hul oë teruggesit het.

Die oë, die hande van mans ken sy. Hulle harte en hulle harteloosheid. Maar die lafhartigstes onder hulle is dié wat agter reëls en wette skuil om hulself in die saal te hou.

"Ta' Mad?"

"Ja, Tommie?"

"Hier's 'n man op die foon vir ta' Mad."

"Sê vir hom ek kom, Tommie, want ek wil hoor wat hy te sê het. Ek weet wie dit is, ek ken sy woord en sy soort."

"Mevrou Scheiffer, Gert Bredenkamp hier."

"Ja, meneer?"

"Mevrou Scheiffer, daar is nie probleme nie. Ons kan Tommie vir jou as blank herklassifiseer op een voorwaarde, jy moet hom net eers aanneem. Dis al."

"Maar hoe kan ek hom aanneem as dit teen die wet vir 'n wit vrou is om 'n bruin kind aan te neem?" Haar stem vul Sanette se woonstel.

Sy wag sodat die man iets moet antwoord, sy kan haar eie asem in die gehoorbuis hoor.

"Meneer Bredenkamp?"

Die man gaan haar nie antwoord nie – die lafhartigstes onder hulle.

"Meneer Bredenkamp, jou bleddie fool, hoe kan Tommie geherklassifiseer word as ek hom eers moet aanneem, maar om hom aan te neem is self teen die wet."

Hy gooi die telefoon in haar oor neer en laat haar met die eggo van haar eie stem.

Haar laaste woorde is 'n vuur, 'n waarheid. Maar die man van die wet kon nogtans nie daardeur beweeg word nie. Haar waarheid het op sy dowe oor bly val en val.

Haar laaste stryd is op sy einde. Nou het sy lou geword. Haar vingers verslap en die gehoorbuis klater op die vloer.

Sanette spring uit haar stoel om dit op te tel: "Ag, Mammie, Mammie tog, my liewe Mammie. Sal dit dan nooit end kry nie?"

Tommie het reeds uit die kamer weggehol.

Hulle ry oor Uitenhage terug Somerset-Oos toe. Tommie het iets vir sy ma van die Kaap af saamgebring. Op elke draai haal hy die pakkie uit om dit te bevoel, en so tien, vyftien kilometer van Uitenhage af is die toedraaipapier al taai gesweet.

Die landskap maak koppies en klowe, uitgelê met klippe en spekbos en noorsdoring en aalwyne wat vinger wys. En van die wange van die koppe tuimel van die Oos-Kaapse skaamblou plumbago en oranje kanferfoelie padwaarts.

Elke dan en wan is daar meisies langs die pad wat melkemmers hoogvol turksvye verkoop. Nes 'n kar nader, lig hulle een van die turksvye af en druk die groen vrug gevaarlik naby die neus van die kar terwyl dit verbyflits.

Die blou van die hemel is yl en ysig, die blou verwelk tot 'n nog deursigtiger bleekte. Toe val die pad oor 'n heuwel na onder en 'n vlakte maak voor hulle oop.

Sy ry nie vinnig nie. Tommie sit regop en stil langs haar, sy is ook stil – met haar planne vir sy kosskool agtermekaar. Dis net die geld, maar ook daarvoor gaan sy 'n bietjie genade losbid, sy gaan nie opgee nie.

Net anderkant Rocky Ridge gewaar hulle twee mense voor op die gruis langs die pad loop. Toe hulle naby genoeg kom, bons Tommie op sy sitplek.

"Stop, ta' Mad, dis my ma-hulle. Stop, ta' Mad, gou."

"Maar my hemel, Tommie!" Sy is self verbaas. Dadelik ry sy stadiger en toe die twee langs die pad omkyk, gil hulle hoorbaar toe hulle die kar herken. En gaan staan so dat hulle by Tommie se deur kan wees as sy aftrek.

Albei is goed geklee, Girlie met appelgroen oorbelle en 'n moulose pers rok wat laag op haar hals begin en tot net bokant die knie met pers oorgetrekte knope vasgemaak is. Hulle hare is in groot krulle ingedraai en toe in strandbolstyl om hulle koppe uitgekam en styfgespuit. Dis lank gelede dat Madelein Girlie gesien het.

Girlie en Jolene lag en gil toe hulle Tommie se deur oopruk, die kar het nog nie eers heeltemal tot stilstand gekom nie. Hulle het hom onmiddellik uit en kaplaks, rooi op albei wange en die lippe, en 'n gekwetter breek los.

"Girlie raai wat, ek het ietsie vir jou, maar jy sal nooit kan raai nie."

"Hallo, mies Madlein; hallo, mies Madlein," groet al twee.

"Middag Girlie, middag Jolene. Maar julle twee lyk goed. Jy het dan spekvet geword vandat ek jou laas gesien het, Girlie," en sy stap om die kar na hulle en steek hand uit en Girlie vat haar hand in al twee hare, haar naels groen gecutex.

"Ag, mies Madlein, ek wil nie 'n kraai gebly het nie, en mies Madlein se broer is goed vir ons. Ons help nou met die wilde gediertes. O, ek gril vir hulle," en met die vingerpunte stoot sy haar wange ondeund op en kyk na Madelein en lag en vat weer haar hand respekvol in hare, maar dié keer net liggies.

"Mies Madlein, ons het bruinmense van Somerset teëgekom en hulle ken vir mies Madlein en hulle sê vir my en Jolene ons kan met geruste harte slaap, mies Madlein kyk so mooi na die seun. Ag, mies Madlein," en iets word by die oog weggevee.

"En hulle sê ook as ek Tommie nie die beste laat kry nie, is ek short of sight, want Tommie is 'n slim kind verby. En ek besluit toe net daar, nè, Jolene," en sy kyk eers na haar suster wat ook glimlaggend staan, en dan terug na haar, "mies Madlein kan maar die vorms bring. Ek sal enigiets teken, net wat mies Madlein wil of nie."

"Maar hartlik dank, Girlie. Dis nou regtig jammer, baie, baie jammer, Girlie, want dis nou nie meer nodig nie. Die wet wil nie skiet gee nie. Die wet het vir my en Tommie uitoorlê."

"Maar mies Madlein, moenie so geworried staan nie. Dit help mos vir niks. Ook nie vir mies Madlein, ook nie vir Tommie nie. Kyk hoe mooi is Tommie dan, mies Madlein."

"Hier, Girlie." Tommie spring op en af, want hy moes sy geduld rek om haar present te oorhandig. Hy wil sien hoe sy dit oopmaak.

'n Donkerbril met silwer gespikkelde blou raam kom uit die pakkie. Girlie sit dit dadelik op en trek haar mond soos sy op foto's van filmsterre gesien het, maar toe gryp sy Tommie se hande en tiekiedraai met hom so wyd soos die gruisstrook hulle toelaat.

"Pasop vir sy mooi klere," skree Jolene.

Madelein gaan staan met haar hande los langs haar sye en kyk na Jolene wat vir haar lag, toe na die twee wat so plesierig is. En toe gee sy self oor en glimlag, want sy kan kwaad in niks of niemand sien nie.

Sy kyk op na die hemel. In die namiddaghitte het die blou verder geskimmel tot wit vlekke wat telkens sprei en oplos, sprei en vervaag om die suiwerste, kleurlose hemel te vorm wat sy nog teëgekom het.

Een van die turksvyverkopers, 'n meisie, kom aangeloop en vra vir Girlie op Xhosa of die mêdem *torrefia* wil koop. Girlie antwoord haar iets, dit klink na 'n soort onderhandeling. Maar eers wil die meisie na Girlie se groen naels kyk. Girlie hou haar hand vir haar uit en kyk terselfdertyd na Madelein.

"Het mies Madlein 'n boksie vir die vrugte?"

"Girlie . . ." weifel sy. "Hoeveel kos so 'n emmer?" en sy druk met haar knie op die passasiersitplek om na haar handsak te reik.

"Nee, mies Madlein, los maar die geldjies. Dis 'n krismisboksie vir mies Madlein om by die huis te geniet."

"Haai, vreeslik dankie, Girlie."

Die emmer turksvye word agter in die kar leeggemaak en Girlie lê haar arm met die bangles op die skouers van die meisie, vel op innige vel, voordat sy met haar emmer aanstap.

"Baai-baai," roep die turksvymeisie.

"Girlie, Jolene," vra Madelein, "waarnatoe is julle op pad, kan ons julle 'n lift gee?"

"Nee wat, mies Madlein, ons draai net hier voor af na 'n plaas toe. Ons gaan bietjie by ons girlfriends kuier. Die enetjie het 'n nuwe baby-tweeling, shame. Ry mies Madlein-hulle maar aan, wat. Mies Madlein het ook seker al ver gekom. Totsiens, mies Madlein, totsiens, Tommie. Kom kuier gou weer," en sy gooi haar arms om hom en druk sy krullekop teen haar lyf vas.

Dadelik begin hulle koers kry en toe die kar verbykom, waai hulle wyd en syd en kweel vir oulaas uitspattighede. Madelein hou hulle nog lank in die truspieël dop, hoe hulle aanstap met niks anders as net hulleself nie. En Girlie steeds met haar presentdonkerbril op.

Sy sal lank nie meer haar kind in die kar kan uitmaak nie, dalk probeer sy nie eers meer nie. Verder en verder raak hulle weg, weg van die seun wat in die lendene van een van hulle verwek is.

Hy is Girlie s'n en ook nie hare nie, die ander kinders by hulle huis op Rooikrans en die turksvyverkopertjie langs die pad ook van haar, of glad nie. Dalk is sy Jolene s'n, dalk is Tommie se halfboeties en sussies Jolene eerder as Girlie s'n, of miskien behoort hulle aan nie een van die twee nie.

Die seun by haar in die kar, die skraal turksvymeisie, die ander kinders, kinders van moeders, moeders van almal en van niemand nie. Hulle spore onsigbaar in die pad agter hulle, hulleself op pad iewers heen in die silwerblou middag.

Altyd verder en verder totdat daar nog net kolletjies van hulle oorbly. Nog net, net, en dan niks meer nie.

—37—

HARDY SCHOEMAN VAN VAALHARTS BEL HAAR. SY STEM IS grof en gruiserig, maar haar ore het oud geword: sy hoor die jong man wat skielik by haar huis op Vyf-K-Agt inloop en die kombuisdeur met sy skouers kom volstaan.

Hardy sê hy bel net om te sê dat hy uiteindelik die foto gevind het wat Bill altyd so graag wou hê. Al die tyd mooi in 'n koevert saam met sy heel eerste testament wat hy laat skryf het. Dis die foto van Bill in die woestyn met sy Spitfire.

"Hardy," sê sy vir hom, "dis tog verby, jong. En ek het lankal alles vergeet. Hoekom nou weer gaan staan en goed herkou. Nee wat, jy gaan onnodig posseëls mors."

"Gee dit dan maar vir sy seun," sê Hardy toe.

Toe die manillakoevert afgelewer word, maak sy dit nie oop nie. Op die linkerkantste hoek skryf sy *Tommie Scheiffer*. Sy druk liggies met die balpuntpen sodat die foto binnekant nie beskadig word nie.

Dan stap sy na die sideboard en skuif die koevert onder die glasbak met keramiekperskes in.

"Ek sal dit nou nie die naweek Somerset toe maak nie, ta' Mad." Tommie uit Uitenhage. Hoeveel keer het hy haar op dié manier van sy planne laat weet.

En dan vra sy maar altyd: "Nou maar wanneer kom kuier jy weer, Tommie?" En: "Ek het iets om vir jou te wys, jong."

"Ek gaan volgende naweek probeer, as ek kan. Dinge hou my hier vas. Ek is lief vir ta' Mad."

"En ek vir jou, Tommie."

Sy neem hom nie kwalik nie.

In die jare op Union High het Tommie altyd rugby gespeel, dikwels is hy as man of the match aangewys. Hy het trompet gespeel in die kadetorkes, al sy vakke op hoër graad geneem, meisies sommer laf oor hom gemaak. Soms het hy vir haar hulle briefies kom wys.

Toe al, op kosskool, het hy net nog naweke vir haar op Somerset-Oos kom kuier, vakansies altyd by sy ma-hulle. Die spul daar is jonger van hart, so het sy dit maar aan haarself verklaar.

Nou is hy al 'n jaar of wat by Volkswagen op Uitenhage. Hy doen dokumentasiewerk op 'n rekenaar. Al die huurvoertuie en al die toetsbestuur-voertuie wat by die hek uitry, moet deur hom genoteer word. Elke bestuurder, elke vertrek- en terugkeertyd.

Daar gaan honderde voertuie per dag in en uit by so 'n aanleg. Tommie moet ook al die kameras by die aanleg monitor en al die onderdele wat van Aanleg A na Aanleg B gaan, noteer. Hy werk soms twaalfuurskofte. Sy werk vereis verantwoordelikheid.

Sy is trots op Tommie. Nog steeds met die donker krulle en korrels blousel in sy oë, maar minder van Bill noudat hy homself geword het. En nader aan sy ma-hulle. Sy sal dit nooit oor haar hart kry om hom kwalik te neem nie.

Sy knip turkoois oorbelle aan, 'n turkoois steen op haar broos halsvel, en perskeroos, spaarsamig, op haar lippe. Die Franse rol mooi agter haar hoof met skilpaddop saamgevat. Sy poeier haar nek liggies, van die poeier bly op haar palms agter.

Met regop rug stap sy na die eetkamer waar sy vir tee laat dek het. Tracy Price se dogter sorg vir haar, sy het haar haar presiesheid aangeleer.

Haar eetkamertafel is van donker hout met gekartelde rand en twaalf donkerhoutstoele. Op die bypassende sideboard silwertrofeetjies en die glaskom met die keramiekperskes waaronder die manillakoevert nog net so lê.

Regs op die sideboard 'n vaas met die laaste van haar donker, fluweelrooi Mister Lincoln-rose. Die rose is aan't verwelk en die vertrek waarin sy kom, is vol van roosblaar, van koek onder die netjie, van parfuum op haar vel, van soet vergange.

Oor die een punt van die tafel is 'n vierkantig gehekelde doek diamantvormig oorgegooi. Sy neem plaas aan die kop en lig die netjie oor die teegoed, vou dit netjies op en plaas dit agter haar op die trollie.

Twee koppies op hulle sye in pierings met silwerteelepels, twee koekbordjies en koekvurkies, albei plekke op presies dieselfde manier gedek. Op 'n silwerbord is daar vrugtekoek, verouder en bevogtig met brandewyn.

Die meisie kom binne met 'n pot warm tee onder 'n mus.

"Dit sal vanmiddag eers al wees, dankie, Shaneen. Sluit dan maar sommer die agterdeur as jy uitgaan."

"Nee maar goed so, mevrou. Nag, mevrou."

"Nag, Shaneen."

Sy druk haarself orent teen die kant van die tafel, trek die manillakoevert versigtig onder die glaskom perskes uit en plaas dit regs van die vrugtekoek voor haar.

Toe sy gaan sit, val haar hand oor haar sleutelbeen. Sy bring die hand terug en vou dit oop en beskou haar palm in die laaste laatmiddaglig in die vertrek.

Gebruik. Die woord wat James oor sy pa gebruik het toe hy sy kis sien sak het.

Sy vou die kantservet op haar skoot oop, skink en bly eers 'n wyle sit. Leun eindelik vorentoe, lig die koekmes en sny twee stukke. Sy bring haar eie bordjie nader en skep een sny daarop.

Die tee gaan heerlik warm binnekant haar af, sy lig die koekvurkie met 'n hompie koek. Sy eet, dan drink sy.

Bly dan hande gevou met haar elmboë weerskante op die tafel oor haar leë koppie sit.

Die kat kom op opgejekte bene ingeloop en stap skeef oor na haar. "Jannie," fluister sy af na hom, en hy skuur sy gemmerkieste teen haar kuit.

Sy druk 'n krummel wat op die tafeldoek geval het, met haar vinger op.

Dit het tog kouer geword. Sy bly regoprug sit, staar na die dieper wordende skemerlig op haar gevoude hande.

Die tee onder die mus sal nog warm wees. Sy kort weer iets warms en behoort weer te skink.

"Jannie," sê sy toe sy die kat weer teen haar voel, en buk om agter sy ore te krap.

Hoeveel maal moet sy in elk geval haar spore van jare gelede gaan opsoek om vorentoe en agtertoe daarop te loop voordat sy sterf? En waarom?

Nee wat, sy gaan die koevert maar so laat totdat Tommie kom. Hy kan dit maar op sy eie oopmaak en self raam sodat dit teen sy woonstelmuur op Uitenhage kan hang.

Sy draai om na die muur agter haar. Op die muurpapier van trossies gebosseleerde pienk blom: die portrette van haar lewendes en haar dooies, haar en Bill se trouportret.

Madelein Baadnis op haar troudag. Sy trek die gryser wordende doek voor haar gesig weg en vou dit oor haar hare soos 'n bruidegom met 'n bruid sou maak. Dáár was haar skoonheid. So moes sy op daardie dag gelyk het, so was sy vir hom.

"Ek moet die lig aankry," sê sy hardop, maar bly sit sonder om te beweeg. Die kat het homself by haar voete opgekrul en selfs opgehou met snor. Daar is niks meer oor wat beweeg nie.

Dit word donker in die eetkamer om haar. Sy trek die sjaal stywer om haar skouers. Sy kan weinig uitmaak, net die donker vorm van die enkele lewende wese opgekrul by haar voete.

En omdat die vorms van die staanlampe en leunstoele en die televisiestel en tierlantyntjies om haar in onherkenbaarheid verval en as swaar, donker gestaltes hulleself in die stikskemerte aan haar onttrek, en veral omdat daar ná haar laaste woorde geen geluid verder na haar kom nie, is dit asof daar by die afwesigheid van alle sig en klank nog net reuke oorbly. Die verwelkende rose en die vrugtekoek meng swaarder. En iets anders as die parfuum op haar vel bly naby haar hang. Iets perkamentagtigs, iets soos verpulwerde been, soos stof.

En toe laat sak sy haar kop op haar bors. Drade van haar lewe kom na haar, daar kom bekendes, daar kom verdwaaldes, dan wyk hulle weer. Oor hartstogte en oor haar kinders, oor geloof en die aftakeling daarvan, oor sweet en geveinsdheid dink sy, dink sy dit alles nader, dink sy dit alles weer weg.

Op haar tong 'n krummel koek uit haar gebit. Die krummel het nog iets van 'n soetheid behou.

Sy het, dink sy, waarlik, sy hét. Vir alles het sy haarself klaar vergewe. Sy ís vergewe.

Sy druk haarself orent en gaan skakel die staanlamp digby haar aan. Haar oë knipper in die lig.

Dan gaan sit sy in die mooi geel lig van die lamp en skink haar tweede koppie tee.

"Hierso, hier is dit," praat sy omdat die stilte haar begin knel.

Sy trek die manillakoevert nader, skeur dit met die heffie van die tweede, ongebruikte koekvurkie oop en haal die foto uit. Dis dan die een wat Bill altyd so gesoek het. Die een wat hy altyd so graag vir haar wou wys.

Bill Scheiffer het pas van 'n Spitfire-vlug teruggekeer. Die kajuitvenster is teruggeskuif en hy staan regop in sy Spitfire.

Die wolkraag van sy SAAF-leerbaadjie is om sy nek opgeslaan, sy knie voor hom opgetrek, stewel op die rand van die stuurkajuit. Hy het nog sy leerhelmet op, maar sy goggles is bokant sy wenkbroue opgeskuif. Sy oë skitter en sy arm hou hy wolke toe, hoog en triomfantelik wys sy duim A1.

"Maar sy oë," praat sy. "Kan ek tog net," en sy hou die foto direk onder die lamp, "kan ek dit tog net weer sien. Nee wat," en sy laat die foto uit haar hand glip.

"Dis verby, alles vergete." Sy trek haar sjaal vas.

Die tee is nie meer lekker nie, wat. Sy kan maar begin opruim.

Dan tel sy tog weer die foto op en hou dit digby, die wit rand tussen duim en wysvinger vasgeknyp. Die foto bewe, sy hou dit te styf vas.

Sy oë, dáár is dit. Bill se energie, briljant, 'n diamant. Die swart-en-wit van die foto ten spyt, skater dit na haar toe. Dáár is hy.

Dan vou sy die doek oor die herinnering terug. Sy sal dit altyd behou, sy sal.

Sy fluister, net vir haarself fluister sy: "Bill."

Hartlike dank aan die volgende mense wat almal in 'n mindere of meerdere mate tot die storie bygedra het:

Margo Allen, Philip Willem Badenhorst, mev. Anna Bennie, Blackie Badenhorst, Petra Müller, Myrlene Pieterse, wyle Mirka Reynecke, Julia Sauer, David en Gwyn Sampson, mev. Mauritz Schriven, mnr. Jannie Smit, Stephanie van die landbounavorsingstasie by Vaalharts, Michael Terblanche, Ivor Thomas, mev. Gwyneth Trollop en Fred van Staden.

'n Spesiale woord van dank aan my ouers, Willem en Maureen Venter, vir hulle lojaliteit en hulp met die navorsing – veral my vader met sy uitnemende geheue van die ou dae – en vir hulle finansiële steun.

Special thanks to Gerard Dunlop for allowing me to stay in South Africa for the eternity it takes to give birth to a story.

Deur dieselfde skrywer

Foxtrot van die vleiseters
Ek stamel ek sterwe
My simpatie, Cerise
Twaalf